suhrkamp taschenbuch 5337

Akira Kido lebt in Yokohama, ist Ende dreißig, Vater eines vierjährigen Sohnes, Ehemann und Scheidungsanwalt. Er hadert mit seinem Leben, seiner Ehe, alles erscheint ihm festgefahren und auf unbestimmte Weise falsch. Da wird er von einer ehemaligen Klientin aufgesucht und um Ermittlungen zu ihrem kürzlich verstorbenen Ehemann Daisuke gebeten. Ein Jahr nach dessen Tod stellte sie fest, dass Daisukes Identität auf einer Lüge basierte: sein Name, seine Vergangenheit, seine Personalakte – alles gefälscht, Daisuke war nicht derjenige, der er vorgab zu sein. Kido beginnt mit den Recherchen und deckt ein komplexes System von Identitätstausch auf. Bis er schließlich selbst von der Idee verführt wird, sich das Leben eines anderen Mannes anzueignen, um dem eigenen Schicksal zu entgehen.

Keiichirō Hirano, 1975 in Gamagōri geboren, ist ein japanischer Bestsellerautor. Sein Debütroman *Nisshoku*, den er 23-jährig verfasste, wurde 1998 mit dem Akutagawa-Preis ausgezeichnet. Seither hat er weitere prämierte Erfolgsromane veröffentlicht, die in zahlreiche Sprachen übersetzt wurden, und war Entsandter der japanischen Botschaft in Paris und anderen europäischen Städten. *Das Leben eines Anderen* ist Hiranos erster ins Deutsche übertragener Roman.

Nora Bierich, geboren 1958, hat Philosophie und Japanologie in Berlin und Tokyo studiert. Aus dem Japanischen übersetzte sie u. a. Werke von Kenzaburō Ōe und Yukio Mishima. 2019 erhielt sie den japanischen Noma Award for the Translation of Japanese Literature.

Keiichiro Hiranō
DAS LEBEN EINES ANDEREN

Roman

Aus dem Japanischen von
Nora Bierich

Suhrkamp

Die Originalausgabe erschien 2018
unter dem Titel ある男
bei Cork, Inc., Tokyo.

Die Veröffentlichung dieses Buches wurde unterstützt
von der Japan Foundation.

2. Auflage 2025

Erste Auflage 2023
suhrkamp taschenbuch 5337
© der deutschsprachigen Ausgabe
Suhrkamp Verlag GmbH, Berlin, 2022
© Keiichiro Hirano / Cork. All rights reserved.
Germany translation rights is granted by Keiichiro Hirano
licensed through Cork, Inc.
Alle Rechte vorbehalten.
Wir behalten uns auch eine Nutzung des Werks
für Text und Data Mining im Sinne von § 44b UrhG vor.
Umschlaggestaltung: Anzinger und Rasp, München
Umschlagfoto: Hayden Verry/Arcangel
Druck und Bindung: CPI books GmbH, Leck
Printed in Germany
ISBN 978-3-518-47337-5

Suhrkamp Verlag GmbH
Torstraße 44, 10119 Berlin
info@suhrkamp.de
www.suhrkamp.de

DAS LEBEN
EINES ANDEREN

VORREDE Der Protagonist dieses Romans ist ein Mann, den ich eine Zeit lang ganz vertraulich Kido-san genannt habe. Sie werden sicher bald verstehen, warum ich seinem Nachnamen trotz dieser Vertrautheit ein »san« anhängt habe, und auch, was mich mit diesem Menschen verbindet.

Das erste Mal begegnete ich Kido-san, als ich auf dem Heimweg von einer Lesung in einem Buchladen war. Ich hatte zweieinhalb Stunden ohne Unterlass geredet und war leicht aufgedreht. Um mich zu beruhigen, bevor ich nach Hause ging, betrat ich eine Bar, an der ich zufällig vorbeikam. Dort an der Theke saß Kido-san, allein, er hatte ein Glas vor sich.

Er plauderte mit dem Barmann, und ohne dass ich es wollte, lauschte ich den beiden. Irgendwann musste ich lachen, und so kamen wir ins Gespräch. Kido-san stellte sich mir vor, allerdings mit falschem Namen und Lebenslauf. Doch damals glaubte ich ihm, ich hatte keinen Anlass, an dem zu zweifeln, was er sagte.

Er war nicht sonderlich hübsch, trug eine Brille mit schwarzgerahmten, eckigen Gläsern, dennoch passte er mit seinen bedeutungsvollen Gesichtszügen zu der dämmrigen Bar. Wer so aussieht, dachte ich, ist auch noch attraktiv, wenn sich die ersten Falten zeigen und das Haar grau wird. Als ich meine Einschätzung äußerte, legte Kido-san ein wenig den Kopf zur Seite und antwortete leicht befremdet: »Ach, Unsinn ...«

Er schien nicht zu wissen, wer ich war, und als er es erfuhr, war es ihm peinlich, was mich wiederum verlegen machte. So etwas passiert mir hin und wieder. Der Beruf des Schriftstellers interessierte ihn, er stellte mir detaillierte Fragen, dann sah er mich plötzlich an, schien tief ergriffen, und sagte: »Entschuldigen Sie.« Ich runzelte die Stirn, woraufhin er mir erklärte, dass der Name, mit dem er sich vorgestellt habe, nicht sein richtiger sei und dass er in Wirklichkeit Kido Akira heiße. Er bat mich noch, dem Barbesitzer nichts davon zu sagen, und erwähnte, dass er Rechtsanwalt und 1975 geboren sei – genau wie ich.

Da ich selbst einmal Jura studiert habe, wenn auch nicht sehr ernsthaft, bin ich schnell eingeschüchtert, wenn ich Juristen begegne, doch jetzt, nach seinem Geständnis, fühlte ich mich keineswegs unterlegen. Denn alles, was Kido-san von seinem Leben erzählt hatte, wirkte erbärmlich und bemitleidenswert.

Ich fragte ihn ganz direkt, warum er mir solche Lügen aufgetischt habe. Ich fand, das gehöre sich nicht. Er zog die Augenbrauen zusammen und erwiderte, wobei er kurz nach den passenden Worten zu suchen schien: »Ich versuche mich aufrecht zu halten, indem ich den Schmerz anderer Menschen lebe.« Es lag Selbstironie in seinen Worten, und er lachte traurig.

»Wer nach Mumien sucht, wird irgendwann selbst zur Mumie ... Kennen Sie das Gefühl, mit Lügen aufrichtig sein zu wollen? Das geht natürlich nur an einem Ort wie diesem hier und nur für einen kurzen Moment. Für einen sehr kurzen Moment. Aber letztlich empfinde ich Zuneigung für einen wie mich. Eigentlich will ich über mich selbst nachdenken, und zwar unmittelbar. Doch ich schaffe es nicht, es macht mich krank. So ist es nun mal. Alles andere, was in meiner Hand liegt, habe ich getan. Vielleicht wird das auch bald nicht mehr nötig sein. Ich hätte nie gedacht, dass es einmal so kommen würde ...«

Seine Andeutungen irritierten mich, zugleich aber beeindruckte mich, was er sagte. Ich spürte eine unabwendbare Sympathie für ihn in mir aufkommen.

»Aber Ihnen werde ich von nun an die Wahrheit sagen«, fügte Kido-san hinzu.

Abgesehen von dieser anfänglichen Lügengeschichte war Kido-san ein offenherziger, ruhiger und gutmütiger Mensch. Er war sensibel, hatte ein feines Gespür, und in allem, was er sagte, offenbarte sich sein tiefgründiger und komplizierter Charakter.

Es war angenehm, mit ihm zu reden. Er verstand genau, was ich sagte, und ich wusste, was er sagen wollte. So einem Menschen begegnet man nicht oft. Auch die Liebe zur Musik verband uns. Und gewiss, so vermutete ich, gab es einen Grund, warum er mir erst einen falschen Namen genannt hatte.

Als ich irgendwann, es war wieder derselbe Wochentag, noch einmal in der Bar vorbeischaute, saß Kido-san allein am Tresen und forderte mich auf, neben ihm Platz zu nehmen. Der Besitzer saß in einiger Entfernung. Wir trafen uns danach noch mehrmals dort, saßen immer auf denselben Stühlen und redeten bis tief in die Nacht.

Kido-san trank immer Wodka. Obwohl er recht dünn war, konnte er einiges vertragen, und selbst wenn er behauptete, betrunken zu sein, blieb sein Ton immer gleich, er war immer ruhig.

Langsam wurden wir vertrauter. Wenn man älter wird, passiert es selten, dass man noch einmal einen guten Trinkkumpanen findet. Unsere Freundschaft beschränkte sich jedoch auf den Tresen jener Bar, wir fragten einander nicht einmal, wo wir wohnten. Kido-san traute sich wahrscheinlich nicht. Und ich war, um ehrlich zu sein, lieber vorsichtig. Jetzt habe ich ihn schon länger nicht mehr getroffen, womöglich werde ich ihn nicht wiedersehen. Dass er die Bar nicht mehr aufsucht – sie nicht mehr braucht –, deute ich als gutes Zeichen.

Ein Schriftsteller ist immer, ob bewusst oder unbewusst, auf der Suche nach Menschen, die ihm als Modelle für seine Romane dienen könnten. Er hofft, dass eines Tages ganz plötzlich, wie durch einen glücklichen Zufall, Meursault oder Holly Golightly vor ihm stehen. Als Vorlage eignen sich vor allem außergewöhnliche Menschen, allerdings müssen sie auch etwas an sich haben, was sie zum Sinnbild für Andere oder einer ganzen Zeit werden lässt, damit sie, durch die Fiktion geläutert, Symbolcharakter erhalten.

Manchmal, wenn mir Leute von den dramatischen Höhen und Tiefen ihres Lebens erzählen, bekomme ich Lust, ihre Erlebnisse in einem Roman zu verarbeiten, sie ermuntern mich hin und wieder sogar kaum merklich dazu, als wollten sie eigentlich sagen: »Schreiben Sie ruhig über mich.« Aber wenn ich mir ihre aufregenden Geschichten dann ernsthaft vornehmen will, zögere ich. Obwohl sich derartige Bücher bestimmt gut verkaufen würden.

Ich entdecke meine Modelle eher in Personen, die ich schon lange kenne. Da ich mich ungern mit Menschen umgebe, die mich nicht wirklich interessieren, haben alle, mit denen ich in Beziehung stehe, etwas Besonderes an sich. Und dann stelle ich plötzlich, durch irgendeinen Zufall, erstaunt fest, dass sich eine bestimmte Person für die Hauptfigur meines nächsten Romans eignen könnte, nach der ich schon so lange suche.

Die Protagonisten größerer Romane verbringen viel Zeit mit ihren Lesern, daher erscheinen mir Personen geeignet, für die ich in Ruhe und über einen längeren Zeitraum ein tiefes Verständnis entwickelt habe.

Von unserem zweiten Treffen an erfuhr ich nach und nach, warum Kido-san einen falschen Namen benutzt hatte; es war eine recht komplizierte Geschichte. Fasziniert saß ich da, die Arme verschränkt, und stellte Vermutungen an, warum er mir das alles erzählen wollte. Er sagte zwar nicht: »Schreiben Sie ruhig über mich«, aber die Möglichkeit war ihm ohne Zweifel bewusst. Kido-san tatsächlich als Vorlage für meine Romanfigur zu nehmen, habe ich jedoch zu einem anderen Zeitpunkt entschieden, als ich nämlich zufällig einen Rechtsanwalt traf, der ihn gut kannte.

Auf meine Frage, was für ein Mensch Kido-san sei, antwortete er, ohne zu zögern: »Ein großartiger Mann. Gutmütig, zu Taxifahrern beispielsweise. Wenn sie den Weg nicht wissen, erklärt er ihnen freundlich und präzise, wie sie fahren müssen, er ist wirklich beeindruckend.«

Ich lachte, musste aber zugeben, dass solch ein Verhalten in unserer heutigen Zeit in der Tat bemerkenswert war – zumal, wenn man so viel Geld besaß.

Der Anwalt berichtete noch von anderen ungewöhnlichen

Dingen, so auch von einer anrührenden Begebenheit, die Kido-san selbst nie erwähnt hatte, und allmählich konnte ich mir ein lebhaftes Bild davon machen, wie traurig und einsam dieser Mann sein musste, der genauso alt war wie ich und demnach nicht mehr ganz jung. Doch er war, auch wenn das vielleicht etwas veraltet klingt, eine *Persönlichkeit*.

Um diesen Roman zu schreiben, habe ich sowohl mit dem Anwalt als auch mit anderen Bekannten von Kido-san gesprochen, ich habe Dinge recherchiert, zu denen sich Kido-san aufgrund der Schweigepflicht nur vage geäußert hat, ich habe alles ein wenig ausgeschmückt und in Fiktion verwandelt. Kido-san selbst hätte wahrscheinlich nie so viel von seiner Arbeit preisgegeben, doch ich bin dabei den Notwendigkeiten meines Romans gefolgt.

In meinem Buch treten weitere recht besondere Charaktere auf, sodass sich manche fragen mögen, warum ich nicht eine der Nebenfiguren zum Protagonisten gewählt habe. Doch während Kido-san mehr und mehr vom Leben eines Anderen besessen war, dem er hinterherrannte, folgte ich ihm, weil ich glaubte, dass es auch bei ihm etwas zu entdecken gab.

In einem Bild von René Magritte, das den Titel *La reproduction interdite* trägt, sieht man einen Mann von hinten vor einem Wandspiegel stehen. Im Spiegel ist er ein weiteres Mal von hinten zu sehen, wie er in die Tiefe des Spiegels schaut. Die hier vorliegende Geschichte weist Ähnlichkeiten mit Magrittes Gemälde auf. Und vielleicht werden die Leser hinter mir als Autor, der von Kido-san besessen ist, das Thema dieses Romans entdecken.

Vielleicht werden Sie aber auch, durch meine Vorrede irritiert, Zweifel daran hegen, ob es sich bei dem Mann in der Bar tatsächlich um Kido-san handelt. Das wäre durchaus verständlich, doch ich persönlich bin überzeugt, dass er der ist, der er zu sein behauptet.

Auch wenn die Geschichte eigentlich mit Kido-san beginnen sollte, möchte ich zuerst von einer Frau namens Rie berichten. Denn seinen Anfang nimmt dieser Roman mit einem äußerst merkwürdigen und bedauernswerten Ereignis, das ihr widerfahren ist.

I Mitte September 2011 verbreitete sich in der Stadt S. die Nachricht, dass der Mann von Rie, der Besitzerin des Schreibwarengeschäfts, zu Tode gekommen sei.

Während in Japan alle mit dem Jahr 2011 das Große Tōhoku-Erdbeben verbinden, prägte sich Daisukes eher unscheinbarer Tod manchen Bewohnern der im Zentrum der Präfektur Miyazaki gelegenen Kleinstadt S. noch stärker ein. Denn nicht wenige der etwa 30 000 Einwohner der südlichen Provinzstadt, so auch Ries Mutter, waren noch nie einer Person begegnet, die aus dem Nordosten Japans stammte, wo sich das Erdbeben ereignet hatte.

Auf der Landkarte kann man sehen, wie die alte Mera-Fernstraße, die über die Berge von Kyūshū bis nach Kumamoto führt, das Zentrum der Stadt S. durchzieht. Tatsächlich bestimmt sie die Struktur der Stadt. Bis in das südöstlich gelegene Miyazaki sind es mit dem Auto etwa 40 Minuten.

Die Stadt S. hat allerlei zu bieten: Wer sich für die Geschichte des Altertums interessiert, dem kommen sicher sofort die riesigen Kofun-Hügelgräber in den Sinn. Baseball-Fans bringen eher das im Frühling stattfindende Trainingscamp eines ihrer Teams mit der Stadt in Verbindung, und wer Staudämme mag, der weiß, dass sich dort der größte Staudamm Kyūshūs befindet. Rie interessierte sich jedoch, typisch für eine Einheimische, kaum für die Attraktionen ihrer Stadt, auch wenn sie später eine besondere Zuneigung für die Kirschbäume im Kofun-Park entwickeln sollte.

Vor ein paar Jahren hatte die Stadt S. eine gewisse Berühmtheit erlangt, als in einem Dokumentarfilm von einem nahegelegenen Dorf in den Bergen berichtet wurde, das von seinen Bewohnern in den 1980er Jahren, dem Höhepunkt der Landflucht, aufgegeben worden war. In der Folge entwickelte sich eine Art Ruinen-Hype, und plötzlich sah man hier und dort Touristen mit verächtlichen Blicken durch die Straßen ziehen, die sich am Verfall ergötzten.

Wenige Jahre darauf, in der Wirtschaftsblase Ende der 1980er Jahre, also am Ende der Shōwa-Zeit, hatte man noch mal einiges in das Stadtzentrum investiert, sodass es zu gewissem Wohlstand gelangte. Doch heute sind angesichts der wenigen Geburten und der Überalterung viele Rollläden in der Geschäftsstraße geschlossen, die nun den traurigen Spitznamen »Shōwa-Hügelgrab« trägt. Der Seibundō-Schreibwarenladen im Erdgeschoss von Ries Elternhaus war eins der wenigen Geschäfte an der Mera-Straße, die noch geöffnet hatten.

Ries verstorbener Ehemann, Taniguchi Daisuke, war in die Stadt gekommen, kurz bevor der Film über das verlassene Bergdorf für Aufsehen sorgte. Er hatte Arbeit in der Holzwirtschaft gesucht, und obwohl er mit seinen 35 Jahren keinerlei Erfahrung vorweisen konnte, fand er schließlich eine Anstellung bei Itō-Holz. Dort arbeitete er vier Jahre lang, und zwar mit einer solchen Gewissenhaftigkeit, dass ihm sogar der Chef Respekt zollte. Bis er schlussendlich von einer von ihm selbst gefällten Zeder erschlagen wurde. Da war er 39 Jahre alt.

Taniguchi Daisuke war ein schweigsamer Mensch, er hatte Kollegen, aber keine Freunde, mit denen er sich ausgetauscht hätte, und außer Rie wusste kaum jemand etwas Genaueres über sein Vorleben. Sicherlich gab es auch Dinge, die er niemandem erzählte, doch das war bei Fremden, die es aus irgendwelchen Gründen in einsame Ortschaften verschlug, keine Seltenheit. Er blieb rätselhaft.

Was Daisuke von den sonstigen Hinzugezogenen unterschied, war, dass er nicht einmal ein Jahr nach seiner Ankunft Rie vom Schreibwarengeschäft heiratete. Rie war die einzige Tochter, ihre Eltern hatten das Geschäft bereits von Ries Großvater übernommen. Jeder im Ort kannte sie, und von ein paar Eigenheiten abgesehen, war sie eine verlässliche Person mit klarem Verstand. Als sie und Daisuke heirateten, waren die Leute im Ort überrascht, doch da sie annahmen, dass Rie ihren künftigen Ehemann eingehend kennengelernt und nichts Problematisches an ihm gefunden hatte, stellten sie keine weiteren Fragen zu Daisuke und seiner Vergangenheit.

Der Chef von Itō-Holz, der seinen Mitarbeiter und dessen sanftmütige Art schätzte, freute sich über die Heirat, stieg doch damit die Wahrscheinlichkeit, dass Daisuke in der Stadt bleiben würde. Für die Beamten im Rathaus wiederum und ihr »Zurück aufs Land«-Programm galt die Verbindung als mustergültig.

Niemand sprach schlecht über Taniguchi Daisuke, was auch daran lag, dass er mit Rie verheiratet war. Und wenn einer doch mal etwas Hässliches oder Boshaftes sagte, stieß dies auf allgemeines Missfallen, und meist legte dann ein Anderer ein gutes Wort für ihn ein. Daisuke war also durchaus beliebt, könnte man sagen.

Er war ein stiller, aber nicht unbedingt düsterer Mensch, er suchte nicht von sich aus das Gespräch, stand jedoch freudig Rede und Antwort, wenn er etwas gefragt wurde. Er strahlte eine eigenartige Gelassenheit aus, und Itō, sein Chef, sagte zuweilen, die Arme vor der Brust verschränkt: »Der Kerl hat Format.« Daisuke wurde nie wütend, er war nicht launisch, blieb immer freundlich, doch bei gefährlichen oder ineffizienten Arbeitseinsätzen bezog er deutlich Stellung. Da es bei der Arbeit im Wald jederzeit zu Unfällen kommen konnte, fiel schnell einmal ein grobes oder scharfes Wort, Daisuke aber, dem Neuen unter den Männern, gelang es meist, aufkommenden Ärger abzuwenden.

An die drei Jahre braucht es, so sagt man, um Kettensägen, Prozessoren und Holzgreifer eigenständig bedienen zu können, Daisuke wurden sie bereits nach eineinhalb Jahren anvertraut. Er konnte Situationen einschätzen, war mutig und sowohl psychisch als auch physisch in gesunder Verfassung.

Schweigend ging er seiner Arbeit nach, egal, ob im Sommer die Sonne brannte oder im Winter ein frostiger Schneeregen fiel, er beklagte sich nie. »Sag Bescheid, wenn du nicht mehr kannst«, ermahnte ihn der Vorarbeiter hin und wieder. Wer einen Mitarbeiter neu einstellt, weiß erst im Nachhinein, ob die Entscheidung gut war, doch mit Daisuke hatte sein Chef die richtige Wahl getroffen, wie er stolz vor Kollegen aus der Branche prahlte, und das lag, wie er vermutete, daran, dass Daisuke studiert hatte.

Itō führte die Firma schon in der dritten Generation, aber einen Mitarbeiter wie Daisuke hatte er noch nie gehabt.

Als Daisuke starb, trauerten die Nachbarn mit Rie, sie kannten sie schon von klein auf. »Sie ist gezeichnet«, sagten sie. »Gezeichnet« bedeutete, dass sie kein Glück hatte. Es ist eine altmodische Redewendung, die im Kyūshū-Dialekt heute noch verwendet wird, und besonders alte Menschen, die auf ein langes Leben zurückblicken, drücken damit ihr aufrichtiges Bedauern aus. Das heißt aber nicht, dass die Bewohner Kyūshūs wenig Glück haben oder fatalistischer sind als Andere.

Jedem kann ein Unglück zustoßen. Zugleich aber glauben wir, ohne es näher begründen zu können, dass ein großes Unglück einen Menschen nur einmal im Leben trifft. Die Glücklichen tun dies aus einer gewissen Naivität heraus. Und wem tatsächlich ein Unglück widerfahren ist, der wünscht inständig, dass ihn kein zweites treffen möge. Doch bei dem großen Unglück, das einen angeblich nur einmal heimsucht, verhält es sich so wie mit dem streunenden Hund, der stur immer weiter derselben Person hinterhertrottet. Und weil das Unglück Menschen also verfolgt, nehmen sie religiöse Reinigungszeremonien vor oder lassen sogar ihren Namen ändern.

Mit Daisuke hatte Rie bereits drei ihrer liebsten Menschen verloren.

Bis zum Abschluss der Oberschule hatte sie bei ihren Eltern in S. gewohnt, dann war sie zum Studium nach Yokohama gezogen, hatte dort eine Arbeit gefunden und mit 25 Jahren ihren ersten Mann geheiratet. Mit diesem bekam sie zwei Söhne: Yūto und Ryō.

Als Ryō zwei Jahre alt war, wurde bei ihm ein nicht heilbarer Hirntumor diagnostiziert, er starb ein halbes Jahr später. Zum ersten Mal in ihrem Leben stürzte Rie, die eine glückliche Kindheit und Jugend gehabt hatte, in eine so tiefe Trauer, dass sie nicht mehr weiterwusste.

Bevor Ryō starb, hatte sie sich mit ihrem Mann wegen möglicher Therapien ihres Sohnes gestritten. Die Verletzungen, die sie damals erfuhr, hatten sich tief in ihr eingebrannt. Nach dem Tod ihres Sohnes beschwor ihr Mann sie, das Leid als Familie gemeinsam durchzustehen, doch sie schüttelte nur den Kopf. Der Streit um die Scheidungsmodalitäten dauerte elf Monate, dann einigten sie sich. Dank ihres versierten Rechtsanwalts bekam sie das Sorgerecht für ihren Sohn Yūto zugesprochen, das auch ihr Mann beansprucht hatte. Ihre Schwiegereltern, mit denen sie sich immer gut verstanden hatte, schickten ihr eine Postkarte, auf der sie sie als »Unmensch« beschimpften.

Kurz darauf starb, ganz unerwartet, ihr Vater in Miyazaki. Damals entschied Rie, mit Yūto zurück nach Kyūshū zu ziehen.

Die Menschen ihrer Heimatstadt hatten großes Mitleid mit Rie und ihrem schweren Schicksal. Sie hatten das ›nette Mädchen‹ schon immer gemocht.

Sie war ein niedliches Kind gewesen, ruhig oder fast schweigsam, ihr Blick schien immer in die Ferne zu schweifen, als hinge sie ganz eigenen Gedanken nach. Die Freundinnen zogen sie oft damit auf: »Seht mal, Rie träumt schon wieder!«

Sie war zwar nicht gerade eine Musterschülerin, hatte aber doch so gute Noten, dass klar war, sie würde nicht auf die hiesige Oberschule, sondern auf eine Schule in Miyazaki wechseln und müsste jeden Morgen und Nachmittag eine Stunde mit dem Bus fahren. Ihre Freundinnen wunderten sich nicht über diese Entscheidung. Und obwohl Rie ein so zurückhaltendes Wesen hatte, gab es in jedem Jahrgang – sowohl in der Mittel- als auch in der Oberschule – immer ein paar Jungs, die heimlich in sie verschossen waren und ihr im Klassenzimmer oder auf dem Flur aus gebotener Entfernung nachblickten.

Ries Eltern waren stolz auf ihre einzige Tochter, die später in Yokohama studierte, einen angehenden Architekten heiratete und schon bald zwei Kinder zur Welt brachte. Es gab niemanden, bei dem sie mit ihrer heiteren Art ein Gefühl der Abneigung oder Missgunst hervorgerufen hätte.

Dann aber nahm Ries Leben die für alle unvorstellbare Wendung. Keiner, weder ihre Schulkameradinnen noch die späteren Freunde, hatten je an ihrem Glück gezweifelt, und fühlten daher umso mehr mit ihr, als sie von dem Tod ihres kleinen Sohnes erfuhren, sowie davon, dass sie sich von ihrem Mann hatte scheiden lassen und in die Heimat zurückkehrte, ja mehr noch, Ries Unglück machte sie unsagbar wütend. Es machte ihnen Angst, dass die Welt, in der sie lebten, zu solchem Unglück fähig war. Und als dann Ries zweiter Mann, Taniguchi Daisuke, starb, mit dem sie gerade einmal drei Jahre und neun Monate verheiratet gewesen war, wussten alle, dass sie nie etwas Schlechtes über ihn sagen würden, schon allein deswegen, weil er Ries Mann gewesen war.

Als Rie Daisuke kennenlernte, hatte sie gerade von ihrer Mutter die Führung des Geschäfts übernommen. Sie verbrachte die Tage im Laden, stand in Gedanken versunken da, kassierte oder fuhr mit dem Auto Büroartikel zu ihren Kunden aus – zur Bank, ins Rathaus und zu ihrer alten Mittelschule. Dort traf sie auf alte Bekannte, die ihr Trost zusprachen, begegnete aber auch, da sie von ihrem Vater zudem die Vertretung für den großen Versandhandel geerbt hatte, einigen neuen Kunden, mit denen sie sich im Umgang unbeschwerter fühlte.

Kaum war sie allein, musste sie an ihren toten Sohn denken, dann weinte sie oft. Sie musste daran denken, wie sie etwa einen Monat vor Ryōs Tod bei ihm im Krankenhaus gewesen und für ein Gespräch mit dem Arzt kurz aus dem Zimmer gegangen war. Als sie zurückkam, hatte Ryō still dagelegen und an die Decke geschaut, sie konnte sein kleines Gesichtchen nicht vergessen. Was er wohl fühlte oder dachte? Die Fähigkeit zu denken, die ihn für die nächsten Jahrzehnte hätte wappnen sollen, diente ihm nun zur Erkenntnis seines näher kommenden Todes. Auch wenn er natürlich bis zum Schluss nicht verstand, was für ein entsetzliches Geschehen sich da in seinem Körper abspielte. – Wenn Rie sich an diesen Anblick erinnerte, fühlte sie ihre Beine so schwach werden, dass sie sich unwillkürlich niederkauerte und die Hände vor ihr Gesicht presste.

Doch sie hatte ja noch ihren großen Sohn Yūto und wünschte sich, dass er möglichst sorglos aufwachse. Yūto war noch jung, und der Tod seines Bruders hatte ihn nicht so stark mitgenommen, er wirkte seit ihrer Rückkehr erstaunlich fröhlich – für Rie war das der einzige Trost.

Sie musste auch an ihren Vater denken; an ihren Vater, der in ihrem Leben nicht ein Mal seine Stimme gegen sie erhoben hatte, der immer großzügig und voller Liebe für sie gewesen war. Auch wenn sie nicht sehr gläubig war – ihre Familie gehörte der Jōdō-Gemeinschaft an und praktizierte nur den sogenannten Beerdigungs-Buddhismus –, stellte sie sich oft vor, wie er im Paradies auf seinen Enkel Ryō aufpasste. Dann wurde ihr leichter ums Herz. Ihre Mutter bestärkte sie in diesem Glauben. »Der kleine Ryō ist ja nicht allein«, sagte sie. »Vater hat sich seinetwegen schon früher ins Paradies aufgemacht. Er ist ihm gefolgt, damit er keine Angst haben muss. Rie braucht ja noch eine Weile, meinte er, da mach ich mich schon mal auf den Weg.«

Vierzehn Jahre war es her, seit Rie die Oberschule abgeschlossen hatte und fortgegangen war. Jetzt lebte sie wieder in der Heimat, was sie als tröstend empfand, doch manchmal, wenn sie regungslos im Geschäft an ihrem Schreibtisch saß, überkam sie ein Gefühl der Leere, und sie hatte Angst, ob sie das alles schaffen würde. Sie hatte das Gefühl, als sei das Band zwischen ihr und der Welt zerrissen, die Zeit zog an ihr vorbei, ohne dass sie etwas empfinden konnte. Als würde jemand Abfälle in einen Teich werfen, die erst zu Boden sinken, um dann später wieder an die Oberfläche zu steigen, tauchte in ihrem Bewusstsein mit einem Mal der Gedanke auf, dass es gar nicht so schrecklich wäre, zu sterben. Ihr kleiner Ryō hatte es bereits hinter sich gebracht und wartete mit ihrem Vater auf sie. Bei dieser unsinnigen Vorstellung spürte sie, wie ihr plötzlich eine frostig kalte Angst in die Knochen fuhr.

Wenn Rie in der ersten Zeit nach ihrer Rückkehr in den sozialen Netzwerken die Nachrichten und Posts ihrer Freundinnen und Freunde aus Yokohama sah, verspürte sie Neid, doch irgendwann, nachdem sie eine Woche pausiert hatte, stellte sie zu ihrer Überraschung fest, dass die Fotos und Nachrichten sie nicht mehr interessierten.

Obwohl im Laden nicht viel los war, konnten Rie, ihre Mutter und ihr Sohn dank der Bestellkunden von dem Schreibwarengeschäft leben. Die Zukunft sah allerdings nicht sehr rosig aus. Früher war sie jedes Jahr zu Obon und Neujahr heimgekehrt, sie hatte die geschlossenen Fensterläden der anderen Geschäfte gesehen, doch erst jetzt bemerkte sie die Einsamkeit; es war, als hätte man sie in einem leerstehenden, dem Verfall anheimgegebenen Haus allein zurückgelassen.

In dem Gebäude gegenüber war früher im ersten Stock die Klavierschule gewesen, in die sie acht Jahre lang gegangen war. Jetzt wurde es nicht mehr genutzt, das Haus verfiel. Es gab anscheinend noch nicht mal mehr Jugendliche, die Graffiti an die Wände sprühten. Einmal in der Woche war sie als Kind dorthin gegangen, war danach wieder ins Geschäft gekommen, hatte ihre Hausaufgaben erledigt und darauf gewartet, dass ihr Vater mit der Arbeit fertig würde. Voller Wehmut dachte sie zurück an die Zeit, als sie neben ihm auf dem Beifahrersitz gesessen hatte, und nur sie beide den nicht sehr weiten Weg nach Hause fuhren ...

Sollte sie vielleicht doch eher Richtung Tōkyō oder vielleicht nach Hakata ziehen und sich dort eine Arbeit suchen? Manchmal hatte Rie solche Ideen, doch sie beließ es dabei, es schien ihr zu mühsam, sie wirklich in die Tat umzusetzen.

Im Februar des Jahres nach ihrer Rückkehr betrat Taniguchi Daisuke zum ersten Mal das Seibundō-Schreibwarengeschäft. Rie war gerade erst von einer Erkältung genesen, denn obwohl es in Kyūshū deutlich wärmer war als in Yokohama, hatte sie dort in einem gut beheizten Apartment gewohnt, jetzt war sie die Kälte ihres Elternhauses nicht mehr gewohnt, besonders im Bad fror es sie. Yūto und sie waren in diesem Winter bereits zweimal krank gewesen, sodass die Mutter als einzig Gesunde unter ihnen sie plötzlich pflegen musste.

Draußen war es schon dunkel – normalerweise kamen um diese Zeit nur noch ein paar Kinder, die auf dem Rückweg von der Schule Hefte und Stifte kauften –, als Daisuke unerwartet den Laden betrat. Rie hatte gerade überlegt, ihre

Mutter um Ablösung zu bitten, damit sie das Abendessen vorbereiten könnte. Da überhaupt nie viele Kunden in den Laden kamen, zog der unbekannte Mann, der noch dazu etwa gleich alt war wie sie, ihre Aufmerksamkeit auf sich. Er brachte ein Notizbuch, einen Skizzenblock und ein Aquarell-Malset mit an die Kasse, auch das war eher ungewöhnlich. Der Mann war schlank und so groß, dass Rie mit ihrer kleinen Statur leicht zu ihm aufsehen musste. Er war einfach gekleidet, trug eine dunkelblaue Windjacke und Jeans und schien nicht aus der Gegend zu sein.

Rie löste das Preisschild von dem Notizbuch und fragte sich, ob er hier in der Stadt ein neues Leben beginnen würde und warum er dies wollte. Nicht nur ihr, jedem hier in der Stadt wäre das komisch vorgekommen. Als er den Laden verließ, rief sie noch einmal »Vielen Dank« und sah ihm nach, sie hatte das Gefühl, dass es in seinem Leben viel zu erzählen gab.

Noch nicht einmal einen Monat später kam der Mann wieder in den Laden und kaufte noch einmal einen Skizzenblock und Wasserfarben. Es hatte seit dem Morgen fürchterlich geregnet, und gerade war Frau Okumura, eine alte Bekannte ihrer Mutter, mit Bambussprösslingen hereingekommen, um sich ein wenig die Zeit zu vertreiben.

»Kommen Sie«, sprach Rie ihn an, als sie merkte, dass er sich nicht zur Kasse traute. »Oh, entschuldigen Sie, junger Mann. Da steh ich wohl im Weg«, sagte Frau Okumura und trat zur Seite. Daisuke senkte leicht den Blick und legte die Sachen auf den Tresen.

»Ein doller Regen, was?«, sprach Frau Okumura ihn an.

»Stimmt«, Daisuke lächelte. Vor dem Laden stand sein weißer Wagen.

»Brauchen Sie eine Rechnung?«, fragte Rie.

»Ach so ... nein danke«, antwortete er und senkte den Blick. Doch plötzlich sah er auf, als störe es ihn, wie er da vor ihr stand, und blickte Rie einen Moment lang direkt in die Augen. Sie sah ihn verwundert an, als hätte er sie etwas gefragt. Aber Daisuke sagte nichts, er wich ihrem Blick aus, verbeugte sich, trat aus dem Laden in den strömenden Regen hinaus, stieg in sein Auto und fuhr fort.

Danach kam der Mann, dessen Namen Rie nicht kannte, etwa einmal im Monat im Laden vorbei und kaufte einen Skizzenblock und Malutensilien. Meist kam er abends, und hatte er anfangs nur einen großen A3-Skizzenblock gekauft, nahm er später noch einen kleineren im A5-Format dazu. Für gewöhnlich verlangten nur die Oberschüler aus der Kunstklasse nach Skizzenblöcken, doch wenn Rie jetzt die Bestellungen fürs Lager machte, musste sie automatisch an ihren neuen Kunden denken.

Ungefähr ein halbes Jahr später – Yūtos Sommerferien neigten sich dem Ende zu, und auch an diesem Tag goss es in Strömen – betrat er plötzlich um kurz nach drei Uhr das Geschäft. Dicke Regenwolken hingen bedrohlich über der Stadt, es blitzte einige Male, gefolgt von einem so lauten Donnern, dass der Boden bebte und Rie mehrmals zusammenzuckte. Als er die Tür öffnete, brach mit der schwülen Luft, die in den Laden schwappte, auch das Zirpen der Zikaden herein, die selbst jetzt in dem prasselnden Regen noch in den dichten Straßenbäumen saßen und sirrten – schnell schloss er die Tür wieder.

Auch Frau Okumura war wieder da, die Zuflucht vor dem Wetter gesucht hatte. Sie saß auf einem Stuhl, aß einen Manjū und plauderte mit Ries Mutter. Als Daisuke wie immer mit einem Skizzenblock und den Farben an die Kasse kam, fragte Frau Okumura:

»Malen ist wohl Ihr Hobby, junger Mann?«

»... Ja«, antwortete er überrascht und lächelte.

»Einer meiner Kunden meinte, er hätte sie draußen malen sehen. Auf der Wiese am Hitotsuse-Fluss. Stimmt's oder habe ich recht? Sie müssen ja schon eine ganze Sammlung zusammenhaben.«

Daisuke nickte nur leicht, er lächelte immer noch.

»Wollen Sie uns das nächste Mal nicht was zeigen? Du würdest die Bilder doch auch gern sehen, oder, Rie?«

Rie spürte, dass Frau Okumuras Wunsch nicht bloß ihrer Neugierde auf die Bilder geschuldet war, sie wollte vielmehr erfahren, wer dieser Stammkunde war, von dem niemand wusste, woher er kam. In diesem Moment wurde ihr wieder bewusst, warum sie damals als Teenager diesem liebenswerten und friedlichen Provinzstädtchen so unbedingt hatte entkommen wollen. Es tat ihr irgendwie leid, dass ihr schweigsamer neuer Stammkunde extra hierhergezogen war.

»Sie bringen ihn in Verlegenheit, Frau Okumura. Entschuldigen Sie! Nehmen Sie es sich nicht zu Herzen und kommen Sie bald wieder.«

»Keine Sorge ... Aber meine Bilder sind nicht so gut, dass ich sie zeigen würde.«

Er nickte und verließ wie immer eilig das Geschäft.

Frau Okumura sah erst zu Rie, dann zu deren Mutter hin und lächelte vielsagend.

2 Rie fürchtete schon, der Mann würde nicht mehr wiederkommen. Der Gedanke stimmte sie traurig. Nicht weil sie ihn dann nicht mehr sähe, so weit war es noch nicht. Sie fand es bedauerlich, dass Frau Okumura mit ihrem Verhalten diesen einsam wirkenden Mann womöglich aus der Stadt vertrieben haben könnte. Sie war so traurig, als habe jemand einen zerbrechlichen Gegenstand, den man selbst mit besonderer Vorsicht behandelt, unerwartet in die Hand genommen und kaputt gemacht.

Doch entgegen ihrer Befürchtung kam der Mann eine Woche später wieder in den Laden, wie gewöhnlich abends an einem Wochentag. Anscheinend machte es auch ihm etwas aus, dass die Leute in der Stadt ihn nicht einordnen konnten. »Hier ...« Er legte zwei Skizzenblöcke auf den Tresen. Wahrscheinlich hatte er sie die ganze Zeit mit sich herumgetragen, denn die Ecken des grünfarbenen Einbands waren schon ganz hell und abgestoßen. Es waren keine anderen Kunden da, ihre Mutter war unterwegs, sie waren also allein im Laden.

»Sie haben die Bilder extra für mich mitgebracht?« Rie lächelte.

Auf den ersten Seiten waren Ansichten der Aoshima-Insel bei Miyazaki zu sehen. Rie erkannte das sogenannte »Teufelswaschbrett«, eine wie durch kleine Wellen geformte felsige Küstenlandschaft, dann das Tor des Aoshima-Schreins, das Meer, in dem sich der blaue Himmel zu spiegeln schien, und einen in der Ferne liegenden Küstenstreifen.

Rie blickte ihren Stammkunden an, von dem sie immer noch nicht wusste, wie er hieß, und der mit versteinertem Gesichtsausdruck vor ihr stand. Er versuchte ebenfalls zu lächeln, doch es gelang ihm nicht recht, seine Wangen bebten nur.

Rie blätterte weiter und entdeckte den Hitotsuse-Fluss, von dem Frau Okumura gesprochen hatte, und den in der Nähe gelegenen Park, den Damm vor der Stadt, die in voller Blüte stehenden Kirschbäume bei den Hügelgräbern ... Es waren all die Landschaften und Sehenswürdigkeiten, zu denen es die Touristen zog, aber auch ganz gewöhnliche Orte, die nur für Fremde besonders schienen. Manche Skizzen waren in Schwarzweiß gehalten, andere waren farbig.

Die Bilder zeigten kein außergewöhnliches Talent. Aber sie waren auch nicht schlecht, und Rie musste an die Bilder des Jungen in ihrer Mittelschule denken, der im Kunstunterricht der Klassenbeste gewesen war. Die meisten Menschen malen, solange sie Kinder und Jugendliche sind, im Werk- oder Kunstunterricht, aber nach der Mittelschule hören sie auf. Wenn man einem Erwachsenen plötzlich Zeichenpapier und Stifte vorlegt, wird er wahrscheinlich so malen wie früher als Schüler, denn er hat in der ganzen Zeit nichts dazugelernt.

Ihr Stammkunde malte also weiter, und trotzdem waren auch seine Malkünste auf dem Niveau von damals stehen geblieben. Doch was war mit seinem Geist? Eine Unschuld wie früher war einem älteren, reiferen Menschen nicht mehr gestattet. Der Mann war so alt wie sie, Mitte dreißig. Er malte klare, fröhliche Bilder, und zwar nicht nur eins, einfach so zum Spaß; er malte schweigend ganze Skizzenblöcke voll. Rie war gerührt. Sah die Welt in seinen Augen noch so arglos aus? Was führte er für ein Leben, in dem er der Welt mit solcher Ruhe begegnen konnte?

Eine Viertelstunde lang blätterte Rie in den Skizzenblöcken. Sie hoffte, dass niemand sie stören würde. Sie merkte, wie sie sich wünschte, dass kein Kunde zur Tür hereinkäme. Schließlich blieb ihr Blick an einem Bild am Ende des zweiten Skizzenblocks hängen. Es zeigte das Gebäude am Busbahnhof, von dem aus sie als Oberschülerin jeden Tag nach Miyazaki gefahren war. Auch jetzt kam sie noch häufig dort vorbei, doch als sie das Bild sah, war sie so erschüttert, dass ihr die Tränen in die Augen stiegen.

Später fragte sie sich manchmal, warum sie damals hatte weinen müssen. Letztlich kam sie zu dem Schluss, dass ihre psychische Verfassung sehr labil gewesen sein musste. So viele Emotionen hatten sich seit ihrer Rückkehr angestaut, nicht nur durch den Tod von Ryō und ihrem Vater, und ein winziger Tropfen hatte das Fass zum Überlaufen gebracht.

Jeden Morgen hatte sie im Warteraum dieses Busbahnhofs gesessen und auf den Bus nach Miyazaki gewartet. Nicht im Traum wäre sie damals auf die Idee gekommen, dass sie in Zukunft einmal in Yokohama arbeiten und heiraten würde, dass sie eines ihrer beiden Kinder schon früh verlieren, sich scheiden lassen und wieder hierher zurückziehen würde.

Dieser in frischen Wasserfarben gemalte Busbahnhof sah noch genauso aus wie das Gebäude, an das sie sich wehmütig erinnerte. 15 Jahre waren vergangen, und die einzige Veränderung bestand darin, dass dort am Busbahnhof keine Teenagerin in Schuluniform mehr saß.

Wenn sie später an diese Situation zurückdachte, schien es ihr, als sei ihr das alles vielleicht nur in einer flüchtigen Laune in den Sinn gekommen. Doch in dem Moment hatte sie gespürt, wie etwas in ihrer Brust anschwoll, bis es sie ganz ausfüllte und alle anderen Gefühle verdrängte.

Rie konnte ihre Tränen nicht verbergen, wusste aber auch nicht, wie sie sie erklären sollte. »Das ist sehr schön ... Entschuldigen Sie, aber ich kenne den Ort gut und musste an früher denken.« Sie lächelte und wischte sich mit den Fingerbeeren die Tränen ab. Dann schloss sie den Skizzenblock, als habe sie Angst, die Bilder könnten nass werden, hielt sich die Hand vor den Mund, blieb einen Moment so, und lächelte wieder fröhlich.

Zu ihrer Überraschung standen dem Mann, der sie immer noch schweigend ansah, ebenfalls Tränen in den Augen. Er senkte rasch den Blick, weniger aus Verlegenheit als aus dem Gefühl heraus, ein Geheimnis offengelegt zu haben, und ging zu einem der Verkaufsregale. Als er kurz darauf mit einem roten Kugelschreiber zurückkam, nach dem er wohl wahllos gegriffen hatte, waren die Tränen aus seinen Augen verschwunden.

Er sagte nichts und wartete, dass sie die Rechnung schrieb. Auch Rie schwieg. Sie wusste nicht, was gerade geschah, aber sie liebte diese Stille kurz vor Einbruch der Nacht, wenn das Licht der Neonlampen bis in die letzte Ecke drang, und wollte den Moment nicht zerstören.

Eine Woche später erschien Daisuke wieder im Laden. Zum ersten Mal begrüßte ihn Rie nicht mit dem geübten »Herzlich willkommen«, sondern sagte einfach: »Guten Tag.«

»Guten Tag«, antwortete er. Er griff sich einen Packen Kopierpapier sowie ein paar Büroartikel, und als er bezahlt hatte, blickte er sie an und sagte: »Also ...«

»Ja?«, erwiderte Rie und sah ihn mit großen Augen an.

»Würden Sie mit mir befreundet sein wollen? Natürlich nur, wenn es Ihnen nicht zu viel ist.«

»Was? ... Ja, gern.« Sie nickte verblüfft. Sie spürte ihr Herz pochen, vielleicht, weil sie überrascht war, oder vor Freude. Wann hatte sie das letzte Mal das Wort »befreundet« gehört? Es musste eine Ewigkeit her sein, dachte sie, aber das stimmte nicht. Tatsächlich hatte sie das Wort in Yokohama, aber auch seit ihrer Rückkehr nach Miyazaki unzählige Male gelesen und gehört. Auf ihrer Facebook-Seite, die sie schon länger nicht mehr geöffnet hatte, war sie mit einer Reihe von Leuten befreundet, und auch hier in S. traf sie überall auf Menschen, mit denen sie seit ihrer Kindheit befreundet war.

Aber so, wie er das Wort aussprach, klang es ganz anders, so frisch. Selbst als Kind hatte niemand sie so direkt gefragt. Normalerweise wäre es ihr, ehrlich gesagt, etwas unheimlich, jemanden in seinem Alter von »befreundet« sprechen zu hören, doch Rie brauchte sich keine Sorgen zu machen, sie hatte ja seine Zeichnungen gesehen. Was aber meinte er mit befreunden? Sie war nicht sicher, auf was sie sich da eingelassen hatte.

»Wie heißen Sie eigentlich?«

»Mein Name ist Taniguchi Daisuke.«

Er holte eine Visitenkarte aus seiner Jackentasche, die er vorsorglich eingesteckt hatte. Seine Hand zitterte ein wenig, doch er versuchte es zu verbergen. Auf der Karte standen der Name der Firma Itō-Holz, eine Handynummer und eine Mailadresse.

»Ich heiße Takemoto Rie. Entschuldigen Sie, aber ich habe gerade keine Visitenkarten. Ich schreibe es Ihnen auf.«

Rie griff sich einen gelben Zettel, der neben der Kasse lag.

»Hätten Sie vielleicht Lust, am nächsten Sonntag mit mir essen zu gehen?«

»Sonntags kümmere ich mich um meinen Sohn«, sagte Rie in einem unmissverständlichen Ton.

»Sind Sie verheiratet?«

»War ich. Ich bin geschieden und lebe jetzt mit meinem Sohn wieder in meinem Elternhaus.«

»Ach so ... Das tut mir leid, das wusste ich nicht.«

»Das wäre ja auch gruselig. Aber wir können uns hier unterhalten, als Freunde. Wenn das für Sie in Ordnung ist.«

»Ja, natürlich. Das wäre wunderbar.«

»Manchmal muss ich Bestellungen ausliefern, aber meistens bin ich tagsüber im Geschäft. Wie Sie sehen, habe ich nicht viel zu tun. Kommen Sie einfach wieder mit ihren Bildern vorbei. Sie brauchen auch nichts zu kaufen.«

Seitdem kam Taniguchi Daisuke etwa alle zehn Tage in den Laden. Mit der Zeit wurden ihre Gespräche länger, und irgendwann löste Ries Mutter sie im Laden ab, sodass die beiden in ein Café gehen oder etwas unternehmen konnten. Da Daisuke im Wald arbeitete, war er meist schon vor vier Uhr fertig. Gerade fällten sie Bäume an einem Berg ganz in der Nähe, sagte er, er könne gleich auf dem Rückweg vorbeikommen.

Eines Tages fragte Rie ihn nach seiner Vergangenheit, ein Thema, das sie bis dahin eher vermieden hatte. Es hatte seit der Nacht heftig geregnet, Daisuke hatte nicht arbeiten müssen und kam bereits am Mittag vorbei; sie waren in ein nahegelegenes Aalrestaurant essen gegangen. Rie ahnte, dass er nicht gern über seine Herkunft sprach. Doch in letzter Zeit hatte sie manchmal den Eindruck gehabt, er wollte dennoch gefragt werden.

Nach dem Essen, Daisuke trank gerade seinen heißen Tee, fing er zögerlich an zu erzählen. Ursprünglich stammte er aus dem Thermalbadeort Ikaho in der Präfektur Gunma, seine Eltern betrieben ein Ryokan, er war der zweite Sohn, sein Bruder war ein Jahr älter. Sein Bruder war der ›verhätschelte Erstgeborene‹, er war zwar kein schlechter Mensch, hatte sich aber nie richtig zu lernen bemüht, da er davon ausging, einmal das Ryokan zu übernehmen. Schon auf der Mittelschule war er auf Abwege geraten und hatte seinen Eltern viel Sorgen bereitet. Trotzdem hatte er es irgendwie auf eine Privatuni in Tōkyō geschafft und später noch zwei Jahre in den USA studiert. Seit seiner Rückkehr betrieb er zusammen mit Freunden ein Restaurant in Tōkyō.

Die Eltern waren völlig vernarrt in ihren Erstgeborenen und versuchten ihn mit aller Geduld zu überreden, zu ihnen zurückzukehren, doch schließlich gaben sie auf und beschlossen widerwillig, dem Jüngeren das Unternehmen zu vermachen. Er selbst hatte, wohl oder übel bescheidener als sein Bruder, an einer Provinzuniversität Betriebswirtschaft studiert. Als er in das väterliche Unternehmen einstieg, hatte er sich voller Eifer in die Arbeit gestürzt, er wollte den enttäuschten Eltern neuen Mut machen.

Doch kaum hatten sich diese mit dem Gedanken angefreundet, dass der jüngere Sohn nun die Geschäfte führte, kam der ältere zum Vater gelaufen und flehte um Hilfe; er war mit seinem Restaurant gescheitert und hatte jede Menge Schulden. Als Bedingung dafür, dass der Vater ihm die Schulden beglich, musste der Sohn versprechen, künftig das Ryokan zu führen. Die Mutter war sofort einverstanden. In Zukunft würde also der Ältere als Geschäftsführer fungieren, während sie ihm, dem Jüngeren, den Posten des stellvertretenden Direktors versprachen.

Solche Titel aber waren unwichtig, Daisuke wusste, dass letztlich er das Ryokan führen musste. Und er hatte Angst, dass die Beziehung zu seinem Bruder darunter leiden könnte. Es war ihm schon damals ein Rätsel, warum seine Eltern den Älteren so sehr liebten, und er verstand es auch heute nicht. Er selbst liebte seinen Bruder, der aber nicht ihn.

Ein paar Jahre später wurde bei seinem Vater ein Leberkarzinom entdeckt. Der Vater war damals 71 Jahre alt und der Krebs schon recht fortgeschritten. Die einzige Möglichkeit ihm zu helfen, war eine Lebertransplantation, allerdings teilte man ihnen mit, dass auch dann die Überlebenschancen nicht sehr hoch waren. Da die Zeit nicht reichte, um darauf zu warten, dass er die Leber eines hirntoten Spenders bekäme, blieb nur die Transplantation eines Lebendspenders aus der Familie. Bei den nun folgenden Untersuchungen stellte sich heraus, dass sein Bruder an einer Leberverfettung litt und also nicht in Frage kam. Bei ihm hingegen passte alles, seine Leber war in guter Verfassung, denn er hatte seine Gesundheit nicht so vernachlässigt wie sein Bruder.

Und nun musste er als Lebendspender ironischerweise mit Folgeschäden rechnen; sogar sein Tod konnte nicht ausgeschlossen werden. Zum ersten Mal in seinem Leben verbeugte sich der Vater vor ihm, nahm weinend seine Hand und bat ihn um die Erfüllung seiner Pflicht als Sohn. Natürlich wünschten auch die Mutter und sein Bruder, dass der Vater noch lange leben möge, aber sie verlangten nicht direkt von ihm, dass er dessen Wunsch erfüllte. Sie sagten allerdings auch nicht, dass er es nicht tun sollte. Sie drängten den Vater nicht, seine Meinung zu ändern, aber sie beratschlagten sich zu dritt, ohne Daisuke. Wenn er den Vater im Krankenhaus besuchte und den beiden Anderen dort begegnete, war es ihm unangenehm. Er wusste, dass sie ungeduldig waren und die Zeit drängte.

Letztendlich stimmte Daisuke zu. Auch er wollte, dass sein Vater noch lange lebte, er konnte die Gefühle seiner Mutter und seines Bruders verstehen. Also fasste er den Entschluss, einen Teil seiner Leber zu spenden.

Der Vater war glücklich. Er bedankte sich bei ihm, es war das einzige Mal in seinem Leben, er hatte sich noch nie zuvor bei ihm bedankt und tat es auch danach nicht mehr. Sein Bruder erklärte, dass er ihm das gesamte Erbe abtreten würde. Auch die Mutter schien glücklich zu sein.

Leider war die Krebserkrankung des Vaters schneller vorangeschritten als erwartet, und als er der Transplantation nun endlich zugestimmt hatte, war es schon zu spät. Der Vater starb mit einem vor Wut, fast schon Hass, verzerrtem Gesicht.

Die Familie trauerte, und weder die Mutter noch der Bruder bedachten ihn, Daisuke, mit einer freundlichen Bemerkung, was seinen nun sinnlos gewordenen Entschluss anging.

»Ich war erleichtert. Ich hatte das Leben meines Vaters retten wollen, aber je mehr ich über Transplantationen herausfand, desto ängstlicher wurde ich. Als mein Vater dann tot war, merkte ich, dass irgendetwas in mir zerbrochen war und nie mehr so werden würde wie früher. Deswegen habe ich meine Familie verlassen und bin fortgegangen. Ich wollte möglichst weit weg ... Ich will sie nie wiedersehen. Mehr kann ich über meine Familie nicht sagen.«

Rie hörte sich Daisukes Geschichte bis zum Schluss schweigend an, sie unterbrach ihn nicht. Sie versuchte sich vorzustellen, was ihn dazu gebracht hatte, in diese abgelegene Stadt zu kommen, diese gefährliche und schwere Arbeit im

Wald zu verrichten, an seinen freien Tagen Bilder zu malen und sie nach über einem halben Jahr zu bitten, sich mit ihm zu befreunden.

Er und seine schwierigen Lebensumstände taten ihr leid, doch zugleich hatte sie das Gefühl, dass sie ihm nun ihrerseits ein Geheimnis anvertrauen müsse, um sein Geständnis etwas aufzuwiegen. Sie erzählte ihm, dass sie ihren Sohn verloren habe, nach einer schweren Krankheit, und dass sie sich wegen der Behandlung mit ihrem Mann gestritten habe und sie sich schließlich getrennt hätten, dass dann ihr Vater gestorben und sie zu ihrer Mutter in ihre Heimat zurückgekehrt sei.

Daisuke sah sie lange an, schließlich senkte er leicht den Blick und nickte zweimal. Es waren kaum noch Gäste in dem Restaurant, die Kellner räumten bereits die Tabletts mit den Lackschachteln ab. Die beiden schwiegen. Kurz darauf nahm Daisuke, als habe er sich ein Herz gefasst, Ries Hand, die auf dem Tisch lag. Besser gesagt, legte er seine Hand ganz zart auf die ihre. Rie überkam ein unerwartetes Glücksgefühl, als sie die tröstende Wärme seiner von der Arbeit mit der Kettensäge schwieligen Hand spürte. Hätte er nicht die Hand ausgestreckt, vielleicht hätte sie es getan. Sie blieb ganz still. Sie blickte auf den ehemals durchsichtigen, jetzt stumpf gewordenen Plastikbecher und überlegte, ob sie sich dem, was da auf sie zukommen würde, hingeben sollte.

Nach der Hochzeit zog Daisuke in Ries Elternhaus, und schon einige Zeit später kam Hana zur Welt. Als er in den Bergen verunglückte, war Yūto zwölf und Hana drei Jahre alt.

Sie hatten ihn sofort ins Krankenhaus gebracht, doch als er dort ankam, atmete er schon nicht mehr. Rie und er hatten wegen seiner gefährlichen Arbeit mehrmals darüber gesprochen, dass ihm etwas zustoßen könnte, und Daisuke hatte darauf bestanden, sollte er zu Tode kommen, dürfe sie niemanden von seiner Familie in Gunma benachrichtigen. Er wollte auch nach seinem Tod nichts mit ihnen zu tun haben.

Bis zu seinem ersten Todestag hielt Rie sich an seine Worte, dann aber schrieb sie, nachdem sie sich mit ihrer Mutter beraten hatte, einen Brief an seine Familie. Sie wollte sich unter anderem wegen der Bestattung absprechen, denn noch stand die Urne bei ihnen im Haus. Sie bedauerte, dass sie sich nicht zu Daisukes Lebzeiten um eine Aussöhnung mit seiner Familie bemüht hatte. Sein Tod war so plötzlich gekommen, es gab noch vieles zu tun.

Als Daisukes Bruder, Taniguchi Kyōichi, Ries Brief erhielt, flog er umgehend nach Miyazaki.

Rie stand am Eingang ihres Hauses, als er aus dem Mietwagen stieg. Sie kannte nur ein Foto von ihm und hatte ihn sich anders vorgestellt. Kyōichi trug ein dunkelblaues Jackett über einer weißen Hose, dazu einen Gürtel mit einem großen Markenlogo. Rie wusste, dass die Brüder sich nicht ähnlich sahen, aber dieser Mann entsprach so gar nicht Daisukes Schilderungen, er wirkte nicht gutmütig und faul, sondern eher unzugänglich und unangenehm selbstbewusst.

»Vielen Dank, dass Sie den weiten Weg auf sich genommen haben«, begrüßte ihn Rie, aber Kyōichi begegnete ihrer freundlichen, familiären Geste mit einem Gesichtsausdruck, als stünde ein Ungeheuer vor ihm. »Ganz schön warm hier«, sagte er und musterte die Frau, die denselben Namen trug wie er.

Ries Blick blieb an seiner Sonnenbrille hängen, die ihm vor der Brust steckte und in deren Gläsern sie und ihre verlegen lächelnde Mutter sich spiegelten. Die Mutter führte den Gast durch den Flur zum Wohnzimmer, und als Rie, die ihnen folgte, den Geruch seines am helllichten Tag unpassend wirkenden Parfüms einsog, wurde ihr bewusst, dass es in ihrem Elternhaus nach Land roch. Kyōichi nahm auf dem Sofa Platz, doch er war unruhig, sah erst zu der niedrigen Decke hoch und dann zu dem Bord mit dem Geschirr, auf dem auch ein paar Fotos standen. »Hier ist er also gestorben ...«, schien er sagen zu wollen. Rie hatte dem Bruder in ihrem Brief bereits erklärt, wann Daisuke hergezogen war und was für ein Leben er hier geführt hatte. Sie stellte ihm eine Tasse Kaffee hin, aber er trank nicht davon.

»Vielen Dank für alles, was Sie getan haben«, sagte er.

»Nicht der Rede wert ...«, antwortete Rie überrascht. »Es tut mir leid, dass ich Sie nicht zur Trauerfeier eingeladen habe.«

»Sagen Sie mir doch bitte, was Sie die Bestattung und das Grab gekostet hat.«

»Danke, das erledigen wir schon.«

»Er hat bestimmt schlecht von mir gesprochen, stimmt's?«

Kyōichi wollte seine Zigarettenpackung aus der Jackentasche holen, hielt jedoch inne. Rie beobachtete ihn ein paar Sekunden lang, dann sagte sie: »Daisuke hat nicht viel von früher erzählt. Nur, dass seine Familie ...«

»Er wollte uns nicht wiedersehen. Das ist in Ordnung, ich verstehe das. Er hatte schon immer Minderwertigkeitskomplexe, war neidisch, darum ist er auch so komisch geworden. Wir sind nicht gut miteinander ausgekommen, vom Charakter her, das war schon immer so. Das kommt vor in Familien, oder? Warum konnte er kein anständigeres Leben führen? Hier, an solch einem Ort unter einem Baum zu krepieren ... Bis zuletzt hat er den Eltern Schwierigkeiten gemacht. Unserer Mutter habe ich noch gar nichts erzählt.«

Rie fühlte sich von dem, was er sagte, abgestoßen, auch die Art, wie er sprach, gefiel ihr nicht, doch sie ließ sich nichts anmerken. Sie glaubte nicht, dass er diese Gemeinheiten von sich gab, nur um seine Trauer zu verbergen. Sie hatte Daisukes Ruhe und Sanftmut geliebt. Dass Kyōichi ihn jetzt schlechtmachte, lag ihrer Meinung nach allein an ihm selbst. Sie verstand, warum ihr Mann seinen Bruder nicht hatte treffen wollen, und es tat ihr leid, dass sie ihn mehrfach dazu gedrängt hatte, sich bei ihm zu melden.

»Sie haben ein Kind, ein Mädchen, oder? Ist sie Daisukes Tochter?«

»Ja. Sie ist gerade im Kindergarten.«

»Ist bestimmt nicht leicht, ein Kind alleine aufzuziehen. Ich habe drei Kinder.«

»Aha.«

»Sie ist also meine Nichte ... Ich hätte sie ja gern mal gesehen, aber so lange kann ich nicht bleiben. Ich will nur noch ein Weihrauchstäbchen für ihn anzünden.«

»Bitte, tun Sie das. Kommen Sie.«

»Hier, ich habe etwas Konfekt mitgebracht, den stellen wir bei uns im Ryokan her, ist sehr lecker, Sie müssen ihn unbedingt probieren. Eine traditionelle Süßigkeit, passt gut zu Tee oder Kaffee, oder auch zu anderen Gelegenheiten.« Mit diesen Worten reichte ihr Kyōichi eine Konfektschachtel in einer Papiertüte.

Rie führte ihn in das Zimmer mit dem Hausaltar. »Bitte«, ermunterte sie ihn. Die Mutter beobachtete die beiden aus einiger Entfernung. Kyōichi setzte sich in den Fersensitz und betrachtete eine Weile das Foto des Verstorbenen. »Was ist das?«, fragte er und drehte sich zu ihr um.

»Das war ein Jahr vor seinem Tod.«

»Und … wer ist das?«

»Welches Foto meinen Sie? Das da ist mein Vater mit meinem Sohn.«

»Ihr Sohn? … Das Bild meine ich nicht, sondern dies hier. Haben Sie kein Foto von Daisuke?«

»… Da steht es doch.«

Kyōichi runzelte die Stirn, er wirkte irritiert. Er sah noch einmal das Foto an, dann wandte er sich misstrauisch Rie zu. »Das ist nicht Daisuke.«

»… Was?«

Kyōichi schien überrascht, vielleicht auch verärgert, er sah erst zu Rie, dann zu ihrer Mutter hin. Schließlich lächelte er verkrampft, seine Wangen zuckten. »Also, das verstehe ich nicht«, sagte er. »Was soll das? Hat der Typ unter dem Namen meines Bruders gelebt? Er hieß doch Taniguchi Daisuke, oder?«

»Das stimmt … Sieht er denn so anders aus als früher?«

»Darum geht's nicht, er sieht nicht anders aus, er ist jemand Anderes.«

»Sie meinen, das ist nicht Daisuke? Aber Sie sind doch Kyōichi, sein Bruder?«

»Der bin ich.«

Sie schwiegen einen Moment.

»Und Sie haben die Heirat und seinen Tod beim Rathaus eintragen lassen?«

»Natürlich haben wir das. Er hatte auch immer ein Foto von Ihnen und Ihrer Familie bei sich.«

»Entschuldigung, aber dürfte ich das mal sehen?« Rie holte das Album und reichte es Kyōichi, der im Schneidersitz auf dem Zabuton saß. Er schlug die erste Seite auf, dann blätterte er weiter, reckte den Kopf vor und murmelte: »Wer soll das sein? Wer ist das?«

Rie war völlig verwirrt, sie hatte das Gefühl, als wolle Kyōichi sie beleidigen, als wolle er mit seinem Lachen ihr Leben mit Daisuke verhöhnen. Ihr wurde unheimlich, nicht wegen Daisuke, sondern wegen dieses Mannes. Wer war das? Die Mutter, die es wohl ebenfalls mit der Angst zu tun bekam, stellte sich neben ihre Tochter und hielt ihren Arm.

Daisuke hatte einige der mit seiner Digitalkamera aufgenommenen Fotos, die er besonders mochte, ausdrucken lassen und die Abzüge in das Album eingeklebt. Kyōichi besah sich die Fotos eingehend, auf denen der Mann, der Daisuke sein sollte, mit Rie, Yūto und Hana zu sehen war, er blätterte das Album bis zur letzten Seite durch. Dann erstarrte er, denn dort klebte ein altes Foto von ihm und seinen Eltern, es war vor ihrem Elternhaus aufgenommen. Daisuke selbst war nicht auf dem Foto zu sehen, und Kyōichi wusste auch warum: Daisuke hatte das Foto gemacht.

Kyōichi sah zu Rie hoch, seine Mundwinkel zuckten, dann wandte er, verunsichert, seinen Blick wieder ab. »Vielleicht haben Sie ja irgendwas Verrücktes mit mir vor. Wenn nicht, tun Sie mir wirklich leid«, sagte er mürrisch. »Der Kerl hat Sie betrogen. Das ist nicht mein Bruder. Da hat sich jemand als Daisuke ausgegeben.«

»Wie meinen Sie das?«, fragte Rie, ihr Gesicht erstarrte. »Wer soll das denn sein?«

»Keine Ahnung. Ich sehe den Mann hier auf dem Foto zum ersten Mal ... Ich glaube, wir sollten die Polizei benachrichtigen. Schließlich handelt es sich um Betrug, oder?«

3 Kido Akira war auf dem Heimweg nach Yokohama, er lehnte an der Tür der Tōkyū-Tōyoko-Bahn und hing seinen Gedanken nach.

Er hatte zwar in Shibuya noch einen Sitzplatz ergattert, diesen aber schon bald einer Schwangeren abgetreten, die in seiner Nähe stand. Soweit er das trotz des Mantels, den sie trug, beurteilen konnte, musste sie ungefähr im achten Monat sein. Die Bahn war nicht besonders voll, aber keiner der anderen Fahrgäste hatte der Frau Beachtung geschenkt. Für die Anderen schien das Kind in ihrem Bauch nicht zu existieren, und hätte Kido mit der Frau geredet, als er ihr und ihrem Kind den Platz anbot, hätten sich bestimmt alle rätselnde Blicke zugeworfen.

Die Frau stieg am Bahnhof Tamagawa aus, und als sie an ihm vorbeiging, verbeugte sie sich kurz und sagte kaum hörbar: »Vielen Dank!«, doch Kido nahm eigentlich nur ihre Mundbewegung und ihren sympathischen Gesichtsausdruck wahr. »Alles Gute«, antwortete er, als verabschiede er sich von einer Bekannten.

Ihr Lächeln hallte noch lange angenehm in ihm nach. Er dachte an das Kind in ihrem Bauch, das von der flüchtigen Interaktion nichts ahnte. Dieses Kind, von dem er nicht wusste, ob es ein Mädchen oder ein Junge war, würde noch viele solcher freundlichen Gesten seiner ihm noch unbekannten Umgebung brauchen, um heil in dieser Welt anzukommen und aufzuwachsen. Kido war dankbar, dass er ihm eine hatte anbieten können.

Er dachte an das Gespräch mit ein paar Kollegen in der Kanzlei vor einigen Tagen, als sie in der Runde über die zunehmenden Midlife-Krisen in ihrer Umgebung gewitzelt hatten. Am Ende hatten sie beschlossen, dass sie sich gegen die jederzeit möglichen, grundlosen Selbstzweifel nur dadurch wappnen könnten, dass sie täglich gute Taten vollbrächten und so bewiesen, dass sie auf keinen Fall schlechte Menschen seien.

Die Bahn fuhr an langgestreckten Gebäudekomplexen vorbei, zwischendurch leuchtete immer mal wieder kurz die Abendsonne durch die Fenster, und ehe Kido es gemerkt hatte, war auch der letzte Lichtstreifen am Horizont verschwunden. Er konnte sein Spiegelbild in der Scheibe kaum noch ausmachen und wandte den Blick ab. Er dachte, ein wenig bedrückt, an seine Klientin Taniguchi Rie und ihre schwierige Lage.

2004, vor mittlerweile acht Jahren, hatte er sie als Anwalt bei ihrer Scheidung vertreten.

Damals trug sie noch den Namen ihres Mannes, Yoneda, doch am Ende der sich über ein Jahr hinziehenden Verhandlungen hatte sie wieder ihren Mädchennamen angenommen. Seitdem hatte er nichts von ihr gehört, und als ihn vor einem Monat ihre Mail erreichte, die sie mit ihrem neuen Namen

Taniguchi unterschrieb, hatte er nicht gleich begriffen, um wen es sich handelte, sich dann aber für sie gefreut.

Kurz darauf hatten sie telefoniert, und sie hatte ihm erzählt, dass ihr zweiter Mann, Taniguchi Daisuke, gestorben sei und sich nach seinem Tod herausgestellt habe, dass er in Wirklichkeit jemand Anderes gewesen war. Das hieß, dass sich dieser Mann als »Taniguchi Daisuke« ausgegeben hatte, sie geheiratet, mit ihr zusammengelebt und sogar ein Kind mit ihr bekommen hatte. »Taniguchi Daisuke« war aber nicht einfach nur ein falscher Name, sondern anscheinend existierte, dem entsprechenden Familienregister zufolge, eine reale Person dieses Namens.

Kido hatte seine Zweifel, dass die Geschichte stimmte. Dass jemand mit einem falschen Namen seine eigentliche Herkunft verschwieg, kam nicht so selten vor. Er konnte gut verstehen, dass man seinen Namen verheimlichen wollte, denn er selbst war ein Zainichi der dritten Generation – ein in Japan lebender Koreaner – und hatte erst als Oberschüler die japanische Staatsangehörigkeit angenommen. Doch den Namen einer wirklichen Person verwenden, nicht den einer fiktiven, hatte etwas Beunruhigendes.

Außerdem hatte dieser Mann nicht einfach nur unter diesem Namen gelebt, sondern auch seine Heirats- und Sterbeurkunde waren unter dem Namen registriert, und jedes Mal hatte das Amt die rechtmäßige Identität im Familienregister bestätigt. Der Mann hatte auch einen Führerschein sowie eine Krankenkassenkarte mit diesem Namen besessen, er war damit Auto gefahren, zum Arzt gegangen und hatte pünktlich seine Rentenbeiträge gezahlt. Diverse amtliche Dokumente wiesen den Verstorbenen als »Taniguchi Daisuke« aus, und auch in seiner Vergangenheit – was er von seinem Elternhaus in der Präfektur Gunma berichtet hatte – schien es keine Widersprüche zu geben. Das Gesicht des Mannes war allerdings nicht mit dem des wirklichen Taniguchi Daisuke identisch, denn dessen älterer Bruder hatte, als er anlässlich des ersten Todestags bei der Witwe zu Besuch war und das Foto des Verstorbenen sah, darauf bestanden, dass dies nicht sein Bruder sei.

Was aber hatte all das zu bedeuten? ... Kido überlegte, was er als Anwalt zur Lösung dieser Frage beitragen konnte, und entschied, zunächst einmal Ries Erbschaftsangelegenheiten zu regeln. Zu diesem Zweck verabredete er sich im Anschluss an einen Prozesstermin vor einem Gericht in Tōkyō mit Taniguchi Daisukes älterem Bruder Taniguchi Kyōichi in der Lounge des Hotels Cerulean in Shibuya.

Taniguchi Kyōichi führte das Ryokan in Ikaho Onsen in der 4. Generation, er hatte sein dauergewelltes Haar eingegelt, sodass die Spitzen vom Kopf abstanden, und schon bei der Begrüßung wehte Kido der süßliche Geruch des Gels oder seines Parfüms entgegen.

Sein Outfit sah aus, als sei er einem Männermagazin entsprungen, und zwar der Rubrik »Forever young«. Er schien öfter geschäftlich in Tōkyō zu sein und wollte später noch in Roppongi Bekannte von früher, als er dort gewohnt hatte, treffen. »Um die Freundschaft wiederaufzufrischen«, wie er sich ausdrückte. Er sagte das mit einem leicht vulgären Ton in der Stimme und kicherte vielsagend; Kido sah ihn verwundert an. Er musste an die Homepage des Ryokan denken, auf der ein Foto von Kyōichis Frau zu sehen war. Darunter stand: »Die schöne Gastwirtin«. Eigentlich war es ihm egal, ob Kyōichi vielleicht eine alte Geliebte in Tōkyō hatte, doch fand er es dreist, einem Anwalt gegenüber, den man zum ersten Mal begegnete, solcherlei Andeutungen zu machen.

Was Kyōichi jedoch dann von sich gab, klang, abgesehen von seiner ausfernden Selbstbeschreibung – oder jene vielleicht auch – aufrichtig und geschäftsmäßig, es gab keine Unschlüssigkeiten, und Kido hatte nicht den Eindruck, er würde lügen. Bei dem Mann, den Rie geheiratet hatte, schien es sich definitiv nicht um Taniguchi Daisuke zu handeln.

Einmal lehnte sich Kyōichi vor, als wolle er ihm etwas anvertrauen, und fragte mit gedämpfter Stimme, damit es die Leute neben ihnen nicht hören konnten:

»Lebt Daisuke denn noch? Oder hat ihn der Typ, der seine Identität angenommen hat, umgebracht? Ist doch durchaus denkbar. Seine Frau besitzt sogar ein Foto von unserer Familie in Gunma. Daisuke hat es vor langer Zeit aufgenommen. Das ist unheimlich ... Ja, wir sind zusammen zur Polizei gegangen. Aber ehrlich gesagt, möchte ich nicht, dass die Sache an die Öffentlichkeit kommt, immerhin führe ich ein Hotel. Wenn das stimmt, was die Frau sagt, ist sie auch sein Opfer – obwohl sie ja seine Lebensversicherung erhalten hat, da sollte man vielleicht auch mal nachforschen.«

Kido war in seinem Beruf Familienkonflikte gewohnt, und da er selbst auch einen jüngeren Bruder hatte, wusste er, wie kompliziert es unter Geschwistern zugehen konnte, besonders, wenn man älter wurde. Doch in Anbetracht der Tatsache, dass es hier zunächst darum ging, herauszufinden, ob der eigene Bruder überhaupt noch lebte, fand er Kyōichis Verhalten ziemlich kaltherzig.

Kido fragte nach dem Streit wegen der Lebertransplantation, von dem ihm Rie erzählt hatte, doch Kyōichi unterbrach ihn gleich, er war offensichtlich verärgert.

»Das hat dieser falsche Kerl da missverstanden! Wahrscheinlich hat er das im Netz recherchiert. Oder Daisuke hat die Geschichte selbst verdreht. Wir wollten alle, dass unser

Vater möglichst lange lebt. Auch Daisuke. Ist doch klar, oder? Niemand hat ihn gezwungen, seine Leber zu spenden, überhaupt nicht! Das würden wir niemals tun. Daisuke wollte spenden. Aber hinterher alles verdrehen und rumjammern. Das macht er immer so! Auch das Ryokan wollte er übernehmen, und ich habe es ihm damals abgetreten! Ehrlich gesagt, hatte ich kein Interesse an so einem Ryokan in der Provinz. Aber dann meinten meine Eltern, er würde es nicht auf die Reihe kriegen, sie haben mich angefleht, also bin ich wohl oder übel zurückgekehrt. Und er war mir böse deswegen, anstatt meine Hilfe anzunehmen. Er war neidisch, hat sich aufgeführt wie ein Kleinkind, ich würde als Ältester vorgezogen und so. Ist doch bescheuert, oder? Ich weiß ja nicht, ob ich das sagen soll, aber er hat mich echt genervt. Wie oft er uns Unannehmlichkeiten bereitet hat! Und dann war er plötzlich verschollen. Unsere Mutter hat sich solche Sorgen gemacht! Sollte er ermordet worden sein, wäre das natürlich schlimm, aber wenn er mit irgendwelchen Verbrechern ein komisches Ding gedreht hat, ist vielleicht auch noch das Ryokan am Ende!«

Kyōichi war richtig aufgeregt und wütend, aber er wurde nicht laut, sondern fuchtelte nur wild mit den Händen in der Luft herum. »Natürlich mache ich mir Sorgen, er ist ja mein Bruder ... Allerdings ...«, sagte er noch und seufzte. Er schien nicht mehr die Kraft zu haben, den Satz zu beenden.

Schließlich erzählte er dann voller Stolz – wie er darauf gekommen war, wusste Kido nicht mehr – von der Spezialität ihres Hauses: einem Schildkrötengericht. Kido nickte hin und wieder und versuchte, auch etwas zu dem Gespräch beizutragen: »Ich kenne ein traditionsreiches Restaurant in Kyōto ...«, sagte er, doch Kyōichi schnitt ihm das Wort ab, er schien nur darauf gewartet zu haben. »In dem alten Laden«, er nannte den Namen des berühmten Restaurants, das seit jeher große Schriftsteller zu seinen Stammkunden zählte, »ist das Gericht ungenießbar, das Fleisch hat einen viel zu starken Geruch. Das trifft nicht mehr den Geschmack von heute. Ich bin lange herumgerannt, um unseren Koch zu finden, ich habe alles Mögliche probiert, und er ist einfach genial. Das meine ich nicht als Selbstlob, es stimmt tatsächlich.«

Kido hatte sein Referendariat in Kyōto absolviert, und der Anwalt, der sich damals um ihn kümmerte, hatte ihn einmal dorthin mitgenommen. Kido war begeistert gewesen von dem köstlichen Geschmack, und auch heute noch schwelgten er und sein Mentor in der Erinnerung an diesen Abend. »Was für ein widerlicher Kerl«, dachte Kido und verkniff sich ein bitteres Lächeln. Er wusste zwar nicht viel über Taniguchi Daisuke, aber mit einem Bruder wie Kyōichi würde jeder von zuhause weglaufen wollen, dachte er.

Kido kaufte auf dem Rückweg in Chinatown gedämpfte Teigtaschen und frittiertes Hühnchen, und zuhause angekommen, aßen sie wie immer zusammen zu Abend, doch an diesem Tag rührte ihn das alltägliche Ritual besonders. Er und seine Frau ermahnten ihren Sohn Sōta, nicht ständig vom Tisch aufzustehen, und nach dem Essen brachte Kido ihn ins Bad.

Die Wohnung befand sich im 8. Stock eines in der Nähe von Chinatown gelegenen Apartmenthauses, er und seine Frau hatten sie vor vier Jahren gekauft, und dafür jeder einen auf 35 Jahre veranschlagten Kredit aufgenommen. Seine Frau Kaori war drei Jahre jünger als er und arbeitete im Büro eines Automobilherstellers, ihr Sohn Sōta war vier Jahre alt. Da sie eigentlich noch ein zweites Kind haben wollten, gab es ein zweites Kinderzimmer in der Wohnung, doch ihr Wunsch hatte sich bisher nicht erfüllt, und in letzter Zeit redeten sie auch nicht mehr darüber.

Sōta hatte im Kindergarten griechische Sagen für Kinder vorgelesen bekommen und erzählte ihm nun etwas unbeholfen die Geschichte von Narziss; er hatte allerdings nicht verstanden, warum dieser in eine Narzisse verwandelt worden war, und Kido sollte ihm das erklären.

»Das ist nicht so einfach«, antwortete er. »Aber wahrscheinlich gab es erst die Narzisse, und dann haben die Griechen sich diese Geschichte ausgedacht. Warum ist sie bloß so schön, haben sie sich gefragt. Und warum neigt sie ihren Kopf? Und dann kam einer und wusste genau, wie es gewesen sein musste.«

Kido war es ganz ernst mit seiner Antwort, doch Sōta hatte das Gefühl, sein Vater weiche der Frage aus. Also bekam Kido die Aufgabe, herauszufinden, was nun wirklich geschehen war.

Nachdem Sōta gebadet hatte, gingen sie ins Kinderzimmer und sahen sich noch ein Ultraman-Bilderbuch an, und plötzlich wurde Kido klar, dass Sōtas Frage nach Narziss mit den Verwandlungen von Ultraman zu tun hatte. Er brachte seinen Sohn zu Bett, legte sich neben ihn und löschte das Licht, doch dann fielen ihm selbst die Augen zu.

Als er mitten in der Nacht aufwachte, war die Tür des Schlafzimmers geschlossen, und kein Licht drang nach außen. Kido und Kaori schliefen schon eine Weile getrennt. Er hatte sich in dem zweiten Kinderzimmer eingerichtet – erst hatte er es als Arbeitszimmer genutzt und dann ein Bett dort aufgestellt, um hin und wieder ein Nickerchen zu halten, jetzt schlief er auch nachts dort. Seitdem hatten sie beide einen besseren Schlaf.

Abgesehen davon, dass sie beim Essen über die Weihnachtsfeier im Kindergarten gesprochen hatten, hatte er mit seiner Frau an diesem Abend kein Wort gewechselt.

Kido ging ins Wohnzimmer und setzte sich mit einer Flasche Wodka, die er im Tiefkühlschrank aufbewahrte, ans Fenster, er hatte Lust sich zu betrinken. Seine Frau schimpfte wegen der Finlandia-Flasche immer wieder mit ihm, da sie ihrer Meinung nach in dem mit Lebensmitteln vollgestopften Tiefkühlschrank zu viel Platz einnahm.

Der frostige Reif an der Flasche schmolz in seiner Hand und tropfte herunter. Kido goss sich den von der Kälte dickflüssigen Wodka ins Glas, und schon beim ersten Schluck breitete sich in seinem Mund eine süße Wärme aus. Mit dem Geruch kam vage die Erinnerung an eine Impfung in seiner Kindheit in ihm auf. Als man die Einstichstelle desinfiziert hatte, hatte er zum ersten Mal »Alkohol« gerochen.

Er legte das V. S. O. P.-Live-Album auf, drehte die Lautstärke herunter und lauschte, während er sein erstes Glas Wodka leerte, dem Medley aus *Stella by Starlight* und *On Green Dolphin Street*. Wayne Shorters Tenorsaxophon schraubte sich, wie Kido fand, in sinnliche Höhen hinauf, er spürte, wie die fast schmerzhaft in die Länge gezogenen Töne seinen Körper durchströmten.

Er hörte sich den Mix dreimal an, dann schaltete er den CD-Player aus. Es war genug Musik für heute, er merkte, wie in ihm und um ihn herum alles zur Ruhe kam. Kido liebte es, sich mit Wodka zu betrinken. Wie beim Freitauchen trieb es ihn in den Abgrund, er würde direkt zu Boden sinken. Der Weg dorthin war von einer Klarheit, die Worte niemals erreichen könnten, und der Geschmack wie das in der Ferne glitzernde Licht an der Wasseroberfläche.

Nach dem nächsten Glas rückte der Alltag in weite Ferne, und Kido spürte eine tiefe Einsamkeit in sich aufkommen. So wie eine in die Luft geschleuderte Puppe unweigerlich eine Drehung vollzieht, drückte sich sein Körper noch fester in den Lehnstuhl. Er blieb eine Weile so sitzen, den Kopf nach hinten gepresst, völlig berauscht.

Ich bin glücklich ...

Er dachte an das heftige Glücksgefühl, das ihn vorhin im Kinderzimmer, als er das Licht gelöscht und die Hand seines Sohnes gehalten hatte, überkam. »Ich bin der Vater dieses Kindes«, hallte es in ihm nach, die Wörter »Vater« und »Kind«, aber auch der Satz als solches, lösten Entzücken in ihm aus. Er war so überwältigt von seinen Gefühlen, dass er fast in ihnen unterging, doch zugleich merkte er, dass das Besondere dieses alltäglichen Moments darin begründet lag, dass er die Kehrseite seiner Angst darstellte. Später, so ahnte er, würde er diesen Abend als einen der glücklichsten Momente in seinem Leben in Erinnerung behalten.

Offiziell hatten sich Kido und Kaori »durch Vermittlung eines Bekannten« kennengelernt, in Wirklichkeit aber waren sie sich auf einer etwas frivolen Party begegnet, über die sie Anderen gegenüber lieber nicht ins Detail gingen. Dass sie inmitten der aufgedrehten Stimmung – alle hatten gelacht und ständig geklatscht und Obszönitäten von sich gegeben – zueinander gefunden hatten, grenzte an ein Wunder.

Jedes Mal, wenn Kido sich an ihre erste Begegnung erinnerte, dachte er spöttisch, dass einem so ernsthaften Paar wie ihnen eigentlich ein ihrer Zukunft angemessenerer Anfang zugestanden hätte. Seit der Erdbebenkatastrophe in Tōhoku im letzten Jahr hatten sie keinen Sex mehr gehabt, was seinen Erinnerungen eine ironisch-bittere Note verlieh. Tatsächlich erwähnten sie ihre erste Begegnung nie, sondern wiederholten stets, sie hätten sich durch einen Bekannten kennengelernt, bis sie es irgendwann fast selbst glaubten.

Kaoris Vater war ein wohlhabender Zahnarzt, der schon

immer in Yokohama gelebt hatte, und ihr vier Jahre älterer Bruder, der nicht Zahnarzt, sondern Internist geworden war, hatte vor Kurzem die Praxis des Vaters umgebaut und dort seine eigene eröffnet. Die Familie war konservativ, und die Eltern hatten ihnen beim Kauf ihrer Wohnung großzügig mit der Anzahlung geholfen.

Als Kido bei ihnen um Kaoris Hand anhielt, sagte sein künftiger Schwiegervater lachend: »Du bist zwar ein Zainichi, aber in dritter Generation, also bist du fast schon ein richtiger Japaner.« Kido hatte sich auf diese keineswegs bös gemeinte Begrüßung hin kurz verbeugt und »Ich bin Ihnen sehr dankbar« gemurmelt.

Kaoris Mutter wiederum stellte Kido bei jeder sich bietenden Gelegenheit, bestimmt tat sie das aus Höflichkeit, Fragen zu Korea – damals war Korea gerade sehr angesagt –, doch da Kido nicht einmal Hangul lesen und ihr daher selten zufriedenstellende Antworten geben konnte, ließ sie es bald wieder sein.

Das erste Mal, dass sich Kido im Zusammensein mit Kaoris Familie seiner eigenen Herkunft bewusstwurde, war nach der Erdbebenkatastrophe in Tōhoku, als die Medien mehrfach auf die an Koreanern verübten Massaker während des Großen Kantō-Erdbebens 1923 zu sprechen kamen.

Damals hörte er auch zum ersten Mal – früher hatte er sich keine Gedanken darüber gemacht –, dass Yokohama einer der Orte gewesen war, an denen Gerüchte über einen »Aufruhr der Koreaner« verbreitet wurden. Plötzlich fielen ihm die Worte seines Schwiegervaters wieder ein, und er fragte sich, ob er damit irgendetwas hatte andeuten wollen.

Kaoris Großvater, der mittlerweile in einem Seniorenheim lebte, war so alt, dass er das Große Kantō-Beben als Kind miterlebt haben musste. Ihr Urgroßvater, der schon lange tot war, war damals in seinen besten Jahren. Yokohama war nach dem Erdbeben völlig verwüstet gewesen, 80 Prozent der Stadt waren verbrannt, heißt es, aber was hatten eigentlich ihre Vorfahren während der brutalen Gewaltexzesse gemacht, die auf das große Chaos folgten …

Natürlich fragte Kido ihre Eltern nicht. Er fragte auch Kaori nicht. Und als sie nach der Katastrophe in Tōhoku darüber sprachen, dass man auch im Großraum Tōkyō jederzeit mit einem Erdbeben rechnen müsste, erwähnten sie das Große Kantō-Beben nicht einmal.

Welche Rolle spielt die Vergangenheit für die Liebe?, fragte sich Kido unwillkürlich, als er über Ries toten Ehemann nachdachte. *Zweifellos ist die Gegenwart das Ergebnis der Vergangenheit. Wenn also eine Person heute jemanden lieben kann, so liegt das in ihrer Vergangenheit begründet, die sie zu dem gemacht hat, was sie jetzt ist. Gewiss sind auch genetische Faktoren im Spiel, doch unter anderen Lebensumständen hätte sich die betreffende Person zu einem anderen Menschen entwickelt. – Was man von sich erzählt, ist allerdings nie die ganze Vergangenheit, und ob beabsichtigt oder nicht, ist sie, wird sie mit Worten erklärt, nie die Vergangenheit als solche. Wenn diese aber nun von der faktischen Vergangenheit abweicht, ist dann auch die Liebe falsch? Und bricht, wenn ganz absichtlich gelogen wird, alles in sich zusammen? Oder kann daraus eine neue, eine andere Liebe entstehen?*

Während Kido aus Kanazawa stammte, war Kaori in Yokohama geboren und aufgewachsen, sie hatte an der Keiō-Universität studiert und traf sich auch jetzt noch regelmäßig mit Freundinnen aus der Mittel- und Oberschulzeit. Kaori hatte ihm einiges aus ihrer Kindheit erzählt, und natürlich hatte er nie bezweifelt, dass dies der Wahrheit entspricht.

· Hätte Kaori ihm das Leben einer Wildfremden als ihre Vergangenheit verkauft, Kido hätte ihr bestimmt geglaubt. Und er hätte sie genau mit dieser Geschichte kennen- und verstehen gelernt. Allerdings wäre es eher an Kaori gewesen, die Vergangenheit ihres Mannes anzuzweifeln, denn er war nicht von hier. Doch aufgrund seines frühzeitigen ›Geständnisses‹, ein Zainichi der 3. Generation zu sein, war sie überzeugt von seiner Aufrichtigkeit. Hätte Kido auf Widersprüche im Leben seiner Frau stoßen können, dann in solchen Momenten, wenn sie alte Bekannte und Freunde von ihr oder jemanden aus der Familie trafen. Bei jemandem wie Taniguchi Daisuke jedoch, der in der Fremde lebte und alle Verbindungen zu seiner Familie abgebrochen hatte, gab es keine Möglichkeit, seine Vergangenheit zu überprüfen, außer man beauftragte einen Detektiv. Aus diesen Gründen war er wohl auch nicht in den sozialen Netzwerken aktiv gewesen.

Aber es geht ja gar nicht um Taniguchi Daisuke, verbesserte sich Kido, er musste unbedingt Klarheit in seinem verwirrten Kopf schaffen. Ries Ehemann war ein Anderer gewesen, der sich als Taniguchi Daisuke ausgegeben hatte, und deswegen nannte ihn Kido, wie er es in seinem Beruf für gewöhnlich tat, erst einmal X.

Seit Rie ihm von X erzählt hatte, war dessen Existenz Tag und Nacht präsent. Kido musste, egal, ob er die Straße entlanglief, in der Bahn saß oder mit der Familie beim Essen, ständig an X denken, er war wie eine Melodie, die ihm permanent im Kopf herumging. Wie nannte man dieses Phänomen? In der Musik sprach man von einem Ohrwurm, aber …

Irgendwann als jemand Anderes ein neues Leben beginnen – ein solcher Gedanke war Kido nie in den Sinn gekommen. Natürlich hatte er als Jugendlicher manchmal davon geträumt, ein Anderer als er selbst zu sein. Von Eifersucht gepackt, hatte er sich qualvoll danach gesehnt, der Junge zu sein, den das Mädchen, für das er so schwärmte, liebte. Doch das waren harmlose Träumereien gewesen.

Mehrmals hatte er sich heute versichert, wie gesegnet sein Leben im Moment war. Er kam in seinem Beruf häufiger als Andere mit dem Unglück seiner Mitmenschen in Berührung, und besonders bei Kriminalfällen offenbarte sich das Elend in all seiner Vielfalt, sowohl vom Tatbestand als auch von den Hintergründen her. Kido erschien es manchmal wie eine Welt, weit entfernt von seiner eigenen, und er dachte oft darüber nach, warum sein Leben so anders verlief.

Ich bin glücklich, sagte er sich noch einmal leise, aber seine Stimme klang angestrengt und kontrolliert. Er spürte eine seltsame Beklommenheit in sich aufkommen.

Alles hinter sich lassen und ein Anderer werden. – Die Vorstellung hatte etwas Verführerisches. Man musste gar nicht vollends verzweifelt sein, um solch einen Wunsch zu verspüren, er konnte auch in einer Anwandlung von Überdruss, einer kleinen Pause vom Glück, entstehen. Doch Kido war bedacht genug, seinem inneren Impuls nicht weiter nachzugehen.

Wenn es stimmte, dass X eine falsche Identität vorgetäuscht hatte, dann hatte er – unabhängig davon, ob die Polizei den Fall verfolgen würde oder nicht – mehrere Straftaten begangen, angefangen mit der Fälschung einer notariellen Urkunde. Sollte es dabei jedoch, wie Kyōichi behauptete, um Mord gehen, wäre es gut, wenn Kido sich bei seinem in Kriminalfällen versierten Kollegen aus der Kanzlei Rat holte ...

Nur noch ein Glas, dachte er, als er sich noch einmal von dem Wodka nachschenkte. Die Tropfen an der Flasche hinterließen einen runden Fleck auf dem Tisch, er sah aus wie die leicht deformierte Kopie der am Nachthimmel hängenden Mondsichel.

Kido musste erneut an Rie denken und an ihr trauriges Los; sie hatte nacheinander drei Familienmitglieder verloren, erst ihren kleinen Sohn, dann ihren noch nicht sehr alten Vater und schließlich ihren jungen Ehemann. Er empfand aufrichtiges Mitleid für sie. Er sah sie vor sich, das Gesicht mit den mädchenhaften Zügen und den großen Augen, dazu die eher kleine Statur mit den im Vergleich kräftigen, runden Schultern, die ihr innerlich Halt zu geben schienen, wenn sie ihm, nur bei wirklich überzeugenden Erläuterungen, ohne Scheu zunickte.

Kido konnte sich nicht vorstellen, wie verzweifelt ein Mensch sein musste, der ein zweieinhalbjähriges Kind verloren hatte, aber Rie blieb tapfer und lächelte fröhlich, wann immer sie mit ihrem älteren Sohn zusammen war, der mittlerweile wahrscheinlich schon in die Mittelschule ging.

Die Scheidungsverhandlungen war sie entschieden angegangen, eine Aussöhnung mit ihrem Mann hatte sie abgelehnt, und sie war dabei nicht einmal ins Schwanken geraten. Der Grund für den Streit zwischen ihr und ihrem Mann war die unterschiedliche emotionale Herangehensweise in Bezug auf die Krankheit ihres Sohnes sowie die therapeutischen Maßnahmen gewesen. Ryō hatte kurz vor seinem zweiten Geburtstag über Unwohlsein geklagt, und als sie mit ihm in das in der Nähe gelegene, große Krankenhaus gingen, stellte man dort ein Germinom, einen Hirntumor, fest. Die Eltern waren außer sich, doch die Ärzte teilten ihnen voller Zuversicht mit, dass ihr Sohn nach einer Strahlen- und einer Chemotherapie eine 98-prozentige Chance hätte, die nächsten fünf Jahre zu überleben. Die für gewöhnlich angesetzte Biopsie wurde aufgrund des heftigen Widerstands seitens des Vaters zu diesem Zeitpunkt nicht vorgenommen. Der behandelnde Arzt hatte erklärt, dass in Ryōs Alter eine solche Gewebeentnahme mit einem gewissen Risiko verbunden sei. Sollte es sich nicht um ein Germinom handeln, würde die Diagnose wahrscheinlich auf einen bösartigen Tumor hinauslaufen, und vermutlich säße der an einer Stelle, an der man nichts unternehmen könne, woraufhin Ries Mann sie davon überzeugt hatte, ihren Sohn nicht unnötig einer Gefahr auszusetzen, nur um herauszufinden, ob seine Krankheit heilbar sei oder nicht. Rie dachte zwar, es wäre besser, eine Biopsie vornehmen zu lassen, aber sie fand nicht die richtigen Argumente, die das mögliche Risiko plausibel machten.

Drei Monate lang ließ Ryō die unbarmherzige Behandlung über sich ergehen, er musste sich ständig übergeben. Rie saß die ganze Zeit an seinem Bett, sie kündigte ihre Anstellung bei der Bank, bei der sie seit ihrem Universitätsabschluss gearbeitet hatte. Doch der Tumor wurde nicht kleiner, im Gegenteil, er wuchs sogar. Bei einem zweiten MRT wurde Ryōs Tumor als ein Glioblastom diagnostiziert. Der Arzt erklärte ihnen, dass es, so wie in dem ersten Aufklärungsgespräch über die Risiken bereits erwähnt, keine Behandlungsmöglichkeiten gebe und ihr Sohn weniger als ein Jahr zu leben habe. »Verbringen Sie die nächsten Monate möglichst gemeinsam zuhause, und genießen Sie die Zeit mit Ihrem Kind.«

Rie stellte Ryō noch in einem anderen Krankenhaus vor, doch die Diagnose war dieselbe. Ryō lebte noch vier Monate, dann starb er. Seit dem ersten Krankenhausbesuch waren sieben Monate vergangen, von denen er drei unter sinnlosen Therapien gelitten hatte.

Die Eltern versanken in tiefer Trauer. Ries Mann ermutigte sie, ihr Unglück gemeinsam als Familie durchzustehen, doch Rie schüttelte stur den Kopf und kündigte an, sich scheiden lassen zu wollen. Es war keineswegs so, dass sie ihren Mann für den Tod ihres Kindes verantwortlich machte. Sie schob vielmehr sich selbst die Schuld zu, aber sie wollte nicht weiter mit ihrem Mann zusammenleben.

Kido empfand Mitleid für sie, trotzdem musste er ihr erklären, dass ihr Wunsch juristisch kein ausreichender Grund für eine Scheidung sei. Ihm tat auch der Mann leid. Er hatte zwar als Vater eine falsche Entscheidung getroffen, die nicht mehr rückgängig zu machen war, doch als Kido seinen Schwager fragte, der ja auch Arzt war, bestätigte ihm dieser, dass eine solche Entscheidung für Laien äußerst schwierig und auch die Erklärung des behandelnden Arztes nicht ganz unproblematisch sei, dass er aber die Wut der Frau auf ihren Mann überhaupt nicht nachvollziehen könne.

Trotzdem hatte Kido ihren Auftrag angenommen, sie hatte als Mensch etwas so Kompliziertes und zugleich so Reines an sich, über das er gründlicher nachdenken wollte.

Nachdem Kido ihren Fall übernommen und auch ihren Mann kennengelernt hatte, verstand er langsam, warum Rie in ihren Gefühlen so verhärtet war. Der Mann redete wie ein Wasserfall, machte seiner Unzufriedenheit Luft, klagte ihm sein Leid, und er war überzeugt, dass Kido »als Anwalt« genauso vernünftig sein müsse wie er selbst; er behauptete, seine Frau, die ihm die Schuld zuschieben würde, sei verrückt, er bezeichnete sie als dumm, beteuerte jedoch zugleich, wie sehr er sie liebe, er erzählte unter Tränen, wie sehr er unter dem Tod ihres Sohnes leide, und drängte auf Versöhnung. Er schien, das hatte auch Rie so dargestellt, kein böser Mensch zu sein. Aber es war erbärmlich, wie er in grenzenloser Selbstgefälligkeit seine Frau verletzte und seinem Sohn in den wenigen Monaten, die er noch zu leben hatte, solches Leid zugefügt hatte und wie er nun auch noch sein eigenes Leben ruinierte.

Kido war ein Jahr mit der Scheidungssache beschäftigt, er hörte sich die Einwände des Mannes an, bis schließlich alles gesagt war, und versuchte ihm zu erklären, dass Rie kein Bedürfnis habe, noch einmal mit ihm zusammenzukommen. Es waren seltsame Treffen, denn der Mann behandelte Kido als eine Art Respektsperson und wiederholte, wenn der ihm etwas Juristisches erklärte, das Gesagte mehrmals in seinen eigenen Worten; hatte er es dann verstanden, fühlte er sich in seinem verletzten Stolz aufs Neue getröstet. So wie man es häufig bei Tätern häuslicher Gewalt beobachtet, war er verzweifelt darum bemüht, Kido davon zu überzeugen, dass er ein ehrlicher Mensch sei.

Nach zehn Monaten zeigte Ries Mann Ermüdungserscheinungen. Gleichzeitig fiel Kido auf, wie gut gelaunt er in letzter Zeit wirkte. Trotz einiger Bedenken heuerte Kido einen Detektiv an, der sich im Umfeld des Mannes umsehen sollte. Als dieser ihm ein Foto präsentierte, auf dem der Mann mit seiner neuen Freundin zu sehen war, er verließ gerade die Wohnung, in der er getrennt von seiner Frau lebte, schlug Kido vor, die Schlichtungsbemühungen zu beenden. Ries Mann zeigte sich überraschend kooperativ und willigte schließlich nicht nur in die Scheidung ein, sondern trat auch das Sorgerecht für den älteren Sohn Yūto, das er bis dahin beansprucht hatte, an seine Frau ab.

Und nun also war Rie mit dem Tod ihres zweiten Mannes ein weiteres Unglück widerfahren; darüber hinaus hatte ihr Mann ihr offensichtlich die ganze Zeit eine falsche Identität vorgetäuscht. Warum hatte er das getan?

Kido richtete sich mit einem Seufzer in seinem Sessel auf und schaute auf die Uhr, es war beinahe zwei. Bevor er einen weiteren Gedanken fassen konnte, kam ihm ein Gähnanfall dazwischen.

Taniguchi Kyōichi hatte ihm einige Leute genannt, die möglicherweise etwas über den Verbleib seines jüngeren Bruders wussten, außerdem bestand die nicht geringe Wahrscheinlichkeit, dass seine ehemalige Freundin Informationen darüber hatte, wo er war.

Unabhängig davon, wer X tatsächlich gewesen sein mochte, müsste die Adressänderung aus dem Anhang des Familienregisters hervorgehen. Dort würde Kido mit seiner Suche beginnen. Er leerte das noch zu einem Drittel gefüllte Glas. Der Wodka war mittlerweile lauwarm und brannte bitter auf der Zunge; Kido stieß einen letzten kleinen Seufzer aus.

4 Ende Januar 2013, als es im Büro endlich etwas ruhiger wurde, suchte Kido Daisukes ehemalige Freundin, Gotō Misuzu, auf. Es war ein kalter Tag und hatte seit dem Morgen leicht geschneit, doch nachmittags kam glücklicherweise die Sonne heraus.

Unter der Telefonnummer, die Kyōichi ihm gegeben hatte, hatte Kido niemanden erreicht, doch da Misuzu als Webdesignerin arbeitete, musste er nicht lange im Internet suchen, bis er auf ihre Facebook-Seite stieß. Er schrieb ihr eine Nachricht, erklärte die Umstände und erhielt schon bald eine Antwort. Misuzu war etwas verwirrt und machte sich Sorgen um Daisuke. Da sie freiberuflich arbeitete und abends noch in der Bar eines Bekannten in Arakichō in Shinjuku aushalf, schlug sie ihm vor, dort vorbeizukommen. Kido wusste zwar nicht, ob sie in dieser Bar richtig miteinander sprechen könnten, doch er vermutete, dass sie Bedenken hatte, ihn allein zu treffen.

Die Bar befand sich gleich in der Nähe des U-Bahnhofs Yotsuya-Sanchōme, in einem alten Kneipenviertel mit engen, verwinkelten Gassen. Da Kido zum ersten Mal in der Gegend war, schlenderte er noch ein wenig herum. Außer den Kneipen entdeckte er diverse vielversprechende Läden, ein Sushi- und ein Curry-Restaurant, ein Restaurant mit deutscher und eins mit spanischer Küche, ein traditionell japanisches sowie ein Tonkatsu-Restaurant. Er bedauerte, dass er bereits in dem Soba-Laden gegessen hatte, der sich im Untergeschoss der Anwaltskanzlei befand, denn hier wäre es sicherlich interessanter gewesen.

Ein Kollege im Büro, ein richtiger Bücherwurm, hatte ihm erzählt, dass sich hier früher ein berühmtes Freudenviertel befunden habe, das auch in Nagai Kafūs *Vor und nach dem Tau* Eingang gefunden hätte, und er steuerte zusätzlich noch die Anekdote bei, dass es während der Wirtschaftsblase in der Nähe ein Love Hotel gegeben habe, in das mittlerweile ein Verlag eingezogen sei. Jetzt, am Anfang der Woche, waren nur Taxis unterwegs, Menschen begegnete Kido kaum.

In dem von diversen Firmen genutzten Gebäude fand sich im ersten Stock ein Schild mit dem Namen der Bar: Sunny. Die Schrift war gelb, so wie die Sonne, ein witziger Name für eine Bar, die nur abends geöffnet hatte, dachte Kido, später erfuhr er, dass sie nach dem berühmten Song von Bobby Hepp benannt war.

In dem kleinen, gemütlichen Raum befanden sich ein Tresen, an dem sechs Leute Platz fanden, sowie zwei Tische mit Sofas; das Licht war angenehm schummrig, und als Kido um kurz nach acht Uhr hereinkam, lief eine alte Platte mit einem Life-Konzert von Ray Charles. Es schien eine Soul-Bar zu sein, die Wände waren geschmückt mit Marvin-Gaye-Covern, Kinderfotos von Stevie Wonder und anderem mehr.

Die Plätze an den Tischen waren besetzt, und am Tresen saß ein Mann, offenbar ein Stammgast, der ein Guinness trank und dabei Zaubertricks mit Münzen übte.

»Herzlich willkommen«, begrüßte ihn die Frau hinter dem Tresen, sie schien zu wissen, wer er war.

Misuzu trug eine mit Nieten besetzte schwarze Kappe, das hinter die Ohren gesteckte Haar fiel ihr über die zarten Schultern. Sie hatte ein schön geschnittenes Gesicht, eine große Nase, und die Pupillen unter den grauen Kontaktlinsen und ihre Lippen glänzten.

Was für eine schöne Frau, durchfuhr es Kido. Allerdings wirkte sie in ihrem lockeren Strickpullover und den abgewetzten Jeans eher wie eine Rockerbraut als wie ein Soul-Fan. Misuzu saß auf einem Hocker hinter dem Tresen und hielt ein Knie in zerrissener Hose umfasst; sie redete mit einem Mann um die fünfzig, der einen Dreitagebart und einen schwarzen Parker trug. Er schien der Besitzer des Ladens zu sein und passte mit seinem Aussehen zu der Bar.

»Ich bin Kido Akira, der Rechtsanwalt, ich hatte mich bei Ihnen gemeldet«, sagte Kido und reichte dem Inhaber der Bar seine Visitenkarte.

Der Mann, er hieß Takagi, besah sich die Karte, als wolle er sicherstellen, dass Kido auch wirklich Anwalt sei. »Tragen Anwälte nicht ein Abzeichen?«

»Das brauchen wir heutzutage nicht mehr. Aber ich habe meins sogar dabei«, sagte Kido, zog sein Abzeichen aus der Tasche und zeigte es dem Besitzer, der ein Gesicht machte, als könne er dessen Echtheit eh nicht beurteilen.

Jetzt schaltete sich Misuzu ein. »Darf ich mal anfassen? So was habe ich noch nie gesehen«, fragte sie neugierig, aber nicht aufdringlich.

»Natürlich, bitte schön.«

Später erfuhr Kido, dass Misuzu anfangs öfters in der Bar zu Gast gewesen war, und seit einem Jahr zweimal pro Woche aus Spaß dort arbeitete. Kido nahm an, sie sei mit dem Inhaber liiert, doch er konnte ihr Verhalten nicht richtig deuten. Bestimmt hatte ihr Takagi geraten, sich hier zu verabreden. Er stellte Kido zwar keine unhöflichen Fragen mehr, aber es war offensichtlich, dass ihm die Sache nicht ganz geheuer war.

»Hängen Sie Ihren Mantel dort hin. Was wollen Sie denn trinken?«, fragte Misuzu mit einem Lächeln. In ihrer Stimme war eine eigenartige Behäbigkeit, eine Art gelangweilter Heiterkeit. Die unteren Augenlider waren leicht geschwollen und verliehen ihrem perfekten Gesicht etwas Weiches, sie sah freundlich aus.

»Hm, gute Frage ... Ich nehme ein Bier, ein weißes Chimay.« Es gab kaum Platz auf dem Tresen, daher bestellte Kido etwas, das nicht viel Umstände bereitete. Er trank einen Schluck und kam dann gleich auf den Anlass seines Besuchs zu sprechen. »Wie ich bereits in meiner Mail geschrieben habe, geht es um Herrn Taniguchi Daisuke.«

»Wissen Sie immer noch nicht, wo er ist?«

»Nein. Kennen Sie den Mann auf diesem Foto?« Kido zeigte Misuzu ein Foto von X, dem Mann, der mit Rie verheiratet gewesen war und seine Herkunft gefälscht hatte.

Misuzu nahm das Foto und besah es sich eine Weile, dann schüttelte sie den Kopf und legte es auf den Tisch zurück.

»Ist das nicht Herr Taniguchi Daisuke?«

»Nein. Ist das der Mann, der sich für Daisuke ausgegeben hat?«

»Ja, genau.«

»Er sieht ihm überhaupt nicht ähnlich, weder im Gesicht noch von der Statur her ... Er scheint auch nicht sehr groß gewesen zu sein. Daisuke aber war etwas größer als ich ... so vielleicht; um die 1, 72, glaube ich.«

»Sie haben diesen Mann also nie gesehen.«

»Ich habe Ihnen ein paar Fotos von Daisuke mitgebracht«, Misuzu reichte ihm einen braunen Umschlag. »Sie sind aus der Zeit, als wir zusammen waren, ist also schon über zehn Jahre her.«

In dem Umschlag waren drei Fotos.

Auch Taniguchi Kyōichi hatte kein aktuelles Foto von seinem Bruder. Dass man in ihrer Generation nicht viele Fotos aus Jugendjahren besaß, war nachvollziehbar, doch es gab auch keine späteren Digitalaufnahmen von den Brüdern, wahrscheinlich war ihr Verhältnis zu schlecht gewesen. Auf der alten Familienaufnahme, die Kyōichi ihm gezeigt hatte, war der kleine Daisuke im Profil zu sehen gewesen, doch mit dem Gesicht auf dem Foto, das Misuzu von ihm gemacht hatte, gab es kaum Übereinstimmungen. Daisuke stand auf dem Bild scheu und wie erstarrt vor seiner Freundin, die die Kamera auf ihn gerichtet hielt, und Kido konnte sich förmlich vorstellen, was für eine Miene Misuzu damals gemacht hatte. Es gab keinerlei Ähnlichkeit zwischen Daisuke und X.

»Sie können es gerne behalten. Falls es Ihnen was nützt. Ich habe seit über zehn Jahren keinen Kontakt mehr zu ihm, keine Ahnung, was er jetzt macht und wie er so lebt.«

»Verstehe. Sein Bruder meinte, Sie wüssten vielleicht, wie ich ihn erreichen kann.«

Misuzu tat ein paar Eiswürfel in ein Glas, goss sich etwas Cinzano Rosso ein und trank einen Schluck, dann zog sie die Augenbrauen zusammen und sagte:

»Ich kenne Daisuke seit der Oberschule. Wir waren immer mal wieder zusammen, dann wieder nicht ... Wir kennen uns also schon eine Weile. Deswegen ...«

»Dann kennen Sie auch seinen Bruder Kyōichi gut?«

Kidos Frage war folgerichtig, aber Misuzu nickte bloß, sie schien irgendetwas hinter der Theke zu suchen. Plötzlich sah sie ihn jedoch an, mit einem Blick, als wolle sie fragen: Und wenn?

»Die beiden Brüder haben sich nicht gut verstanden, stimmt's?«

»Ich glaube, Daisuke mochte seinen Bruder. Allerdings waren sie völlig unterschiedlich; bis zur Oberschule war ihr Verhältnis aber ganz okay.« Misuzu schien noch etwas sagen zu wollen, zögerte jedoch und schwieg. Kido bemerkte ihre Unschlüssigkeit, sagte aber nichts, als sie das Gespräch wohl absichtlich in eine andere Richtung lenkte. »Ich glaube, das lag gar nicht so sehr an den Brüdern, eher an den Eltern ... Kommt ja immer wieder vor, dass Eltern bei der Frage, wer einmal das Erbe antritt, unentschlossen sind. Weil Kyōichi sich geweigert hat, das Familienunternehmen zu übernehmen, musste Daisuke herhalten. Sie hätten ihm das Ryokan vererben sollen, aber dann hatten sie wieder die Hoffnung, dass Kyōichi es sich doch noch anders überlegt, sie haben sich die ganze Zeit bedeckt gehalten. Und Daisuke hing dabei in der Luft, verstehen Sie?«

»Wollte er denn das Ryokan übernehmen?«

»Klar, wollte er. Er mochte das Hotel. Es ist eins der ältesten Häuser in dem Onsen-Städtchen Ikaho und ziemlich bekannt.«

»Anscheinend, ich habe mir die Website angesehen. Der Neubau ist modern, aber das Haupthaus ist ein traditionelles, prächtiges Gebäude.«

»Der Neubau ist ganz nach Kyōichis Geschmack«, sagte Misuzu spöttisch und lächelte bitter. »Jedes Zimmer hat seinen eigenen Außenbereich mit Thermalbecken, man sieht vom Bett aus direkt drauf. Die Zimmer sind so voneinander getrennt, dass die Privatsphäre geschützt bleibt, und alles ist sehr stilvoll eingerichtet, aber irgendwie hat es etwas Obszönes.«

Bei diesem Ausdruck musste Kido lachen, dann nahm er, im Unterschied zu vorher, genüsslich einen Schluck von seinem Bier, ließ es durch seine Kehle rinnen und gluckste aufs Neue los. Von seinem Lachen angesteckt, fing auch Misuzu an, ihre Schultern bebten leicht.

»Nicht gerade der richtige Ort für einen Familienurlaub«, sagte Kido.

»Es ist ein Luxus-Love-Hotel. Vor einigen Jahren ist dort eine Nachrichtensprecherin aus dem Fernsehen mit ihrer Affäre aufgeflogen.«

»Stimmt, ich erinnere mich ... Das war in Ikaho Onsen. Ich bin bei meiner Recherche auch darauf gestoßen. Aber ich hatte nicht weitergelesen.«

»Kyōichi hat sich immer gern amüsiert, der weiß in solchen Dingen Bescheid. Was wollen Pärchen, die in so einem Onsen-Ryokan ein Zimmer buchen? Daisuke ist viel zu ernst, der versteht davon nichts. Der Neubau muss ein ziemlicher Erfolg sein. Nach dem Erdbeben haben sie dort Evakuierte aufgenommen, das hat ihnen viel Lob eingebracht.«

Bei dem Gedanken an ihren früheren Freund lächelte Misuzu wehmütig, aber es war auch Mitleid dabei.

Kido hatte ihr schweigend zugehört, dann bestellte er sich einen Wodka Gimlet, er brauchte etwas Stärkeres. Misuzu nahm den Shaker, goss Wodka und Lime Juice hinein und schüttelte das Ganze; sie machte das ohne jeden Showeffekt, eher so, als würde sie zuhause etwas kochen. Kido hatte sie zwar gerade erst kennengelernt, doch er meinte zu wissen, dass diese lässige, nicht gerade übereifrige Art typisch für sie war. Der Cocktail wurde perfekt gemischt, und als Misuzu ihn in das mit einer Frostschicht bedeckte Glas goss, stiegen feine Schaumperlen auf; gut gekühlt, wie er war, breitete sich der Alkohol weich und mit einem sanften Schimmer auf Kidos Zunge aus.

»Köstlich!« Kido sagte das nicht als Kompliment, er meinte es wirklich so. Misuzu freute sich und zeigte lachend ihre weißen Zähne, sie arbeitete ja auch, wie sie gesagt hatte, zum Spaß. Dann zupfte sie den Kragen ihres Wollpullovers zurecht, der ihr über die Schulter gerutscht war. Kido bemerkte die Mulde an ihrem Schlüsselbein, die Kette mit den kleinen funkelnden Diamanten verlieh ihr eine Extranote.

Die Tür ging auf, und ein Mann trat ein, offenbar ein Stammgast, er setzte sich etwas von Kido entfernt auf einen Hocker, sodass der Platz zwischen ihnen frei blieb, und begann sich lebhaft mit dem Besitzer zu unterhalten. Der legte jetzt ein Live-Album von Curtis Mayfield auf, und die Rufe des Publikums hallten in der Bar wider. Kido beschloss, Misuzu noch ein paar Fragen zu Taniguchi Daisuke zu stellen, bevor es in dem Laden zu voll werden würde. »Ist Ihr Kontakt zu Daisuke abgebrochen, nachdem sein Vater verstorben ist?«

»Wahrscheinlich. Ich war noch bei der Beerdigung, und er ist noch eine Weile bei seiner Mutter geblieben. Ich wohnte da schon in Tōkyō, wir haben uns so alle zwei Wochen getroffen.«

»Und in der Zeit ... haben Sie ...«

»Wir waren noch zusammen. Am Schluss war er dann einfach weg, ohne sich zu verabschieden.«

»Verstehe ... Und haben Sie ihn danach noch einmal angerufen oder ihm eine Mail geschrieben?«

Misuzu schüttelte den Kopf. »Ich habe ihn nicht erreicht.«

»Meinen Sie, dass Daisuke wegen der Organtransplantation verletzt war?«

»Wer hat das denn gesagt? Kyōichi etwa?«

»Nein, der Mann auf dem Foto, der unter Daisukes Namen gelebt hat. Ich kenne seinen Namen nicht, ich nenne ihn einfach nur X. Er hat es wohl seiner Frau gegenüber erwähnt, und sie hat es mir dann erzählt.«

»Ist ja unheimlich.«

»Ich weiß nicht. Vielleicht hat X ja Daisuke getroffen. Wahrscheinlich hat er es ihm direkt erzählt. Und aus irgendeinem Grund hat er sich danach als Daisuke ausgegeben und hat als Daisuke gelebt. Er hat dessen Vergangenheit einfach zu seiner gemacht.«

»Und wozu? Daisuke hatte ja jetzt keine große Karriere, um die ihn jemand beneiden würde ... Oder ging es um das Erbe?« Ein leiser Schatten huschte über Misuzus Stirn, die unter dem Schirm ihrer Kappe gerade noch zu sehen war.

»Ich kenne seine Absicht nicht. Es ist natürlich denkbar, dass er es auf das Erbe abgesehen hatte; es ist meine Aufgabe, in diesem Chaos Ordnung zu schaffen.«

»Was ist denn mit Daisuke? Geht es ihm gut? Und die Polizei?«

»Sie hat vorläufig eine Vermisstenmeldung aufgenommen, aber sonst haben sie noch nichts in die Wege geleitet.«

»Aber müsste man nicht alles in Bewegung setzen? Die Sache dem Fernsehen melden oder so was.«

»Möglicherweise wird es darauf hinauslaufen, aber Kyōichi und auch die Witwe von X wollen das nicht.«

»Warum denn nicht?«

»Die Frau ist ... immer noch ziemlich durcheinander. Das ist nur verständlich. Und Kyōichi will – er muss ja an seine

Kunden denken –, sollte es sich um einen Mordfall oder so etwas handeln, nicht viel Aufhebens machen.«

Misuzu schien überrascht, sie seufzte laut.

»Könnte es sein, dass er von Nordkorea entführt worden ist?«, schaltete sich plötzlich der Besitzer ein. Kido hatte gar nicht gemerkt, dass er ihrem Gespräch gelauscht hatte. Er presste die Zunge an den Gaumen, um den sauren Limettengeschmack seines Wodka Gimlet abzumildern, dann machte er eine vage Geste, nickte leicht und legte den Kopf skeptisch zur Seite. Eine Entführung wie in den 1970er und 1980er Jahren war in der heutigen Zeit undenkbar. Kido wandte, eher unbewusst, den Blick von Misuzu ab, die er gleich mit Betreten der Bar in sein Herz geschlossen hatte, denn er befürchtete, ihr könne eine diskriminierende Bemerkung über die Zainichi entschlüpfen.

Kido war ein Zainichi der dritten Generation, doch seine Eltern hatten ihm als Kind nie ein besonderes Bewusstsein für seine Herkunft vermittelt. Sie besaßen ein Izakaya, ein Lokal, in dem sie nicht speziell koreanische Gerichte servierten. Kido war auch nicht in einem koreanischen Stadtviertel, sondern in Kanazawa geboren und aufgewachsen, trotz seines Nachnamens Lee hatte er kaum Diskriminierung wahrgenommen. Als er dann auf die Mittelschule kam, nahm seine Familie den japanischen Namen Kido an, den Grund dafür hatten ihm seine Eltern nie erzählt, doch es musste einen Anlass gegeben haben. Und da einige Lehrer aus der Grundschule sich im Izakaya der Eltern des Öfteren betranken, wurde der Name Kido allgemein bekannt, auch bei den Lehrern anderer Jahrgangsstufen.

In der Oberschulzeit hatte er sich gemeinsam mit seinen Eltern einbürgern lassen. Da er kein Hangul lesen konnte und die Verwandten seines Vaters, wenn sie aus Südkorea zu Besuch kamen, als Ausländer empfand, waren seine Eltern schon länger der Meinung gewesen, er solle die japanische Staatsbürgerschaft annehmen, ihm selbst war das damals völlig egal. Den Ausschlag gab schließlich die geplante Studienfahrt nach Australien, sein Vater gab zu bedenken, er wolle ja keine Schwierigkeiten wegen seines Passes bekommen. Kido war dem Rat gefolgt, doch dann hatte sein Vater noch etwas gesagt, das ihm bis heute unvergesslich war, dass nämlich der südkoreanische Staat keinerlei »reales Gefühl« für ihn habe, während ihm die japanische Regierung beistehen würde, sollte ihm auf der Reise etwas zustoßen. Die südkoreanische Regierung habe nicht einmal die leiseste Ahnung, dass jemand wie er überhaupt existierte.

Es war das einzige Mal, dass sein Vater etwas in der Art geäußert hatte, und obwohl Kido damals nicht nachgefragt hatte, war er sich ziemlich sicher, dass sein Vater nicht das »reale Gefühl« meinte, sondern dass er für Südkorea keine »reale Existenz« war. Denn es stimmte, er hatte nie in Südkorea gelebt und existierte somit nicht als Mitglied dieses Volkes.

Auch jetzt, nach über zwanzig Jahren, spukte das »reale Gefühl«, jener merkwürdige Ausdruck von damals, durch den Südkorea ein seltsamer personifizierter Staat wurde, der kein »Gefühl« für ihn besaß, noch in seinem Kopf herum. Während umgekehrt er selbst zu jenem Zeitpunkt wahrscheinlich zum ersten Mal ein »reales Gefühl« für das Land Korea entwickelte.

Oder hatte sein Vater es tatsächlich in diesem Sinne gemeint? Sein Vater hatte mit ihm nur drei Mal, das Gespräch vor der Klassenfahrt miteingerechnet, ernsthaft über die Frage der Staatsangehörigkeit gesprochen. Das zweite Mal geschah dies, als er am Ende der Oberschule nicht wusste, welche berufliche Laufbahn er einschlagen sollte, und sein Vater ihm den Ratschlag gab, ein Studium mit Staatsexamen zu absolvieren, da er bei späteren Arbeitsverhältnissen mit Diskriminierung rechnen müsse.

Kido war zu dem Zeitpunkt bereits japanischer Staatsbürger und glaubte zunächst, sein Vater habe einen schlechten Scherz gemacht, doch der blieb vollkommen ernst. Schließlich schrieb er sich mit einer sehr vagen Vorstellung, wie sie geisteswissenschaftlich interessierten Schülern eigen ist, für Jura ein. Die Worte seines Vaters blieben ihm auch während seines Studiums, und als er sich entschied, Anwalt zu werden, im Kopf.

Das dritte Mal, dass sich der Vater wegen der Herkunft seines Sohnes Sorgen machte, war, als dieser heiratete. Er hatte nichts gegen die Verbindung einzuwenden, doch da die Großmutter mütterlicherseits im Chogori an der Zeremonie teilzunehmen gedachte, schlugen er und seine Frau vor, die Hochzeit im Ausland auszurichten.

»Das ist doch viel zu aufwendig«, schüttelte Kido abwehrend den Kopf, er wusste allerdings, dass sich die Eltern seiner Frau diesbezüglich auch Sorgen machten, und beschloss nach einigem Abwägen, die Hochzeit nur mit den Verwandten auf Hawaii zu begehen, dort auch die Flitterwochen zu verbringen und danach in Japan eine kleine Party in einem Restaurant zu feiern. Als er seine Eltern mit seinen künftigen Schwiegereltern bekannt machte, und auch, als sich die Familien bei der Hochzeit trafen, erkannte Kido, wie angespannt sich sein Vater und seine Mutter Kaoris Eltern gegenüber benahmen, ihr Verhalten war fast devot. Er schämte sich ein wenig für sie und empfand zugleich Mitleid mit ihnen.

Noch vor Kurzem hatte sich Kido keinerlei Gedanken wegen seiner Staatsangehörigkeit gemacht, und auch wenn einige seiner Bekannten ihm vorhielten, dass er die Sache zu locker sehe, konnte er sich nicht erinnern, schon einmal ernsthaft rassistisch beleidigt worden zu sein. Als er mit Beginn des Studiums nach Tōkyō zog und von anderen Zainichi der dritten Generation hörte, was für heftige Diskriminierungserfahrungen sie gemacht hatten, bekam er ein schlechtes Gewissen, weil er ihr Leid nicht nachempfinden konnte. Er war zudem, so muss man sagen, recht unsensibel, was die politischen Entwicklungen, wie beispielsweise die Reaktionen auf die »Murayama-Erklärung« sowie den zunehmenden Geschichtsrevisionismus im Land, anging.

Als dann im Sommer letzten Jahres, anlässlich des Besuchs des südkoreanischen Präsidenten Lee Myung-bak auf der Insel Takeshima, über den erstarkenden japanischen Nationalismus und rechte, fremdenfeindliche Demonstrationen berichtet wurde, musste er dann doch erkennen, dass es in diesem Land Orte gab, die er lieber nicht aufsuchen, und Menschen, denen er lieber nicht begegnen sollte – eine Erfahrung, die nicht jeder, nicht alle Bürger dieses Landes machten.

Später berichtete ihm ein Freund aus Studienzeiten, von dem er länger nichts gehört hatte – wobei er sich über dessen Absicht nicht im Klaren war –, dass im Internet ein Foto von der Abschlussfeier seiner Grundschule gepostet worden sei, neben dem der folgende Satz stand: »Zainichi als Anwalt zugelassen!« Als er auf die verlinkte Website ging, stieß er auf einen Fall, bei dem er – damals war er noch unverheiratet gewesen – einen Zainichi vertreten hatte, der des Raubüberfalls mit Körperverletzung verdächtigt worden war; jetzt hatte man den Fall mit einem Mix aus Fakten und Unwahrheiten noch einmal aufgewärmt. Es gab völlig absurde rassistische Anschuldigungen, die noch dazu so veraltet waren, dass selbst er als Zainichi sie kaum verstand. Kido fühlte sich nicht so sehr verletzt, er war völlig verwundert. Dass er neben seinem Namen und seinem Kinderfoto auch noch Verunglimpfungen wie »Spion« oder »Agent« geschrieben sah, verschlug ihm die Sprache. Vor allem war nicht nur von ihm die Rede, sondern es hieß zudem, dass er »verheiratet und Vater eines Kindes« sei. Kido wurde so wütend, dass seine Hand mitsamt der Computer-Maus zitterte, er spürte, wie alle Energie aus seinem Körper strömte, seine Existenz schien in ihren Grundfesten erschüttert. Er fühlte sich ganz und gar leer, und in diese Leere drang ein kaltes, schmutziges Unbehagen, das er nie wieder vollständig loswerden sollte. Es war das erste Mal in seinem Leben, dass er seine Stimmung als etwas Flüssiges in seinem Körper wahrnahm.

Seiner Frau hatte er nichts davon erzählt. Er wusste zwar, dass er mit ihr darüber reden sollte, doch er wollte und konnte es nicht. Nicht nur seine Frau, auch deren Mutter, die eine Zeit lang wie besessen koreanische Fernsehserien geschaut hatte, schienen auf die jüngsten Berichte über Hassreden besorgt zu reagieren. Doch ehrlich gesagt, hatte er keine Lust, überempfindlich auf Rassismen, die er bisher als Versehen abgetan hatte, von Menschen in seiner Umgebung zu reagieren.

Natürlich stand Kido der nordkoreanischen Diktatur mehr als kritisch gegenüber, die Entführung von Japanern durch nordkoreanische Geheimagenten war ein Skandal, und er empfand tiefstes Mitleid mit den Opfern und ihren Familien. Er wusste, wie sehr die Entführungen die Zainichi-Gemeinschaft aufgewühlt und welche Wunden sie bis heute hinterlassen hatten, aber er nahm all das aus einer gewissen

Distanz wahr. Und er war empört über die Untätigkeit der japanischen Regierung.

Doch wenn es um die Frage der Zugehörigkeit zu einem bestimmten Volk ging, war das etwas anderes. Die Vorstellung, dass in diesem System Menschen in seinem Alter lebten, die seine Blutsverwandten waren, beschwor fatalistische Gedanken in ihm herauf. Würde ihn jemand fragen, ob er sich die Wiedervereinigung von Nord- und Südkorea wünschte, würde er wahrscheinlich nur nicken, um Worte verlegen. Wann das geschehen sollte, war ihm allerdings unklar. Ähnlich ging es ihm mit den Kriegsreparationen, die von Japan gefordert wurden, sowie mit den diplomatischen Beziehungen zu Nordkorea, die normalisiert werden müssten.

Kido hatte Takagis Bemerkung kommentarlos übergehen wollen, doch als er merkte, dass sein Schweigen auf die Stimmung drückte, beschloss er, Stellung zu beziehen, damit ihr Gespräch nicht in unangenehme Gefilde abdriftete. »Eine solche Entführung ereignete sich in den 1980er Jahren. Ich habe im Rahmen meines jetzigen Auftrags ein wenig recherchiert und bin auf den Fall eines unverheirateten Kochs in einem Chinarestaurant in Ōsaka gestoßen, den man – unter dem falschen Versprechen einer Anstellung – von Miyazaki aus nach Nordkorea entführt hat. Irgendwann landete dann ein Spion in Japan, der sich dessen Vergangenheit und Lebenslauf angeeignet hatte und offenbar einige Jahre unbehelligt agieren konnte, es war alles perfekt, er machte sogar unter seinem Namen den Führerschein und bekam eine Krankenkassenkarte. Später ging er aber nach Südkorea, wo er dann festgenommen wurde.«

Kido war bei seiner Recherche zum ersten Mal auf den Terminus »Huckepacker« gestoßen, ein Fachbegriff, mit dem die Polizei ausländische Spione bezeichnet, die das Familienregister eines Japaners stehlen und dann unter seinem Namen in Japan leben.

»Sehen Sie! Dieser X ist ja auch in Miyazaki gestorben, oder?« Takagi sah ihn mit großen Augen an; er war überzeugt, dass er mit seiner Bemerkung ins Schwarze getroffen hatte. Auch die beiden Stammgäste schienen ihre Ohren zu spitzen, und Kido wusste, dass er nicht weiter über Dinge sprechen durfte, die die Privatsphäre seiner Auftraggeberin berührten.

»Das stimmt. Aber das war eine andere Zeit und ist außerdem reiner Zufall.«

»Aber es gibt auch heute noch überall jede Menge nordkoreanischer Geheimagenten, meinen Sie nicht?«

»Also ... ich weiß nicht. Sicher gibt es in der ganzen Welt Leute, die für Geheimdienste arbeiten, aber ich glaube nicht, dass sie ›überall‹ sind.«

»Aber die antijapanische Erziehung in Korea ist schon beängstigend, oder?«

Kido hatte langsam genug, er lächelte verkrampft.

»Meinen Sie Nord- oder Südkorea?«

»Na ja ... beide, oder?«

»Aber das stimmt doch gar nicht. In Südkorea mag vielleicht im Geschichtsunterricht vom japanischen Imperialismus die Rede sein, aber das hat doch nichts mit antijapanischer Erziehung zu tun. Und die jüngere Geschichte findet im Unterricht meist einfach keinen Platz, so ist es in Japan auch.«

»Und wieso sind Koreaner dann so sehr gegen Japan?«

»Kennen Sie da jemanden persönlich?«

»Nein, aber das sieht man ja immer im Fernsehen.«

»Ich würden Ihnen empfehlen, mal nach Seoul zu fahren und dort in die Clubs zu gehen. Reden Sie mit den jungen

Leuten.« Kido wollte verhindern, dass das Gespräch in noch tiefere Abgründe geriet, deswegen lachte er gutmütig und orderte bei Misuzu einen weiteren Wodka Gimlet. Auch Takagi sagte nichts mehr, er wirkte überrascht von Kidos deutlichen Worten.

Misuzu schien in Gedanken versunken, vielleicht dachte sie an Taniguchi Daisuke. Kido war erleichtert, dass sie ihrem Wortwechsel keine Beachtung geschenkt hatte. Während er auf seinen Cocktail wartete, griff er nach der CD-Hülle von Billy Prestons *The Kids & Me*, das gerade lief. Doch auch die ausgelassene Musik konnte nicht darüber hinwegtäuschen, dass sich zwischen ihnen ein hilfloses Schweigen breitgemacht hatte.

Schließlich beugte er sich zu Misuzu vor und flüsterte so leise, dass Takagi nichts davon mitbekommen konnte: »Sollte Taniguchi Daisuke von Nordkorea entführt worden sein, hätten wir ein echtes Problem. Allerdings ist es noch nicht so lange her, dass X seine Identität angenommen hat, stimmt's? Die Entführungen aber liegen schon Jahre zurück ... Außerdem hat X in einer Kleinstadt in Miyazaki für ein Holzunternehmen gearbeitet. Was hätte ein nordkoreanischer Agent denn mitten in der Provinz ausrichten sollen?«

Kido zuckte mit den Achseln, er war sich bewusst, dass er und X nun eine psychologische Verbindung aufwiesen, da man ihr Japaner-Sein in Frage stellte.

»Hier, bitte schön, noch mal dasselbe«, Misuzu lächelte und stellte den Cocktail vor ihn auf den Tresen, ohne auf seine Frage einzugehen.

»Daisuke tut mir wirklich leid. Wissen Sie, was für ein Risiko eine Leberspende bedeutet?«, fragte sie.

»Nein, nicht wirklich.«

»Soweit ich das damals gehört habe, stirbt in Japan einer von 5500.«

»Sie meinen von den Spendern?«

»Ja. Das sind fast 0,02 Prozent. 99,98 Prozent überleben, aber von denen leiden 10-20 Prozent unter Folgeschäden wie Fatigue oder Wundschmerzen. Sie sind auch psychisch betroffen, oft sind sie niedergeschlagen.«

»Hat Daisukes Vater denn seinen Sohn direkt gebeten, ihm einen Teil seiner Leber zu spenden?«

»Das hat Daisuke nie verraten ... Aber hätte er explizit gesagt, dass ihn ›niemand gebeten hat‹, wenn der Vater und die Ärzte nicht genau das von ihm erwartet hätten?«

»Kyōichi hat behauptet, er habe aus eigenem Willen gehandelt.«

»Das hat Daisuke bestimmt auch so gesagt. Er hat sich so sehr nach der Liebe seiner Familie gesehnt.« Misuzus Stimme war voller Mitleid. »Aber das allein war es nicht, ich glaube, er hat, wie soll ich das sagen, auch aus Pflichtgefühl heraus gehandelt. Nur er allein konnte damals seinen Vater retten ... Das Risiko ist ja nicht einfach Kopf oder Zahl, stimmt's? Daisuke hat sich extrem unter Druck gefühlt, er hat nicht darauf vertraut, dass er nicht der eine unter den 5500 Spendern sein würde. Er hat sich gefragt, wie Andere so was selbstverständlich für ihre Familie tun können und warum er solche Angst hat. Die meisten Spender waren nach der Operation genauso munter wie davor, sie führten ein Leben ohne jede Einschränkung. Und obwohl ihm die Ärzte das alles erklärt haben, hat er nur daran gedacht, dass er einer der wenigen Menschen sein würde, die unter Folgeschäden zu leiden hätten.«

»Das verstehe ich ja, aber ...«

»Klar ist seine Angst verständlich, aber er hat sich trotzdem selbst so unter Druck gesetzt, und schließlich hat er sich entschieden. Ich war bei ihm und habe ihn dabei beobachtet, er tat mir so leid. Aber ich konnte nichts machen.«

Kido nickte mehrmals, einerseits, um sein Mitgefühl für Taniguchi Daisuke auszudrücken, andererseits aus Sympathie für Misuzu. Aus den Lautsprechern erklang jetzt »You are so beautiful«. Nach der zweiten Strophe, »Such joy and happiness you bring ... just like a dream ...«, setzten Klavier und Streicher zu einem dramatischen Crescendo an, in das dann der Chor einfiel. Kido sah zu Misuzu hinüber, die mit den Tränen kämpfte. Er dachte, sie weinte wegen Taniguchi Daisuke, aber Misuzu sagte lächelnd, als sei sie selbst überrascht: »Bei dem Lied kommen mir immer die Tränen. Je älter ich werde, desto rührseliger werde ich.« Sie fuhr sich über die Augen.

Kido war ganz verzaubert von ihrem entzückenden Gesichtsausdruck und lächelte ebenfalls. »Ich kenne nur Joe Cockers schnulzige Version, ist das das Original?«, fragte er.

»Ja. Mir gefällt es besser.«

»Mir auch, glaube ich, obwohl ich es zum ersten Mal höre. Nicht schlecht.«

»Oder?«

»Früher fand ich diese Lobeshymne auf die Geliebte peinlich, aber auch das scheint sich mit dem Alter zu ändern.«

»Ja«, antwortete Misuzu, sah an die Decke und wischte sich noch einmal ein paar Tränen aus den Augen, dann schien sie ihre Fassung wiedergewonnen zu haben. »Kyōichi hat nicht viel von seinem Bruder gehalten, er konnte mit dem, was er machte, nichts anfangen. Er hat nie verstanden, warum ich mit ihm zusammen war, vielleicht hat er es auch nie akzeptiert ... Und dass dieser jüngere Bruder dann derjenige war, der das Leben des Vaters retten sollte, hat ihm ziemlich zugesetzt. Doch als Daisuke sich nicht entscheiden konnte, war er genervt.«

»Verstehe.«

»Spielt sich auf wie der tragische Held und zwingt uns zu Dankbarkeit, dabei ist das Risiko doch gar nicht so groß. Wenn meine Leber passen würde, hätte ich sie schon längst gespendet, ohne dauernd herumzureden.«

»Das hat er zu Daisuke gesagt?«

»Zu seiner Mutter, aber Daisuke hat es gehört.«

»Ach so …«

»Da kann man verstehen, dass er von zuhause wegwollte. Aber am Ende ganz ohne Verwandte dazustehen, und irgendwo entführt oder ermordet zu werden …«, Misuzu sprach nicht weiter, sie schien wieder ihren Gedanken nachzuhängen und schüttelte den Kopf. Dabei fielen ihr ein paar Strähnen über die Schulter, sie wippten hin und her, bis sie sie wieder hinters Ohr steckte. Dann nahm sie ihr Glas und nippte daran.

»Ich glaube, Daisuke lebt«, sagte Kido, »ganz bestimmt. Ich werde mir Mühe geben, ihn zu finden.«

Er war sich sicher, dass Taniguchi Daisuke ein guter Mensch war. Dass er diese Frau zur Freundin gehabt und dass auch sie ihn einmal sehr geliebt hatte, war der Beweis dafür.

Das Gleiche galt auch für X, der Rie geliebt hatte und von ihr geliebt worden war. Allerdings schien ihm diese Annahme nicht ganz belastbar. Denn so leid ihm Ries früherer Ehemann tat, als Mensch hatte er ihn nicht überzeugt.

Kido sah auf das Foto von Taniguchi Daisuke, das Misuzu mitgebracht hatte, und dann auf das von X. Plötzlich überkam ihn das merkwürdige Gefühl, sein Gesicht schon einmal irgendwo gesehen zu haben. Doch angetrunken, wie er war, verfolgte er den Gedanken nicht weiter. Er sah auf die Uhr und fragte Misuzu nach der Rechnung, obwohl er eigentlich noch nicht gehen wollte.

5

An dem Tag, als Taniguchi Kyōichi in Miyazaki zu Besuch gewesen war, war Rie mit ihm zur Polizei gegangen, noch immer völlig verwirrt von der unerwarteten Neuigkeit, mit der er sie konfrontiert hatte. Sie misstraute Kyōichi zwar, doch sie fühlte sich verpflichtet, die Angelegenheit zu melden, die sicherlich nicht der allgemeinen Rechtsordnung entsprach. Das Polizeirevier lag direkt am Busbahnhof, von dem aus sie als Oberschülerin immer zur Schule gefahren war, aber es war das erste Mal, dass sie das Gebäude betrat.

Mit einer Sache hatte sie allerdings nicht gerechnet. Während sie dem Kriminalpolizisten hastig berichtete, was vorgefallen war, bekam sie auf einmal Angst vor all der Aufregung, die entstehen würde bei dem Versuch, dieses unbegreifliche Geschehen aufzudecken. Sollten Ermittlungen aufgenommen werden, würden auch Yūto und Hana nicht verschont bleiben. In so einer kleinen Stadt machten Gerüchte sofort die Runde. Auch die Zeitung würde über den Fall berichten.

Doch aus irgendeinem Grund hatte der zuständige Beamte schlechte Laune und legte, als sie und Kyōichi ihre verworrenen Erklärungen abgaben, mehrmals den Kopf zur Seite und fragte schließlich: »Was? Wer ist denn jetzt der Tote?«

Ohne einen Kollegen aus dem Revier zu Rate zu ziehen, forderte er zunächst einmal Kyōichi auf, seinen Bruder als vermisst zu melden. Als Rie wissen wollte, um wen es sich bei ihrem verstorbenen Mann gehandelt habe, hörte er ihr gar nicht richtig zu, weil er der Meinung war, dass Taniguchi Daisukes Vermisstenmeldung Vorrang habe.

Danach hörte sie von der Polizei nichts mehr. Zwei Wochen später rief sie auf dem Revier an, doch man teilte ihr nur gleichgültig mit, dass sie niemanden auf der Vermisstenliste gefunden hätten, der zu Taniguchis Angaben passte. Als Rie Fragen zur Herkunft ihres Mannes stellte, wies man sie zurück: »Leider können wir unter den gegebenen Umständen keine Ermittlungen durchführen«, hieß es.

Rie wusste nicht, was sie tun sollte. Dass sie auf die Idee kam, Kido zu konsultieren, lag nicht nur an dem Vertrauen, das sie ihm als Anwalt entgegenbrachte, sondern vor allem daran, dass ihr, sieben Jahre nach der Rückkehr in ihr Elternhaus, die Wirklichkeit zu entgleiten schien. Sie klammerte sich an die greifbarste Erinnerung, die Zeit in Yokohama, als sie ihren Sohn Ryō verloren hatte. Kido war damals der Einzige gewesen, der ihr emotionalen Halt geboten hatte.

Rie erzählte ihm am Telefon, wie wenig sie der Polizei vertraute, und Kido erwiderte in seiner gewohnt ruhigen Art: »Die Polizei wird nichts unternehmen. Jedes Jahr verschwinden Tausende von Menschen. Sie werden keine zusätzlichen Mühen investieren, was Ihren verstorbenen Mann und seine Herkunft angeht. Es sind schließlich alles Beamte.«

Rie war sprachlos, doch sie war erleichtert, dass es jemanden gab, mit dem sie ihre Situation nüchtern besprechen konnte. Und sie äußerte einen Verdacht, den sie sich bei der Polizei niemals getraut hätte, in Worte zu fassen: »War mein Mann möglicherweise in ein Verbrechen verwickelt?«

Kido überlegte kurz, deutete dann vorsichtig einige mögliche Rechtswidrigkeiten an und sagte zum Schluss: »Geben Sie mir etwas Zeit, ich werde mich darum kümmern.«

Ende Februar reiste Kido nach Miyazaki.

Rie führte ihn in das Empfangszimmer des Schreibwarengeschäfts, doch als er ihr im Laufe des Gesprächs eröffnete, dass er noch nichts gegessen habe, gingen sie in das in der Nähe gelegene Aal-Restaurant. Es war dasselbe Lokal, in dem X ihr zum ersten Mal vom Vorleben des Taniguchi Daisuke berichtet hatte, aber das war nicht der Grund, warum sie es auswählte; es war das einzige Restaurant, das sie zu Fuß erreichen konnten.

Sie hatten sich das letzte Mal vor sieben Jahren gesehen, und Rie fand, auch wenn sie selbst gut reden hatte, dass Kido älter geworden war, das Haar an seinen Schläfen war von weißen Strähnen durchzogen.

»Haben Sie viel zu tun?«, fragte sie ihn.

»Ja, im Februar war einiges los«, erwiderte er lachend, fuhr mit den Mittelfingern unter seine Brille und presste sie gegen die Augen. »Aber jetzt geht es schon wieder.«

Da sie sich früher immer in seiner Anwaltskanzlei in Yokohama getroffen hatten, war es für sie seltsam, ihm jetzt hier gegenüberzusitzen. Sobald das Gespräch ins Stocken geriet, schweifte Kidos Blick hinaus auf die verlassene, von Bergen umrahmte Stadt, es war, als würde er in deren Anblick versinken. »Köstlich«, sagte er, nachdem er von dem erstklassigen Aal und der Suppe probiert hatte, einer Spezialität der Region namens Gojiro, die anstelle der sonst üblichen Lebersuppe zu dem Gericht serviert wurde.

Kido war ein ruhiger und freundlicher Anwalt, sein sanftes Lächeln hatte Rie, als sie nach dem Tod ihres Sohnes ihre Scheidung aushandeln musste, mehr als einmal getröstet. Auch jetzt, nach sieben Jahren, war er noch ganz der Gentleman von damals, hin und wieder meinte sie einen Anflug von Einsamkeit in seinem Gesicht auszumachen. Er selbst schien sich dessen nicht bewusst.

Als Erstes schlug Kido vor, die Fragen bezüglich des Familienregisters mit der Familie Taniguchi zu klären.

Da ihr verstorbener Mann nicht Taniguchi Daisuke gewesen sei, gäbe es keinen Grund, weiterhin dessen Namen zu tragen; Rie stimmte zu. Sie empfand zwar eine gewisse Sentimentalität für den Namen, doch seit der Begegnung mit Kyōichi hatte sie ein schlechtes Gewissen, den Namen einer ihr fremden Familie weiterzuverwenden.

Was sie jedoch vor allem beschäftigte, war die Lebensversicherung, die X unter dem Namen Taniguchi Daisuke angelegt hatte, doch Kido erklärte ihr, dass sie diese nicht zurückzahlen müsse. »Die Police ist zwar auf den Namen Taniguchi Daisuke ausgestellt, da aber X der Versicherungsnehmer ist und auch die Versicherungsprämie gezahlt hat, bekommen Sie sie auch ausgezahlt. Eine Berichtigung des Namens des Versicherungsnehmers ist hierzu nicht notwendig. Machen Sie sich also keine Sorgen, und falls doch irgendetwas sein sollte, werde ich entsprechende Schritte einleiten.«

Da in dem Familienregister von Rie und Taniguchi Daisuke als familienrechtlicher Wohnort das Haus von Ries Familie in der Stadt S. eingetragen war, beantragte Kido beim Familiengericht in Miyazaki die Genehmigung zur Änderung.

Zum einen musste die Streichung von Taniguchi Daisuke aufgrund seines Ablebens aus dem Familienregister aufgehoben werden. Somit war Taniguchi Daisuke, für den es ja auch eine Vermisstenmeldung gab, im Familienregister immer noch am Leben.

Zum anderen musste Rie im Familienregister von Taniguchi Daisuke gelöscht und wieder in das Register der Familie Takemoto eingetragen werden. Die Eheschließung zwischen ihr und Taniguchi Daisuke würde somit infolge eines Irrtums für ungültig erklärt. Durch dieses Verfahren würde ihre zweite Ehe vollständig aus dem Familienregister getilgt und ihre aus der Verbindung mit X hervorgegangene Tochter Hana für unehelich erklärt.

Eigentlich hätte Kido diesen Vorgang allein beim Familiengericht erledigen können, doch aufgrund der komplizierten Sachlage wurde auch das Erscheinen von Rie anberaumt. Darüber hinaus sollte, um zu beweisen, dass X nicht Taniguchi Daisuke sei, ein Nachweis mittels einer DNA-Analyse erstellt werden. Also packte Kido aus den Hinterlassenschaften von X den elektrischen Rasierer, die Zahnbürste, ein paar Haare von seiner Kleidung sowie abgeschnittene Nägel aus dem Nagelknipser ein, um sie mit nach Yokohama zu nehmen.

Rie und Kido verbrachten knapp einen halben Tag zusammen und sprachen über diverse Themen. Als Rie erfuhr, dass Kido, der bei ihrer ersten Begegnung noch kinderlos gewesen war, mittlerweile einen Sohn etwa im gleichen Alter wie Hana hatte, tauschten sie sich eine Weile lang über Fragen der Kindererziehung aus. Dann wollte Rie wissen, wie er das Erdbeben erlebt hatte, und Kido erzählte von den auf den Straßen gestrandeten Menschenmassen, von den zerstörten

Häusern, von Stromausfall und Wassersperrung und von den Geschäften und Restaurants in Chinatown, die über längere Zeit geschlossen blieben, weil Kunden fehlten und Angestellte nach China zurückgekehrt waren.

Rie stellte sich vor, wie sie all das auch miterlebt hätte, wenn Ryō nicht gestorben wäre und sie sich nicht von ihrem ersten Mann getrennt, sondern weiter in Yokohama gewohnt hätte. Dann hätte sie auch nicht ihren zweiten Mann kennengelernt, der später beim Holzfällen für eine Firma in ihrer Heimatstadt ums Leben kommen sollte.

Kido war ein guter Zuhörer, und Rie wurde richtig gesprächig. Als sie die Sachen ihres Mannes holte und vor Kido hinlegte, erzählte sie, wie sie sich kennengelernt hatten und was für ein Mensch er gewesen sei, Dinge, die sie so am Telefon nicht hätte erzählen können.

Kido machte für alle Fälle mit seinem Handy ein paar Fotos von X' Sachen und blätterte danach ausführlich durch dessen Skizzenblöcke. Rie sah ihm von der Seite aus zu, sie konnte sich nicht erinnern, wann sie das letzte Mal eine Person gesehen hatte, die so vertieft in etwas gewesen war. »So langsam bekomme ich eine Ahnung von seinem Wesen. Die Bilder zeigen einen Jungen, der so, wie er war, erwachsen geworden ist.«

»Malen hat ihm viel bedeutet. Er war zwar nicht so gut, dass er seine Bilder Anderen gezeigt hätte, aber sie sind wie der Spiegel seines Innern. Er war genauso wie das, was darauf zu sehen ist. Völlig unschuldig und ernst, und voller Anteilnahme. Er hätte nie jemanden belügen oder betrügen können.«

Kido nickte und sprach ihr Mut zu. Er würde Nachforschungen zur Abstammung von X anstellen. Das Honorar, das er dafür verlangte, war so gering, dass Rie sich fast ein bisschen schämte. »Sie sind ein guter Mensch, wirklich«, flüsterte sie unwillkürlich, bereute aber gleich, was sie gesagt hatte, es schien ihr unangemessen. Dabei hatte sie ihm nur aufrichtig sagen wollen, was sie empfand. Auch wenn ihre Äußerung in jederlei Hinsicht unpassend war.

Kido sah sie erstaunt an, dann lehnte er sich leicht zurück und lachte. »Das ist nun mal mein Job«, sagte er.

Rie war verlegen, ihr wurde bewusst, wie schnell man sich in ihrem Alter allein fühlte und wie heftig dieses Alleinsein war.

Kido war nur kurz in Miyazaki gewesen, doch nach seiner Abreise fühlte sich Rie wieder allein. Nicht dass sie gewollt hätte, er möge länger bleiben. Sie spürte nur dieses unbestimmte Gefühl der Einsamkeit.

Sie musste ständig an die Frage des Kriminalbeamten denken: »Wer ist denn jetzt der Tote?« Das fragte sie sich auch, allerdings formulierte sie ihre Frage anders: »Wer war gestorben?« Wodurch sich, wie sie glaubte, die Bedeutung leicht verschob.

Menschen können das Leben eines Anderen leben. Und genau das hatte ihr Mann gemacht, obwohl sie sich das nie hätte träumen lassen. Er hatte das Leben eines Anderen gelebt. Doch was war mit dem Tod? Den Tod konnte man mit niemandem tauschen.

Das hatte sie schmerzhaft mit ihrem Sohn erfahren müssen. Ryō war ein fröhlicher, lebhafter Junge gewesen, er hatte viel mit seinem älteren Bruder Yūto gespielt und schon früh zu sprechen begonnen. Nach 22 Monaten brauchte er keine Windeln mehr, was sogar die Erzieherinnen im Kindergarten erstaunte, allerdings rechnete ihr Mann das stolz seiner im Internet entdeckten Erziehungsmethode an.

Kurz vor seinem zweiten Geburtstag fing Ryō an einzunässen. Auch im Kindergarten machte er des Öfteren in die Hose, sodass Rie und die Kindergärtnerinnen lachend konstatierten, dass es mit der Sauberkeitserziehung vielleicht doch etwas früh gewesen sei, und ihm wieder Windeln anzogen. Ihr Mann schimpfte und kritisierte diesen Schritt zurück als Verzärtelung, er ermahnte Ryō, wenn der vor dem Schlafengehen weinte, weil er noch etwas trinken wollte, durchzuhalten: »Sonst pinkelst du nur wieder ins Bett!« Dieses Verhalten hatte immer wieder zu erbitterten Diskussionen zwischen Rie und ihrem Mann geführt.

Irgendwann war der Junge dann häufiger schlapp gewesen und hatte einige Male erbrochen. Rie hatte zunächst geargwöhnt, die zu strenge Erziehung seines Vaters übe psychischen Druck auf ihn aus. Die Kindergärtnerinnen waren derselben Ansicht. Ob Rie ihren Sohn fragte: »Tut der Bauch weh?« oder »Dein Bauch tut nicht weh?«, jedes Mal bekam sie dieselbe unklare Antwort: »Ja.« Morgens nach dem Aufstehen, bevor sie zum Kindergarten gingen, klagte er häufig auch über Kopfschmerzen.

Ries Mann deutete ihre Sorgen als Sticheleien gegen ihn und reagierte mit schlechter Laune. Doch eines Tages, als er seinen Sohn ausnahmsweise einmal vom Kindergarten abholte, ging er mit ihm, ohne dass Rie etwas davon wusste, zu einem Kinderarzt, der in der Nähe seine Praxis hatte. Als Ryō und er nach Hause kamen, erklärte er seiner Frau, dass Ryō »nur eine Erkältung« habe, und schmiss die Tabletten, die der Arzt ihnen mitgegeben hatte, auf den Küchentresen. »Natürlich tut sein Kopf weh, wenn du ihn ständig danach fragst«, schimpfte er. »Du bist es doch, die psychologischen Druck aufbaut.«

Im Rückblick wusste Rie, dass ihr Mann sein Verhalten

später bereut hatte, doch ab diesem Moment war alles schiefgelaufen.

Ryō nahm die Medikamente eine Woche lang ein, und als es ihm immer noch nicht besser ging, beschloss Rie, einen anderen Kinderarzt aufzusuchen. Der Arzt untersuchte Ryō und empfahl, ihn in einem größeren Krankenhaus vorzustellen, er gab ihnen gleich ein Schreiben mit. Zu diesem Zeitpunkt kam zum ersten Mal der Verdacht eines Hirntumors auf.

Bei dem MRT in der darauffolgenden Woche wurde bei Ryō ein Tumor an den Basalganglien diagnostiziert, »ein typisches Germinom«. Sowohl das Bettnässen als auch der abendliche Durst seien Symptome des damit einhergehenden »Diabetes insipidus«, erklärte man ihnen.

Bis heute bereute es Rie, dass sie sich damals nach der Diagnose fast nur an ein Wort geklammert hatte: »Heilung«. Die Ärzte waren sich anfangs sicher, dass es sich um ein Germinom handelte, sie hatten sie nicht, entgegen späterer Behauptungen, über die Möglichkeit eines Glioblastoms aufgeklärt. Rie fiel es schwer, der Realität ins Auge zu sehen, dagegen hatte ihr Mann die Diagnose vergleichsweise schnell akzeptieren können. Er stellte sich entschlossen ihrem unerbittlichen Schicksal entgegen, die Konfrontation damit verlieh ihm sogar ein gewisses Selbstwertgefühl, er geriet in eine merkwürdig euphorische Stimmung. Bis dahin hatte er sich von seiner Frau angesichts der Maßnahmen, die zur Bekämpfung der Krankheit ihres Sohnes ergriffen wurden, in seinem Stolz verletzt gefühlt, doch nun erfuhr er eine Art Kompensation. Er wirkte geradezu beseelt.

Rie aber war es, die ihren damaligen Job bei der Bank kündigte, sich ein einfaches Bett besorgte und neben das ihres Sohnes stellte. Die ganzen drei Monate, die er im Krankenhaus bleiben musste, war sie dort und kümmerte sich um ihn. Ihr Mann war der Meinung, Ryō würde geheilt werden. Immer wieder erklärte er ihr, dass die Chemo- und Strahlentherapie nur vernünftig seien, sie mit ihrer geisteswissenschaftlichen Ausbildung das aber nicht begreifen könne, außerdem sei sie eben eine Frau. Er jedoch hatte keinerlei Ahnung, wie qualvoll die Therapien waren.

Rie versuchte, nicht an Ryō zu denken, der sich ständig unter Schmerzen übergab. Seine Mundschleimhaut war so entzündet, dass er sogar weinte, wenn er seine Spucke herunterschluckte, er wurde zusehends schmaler. Rie selbst fand kaum mehr Schlaf, auch sie konnte kaum noch einen Bissen herunterkriegen. Sie war von Natur aus schon zart und verlor in diesen drei Monaten noch neun Kilogramm. Trotzdem glaubte sie fest daran, dass Ryō wieder gesund werden würde, sie drückte ihren vor Schmerzen tobenden Sohn an sich und sorgte dafür, dass er die Therapien über sich ergehen ließ.

Jetzt aber dachte sie nicht an sein Weinen, sondern an den rührenden Ausdruck in seinem Gesicht, als der Arzt bei ihm am Bett gesessen und ihn anzuspornen versucht hatte: »Du darfst nicht aufgeben, du bist doch ein Mann, oder?!« Ryō hatte die Arme zu seinen Knien gestreckt und ganz ernst geantwortet: »Ja, danke ... Ja, das bin ich.« Die Haare waren ihm ausgefallen, sein Gesicht war angeschwollen, er hatte ganz fremd ausgesehen. Aber er antwortete immer ganz höflich: »Ja, danke«, nie einfach nur »Hm«, das hatte ihm sein Vater eingetrichtert. Nach seinem Tod war ihr Ryō mehrmals im Traum erschienen, er hatte genickt und ständig »Ja, danke ... Ja, danke ...« gesagt.

Und dann die Verzweiflung, als sie erfuhren, dass all die Qualen, die sie ihrem Sohn aufgezwungen hatten, sinnlos gewesen waren. Sie hätten ihm in den wenigen, ihm verbliebenen Tagen all das zu essen geben sollen, was er essen wollte, sie hätten mit ihm in den Zoo gehen sollen, den er so liebte, sie hätten ihm alle Wünsche erfüllen sollen, sie hätten ihm ein paar Freuden des Lebens gönnen sollen. Diese ganze eiserne Disziplin wäre nicht nötig gewesen. *Wenn ich das nur gewusst hätte!* Als sie erfuhr, dass Ryō nicht geheilt werden würde, dass ihm nicht zu helfen war, nahm es ihr die Luft, es war, als habe sie jemand gepackt und halte ihr mit unsichtbarer Hand brutal den Mund zu. In ihr brannte es wie Feuer, doch kurz darauf war ihr so kalt, als habe man sie mit Eis vollgestopft, sie rieb auf eigenartige Weise ihre Arme und Beine aneinander und weinte ohne Ende.

Jetzt wusste sie, was ihr Körper damals vorgehabt hatte. Er hatte versucht, sie in den Wahnsinn zu treiben, damit sie nichts mehr verstehen müsse.

Rie konnte nicht für ihren Sohn sterben. Auch wenn Eltern sich immer wünschen würden, anstelle ihres unheilbar erkrankten Kindes zu sterben, äußerte sich dieser Wunsch bei Rie mit einer bohrenden Intensität und Heftigkeit. Inbrünstig betete sie dafür, es möge ein Wunder geschehen. Schließlich aber konnte nur Ryō seinen Tod sterben. Und Rie würde ihren Tod sterben.

Wer ist gestorben?, fragte sich Rie immer wieder. Dem Familienregister zufolge war es ein Mann namens Taniguchi Daisuke gewesen. Doch den Tod von Taniguchi Daisuke konnte dieser nur selbst sterben. *Wer war mein Mann gewesen?*, fragte sie sich. *Und wessen Tod war er gestorben?*

Rie hatte es nie gemocht, sich dem Philosophieren hinzugeben. Doch als sie wusste, dass Ryō sterben würde, und ihr Körper sie mit aller Macht in den Wahnsinn zu treiben drohte, blieb ihr, wenn sie nicht verrückt werden, sondern weiterleben wollte, nur das Denken.

Kido hatte ihren verstorbenen Mann X genannt, das war ein sicherlich pragmatischer Schritt, doch sie konnte das nicht. Einen Menschen mit einem Zeichen zu versehen und nicht bei seinem Namen zu nennen, stellte in ihren Augen eine fundamentale Verletzung der Menschenwürde dar. Jedes Mal, wenn Kido von X sprach, war es, als spräche er von einem Fremden. Und jedes Mal, wenn dieses X an ihr vorbeizog, hörte Rie nicht mehr, was Kido sagte, sondern hing diesem X nach. Da war doch gerade mein Mann, dachte sie. Aber sie konnte ihm nicht hinterherrufen, denn sie kannte seinen Namen nicht.

Die Toten selbst können nicht rufen, sie können nur darauf warten, gerufen zu werden. Hat ein Toter aber keinen verlässlichen Namen, kann er von niemandem gerufen werden und verbleibt in Einsamkeit.

Wenn Rie das Foto ihres Mannes betrachtete, das den buddhistischen Hausaltar schmückte, wusste sie nicht, wie sie ihn ansprechen sollte, damit er sich ihr zuwandte. Früher hatte sie, wenn sie mit den Kindern zusammen waren, »Papa« oder »Vater« zu ihm gesagt, wenn sie mit ihm allein war, hatte sie ihn »Daisuke-kun« genannt. Er hatte etwas an sich, das sie dazu veranlasste, ein »kun« an seinen Namen zu hängen, so wie sie es früher bei den Mitschülern in ihrer Grundschule getan hatten, seine Bilder, aber auch schon das »suke« in seinem Namen, schienen nach einem »kun« zu verlangen. Und nun war Daisuke also der Name eines Fremden, für den er sich ausgegeben hatte. Sie erinnerte sich daran, wie sie ihn in Momenten innigster Liebe und größter Nähe »Daisuke-kun« gerufen hatte. Wir nennen einen geliebten Menschen bei seinem Namen, nicht nur, um ihn von Anderen zu unterscheiden, sondern auch dann – nein, gerade dann –, wenn wir allein mit ihm sind und uns in ihm unmöglich täuschen können.

Was musste er gefühlt haben, als ihn seine Frau nicht mit seinem, sondern mit dem Namen eines Anderen gerufen hatte? Was spürte er, wenn ihre Liebe in jede Pore dieses Namens »Daisuke-kun« drang und noch lange in ihm nachhallte?

Aber es war nicht nur der Name. Ihr verstorbener Mann hatte ihr von der Vergangenheit eines Fremden namens Taniguchi Daisuke erzählt, und sie hatte für dessen Leben tiefstes Mitgefühl empfunden. Sie hatte es gemocht, sich seine Kindheit vorzustellen, über die er nicht gern sprach. Wären sie in die gleiche Klasse gegangen, hätten sie bis zur Versetzung in die nächste womöglich kaum ein paar Worte miteinander gewechselt. Denn bestimmt war er ein ruhiger und ernsthafter Junge gewesen, der in der Mittagspause abseits der Klassengemeinschaft, wo ihn niemand sah, fröhlich vor sich hin spielte. In den oberen Jahrgängen, wenn es nur noch darum ging, wer in wen verliebt sein könnte, war er von Anfang an ein Außenseiter, auch wenn das nicht hieß, dass die Anderen etwas gegen ihn hatten. Beim Blick zurück auf die Kindheit sind es nicht nur die Schulkameraden, mit denen man fast täglich spielte, die wie eine Landschaft vor dem inneren Auge vorbeiziehen, sondern gerade Mädchen und Jungen wie er. Sie rufen eine gewisse Wehmut in uns wach.

Auch nach ihrer Heirat bewahrte er sich seine Sanftmut und Großherzigkeit. Er redete zwar nicht viel, schien jedoch immer friedlich und wurde nie laut gegenüber seiner Frau oder den Kindern. Er war das Gegenteil ihres ersten Mannes, der nach der Geburt ihres Sohnes Yūto schnell gereizt gewesen war und schließlich Ryōs Unglück falsch eingeschätzt hatte.

Rie glaubte, in ihrem Leben nie glücklicher gewesen zu sein als in den drei Jahren und neun Monaten, die sie mit ihrem zweiten Mann zusammen war. Doch als sie jetzt zurückblickte, gerieten ihre Erinnerungen wie ein Kreisel ins Taumeln, bis sie mit seinem plötzlichen Tod auf die Seite kippten und schließlich zum Stillstand kamen. Wäre er noch am Leben, wäre Rie wahrscheinlich gar nicht aufgefallen, wie widersprüchlich das war, was er erzählte, wie ein Fleck auf dem Kreisel, der bei steter Drehung wie ein perfekter Kreis erscheint.

Die Erinnerungen an ihren Mann hatten sich in jede Faser ihres Körpers eingeschrieben. Genau deshalb fürchtete sie auch, es könnte darunter eine unheimliche, der seelenlosen Bezeichnung X entsprechende Fratze zum Vorschein kommen.

Bestimmt hatte es Gründe gegeben, warum er so gehandelt hatte. Das wollte sie zumindest glauben. Aber warum hatte er ihr nichts davon gesagt? Viereinhalb Jahre hatte er Zeit gehabt. Sie hatten sich doch vertraut. Es war nicht so, dass es keine Gelegenheit für ein solches Geständnis gegeben hätte.

Jedes Mal, wenn sie vor seinem Bild stand, sah sie ihm in die Augen, ohne einen Namen auszusprechen. Je ausgefeilter eine vorgebliche Aufrichtigkeit ist, desto weiter ist sie von der Wahrheit entfernt …

6 Kido hatte Rie gewarnt, dass es mindestens zwei Monate, möglicherweise auch ein Jahr dauern könnte, bis die Todesmeldung von Taniguchi Daisuke für unwirksam erklärt und ihrem Antrag, wieder in das Familienregister Takemoto eingetragen zu werden, bei Gericht stattgegeben würde. Was den zweiten Punkt anging, hatte er ihr erklärt, dass, sollte der Antrag abgelehnt werden, sie eine Klage auf Ehenichtigkeitsfeststellung einreichen müsse, doch nach fünf Monaten – es war Anfang August – wurde beiden Eingaben stattgegeben.

Und mit dem Ergebnis des DNA-Tests war nun auch wissenschaftlich bewiesen, dass X nicht Taniguchi Daisuke war, folglich wurde Ries zweite Ehe aus ihrer Akte gelöscht. Ihre Vergangenheit war also berichtigt, Rie war jetzt offiziell nur einmal verheiratet gewesen, und sie war auch keine Witwe mehr.

Aber es waren nicht nur falsche bürokratische Tatsachen geschaffen worden, auch ihr Handeln selbst war falsch gewesen. Sie hatte geglaubt, einen Mann namens Taniguchi

Daisuke geheiratet zu haben, dem sie nie begegnet war, sie hatte dies in der Öffentlichkeit kundgetan und später dem Rathaus dessen Tod gemeldet, obwohl sie gar nicht wusste, wo er war und was er tat. Sie fühlte eine ganz eigenartige, unsägliche Trauer. Sie wusste nicht mehr, wessen Leben sie eigentlich lebte.

Nach den Sommerferien begann für Yūto das zweite Trimester. Am Morgen des ersten Schultags, als Rie gerade in der Küche Spiegeleier briet, kam Hana angelaufen: »Mama, Yūto steht nicht auf, dabei habe ich so oft versucht, ihn zu wecken.«

»Was? Er ist noch nicht auf?«, Rie sah über die Schulter zu Hana hin.

»Das denke ich, Mama ...« Hanas Augen blitzten wie zwei kleine Mondsicheln. Sie wurde im nächsten Monat fünf Jahre alt, und in letzter Zeit fing sie, wenn sie ihre Meinung zum Ausdruck bringen wollte, die Sätze immer mit diesen Worten an. Danach machte sie dann eine Pause, schluckte ihre Spucke hinunter, sah schräg zur Decke hoch und ordnete ihre Gedanken. Rie musste jedes Mal lächeln, während sie darauf wartete, dass es weiterging. »... Yūto ist jetzt noch müde. Er hat in den Sommerferien immer so lange geschlafen«, ergänzte Hana schließlich.

Als Baby hieß Hana bei allen nur »Flocke«. Sie war zwar nicht gerade dick gewesen, aber ihre Arme und Beine waren gut gepolstert, sodass jeder, der sie sah, Lust bekam, sie anzufassen, denn es war, als berührte man weiche Flocken, ein Gefühl, das sich mit nichts auf der Welt vergleichen ließ. Als Hana dann laufen lernte und tagtäglich im Kindergarten herumflitzte, nahm ihr Körper straffere Formen an; im vergangenen Jahr hatten sich auch Arme und Beine gestreckt. Seitdem passte der Name »Flocke« nicht mehr, und wahrscheinlich wusste sie selbst schon jetzt nicht mehr, dass man sie mal so genannt hatte.

Kinder werden in Windeseile groß, und was wir mit ihnen verbanden, kann im nächsten Moment schon wieder verschwunden sein. Auch bei ihrem Sohn Ryō hatte Rie schon bestimmte Eigenschaften entdeckt, seine geistige Reife, seine Geduld, seinen Charme und seine Ängstlichkeit, doch jetzt schienen diese ihr mit einem Mal so flüchtig und vage, dass sie sich fragte, was das überhaupt bedeutete.

Hana ähnelte zumindest dem Äußeren noch immer mehr ihrem Vater, nur die recht große Nase wies weder mit ihrer eigenen noch mit seiner Nase Ähnlichkeit auf. Doch hatte sie seine Augen – die Augen eines Mannes, von dem niemand wusste, wer er gewesen war.

Rie wurde plötzlich blass, es war, als überkäme sie eine böse Ahnung. Sie tat die Spiegeleier auf einen Teller, nahm den Toast aus dem Toaster und bestrich ihn mit Butter und Marmelade.

»Hier Hana, iss schon mal, ich geh nur schnell rauf und wecke deinen Bruder. Oma wird auch gleich aufstehen«, sagte sie.

»Ja, Mama!«

Als sie in Yūtos Zimmer kam, lag er bei eingeschalteter Klimaanlage eingewickelt in eine dünne Frotteedecke auf seinem Bett. »Was ist los? Fühlst du dich nicht gut?« Ohne eine Antwort abzuwarten, setzte sich Rie auf sein Bett und legte ihm die Hand auf den Rücken. Yūto, der mit dem Gesicht zur Wand lag, zog sich noch mehr in sich zusammen. Als Rie ihm ihre Hand auf die Stirn legte, presste er genervt sein Gesicht in das Kissen; er hatte kein Fieber. »Wenn du dich nicht wohl fühlst, musst du mir das sagen. Dann gehen wir zum Arzt.«

»Schon in Ordnung.«

»Sicher?«

Einen Moment später setzte sich Yūto, als wolle er sich nun doch hochraffen, langsam auf. Er fuhr sich durch das vom Schlaf zerzauste Haar und sagte, wobei er seinen Blick gesenkt hielt: »Du machst dir zu viele Sorgen. Ich bin nicht mein Bruder. Ich bin ein bisschen erkältet und habe Kopfschmerzen, und du machst gleich ein Riesentheater. Ich bin ich. Und Ryō ist Ryō.«

Rie seufzte und nickte. »Da hast du recht, aber was soll ich machen? Nach dem, was passiert ist, mache ich mir eben schnell Sorgen, und das wird sich wahrscheinlich auch nicht mehr ändern, damit musst du klarkommen.«

Yūto sah zu ihr auf und lächelte genervt. *Er ist noch so jung und hat schon drei aus unserer Familie sterben sehen*, ging es Rie durch den Kopf. Er hatte, seinem Alter gemäß, eine gewisse Distanz zum Tod, die ihn wahrscheinlich vor tieferen seelischen Verletzungen schützte, aber die Umstände, unter denen er groß wurde, standen in keinem Vergleich zu ihrer glücklichen Kindheit. Es wäre absurd zu glauben, dass dies ohne Folgen bliebe.

»Ist wirklich alles in Ordnung?«

»Ja ... Jedenfalls bin ich körperlich nicht krank.«

»Was ist es dann? Schlechte Laune?«

Yūto schwieg, er schien über etwas nachzudenken. Er war mittlerweile größer als sie, und er hatte Pickel im Gesicht.

»Sag schon.«

Yūto fuhr sich erneut durch die Haare, dann wischte er sich mit der Hand übers Gesicht. Er biss sich auf die Unterlippe, als suche er nach Worten. »Mama ... ich möchte meinen Namen nicht ändern ... Kann ich nicht weiter Taniguchi heißen?«

Warum bin ich nicht schon früher darauf gekommen, dachte Rie, *wie konnte ich nur so unaufmerksam sein.* Yūto hatte keine Ahnung, was mit ihrem verstorbenen Mann los war, sie hatte ihm lediglich mitgeteilt, dass sie ihren alten Familiennamen wieder annehmen würden. Und er hatte zu ihrer Überraschung unerwartet folgsam genickt.

»Bei meiner Geburt hieß ich *Yoneda*, nach deiner Scheidung *Takemoto*, und als ich zur Schule kam, war ich *Taniguchi*. Alle nennen mich jetzt *Taniguchi*, meine neuen Freunde in der Mittelschule, aber auch die Anderen, und wenn ich jetzt wieder *Takemoto* heiße, wäre das ... Für dich ist der Name vielleicht vertraut, aber ich verbinde nur Oma und Opa damit. Es wäre komisch für mich. Ich will nicht jedes Mal, wenn mich einer *Taniguchi* nennt, sagen müssen, dass ich jetzt *Takemoto* heiße.«

»Das verstehe ich ja.«

»Und wenn du wieder jemand Neuen heiratest, heiße ich wieder anders! Ich wünschte, ich hätte gar keinen Nachnamen.« Yūto klopfte sich auf die Knie und lächelte leicht theatralisch.

»Ich heirate nicht mehr. Genug ist genug.«

Als Rie das erste Mal geheiratet hatte, schien es ihr selbstverständlich, den Namen ihres Mannes anzunehmen, doch als ihr dann im Kreis ihrer neuen Verwandten bewusstwurde, dass sie nun denselben Namen trug wie diese, spürte sie ein Unbehagen. Und immer, wenn sie bei ihren Eltern zu Besuch war, merkte sie, wie sehr sie an ihrem alten Namen *Takemoto* hing, der immer noch Teil von ihr war. Bei ihrem verstorbenen Mann war die Situation zwar anders gewesen, doch wenn sie an ihre Abneigung seinem Bruder gegenüber dachte, als sie sich das erste Mal begegnet waren, war da zweifellos eine ähnliche Art von Unbehagen im Spiel gewesen.

Nehmen Menschen, die ihre leiblichen Eltern hassen, auch den Namen, mit dem sie geboren wurden, womöglich nicht als den ihren an?

»Mama, hast du Papa denn schon vergessen?«

»Wie kommst du denn darauf!«

»Wann bekommt er denn dann ein Grab? Seine Urne steht immer noch da. Du sprichst auch nicht mehr so oft von ihm. Ich finde das komisch.«

Rie sagte nichts.

»Kann ich dann weiter Taniguchi Yūto heißen, auch wenn du dich Takemoto nennst? Papa ... tut mir so leid. Erst wollte seine Familie nichts mehr mit ihm zu tun haben, und wenn wir ihn jetzt auch noch vergessen ...«

Das Brummen der alten Klimaanlage füllte die hektische Stille an diesem Morgen des neuen Trimesters. Wie schnell Yūto erwachsen geworden war. Neulich, als sie zum Obon-Fest nach Beppu gereist waren, hatte seine Stimme plötzlich heiser geklungen, und nach ihrer Rückkehr gab es keinen Zweifel mehr daran, dass er im Stimmbruch war.

In den wenigen Minuten, die sie miteinander sprachen, war die Sonne, die durch den Spalt zwischen den Vorhängen drang, deutlich kräftiger geworden, und auch das Zirpen der Spätsommerzikaden schwoll, wie dadurch befeuert, an.

Rie seufzte leicht, ihr Gesicht entspannte sich.

»Yūto, wie war Papa eigentlich für dich?«

»Wie meinst du das? ... Er war immer lieb zu mir, oder?«

»Hm. Ja, das stimmt.«

»Manchmal hat er geschimpft, aber dann hat er sich zu mir gesetzt und mir auch genau erklärt, was er falsch fand ... Er war ein guter Mensch, viel besser als mein voriger Vater, auch wenn ich mit dem blutsverwandt bin. Ich hätte lieber ihn als richtigen Vater gehabt. Hana hat Glück.«

Nachdem seine Mutter das zweite Mal geheiratet hatte, hatte Yūto den Ausdruck »richtiger Vater« nicht ein einziges Mal benutzt. Er war damals acht Jahre alt gewesen und sprach stattdessen, so wie seine Mutter, von seinem »vorigen Vater«, entweder aus Zuneigung zu seinem »späteren Vater« oder auch aus Rücksicht auf seine Mutter. Sonst wäre sein »späterer Vater« ja auch sein »nicht richtiger Vater« gewesen.

Irgendwann hatte Rie die innere Zwickmühle erkannt, in der ihr Sohn steckte. Und sie bewunderte seine standhafte, einfühlsame Art sehr, die er bestimmt nicht von seinem »vorigen Vater« geerbt, sondern bei seinem »späteren Vater« abgeschaut hatte. »Papa hat dich sehr liebgehabt.«

»Ich ... also, dass Papa gestorben ist ... macht mich gar nicht mehr ... so traurig. Oma ist ja auch immer nett zu mir. Aber irgendwie ...«, Yūto lächelte verlegen, als er das sagte, »fühle ich mich einsam. Es gibt jeden Tag so viele Sachen, die ich ihm gern erzählen würde, wenn ich nach Hause komme.«

Bei diesen Worten fing er an zu weinen, seine Schultern bebten. Rie strich über den Rücken ihres schluchzenden Sohnes, und auch ihr traten die Tränen in die Augen. »Du hast ihn sehr geliebt, Yūto.«

»Bestimmt hast du deine Gründe, Mama, aber wenn ich nicht weiter Taniguchi heiße ... dann ist Papa nicht mehr mein Vater, habe ich das Gefühl. Dann bin ich nur noch der Sohn meines vorigen Vaters ... und mein späterer Vater wäre bloß dein zweiter Mann gewesen. Nur Hana wäre dann eben das Kind deines zweiten Mannes, und unsere Väter wären nicht dieselben ...«

Die Tränen kullerten auf seine Knie, doch da Yūto den Kopf gesenkt hielt, sah Rie nur seine geröteten Wangen. Es war das erste Mal seit der Trauerfeier, dass sie ihn so weinen sah. Plötzlich hörte sie unten die Stimme ihrer Mutter:

»Du bist ja ganz alleine, Hana. Wo ist denn Mama? Oben? ... Rie! Soll Hana hier etwa alleine essen?!«

»Ich komme gleich.«

Yūto unterdrückte sein Weinen und wischte sich mehrmals über die Augen.

»Natürlich kannst du weiter Taniguchi heißen. Ich musste wegen rechtlicher Sachen meinen alten Namen annehmen. Das erkläre ich dir später. Es ist so kompliziert, darum habe ich dir bisher auch kaum etwas erzählt.«

Yūto merkte, dass seine Mutter etwas vor ihm geheim hielt. Weil sie »kompliziert« sagte, folgerte er, dass er mit seiner Annahme, sie könne ein drittes Mal heiraten, richtig lag. Als sie später von seinen Mutmaßungen erfahren würde, war sie völlig entgeistert, und Yūto erklärte ihr dann, dass er Kido im Schreibwarengeschäft gesehen hatte und sie doch mit ihm ausgegangen war und öfters heimlich mit ihm telefoniert hatte.

Die Konturen von Yūtos errötetem Gesicht verschwammen in Ries Augen, sie waren weich und verquollen. Ihr wurde klar, dass sie ihrem Sohn sagen musste, was passiert war. Sie hatte gedacht, sie könne warten, bis sich alles aufklärte. Aber sie hatte keine Ahnung, wann das sein würde. Wie würde es ihr Sohn, der seinen »späteren Vater« so sehr verehrte, aufnehmen, wenn er von dessen Lügen erfuhr?

Yūto nickte schweigend, stieg aus dem Bett und zog die Vorhänge auf. Er sah aus dem Fenster und wischte sich noch einmal mit einer schroffen Bewegung die Tränen aus dem Gesicht.

Wie schnell ihre beiden Kinder doch groß wurden.

7

»Also, Sie haben den Ring für sich selbst gekauft?«

»Ja.«

»Nicht für Ihre Tochter?«

»Nein, für mich ... Das stimmt.«

»Aber Sie haben ihn dann Ihrer Tochter gegeben?«

»Ja, weil sie dann aufhörte zu weinen, sie war so niedlich und sie hat sich so gefreut. Aber es war nur das eine Mal.«

»Sie wussten also, dass Ihre Tochter den Ring in der Hand hielt, und Sie haben ihn ihr selbst gegeben, ist das richtig?«

»Ja, aber nur das eine Mal. Ich hatte sie im Blick ... Das stimmt.«

»Sie haben den Ring wie einen Schnuller benutzt, damit sie aufhörte zu weinen, ist das richtig?«

»Nein, das hätte ich nie getan! ... Meiner Meinung nach hätte uns die Person, die den Ring fabriziert hat, warnen müssen, dass Kinder so etwas in den Mund nehmen können. Ringe sind zwar für Erwachsene gedacht, aber bei jungen Frauen sind eben oft auch Kinder im Haus. Es ist unverantwortlich, dass eine Studentin einfach einen Ring selber macht und verkauft!«

»Ich zeige als Nächstes einige Fotos aus der Wohnung der Klägerin von Rechtssache 5. Sie haben doch Magneten in Ihrem Wohnzimmer?«

»Ja.«

»Die sind aber kein Kinderspielzeug, oder?«

»Was? ... Nein.«

»Befinden sich die Magneten außerhalb der Reichweite Ihrer Tochter?«

»... Ja.«

»Gibt es außer dem betreffenden Ring noch andere Ringe in Ihrer Wohnung?«

»... Ja.«

»Gibt es auch Ohrringe?«

»... Ja.«

»Bewahren Sie diese Ringe und Ohrringe außerhalb der Reichweite Ihrer Tochter auf?«

»...«

»Wie steht es damit?«

»... Ja.«

»Sie tun das, damit Ihre Tochter diese nicht aus Versehen verschluckt. Ist das richtig?

»Nun ...«

»Aber in diesem Fall legten Sie den betreffenden Ring in Reichweite Ihrer Tochter ab, stimmt das?«

»...«

»Er lag nicht nur in ihrer Reichweite, Sie haben ihn Ihrer Tochter sogar gegeben. – Ist das richtig?«

»Darum ... Ja, das stimmt.«

»Ich habe keine Fragen mehr.«

Die mündliche Verhandlung in dem Zivilprozess hatte am Morgen im Landgericht Yokohama stattgefunden; danach ging Kido mit Nakakita, einem seiner Partner in der Kanzlei, in Chinatown Mittag essen. Kido bestellte sich Schweinefleisch süß-sauer. Als das Essen gebracht wurde, steckte er sich gedankenversunken ein Stück Fleisch in den Mund, es war so heiß, dass er sich die Zunge verbrannte.

»Sehr merkwürdig, dass der Anwalt der Frau ihr überhaupt zu der Klage geraten hat. Aber so wie der auch aussieht! In welchem Jahrgang war der denn eigentlich? Ich habe den Typ an der Uni nie gesehen«, sagte Nakakita.

»Es war ganz schön viel Presse da«, erwiderte Kido. »Online wurde die Klägerin massiv beschimpft, Rabenmutter, hat ihr Kind vernachlässigt, sie kann einem leidtun. Sie will keinen Vergleich, auf keinen Fall, sagt sie. Aber so wird sie den Prozess verlieren. Und dann ist sie jetzt auch noch alleinerziehende Mutter mit einem geistig behinderten Kind. Wenn ich an das schwere Leben, das vor ihr liegt, denke ... macht mich das wirklich traurig.«

Das Kind hatte einen Ring verschluckt, den eine Magisterstudentin in Fujisawa mit einem 3D-Drucker hergestellt und im Internet verkauft hatte; es war zwar gerettet worden, hatte aber schwere Hirnschäden zurückbehalten. Daraufhin hatte die Mutter die Studentin auf zweihundert Millionen Yen Schadensersatz verklagt.

Kido war beeindruckt, was seine Mandantin mit dem 3D-Drucker der Universität alles angefertigt hatte, poppig bunte Ohrringe und Halsreifen. In letzter Zeit hatte sie auch Werbeartikel hergestellt, die bei Events verteilt wurden, und damit in einem Jahr 470 000 Yen Umsatz gemacht. Angesichts des Aufwands schien dieser Gewinn eher bescheiden, doch die Studentin hatte vorgehabt, ihre Designtätigkeit zum Beruf zu machen. Sie hatte jedoch noch keine Produkthaftpflichtversicherung abgeschlossen, wie Unternehmen das tun, und auch nicht verstanden, dass sie mit Gewerbeeinkünften von mehr als 200 000 Yen eine Steuererklärung abgeben musste.

Kido empfand auch Mitleid mit der beklagten Studentin, die jedes Mal, wenn sie an das vom Ersticken bedrohte Kind dachte, in Tränen ausbrach. Auch sie war online schwer beschuldigt worden und psychisch ziemlich mitgenommen; sie sagte, sie wolle künftig keine Accessoires mehr verkaufen. In Anbetracht ihres Talents fand Kido das schade und juristisch gesehen auch ungerecht.

Im Prozess führte Kido gegen die Klägerin an, dass Accessoires nicht als Kinderspielzeug vorgesehen seien und dass man daher nicht behaupten könne, es habe den Produkten an dafür geltenden Sicherheitsstandards gefehlt. Außerdem gebe es im Haus noch andere Dinge von derselben Größe und Form. Der Anwalt der Klägerin argumentierte, dass es als Mangel zu bewerten sei, dass keine Warnhinweise beigefügt gewesen waren. Kido war jedoch nicht der Ansicht, dass die Studentin zu solch einer Kennzeichnung verpflichtet gewesen wäre. Zwar war es generell richtig, dass auch private Hobbyunternehmer für ihre Schöpfungen eine Verantwortung trugen, um die Sicherheit der Gesellschaft zu gewährleisten, doch wäre dies vor Gericht nicht durchsetzbar.

Nakakita hatte sich ein Curry mit doppelt gekochtem Schweinefleisch bestellt, eine zurzeit beliebte Spezialität des Hauses, und er verzehrte es mit sichtlichem Genuss; die Schweißperlen rannen ihm über die Stirn. »Und, wie steht es eigentlich mit deinem Fall in Miyazaki? Der Oberste Gerichtshof hat die Regelungen für ungleiches Erbe unehelicher Kinder für verfassungswidrig erklärt.«

Nakakita hatte eingefallene Wangen und einen lichten, weichen Dreitagebart, was ihm einen bei Rechtsanwälten eher seltenen Sexappeal verlieh. Er wirkte wie ein älterer Bruder, obwohl Kido und er gleich alt waren. Sie hatten sich während des Studiums kennengelernt, damals hatte Kido in einer Band Kontrabass gespielt. Sie hatten sich immer gut verstanden, und als Kido die Anwaltskanzlei gründete, war Nakakita der Erste, den er fragte, bei ihm mit einzusteigen. Nakakita war noch heute Hobbyschlagzeuger, und obwohl er mit Familie und Band stets gut zu tun hatte, arbeitete er viel und gern und nahm immer wieder neue Fälle an. Er war ein eiserner Verfechter des Rechtsprinzips, wie tragisch die Kriminalfälle auch sein mochten. Kido war bei einigen Konzerten seiner Band gewesen und fand, dass der lässige Rhythmus gut zu seinem Freund passte – sie klangen ein wenig wie The Gadd Gang.

»Wir haben mittlerweile erreicht, dass die Meldung über die Eheschließung und den Tod des Mannes, der seine Identität gefälscht hat, im Familienregister gelöscht wurden.«

»Aha. Und mehr wirst du wohl auch nicht erreichen, oder?«

»Ich bleibe auf jeden Fall weiter dran, auch aus persönlichem Interesse, ich möchte wissen, wo Taniguchi Daisuke geblieben ist, für den sich dieser X ausgegeben hat. Und auch, wer X wirklich war.«

»Die Sache lässt dich nicht los, was? ... Was haben die beiden denn eigentlich für Musik gehört? Musikgeschmack lässt sich nicht vortäuschen, oder?«

»Hm ... Was X angeht, habe ich keine Ahnung. Er scheint gerne gemalt zu haben. Und Taniguchi Daisuke war Fan von

UFO und den Scorpions, seiner Ex-Freundin zufolge war Michael Schenker eine Art Gott für ihn.«

»Dann war er bestimmt ein guter Mensch«, Nakakita lachte.

»Meinst du?«

»Wer damals in der Provinz gelebt und Michael Schenker gehört hat, mit Tränen in den Augen, kann kein schlechter Kerl gewesen sein. Da kenn ich mich aus.«

»War das etwa auch deine Musik? Das hätte ich nicht von dir gedacht.«

»Na klar, in den 80ern. Die sind übrigens immer noch ziemlich aktiv, sie spielen auch in Japan. Unser Gitarrist war auf einem ihrer Konzerte. Es wäre wie in alten Zeiten gewesen, meinte er ganz wehmütig. Das Publikum war wohl auch entsprechend in die Jahre gekommen. Vielleicht findest du ja deinen Taniguchi auf ihren Konzerten.«

»Das wäre eine Möglichkeit …«

»Musikgeschmack verändert sich, aber man klammert sich an die Erinnerungen. Such doch mal auf den Seiten der Fan Community, vielleicht stößt du ja da auf ihn.«

Kido lehnte sich mit verschränkten Armen zurück und überlegte. Nakakita aß sein Curry auf und ließ sich Wasser nachschenken, dann fragte er: »Und was ist mit der anderen Sache? Mit dem Prozess wegen Karōshi, Tod durch Überarbeitung?«

»Der erste Termin findet im Oktober statt, ich spreche gerade mit den Beteiligten, na ja, da gibt es so einiges.«

Kido arbeitete im Moment an 50 Fällen gleichzeitig. Der Fall des Siebenundzwanzigjährigen, um den es hier ging, war besonders tragisch. Der Mann hatte in einem Restaurant sehr lange Schichten gearbeitet und hatte sich am Ende das Leben genommen; die Familie hatte daraufhin die Betreiber verklagt.

»Du machst einen ziemlich erschöpften Eindruck.«

»Ja, das bin ich auch. Letztlich schaffe ich das alles nur, weil es dabei um die Probleme anderer Leute geht. Das muss ich mir immer wieder aufs Neue klarmachen.«

»Ja, das ist wichtig in unserem Beruf. Warst du eigentlich im Sommer weg?«

Kido schüttelte den Kopf, er hatte sich vorgenommen, nichts zu sagen, aber da platzte es schon aus ihm heraus. Er war selbst überrascht. »Bei mir zuhause läuft es gerade nicht so.«

Da Kido für gewöhnlich nicht über sein Privatleben sprach, war Nakakita über das plötzliche Geständnis umso mehr erstaunt.

Aus einer gewissen Distanz betrachtet, war das Schweigen, das sich zwischen Kido und seiner Frau Kaori im Alltag breitgemacht hatte, lediglich Ausdruck einer ganz gewöhnlichen Ehekrise. Es verhielt sich wie bei einem Glas Wasser: Würde man einen Schluck trinken, würde die klare Stille wieder aufgewirbelt; aber mittlerweile hatte das Wasser zu lange gestanden und war schal und ungenießbar geworden. Und nun war in dem Glas auch noch ein winziger Brocken Eis gelandet. Kein Gift, einfach nur Eis, das im nächsten Moment schon wieder geschmolzen war. Doch die Stille war nun noch kälter als zuvor. Ein kleines Stück Eis, ein paar Spritzer, die Wasseroberfläche erzittert, aber die Erinnerung an die Kälte bleibt für immer.

Alles hatte damit begonnen, dass Kaori wegen Kidos Reise nach Miyazaki argwöhnisch wurde. Aufgrund der Schweigepflicht sprach Kido zuhause kaum über seine Arbeit. Seine Frau zeigte auch keinerlei Interesse. Bisher hatten sie es bloß mit ihrer Arbeit begründet, wenn einer der beiden wegen einer Geschäftsreise auswärts übernachten musste, und damit war das Thema erledigt. Doch bei der Reise nach Miyazaki hatte das nicht genügt und Kaori hatte, ohne dass es Kido einen besonderen Anlass dafür zu geben schien, ein komisches Gefühl.

Zuerst lachte Kido über ihre Verdächtigungen und sorgte sich, ob etwas anderes sie belasten könnte. Als er seine Vermutung äußerte, schüttelte Kaori nur den Kopf und hüllte sich in ihr dorniges Schweigen. Ihren Sohn aber maßregelte sie mit einer Strenge, die Kido bald unerträglich wurde. Er schäumte vor Wut, allerdings ließ er sie nicht heraus, es war eher so, dass er sie aus einem Gefühl der Hilflosigkeit nicht mehr unterdrücken konnte. Ihm wurde unweigerlich bewusst, dass auch sein Verhalten seiner Frau gegenüber nicht mehr dasselbe war wie früher.

Er konnte sich nicht vorstellen, dass Kaori einen konkreten Verdacht wegen seines Kontakts zu Rie hegte. Selbst wenn sie irgendwann sein Handy durchsucht hätte, gab es da nichts, was zu Missverständnissen führen könnte. Wenn sie also etwas an seiner Geschäftsreise nach Miyazaki störte, dann, weil sie fürchtete, dass noch irgendetwas passieren könnte. Und das fand Kido in mehrerlei Hinsicht lächerlich. »Wer als Anwalt etwas mit einer Klientin hat, bekommt ein Disziplinarverfahren an den Hals«, erklärte er bemüht scherzhaft. Er hätte ihr gern gesagt, dass sie mehr Respekt für seine Arbeit zeigen könne, aber so weit ging er nicht.

Kido wollte Nakakita von alledem nichts erzählen. Da dieser jedoch geduldig auf eine Erklärung zu warten schien, beschloss er, die Sache anders anzugehen.

»Meine Frau hat, glaube ich, in ihrem ganzen Leben noch nicht einmal ernsthaft das Wort *Denken* in den Mund genommen, doch jetzt scheint sie das vage Gefühl zu haben, dass unsere Probleme als Ehepaar wesentlich von unserer unterschiedlichen Art zu *denken* herrühren.«

Nakakita runzelte die Stirn und fragte: »Meinst du das in politischem Sinne?«

»Nein ... auch wenn es vielleicht letztlich darauf hinausläuft; es geht um etwas Grundsätzlicheres. Bei den Oberhauswahlen im Juli ist sie nicht einmal wählen gegangen. Ich kann sie nicht davon überzeugen, dass sie ihre Stimme abgeben muss.«

»Verstehe.«

»Als Zainichi bin ich mir der Bedeutung des Wahlrechts bewusst, aber wenn ich ihr deswegen erklären würde, dass sie zur Wahl gehen muss, hätte sie bloß wieder das Gefühl, ich wäre so oberkorrekt. Und selbst wenn ich sie zum Rathaus schleifen würde, sie würde ja doch nur wieder Jimintō wählen. Von meiner koreanischen Abstammung will sie seit der Geburt unseres Sohnes sowieso nichts mehr wissen.«

»Aus was für einer Familie kommt deine Frau noch mal?«

»Ihr Vater ist Zahnarzt. Der Bruder Internist.«

»Ach ja.«

»Weißt du noch, als ich nach dem Erdbeben irgendwann nicht mehr ehrenamtlich mithelfen konnte? Das tat mir wirklich leid, aber damals hatten wir unseren ersten ernsten Streit. Sie hat mir vorgeworfen, es sei scheinheilig, die eigene Familie am Wochenende zuhause sitzen zu lassen, um irgendwelchen Müttern mit Kindern zu helfen, die geflohen seien. Dazu hätte ich gar nicht die Zeit, ich hätte genug mit der eigenen Familie zu tun. Als ich daraufhin vorschlug, mich um das Kind zu kümmern, damit sie irgendwo helfen könnte, war das völlig sinnlos. Sie meinte, sie mache sich zu viele Sorgen um unseren Sohn und wolle bei ihm bleiben.«

»Euer Sohn war damals ja auch noch klein.«

»Ja. Deswegen … Ich kann ja verstehen, dass sie Angst hatte. Immerhin hat es hier in der Gegend auch Schäden an den Gebäuden gegeben, und die Nachbeben und die Stromsparmaßnahmen haben sie nervlich ziemlich mitgenommen. Der von der Stadtverwaltung gerade veröffentlichten Gefahrenkarte nach ist das Viertel, in dem wir wohnen, Tsunami-Evakuierungszone. Wenn ich daran denke, dass es im Großraum Tōkyō ein Erdbeben geben könnte, oder auch von uns südlich, im Meer, am Nankai-Graben, weiß ich manchmal nicht, ob es so klug ist, hier wohnen zu bleiben. Aber wir haben die Wohnung ja gekauft.«

»Das ist bei uns auch so«, sagte Nakakita. »Wir decken uns mit Notvorräten ein, aber umziehen?«

»Man weiß eben nicht, wann das Erdbeben kommt. Jedenfalls konnte ich mit der Rechtsberatung für Betroffene, die ich früher ein-, zweimal die Woche gegeben habe, leider nicht weitermachen.«

»Du hast genug getan. Euer Sohn war noch klein, und das war eben ein ungünstiger Zeitpunkt.«

»Vielleicht tue ich ihr ja auch Unrecht, wenn ich etwas, das sie in einer Ausnahmesituation sagt, auf ihr *Denken* zurückführe … Als ich jung war, habe ich über den Zusammenhang zwischen der Liebe zu einer Person und deren Denken gar nicht nachgedacht. Vielleicht habe ich die Liebe überbewertet, oder das Denken zu geringgeschätzt.«

»Liebe und Denken … Heutzutage haben die jungen Leute das von Anfang an auf dem Schirm.«

»Stimmt«, Kido nickte und sagte nichts weiter. Eigentlich hatte er noch spöttisch hinzufügen wollen, dass sie seit dieser ersten Auseinandersetzung auch keinen Sex mehr hatten, aber zu seiner eigenen Überraschung blieben ihm die Worte im Halse stecken. Er schämte sich, weil er nicht wusste, wie er den Rest seines Lebens mit seinem unerfüllten Verlangen umgehen sollte, und weil er andere, glücklichere Paare beneidete.

Nachdem er sich von Nakakita verabschiedet hatte, der am Nachmittag noch einmal ins Gericht musste, lief er zurück zu seinem in der Nähe des Bahnhofs Kannai gelegenen Büro. Ihm wurde warm beim Gehen, aber er spürte keinen Schweiß auf der Stirn; wehmütig stellte er fest, dass der Sommer zu Ende war.

Kido lief durch den Park am Stadion Yokohama, der nah am Büro, am Gericht und an ihrer Wohnung lag, und in dem Mütter Kinderwagen vor sich herschoben und Angestellte auf Bänken saßen und Sandwiches aßen. Er kam oft hier entlang und blickte mal als Anwalt, mal als Ehemann oder Vater auf die Häuser, die am Rand des Parks standen und nicht ganz so hoch waren wie sonst in der Innenstadt; er betrachtete das Kneipen- und Restaurantviertel und die Allee mit den Ginkgo-Bäumen.

Jetzt aber nahm er von alledem nichts wahr, er dachte daran, wie er das erste Mal nach Miyazaki gefahren war, um Rie zu treffen. Es war im Frühling gewesen, als die Baseballprofis dort trainierten, und er hatte gerade noch ein Doppelzimmer im Sheraton Hotel in Seagaia ergattert, auch ein Grund, warum seine Frau misstrauisch geworden war. Tatsächlich war das Doppelzimmer zu groß für eine Geschäftsreise, und als er aus dem Fenster hinunter auf den Golfplatz sah, kam er sich bei der Vorstellung, allein hier zu übernachten, etwas verloren vor. Er legte sich einen Moment lang auf das Bett. Das strahlend weiße Laken spannte sich wie eine Uniform fest um die Matratze und schien nur darauf zu warten, von wilden Händen gepackt und heruntergerissen zu werden.

Kido nahm seine Brille ab, drehte sich auf den Rücken und sah zur Decke hinauf. Erinnerungen an andere Zimmerdecken wurden in ihm wach, die er früher, nackt und verschwitzt, mit heftigem Herzklopfen, tief und wohlig atmend betrachtet hatte. Obszöne Bilder schossen ihm durch den Kopf. Es herrschte eine dezente Stille im Raum, und Kido wünschte sich, er hätte jemanden neben sich, zwei Körper, die einander wärmten.

Mit einem Seufzer verscheuchte Kido seine Fantasien und machte sich auf den Weg in das Restaurant im Erdgeschoss, um die Spezialität der Gegend zu probieren, paniertes Huhn mit süßsaurer Sauce. Danach fuhr er mit dem Taxi ins Stadtzentrum, um noch etwas zu trinken.

Der Abend war kühl, Kido aber lief in Jeans und Jackett los. Er reiste zwar nicht selten geschäftlich, doch hier überkam ihn auf einmal das Gefühl, ein Niemand zu sein, für die Menschen war er ein Fremder, nicht einmal Tourist. In Yokohama war er den meisten Menschen auch fremd, aber zumindest war ihm die Umgebung vertraut. Die Tatsache allerdings, dass niemand hier seinen Namen kannte, war ihm angenehm.

Kido ging durch die Arkaden der Geschäftsstraße, er kam an einigen Läden vorbei, die so aussahen, als hätte er sie mit Anfang oder Mitte zwanzig gern besucht, die aber später ihren Reiz für ihn verloren hatten.

Plötzlich blieb er vor einer billig flackernden Leuchtreklame stehen, er verspürte den Drang, genau an diesem Abend in diesen Laden gehen zu müssen. Es war, als wäre er jemand Anderes. Er las die leuchtenden Zeichen und betrachtete die Fotos der Mädchen mit gebleichtem Haar. Und dann, während der Gedanke noch in ihm schwelte, ging er weiter, mit schweren Schritten zu der Bar, die er sich schon vorher im Internet ausgesucht hatte.

Die Bar war stilvoll eingerichtet, und das Licht, das durch das üppige Grün der Pflanzen über dem Tresen fiel, brachte die unzähligen Whiskey- und Likörflaschen besonders gut zur Geltung. Als Kido die Bar gegen acht Uhr abends betrat, war er bereits so müde, dass er nur ein oder zwei Gläser trinken und dann zurück ins Hotel gehen wollte. Zu seiner eigenen Überraschung aber war er nach Mitternacht immer noch da.

Er saß die ganze Zeit über allein am Tresen. Die Tische waren spärlich besetzt, nur aus einem abgetrennten Raum im hinteren Teil drangen, sobald die Tür aufging, laute Stimmen herüber. Die Kellnerinnen trugen hektisch Bier und Kleinigkeiten zu essen nach hinten, und als kurze Zeit später ein paar auffallend große Männer hereinkamen und geradewegs in dem hinteren Raum verschwanden, verstand Kido, dass dort die Profi-Baseballer aus dem Trainingscamp saßen. Er wusste zwar nicht, zu welchem Team sie gehörten, er kannte noch nicht einmal die Spieler der Yokohama Bay Stars, aber es musste sich um bekanntere Spieler handeln.

Es liefen leise Jazzklassiker wie *Kind of Blue* oder *Portrait in Jazz*, und als Kido sich einen Wodka Gimlet bestellte, musste er an Misuzu denken. Eine Zeit lang hatte er bevorzugt Balalaika getrunken, doch seit er ihren Wodka Gimlet gekostet hatte, war er nicht mehr zu dem mit süßem Cointreau gemixten Cocktail zurückgekehrt, für den er früher so geschwärmt hatte.

Der Barkeeper schien ein paar Jahre älter zu sein als er, und wie er den Shaker handhabte, war beeindruckend, aber bedauerlicherweise verwendete er keine frisch ausgepressten Limetten, sondern nur einen gekauften Limettensaft; der Drink schmeckte grauenvoll. Das ließ Misuzu, mit ihrem perfekten Gimlet und ihrem lässigen, sorglosen Auftreten, in noch verführerischerem Licht erstrahlen.

Als Nächstes orderte Kido einen Stalinskaya Straight, einen Drink, der eher selten angeboten wurde. Er war gut gekühlt, frisch und zugleich überraschend vollmundig, sodass Kido bedauerte, nicht gleich diese Wahl getroffen zu haben. Er atmete ein paarmal tief ein und aus und versank in der unerwartet wohligen Vorstellung, ein Fremder in Miyazaki zu sein.

»Sie sind nicht aus der Präfektur, habe ich recht?«, sprach ihn der Barkeeper an, die Bestellungen im hinteren Raum hatten sich etwas beruhigt.

»Ja ... woher wissen Sie das?«

»Das merkt man eben. Sind Sie aus Tōkyō?«

Kido nickte, trank sein Glas leer und betrachtete einen Moment lang die letzten Tropfen am Boden, die er nicht mit der Zunge erreichen konnte. »Ursprünglich stamme ich aus Gunma, meine Familie betreibt ein Ryokan in Ikaho Onsen, ich bin der zweitälteste Sohn.« Kido nahm nicht wahr, dass er schon etwas angetrunken war.

»Ach wirklich? Das ist ein berühmter Thermalort, oder? ... Ich war noch nie da.«

»Ja. Hier in Kyūshū gibt es ja genügend schöne Onsen, da muss man nicht unbedingt so weit fahren ... Als mein älterer Bruder das Ryokan übernommen hat, bin ich, als zweiter Sohn, weggegangen. Ich bin eh nie gut mit meiner Familie ausgekommen.« Kido lächelte den Barkeeper an, der von dessen plötzlichem Geständnis etwas überrumpelt schien.

Hatte X, nachdem er hier in Miyazaki als Taniguchi Daisuke aufgetaucht war, auf ähnliche Weise dessen Vergangenheit als seine eigene zum Besten gegeben? Als müsse er erst überprüfen, ob das neue Leben auch angenehm in der Anwendung war?

Der Barkeeper trocknete die Gläser und antwortete freundlich und voller Mitgefühl. »Bei mir war es ähnlich. Neuen

Kunden erzähl ich das normalerweise nicht, aber mein Vater war Bauunternehmer. Und auch bei uns hat mein älterer Bruder die Firma geerbt.« Er erklärte, dass er jetzt hier als Manager der Bar angestellt sei, und reichte Kido seine Karte.

»Entschuldigen Sie«, sagte Kido, »mir sind die Visitenkarten gerade ausgegangen … Ich heiße Taniguchi. Taniguchi Daisuke.«

Natürlich hatte der Barmann keinen Grund, ihm nicht zu glauben. Schon bei diesen wenigen Worten hatte Kido das Gefühl, dass zwischen ihm und dem Mann eine besondere Verbindung bestand. Er war jetzt nicht mehr völlig fremd in dieser Stadt. Vielleicht würde er dem Barkeeper später über den Weg laufen, und sie würden sich kurz grüßen.

Kido bestellte sich noch einen Stalinskaya und fuhr fort, von seiner Vergangenheit als Taniguchi Daisuke zu erzählen. So wie X an jenem Tag mit Rie, erzählte er in nüchternem Ton, als sei das schon alles lange vorbei, wie es, nachdem er sich einverstanden erklärt hatte, dem Vater einen Teil seiner Leber zu spenden, schließlich zum Bruch mit seiner Familie gekommen sei. In seinem Gesicht zeigte sich ein schmerzliches Lächeln. Er spielte nicht bewusst etwas vor, vielmehr hatte er das Gefühl, als würde er, je länger er sprach, mit dem, was er sagte, verschmelzen.

»Das muss hart gewesen sein«, pflichtete ihm der Barkeeper verständnisvoll, aber nicht zu vertraulich bei. An diesem Abend hätte Kido sich sinnlos betrinken und einfach nur heulen wollen.

Jetzt stand er an der Ampel in der Nähe des Bahnhofs Kannai, vor dem Gebäude, in dem sich sein Büro befand. Er sah auf die vorbeifahrenden Autos und überlegte, was wäre, wenn er als Taniguchi Daisuke von einem Auto überfahren und sterben würde. Was mochte X in dem Moment empfunden haben, als er tief in den Bergen Kyūshūs von einer fallenden Zeder erschlagen wurde?

Seit seiner Rückkehr nach Yokohama musste Kido immer wieder an das schwer zu beschreibende Vergnügen denken, als er sich für ein paar Stunden als X ausgegeben hatte. Wie angespannt und aufgeregt er gewesen war, ihm war ganz schwindelig geworden. Es war eine Empfindung, wie er sie sonst eher in der Berührung mit Tragischem kannte, doch Kido hatte weder einen dramatischen Film gesehen noch ein trauriges Buch gelesen. Er hatte vielmehr entdeckt, dass er sich mit seiner Stimme in einen Fremden hineinversetzen konnte. Er war begeistert, es war wie ein neues Hobby, auch wenn das schamlose Spiel einen bitteren Nachgeschmack hinterließ.

Als er einige Zeit später ein weiteres Mal nach Miyazaki reiste, freute er sich schon darauf, das Leben von X fortführen zu können, wie an jenem ersten Abend im Vergnügungsviertel der Stadt. Doch schließlich ging er nicht wieder in die Bar.

Denn er hatte tagsüber Rie getroffen, die ihm von ihrem Kummer berichtete, nicht zu wissen, wer ihr Mann in Wirklichkeit gewesen war; nun hatte er ein schlechtes Gewissen, zum Spaß als Taniguchi Daisuke etwas trinken gegangen zu sein. Gewiss wäre es auch nicht so aufregend gewesen wie beim ersten Mal. Abgesehen davon kannte er kaum noch Geschichten von Taniguchi Daisuke, die er hätte erzählen können.

Kido hatte keine Ahnung, was X dazu veranlasst haben mochte, doch offensichtlich hatte er das Leben zweier Menschen gelebt. Er hatte die Entscheidung getroffen, sein erstes

Leben aufzugeben und ein neues, anderes Leben zu beginnen.

Es gab zwei Dinge in Bezug auf X, die Kido einfach nicht begreifen konnte. Zum einen könnte er selbst, so sehr er seines Lebens auch überdrüssig sein mochte, sich nie dazu durchringen, es aufzugeben. Dass X sein Leben einfach loslassen konnte, stimmte Kido fast eifersüchtig. Doch als Kido im Außenbecken des Thermalbads des Sheraton saß und an seinen kleinen Sohn und an den Spaß dachte, den sie hier gemeinsam hätten, fragte er sich ... Hatte X in seinem ersten Leben keine Freude gekannt, um derentwillen er es hätte weiterführen wollen?

Auch Taniguchi Daisuke hatte die Brücken zur Vergangenheit abgebrochen, vielleicht um seine Familie, von der er sich nie hätte freimachen können, nicht noch länger hassen zu müssen. Aber konnte X in diesen Fußstapfen Taniguchi Daisukes irgendeine Art von Heilung erfahren haben?

Zum anderen konnte Kido nicht begreifen, wie X Rie so lange hatte belügen können. Kido schien die Liebe zwischen den beiden reiner und schöner gewesen zu sein als alles, was er selbst bisher erfahren hatte. Hätte X, wäre er nicht jäh zu Tode gekommen, ihr irgendwann die Wahrheit offenbart? Oder hatte er überhaupt erst durch seine erlogene Vergangenheit das mitfühlende Herz dieser Frau erobert, die selbst so viel durchgemacht hatte? Hätte er nicht, auch wenn alles andere Lüge gewesen war, in dem Moment, als sie in dem Aal-Restaurant zu Mittag aßen und er von sich zu erzählen begann, aufrichtig sein müssen?

Und wog die wahrhaftige, erfüllte Liebe schließlich seine Lüge auf? Wahrhaftige Liebe? ...

8 Mitte September, einen Tag nach dem Feiertag, an dem man den Alten Respekt erbietet, fuhr Kido nach Ōsaka. Er wollte dort an der Totenwache für einen befreundeten Rechtsanwalt teilnehmen, den er während des Referendariats in Kyōto kennengelernt hatte und der an plötzlichem Herzversagen gestorben war.

Jetzt saß er im letzten Nozomi-Superexpresszug zurück nach Tōkyō und sah gedankenverloren in die Nacht. Er war so erschöpft, dass ihm der von Neonlampen erleuchtete Waggon grotesk hell erschien. Viele Fahrgäste schliefen dennoch, andere waren betrunken und redeten ohne Unterlass. Die Luft im Waggon war drückend und verströmte eine Mischung aus dem Schweiß langer Arbeitstage, Bier, getrocknetem Tintenfisch und sonstiger Reisesnacks. Kidos Anzug haftete der Geruch von Weihrauch an, den er zum Gedenken an seinen Freund entzündet hatte.

Kido war in einem Alter, in dem ihn häufiger Nachrichten vom Tod ihm nahestehender Menschen erreichten. Doch die Nachtwache für diesen viel zu früh verstorbenen Freund war, im Vergleich zu den Totenwachen von Personen, die sich nach einem langen Leben friedlich verabschiedet hatten, besonders bedrückend gewesen. Die Frau des Verstorbenen und seine zwei Töchter, die beide noch im Grundschulalter waren, hatten die ganze Zeit über geweint, und Kido hatte keine tröstenden Worte für sie gefunden. Der Freund war zwar etwas korpulent gewesen und hatte selbst öfters lachend erklärt und sich dabei über den Bauch gestrichen, dass er demnächst auf Diät gehen müsste, doch niemand hatte sich ernsthaft Sorgen gemacht. Als Kido aus der Trauerhalle trat, konnte er den Tod seines Freundes noch immer nicht fassen. Es überkam ihn dieselbe schwindelerregende Ungläubigkeit, die er bei der Nachricht von dessen Tod empfunden hatte.

Kido dachte daran, wie es wohl wäre, wenn er jetzt sterben würde. Er stellte sich das schockierte Gesicht seines Sohnes vor, wenn seine Mutter ihm die Nachricht überbrächte. »Papa ist tot?«, würde Sōta fragen, ohne die Bedeutung überhaupt zu erfassen. Und Kido könnte ihm nicht einmal diesen schwierigen Sachverhalt, wie er es sonst tat, mit allen Details erklären.

Er konnte jetzt nicht sterben, er wollte jetzt nicht sterben. Auf einmal konnte er den unheimlichen Zustand benennen, der sein Herz seit dem Erdbeben ergriffen hatte: Existenzangst. Mit seinem Tod wäre sein Bewusstsein mit einem Schlag ausgelöscht – keinen Augenblick später –, er würde nie wieder etwas fühlen oder denken. Die Zeit würde nur noch für die Lebenden andauern, ohne jede Rücksicht auf ihn weiterticken. Der Gedanke verfolgte ihn. Hier lebte er, auch heute, und die Welt existierte. Doch die über 15 000 Menschen, die vor zwei Jahren bei dem Tsunami ums Leben gekommen waren, verfügten über keine Substanz mehr in dieser Welt, durch die sie an ihr teilhaben konnten, sie sahen nicht, was gerade geschah. Und wahrscheinlich galt das nicht nur für diese, sondern auch für jene Welt ... Die Angst vor dem Tod machte Kido auch dem Leben gegenüber übermäßig empfindlich.

Früher, als Jugendlicher, hatte er, wie viele Andere auch, oft voller Schmerz darüber nachgedacht, wer er war und was er einmal werden sollte. Er war dem Rat seines Vaters gefolgt, hatte sich jedoch ständig gefragt, ob das die richtige Entscheidung gewesen war, und mit einer diffusen Zuversicht darauf zu vertrauen versucht, dass er im Beruf des Anwalts Befriedigung fände. Um zu leben, hatte er herausfinden müssen, wer er war, und dies weckte Hoffnungen, aber auch Ängste.

In den letzten 15 Jahren waren solche Gedanken glücklicherweise verschwunden. Sie gehörten einer Vergangenheit an, über die er hinausgewachsen war – Kido hatte Glück gehabt. Viele seiner Generation waren nicht an die Spitze der Maslow'schen Pyramide vorgedrungen und hatten keine Selbstverwirklichung im Beruf gefunden. Und nicht wenige Menschen, mit denen er als Anwalt tagtäglich zu tun hatte, sahen sich sowohl, was ihre Rolle in der Gesellschaft, als auch, was ihr Einkommen anging, von großer Unsicherheit bedroht.

Nun hatte der Schock des Erdbebens noch einmal die längst ergründet geglaubte Frage aufgeworfen – *wer bin ich?* Jedoch handelte es sich nicht einfach um eine Wiederkehr der Frage, sondern sie stellte sich seinem Alter entsprechend neu. Jetzt hieß es, *habe ich das Richtige gemacht?*

Kido sah sich selbst, wie es für sein Alter typisch war, als das Ergebnis unterschiedlicher Lebensphasen, zusammengehalten von seinem Namen, Kido Akira. Natürlich hätte sein Leben auch anders verlaufen können, es hatte unendliche Möglichkeiten gegeben. Doch was einmal als Zukunft vor ihm gelegen hatte, schien nun bis zu einem gewissen Punkt vollendet, und die Frage danach, was für ein Mensch er sein würde, hatte sich mehr oder weniger geklärt. Jetzt sah er sich genötigt, statt *wer bin ich?*, danach zu fragen, wer er war. Es ging nicht mehr darum, wie er leben, sondern, als was für ein Mensch er sterben würde.

Sōta würde irgendwann in einer Welt leben, in der er selbst, Kido, nicht mehr existierte. In 33 Jahren wäre Sōta so alt wie er jetzt, und er 71 Jahre alt. *Ich hoffe, ich lebe dann noch*, dachte Kido. *Was, wenn ich dann schon tot bin? Was wird der 38-jährige Sōta von mir erinnern? Als was für ein Mensch bleibe ich im Herzen meines Sohnes zurück?* ...

Doch es war gar nicht so sehr das Alter, das er fürchtete. Schon im nächsten Augenblick könnte am Nankai-Graben die Erde beben, der Shinkansen könnte entgleisen und er völlig unvermittelt sterben. Das Risiko war keineswegs gering, seit dem Erdbeben war ständig die Rede davon ... Er konnte es schon nicht mehr hören.

Es gab noch eine weitere Angst, die zu seiner Existenzangst hinzukam. Sie hatte mit der durch das Erdbeben wiederauflebenden Erinnerung an das Massaker an den Koreanern während des Großen Kantō-Bebens im Jahr 1923 zu tun, vor allem aber mit dem Erstarken der Ultrarechten und der zunehmenden Fremdenfeindlichkeit.

Kidos Alltag war von einem Rechtssystem bestimmt, für dessen Erhalt er sich beruflich einsetzte. Seine grundlegenden Menschenrechte sowie die seiner Familie waren geschützt, sie alle lebten hier in diesem Staat als souveräne Subjekte. Aber was, wenn sich durch einen Ausnahmezustand ein destruktiver Raum etablierte und diese Rechte für eine gewisse Zeit ausgesetzt wären? Für Aufwiegler, die mitten in der Stadt

»Tötet die Koreaner« skandierten, hatten diese Fragen, die sein Leben umkreisten, garantiert keinen Belang. Doch bedurfte es überhaupt noch eines Ausnahmezustands? Könnte nicht jeder, dem es gerade in den Sinn kam, aufgeputscht von den Sprechchören der Demonstranten, am helllichten Tag »Koreaner« töten?

Es war das erste Mal, dass ein solcher Gedanke für Kido so deutlich Gestalt annahm. Ihm wurde ganz mulmig zumute, es war, als leide er unter akuter Blutarmut. Die Neonröhren an der Decke brummten und hüllten sich in einen rotschwarzen Nebel, Kido spürte einen heftigen Druck, der von außen auf seinen Körper einwirkte. Er schloss die Augen, senkte den Kopf und wartete. Er nahm seine Brille ab, rieb sich kräftig das Gesicht, bis es schmerzte, und presste sein linkes Bein fest gegen das rechte. Als er die Augen wieder öffnete, bemerkte er, dass die Frau auf dem Nachbarsitz, die an ihrem Handy herumgespielt hatte, etwas von ihm abgerückt war und ihn verstohlen ansah. Er hatte nicht die Kraft, ihrem Blick standzuhalten, er drückte sein Gesicht in die Handflächen und blieb eine Weile so, bis er sich wieder beruhigte hatte.

Beängstigt durch seinen körperlichen Zustand, fragte er sich, ob er womöglich eine Art Anfall erlitten hatte. Als der Schwindel nachließ, lockerte er seine Krawatte, er riss sie sich fast herunter, dann lehnte er sich zurück. Er schloss die Augen und atmete tief ein und aus. Er erinnerte sich an das, was Rie zu ihm gesagt hatte: »Sie sind ein guter Mensch, das meine ich wirklich.« Er wiederholte ihre Worte ein paarmal, als hätten sie eine heilende Wirkung.

Würde sie öffentlich für ihn Zeugnis ablegen, wenn man ihn, wie beim Großen Kantō-Erdbeben im Jahr 1923, verdächtigen sollte, ein Spion zu sein – oder ihm den demütigenden Befehl erteilte, »50 Yen und 50 Sen« zu sagen, um anhand seiner Aussprache zu entscheiden, ob man ihn töten müsste oder nicht? *Hätten ihre Worte überhaupt Gewicht bei denen, die mich umbringen wollen? Würde sich deren Hass dann nicht auch gegen Rie richten?*

Auf Kidos Stirn zeigten sich tiefe Sorgenfalten, er dachte daran, dass das Tōhoku-Erdbeben sich auch auf die Beziehung zu seiner Frau ausgewirkt hatte.

Er kannte zwar niemanden, der direkt von dem Tsunami betroffen war, aber die Fernsehbilder, die schlimmer waren als alles, was man sich vorstellen konnte, hatten ihn so schockiert, dass er beschloss, sich zusammen mit Nakakita und anderen Kollegen seiner Kanzlei ehrenamtlich zu engagieren und den Opfern der Katastrophe Rechtsbeistand zu leisten.

Er beriet Geflüchtete, die nach dem Gesetz für Katastrophenhilfe Anspruch auf Unterstützung hatten, allerdings aus den provisorischen Notunterkünften in andere Wohnungen umziehen wollten. Denn nicht wenige dieser im Chaos nach der Katastrophe zur Verfügung gestellten Mietwohnungen boten alles andere als Schutz, waren baufällig oder so hellhörig, dass man jedes Wort der Nachbarn hörte. Teilweise wurden die Menschen in den Unterkünften auch angefeindet. Doch wer nicht auf »Weisung des Vermieters« oder wegen einer »erheblichen Gefahr« ausgezogen war, musste die Miete der neuen Wohnung selbst aufbringen.

Die meisten von Kidos Klienten lebten nach ihrer Flucht sehr isoliert, oft waren es Mütter mit Kindern, die ihre Männer nach Meinungsverschiedenheiten – in Bezug auf die Folgen des Reaktorunfalls, und insbesondere darauf, ob man unter den gegebenen Umständen an seinem Job festhalten oder diesen aufgeben sollte – zurückgelassen hatten und nun mit ihren Kindern in Notunterkünften lebten. Alle träumten davon, dass die Ehemänner bald nachkommen oder die Mütter mit den Kindern zurückkehren könnten und sie als Familie wieder vereint sein würden, doch in nicht wenigen Fällen kam es letztlich zur Scheidung. Kido wurde Zeuge vieler tragischer Schicksale.

Kaori konnte das Engagement ihres Mannes nicht verstehen. Für sie gab es eine klare Grenze zwischen Familie und denen, die nicht dazugehörten, zwischen Freunden und Fremden. Ihrem Sohn gegenüber war sie eine fürsorgliche, gute Mutter. Sie konnte sich die Namen von Sōtas Freunden aus dem Kindergarten besser merken als er, mit einigen der Mütter war sie sogar befreundet, sie trafen sich hin und wieder zum Tee. Aber wenn irgendwo in der Welt Kinder verhungerten, interessierte sie das nicht. Als wäre das ganz normal. Kido hingegen spendete regelmäßig an Ärzte ohne Grenzen und an UNICEF. Und hatte sich Kaori früher immerhin über seine »soziale Ader« lustig gemacht – die einem Rechtsanwalt »so gut zu Gesicht stand« –, sprach sie in letzter Zeit nicht mehr über ihre unterschiedlichen Sichtweisen, die offensichtlich nur zu Unbehagen zwischen ihnen führten; Kido spürte das genau.

Überall auf der Welt starben Menschen, in jeder Sekunde, auch jetzt. Und Kido war keinesfalls so großzügig in seinem Mitgefühl, dass ihn jeder einzelne Tod berührte. Er fürchtete sich vor dem eigenen Tod. Wenn einer seiner Bekannten starb, war er traurig. Starb jemand, den er gehasst hatte, kam ihm die Nachricht möglicherweise gelegen. Der Tod eines Wildfremden aber traf ihn, in Wirklichkeit, nicht. Doch wenn er sich vorstellte, es hätte ihn selbst oder einen Bekannten treffen können, empfand er Angst und Trauer.

Manche Menschen trauern, wenn sie in der Zeitung von einem Autounfall lesen, bei dem eine ganze Familie ausgelöscht wurde, als handle es sich um ihre Verwandten. Umgekehrt aber wäre es sonderbar, wenn sie über den Tod eines Mitglieds der Familie nur so trauerten wie über den eines Fremden.

Es waren diese ganz gewöhnlichen Unterschiede im Empfinden von Mitgefühl, die es Kido ermöglichten, seinen Beruf als Anwalt auszuüben. Was Abgestumpftheit und ein damit einhergehendes schlechtes Gewissen betraf, hatten Kido und seine Frau also durchaus Gemeinsamkeiten. Außerdem war Kaori gar nicht so kaltherzig. Als Kido sie nach dem Tōhoku-Erdbeben aufforderte zu spenden, stellte sich heraus, dass sie bereits 30 000 Yen ans Rote Kreuz überwiesen hatte.

Was sie allerdings wirklich nicht nachvollziehen konnte, war, warum sich ihr Mann weiterhin für wildfremde Menschen engagierte, denen er sich emotional nicht verbunden fühlte. Machte er es für sein Ansehen als Anwalt, oder zeigte sich darin eine naive Form von Kritik an seiner eigenen Gefühlskälte? Kaori bestand darauf, dass nicht sie, sondern er sich verändert hatte, und wenn man bedachte, wie sie sich kennengelernt hatten, musste man ihr recht geben.

Stünde ihrem Mann ein unerschöpflicher Vorrat an Zeit und Geld zur Verfügung oder gäbe es ihn in zwei- oder dreifacher Ausfertigung, hätte Kaori seiner freigiebigen Barmherzigkeit zwar auch misstraut, ihn aber in Ruhe gelassen. Doch tatsächlich kostete sein Ehrenamt nicht nur ihn Zeit, sondern auch seinen Sohn. Zum Zeitpunkt der Erdbebenkatastrophe war Sōta zweieinhalb Jahre alt gewesen. Es hatte mehrere Nachbeben gegeben, und alle hatten Angst, dass ein weiteres großes Beben folgen könnte. Doch anstatt bei Frau und Kind zu bleiben, hatte sich Kido um die Frauen und

Kinder der Geflüchteten gekümmert. Auch keine von Kaoris Freundinnen fand das besonders heldenhaft.

Kido hielt seine Frau für eine aufrichtige Person, sie würde nie lügen, außerdem war sie klug. Führte er an, sein Tun wäre sozial und käme der Öffentlichkeit zugute, war sie einverstanden, sie verstand, dass es im weiteren Sinne auch zu ihrem Besten war. Doch seine Wohltätigkeit war in ihren Augen eine eitle Übereifrigkeit und letztlich nichts mehr als eine Art Hobby.

Kaori selbst begeisterte sich mit zunehmendem Alter für immer weniger Dinge, sodass sie außer der Familie kaum noch Interessen hatte. Wenn Kido ihr vorschlug, sich um Sōta zu kümmern, damit sie etwas unternehmen könne, traf sie sich meist mit ehemaligen Kommilitoninnen, mit denen sie über Kindererziehung sprach, während sie mit ihren anderen, unverheirateten Freundinnen, die sich für solche Themen nicht eigneten, bald kaum noch etwas zu tun hatte. Es war offensichtlich, dass diese Veränderung mit der Geburt ihres Sohnes begonnen hatte, aber mit dem Tōhoku-Erdbeben verstärkte sie sich noch. Doch hätte Kido ihr dies vorgehalten, Kaori hätte entgegnet: Warum soll ich mich für andere Dinge interessieren? Reichen Arbeit und Familie etwa nicht?

Als aus der Lautsprecheransage ertönte, dass der Zug planmäßig Odawara passiert habe, öffnete Kido seine Augen und setzte sich auf. Die Frau neben ihm war verschwunden, er musste für einen Moment eingenickt sein. Kido schlug die Beine übereinander, starrte vor sich hin und dachte noch einmal an Ries Worte: »Sie sind ein guter Mensch, das meine ich wirklich.« *Versuche ich, möglichst nett zu sein, damit ich so etwas zu hören bekomme? Möchte ich beweisen, dass ich ein unverdächtiger, tugendhafter, harmloser und ganz gewöhnlicher Ja-*

paner bin? Kido schüttelte bei dem Gedanken den Kopf, das war doch zu albern, das konnte nicht sein; er rieb sich erneut die Augen.

Es stimmte, dass er sich nach dem Erdbeben angesichts eines wachsenden Nationalismus unwohl gefühlt hatte. Doch das lag nicht unbedingt daran, dass er Zainichi war, seinen Kollegen im Büro war es ähnlich gegangen. Es waren aber nicht nur die Ultrarechten; wenn er sah, dass auch seriöse Verlage, die er schätzte und deren Bücher er als Jugendlicher verschlungen hatte, mittlerweile antichinesische und antikoreanische Titel herausgaben, die stapelweise in den Buchläden auslagen, bestärkte das seine Bedenken.

… Ich muss zugeben, dass mein gesellschaftliches Engagement, wie Kaori es mir vorwirft, etwas Scheinheiliges und Musterschülerhaftes hat, aber das allein ist es nicht, ich bin nun mal von Natur aus gutmütig. Die Frage, inwieweit mein Handeln aufrichtig ist oder nicht, scheint mir, abgesehen davon, nutzlos …

Kido litt zweifelsohne unter Existenzängsten, doch gründeten diese vor allem in der düsteren Zukunft, in die das Land steuerte. Und waren diese Ängste nicht kleinbürgerlich angesichts der alltäglichen Not anderer?

Kido beschloss, mit Kaori zu sprechen. Bestimmt war auch sie noch immer von der Katastrophe erschüttert. Er hoffte, seine Familie retten zu können, und wagte sich zugleich zu einem Gedanken vor, den er bisher vermieden hatte: Vielleicht stellte sich die Situation ja viel einfacher dar, und alles war längst schon entschieden. Vielleicht nämlich liebte ihn seine Frau nicht mehr. Und was könnte er dagegen unternehmen?

Der Niedergang ihrer Ehe war bereits vorangeschritten. Die Situation, in der er und seine Frau sich befanden, erkannte er, sie unterschied sich kaum von der jener Paare, die täglich zu ihm kamen, um die Scheidung zu beantragen.

9 Anfang Oktober meldete sich Misuzu unerwartet bei Kido. Sie wollte in eine Ausstellung im Kunstmuseum Yokohama gehen und fragte ihn, ob er mitkommen mochte. Da sie zudem über ihre Suche nach Taniguchi Daisuke sprechen wollte, beschloss Kido, ein paar Termine zu verschieben und mit ihr in die Ausstellung und danach noch zusammen mittagessen zu gehen.

Er folgte ihr auf Facebook und sah sich ihr Instagram-Profil an, also war er mehr oder weniger im Bilde, wie es ihr zurzeit ging. Misuzu postete zwar nicht viel, aber die unaufgeregten Fotos ihres Alltags – ein leckeres Stück Kuchen oder ein paar Schaufensterpuppen im Herbst- und Winter-Outfit – waren gekonnt und ihre Kommentare erfrischend. Auch bei Tageslicht besehen, war Misuzu für Kido noch immer die Frau mit dem besten Wodka Gimlet.

Sie ging offensichtlich öfter allein ins Kino und in Ausstellungen, postete aber selten Selfies und war höchstens auf Fotos markiert, die Freunde von ihr gemacht hatten. Kido stöberte durch die Kommentarspalten. Ein Mann, offensichtlich einer ihrer Fans, schwärmte bei jeder Gelegenheit davon, wie hübsch sie sei. Auch der Besitzer der Sunny-Bar tauchte auf einigen Fotos auf, umgeben von ein paar Betrunkenen lachte er in die Kamera.

Kido hatte sich vor allem, um mit ihr in Kontakt zu bleiben, einen Facebook-Account angelegt. Er selbst war nicht besonders aktiv, er teilte nur ab und zu einen Beitrag oder lud ein paar Fotos von seiner Reise nach Miyazaki hoch. Da er seinen Freunden nichts von seinem Account erzählt hatte, bekam er nicht viel Feedback. Doch Misuzu klickte regelmäßig auf den Gefällt-mir-Button, wenn er etwas Neues postete. Zuerst hielt Kido das für Facebook-Etikette, doch seine anderen ›Freunde‹ reagierten nicht unbedingt, und auch Misuzu schenkte nicht jedem ein ›Gefällt mir‹. Als Gegenleistung drückte Kido seinerseits bei Misuzus Beiträgen auf den Gefällt-mir-Button, obwohl er nicht wusste, was das eigentlich zu bedeuten hatte, und er bei seinen kleinen Interaktionen immer auch ein wenig aufgeregt war.

In den zwei Monaten, in denen sie per Facebook in Kontakt waren, veränderte sich die Situation allerdings. Das lag daran, dass Misuzu einen Facebook-Account auf den Namen Taniguchi Daisuke eingerichtet und unter Vortäuschung, dieser zu sein, Beiträge gepostet hatte. Sie glaubte, wenn der echte Taniguchi Daisuke darauf stoßen sollte, würde er sich bestimmt melden. Kido hielt nicht viel von dieser Vorgehensweise. Und die Idee stammte wohl gar nicht von Misuzu selbst, sondern von Daisukes Bruder, Kyōichi.

Kyōichi war entrüstet, dass die Polizei die Suche nach seinem Bruder aufgegeben hatte. Doch so verärgert er war, so erleichtert war er auch, dass der Fall keine große Aufmerksamkeit bekam. Für Familien war es eine dramatische Angelegenheit, wenn ein Mitglied einfach verschwand, die Polizei hingegen bekam es ständig mit solchen Geschichten zu tun. Als Kyōichi dann, nachdem er nicht mehr befürchten musste, es könnte großen Aufruhr geben, von Kido erfuhr, dass sein Bruder dem Familienregister zufolge noch lebte und dass Ries Heirat mit dem Unbekannten für ungültig erklärt worden war, überlegte er, ob sie die Angelegenheit in Zukunft nicht besser vertraulich in der Familie klären sollten. Seine Wut auf die Polizei hatte eher an der Überheblichkeit des zuständigen Beamten gelegen, dem er sein Verhalten auch weiterhin nachtrug.

Kyōichi hegte den Verdacht, sein Bruder könnte ermordet worden sein. Er schien im Internet recherchiert zu haben, und als er schließlich über das Huckepacken nordkoreanischer Geheimagenten schwadronierte, hatte Kido genug. Angesichts von Kidos abweisender Reaktion beharrte Kyōichi zwar nicht weiter auf seiner These, äußerte aber die Vermutung, dass es sich bestimmt nicht um einen einfachen Mord handle, sondern es sicher irgendwelche anrüchigen Machenschaften im Hintergrund gäbe, weshalb sie auch nicht auf öffentliche Sympathie zählen könnten. »Typisch für meinen Bruder«, sagte er noch. »Er hat nie wieder von sich hören lassen, auch nach dem Erdbeben nicht. Ist doch seltsam, oder? Wenn er am Leben wäre, hätte er doch zumindest mal angerufen. Oder vielleicht ist sein Leben so furchtbar, dass er sich nicht traut, uns unter die Augen zu treten.«

Da die Suche nach seinem Bruder sie in dunkle Machenschaften verwickeln könnte, hatte Kyōichi nichts weiter unternehmen wollen. Doch seine – ihre – Mutter war in Tränen ausgebrochen, sie hatte ihn gescholten und den Wunsch geäußert, Daisuke noch einmal zu sehen, bevor sie starb, und so sah sich Kyōichi gezwungen, nach seinem Bruder zu fahnden.

Im Anhang des Familienregisters von Taniguchi Daisuke stand noch seine alte Adresse in Kita-ku in Ōsaka. Er hatte dort gelebt, bevor er in die Kleinstadt S. in der Präfektur Miyazaki gezogen war. Die Wohnung befand sich in einem 45 Jahre alten Wohnhaus am Yodo-Fluss, die Miete hatte 38 000 Yen betragen. Der Vermieter war ein Bauunternehmer, sein Büro befand sich in der Nähe. Kido sprach mit Kyōichi und Rie und schlug vor, zu dritt den Vermieter aufzusuchen. Doch während er noch auf Ries Antwort wartete, war Kyōichi schon allein nach Ōsaka gefahren.

Kyōichi berichtete Folgendes:

Als er dem Bauunternehmer vom Verschwinden seines Bruders erzählte, sprach dieser ihm sein Mitgefühl aus. Er sah sich mehrmals Daisukes Foto an und bestätigte, dass er in der Wohnung gewohnt habe. Kyōichi zeigte ihm sicherheitshalber auch ein Foto von X, doch da schüttelte der Unternehmer den Kopf und meinte, den Mann habe er noch nie gesehen.

Solange er in der Wohnung in Ōsaka gelebt hatte, war Daisuke also anscheinend noch Daisuke gewesen. Danach musste er irgendwo X begegnet und sowohl seinen Namen als auch sein Familienregister losgeworden sein. Kyōichi regte sich erneut darüber auf, dass die Polizei noch nicht einmal solch einfachen Dingen nachgegangen war.

Als Nächstes fragte er den Unternehmer, ob er ihm Daisukes Mietvertrag, die Unterlagen über den Auszug sowie seine Telefonnummer und die neue Adresse geben könne, falls er die habe, doch während der sich bis dahin sehr kooperativ gezeigt hatte, wirkte er jetzt plötzlich unangenehm überrascht. »Hm ... ob ich die Unterlagen noch habe?«, sagte er ausweichend. »Da muss ich mal suchen.« Wahrscheinlich war er vorsichtig, weil er nicht in irgendwelche Schwierigkeiten verwickelt werden wollte. Das war nur verständlich. Danach hatte sich der Bauunternehmer nicht wieder gemeldet.

Kyōichi hatte behauptet, er wäre aus geschäftlichem Anlass in Ōsaka gewesen, und Kido konnte verstehen, warum er allein dorthin fahren wollte. Doch ihm war unklar, mit welcher Absicht Kyōichi Misuzu dazu veranlasst hatte, einen Facebook-Account für Daisuke anzulegen. So oder so hatte er ein ungutes Gefühl dabei, dass Misuzu unter falschem Namen Beiträge postete, und Kido nahm auch nicht an, dass sie damit etwas erreichen würde. Er folgte jedoch als ›Freund‹ den Nachrichten zwischen Kyōichi, Misuzu und dem von Misuzu vorgetäuschten Taniguchi Daisuke, und er bekam nach und nach eine Vorstellung davon, was Kyōichi vorhatte. Und je länger er dabei war, desto unerträglicher fand er es.

Auf dieser gefälschten Seite von Taniguchi Daisuke waren ein paar alte Fotos zu sehen, die Misuzu und Kyōichi hochgeladen hatten. Dazu gab es einige allgemeine Informationen, wie die Schule, auf die er gegangen war, und der Ort, aus dem er stammte; außerdem hatte er bei Michael Schenker und seinen Bands, den Scorpions und UFO auf ›Gefällt mir‹ geklickt. Misuzu zufolge war er vor allem ein UFO-Fan gewesen, da die Band jedoch auf ihrer offiziellen Seite 250 000 Follower hatte, war es unmöglich, Daisuke unter diesen zu finden.

Einen Taniguchi Daisuke gab es nicht nur bei Facebook, sondern auch bei anderen sozialen Netzwerken wie Twitter und Instagram, doch die Personen schienen nichts mit dem Gesuchten zu tun zu haben. Kido wusste nicht, was für eine Vereinbarung Daisuke und X getroffen hatten, aber sollte Taniguchi Daisuke noch am Leben sein, würde er sich bestimmt nicht unter seinem richtigen Namen registriert haben. Oder hatte er die Namen mit X getauscht?

Sollte Taniguchi Daisuke noch am Leben sein und auf das von Misuzu gefälschte Profil stoßen, wäre er ohne Zweifel überrascht. Aber würde er glauben, dass X dahintersteckte? Wahrscheinlich wusste auch X, der vorgab, Taniguchi Daisuke zu sein, von Misuzus Existenz. Wenn Taniguchi Daisuke sähe, dass der andere Daisuke sich mit seiner früheren Freundin vertraut austauschte, würde ihn das bestimmt beunruhigen, doch würde er sich melden?

Eines jedenfalls wurde Kido beim Betrachten der ausgetauschten Posts und Kommentare klar, dass Kyōichi eine gewisse Zuneigung für Misuzu empfand. Und dass diese nicht erst neueren Datums war, sondern dass die beiden Brüder wegen Misuzu schon früher in einem Konkurrenzverhältnis gestanden hatten. War möglicherweise auch Kyōichi in sie verliebt gewesen, und sie hatte seinen jüngeren Bruder gewählt? Er hatte Misuzu nie direkt gefragt, aber jedenfalls schien sie mit Kyōichi auch über Messenger direkt in Kontakt zu stehen.

Der von Misuzu vorgetäuschte Taniguchi Daisuke war nach wie vor gesund und munter, etwas schüchtern, aber ehrgeizig, er war sanftmütig und »musste immer noch weinen«, wenn er wie früher *Love to Love* von UFO hörte. Er entsprach Misuzus Erinnerungen, anders konnte sie ihn sich nicht vorstellen. Misuzu spielte mit dem, was sie erlebt hatte, sie verschmolz mit ihrer Vergangenheit und spürte, wie ihre Liebe für Daisuke sie noch einmal bis in die Fingerspitzen durchströmte.

Als Kido auf seiner Reise nach Miyazaki in schon reichlich angetrunkenem Zustand in der Bar vorgetäuscht hatte, Taniguchi Daisuke zu sein, hatte er auch über seine ehemalige Freundin Misuzu gesprochen. Er hatte alles erzählt, was er über Taniguchi Daisuke wusste, und Misuzus Name war ihm dabei ganz von selbst über die Lippen gekommen. Doch seither hatte sich seine Wahrnehmung von ihr auf eine eigentümliche Weise verändert.

Er hatte nur ein einziges Mal, und auch nur für wenige Stunden, versucht, der Mann zu sein, den diese Frau als Jugendliche geliebt hatte und der sie geliebt hatte. Das war nun sein Geheimnis, von dem er befürchten musste, dass es aufgedeckt werden könnte. Kido schämte sich und war aufgeregt, Misuzu zu begegnen. Er benahm sich wie ein Mann, der zu verbergen sucht, dass er verliebt ist.

Der Verdacht seiner Frau wiederum, dass er eine Affäre habe, machte die Sache noch komplizierter. Da alles mit der Reise nach Miyazaki begonnen hatte, bezog Kido den Verdacht auf Rie, doch vielleicht hatte seine Frau ja Misuzus Existenz vorausgeahnt. Aber auch in dem Fall würde er natürlich jegliche Unterstellungen lachend zurückweisen.

Er traf Misuzu um 11 Uhr am Bahnhof Minato Mirai. Sie war leger gekleidet, trug eine schulterfreie Bluse, dazu eine dreiviertel lange Jeans, ihre Knöchel schauten hervor, und beides betonte ihre gute Figur. Kido kam sich, mit Anzug und Krawatte, etwas spießig vor.

Misuzu lächelte gelassen, so wie bei ihrem ersten Treffen in der Bar. »Entschuldigen Sie, dass ich Sie hergebeten habe, Sie sind sicher sehr beschäftigt«, begrüßte sie ihn. In der Bar hatte er auf einem Hocker gesessen und leicht zu ihr aufgeschaut, doch jetzt von Nahem sah er fasziniert auf ihre großen Augen, die vollen unteren Augenlider und die große, scharf geschnittene Nase. Ihr Parfüm an diesem Morgen hatte etwas Solides.

Da es ein Vormittag unter der Woche war und es sich bei der Ausstellung um Werke zeitgenössischer junger Künstler handelte, war es in dem Museum noch vollkommen leer. Sie liefen kreuz und quer durch das Treppenhaus des Museums, das wie eine Miniaturausgabe des Musée d'Orsay wirkte, und sahen sich, ohne viel miteinander zu sprechen, die verschiedenen Kunstwerke an.

Kido war kein besonderer Kunstkenner, er mochte raffinierte, aber einfache Kunst wie Lucio Fontanas *Concetto spaziale*, doch mit den meisten Sachen, die er hier sah, konnte er nichts anfangen, weder mit dem Schiff aus Pappkarton noch mit den mit dreierlei Stempeln – »sehr gut gemacht«, »gut gemacht« und »könnte besser sein« – gestempelten Porträts von Grundschülern oder den brutalen Anime-Zeichnungen. Hin und wieder sah er zu Misuzu hinüber und fragte sich, ob ihr die Sachen gefielen, doch auch sie blieb nur selten vor einem Bild stehen.

Im ersten Stock stießen sie auf eine Installation mit dem Titel *Erinnerungen einer Dreijährigen*, die ihnen beiden gut gefiel. Das Werk stammte von einer japanischen Künstlerin, sie war Ende zwanzig und lebte in Berlin, Kido hatte ihren Namen noch nie gehört. Auf den ersten Blick sah die Installation aus wie ein Bühnenbildmodell, bei dem die Künstlerin das Wohnzimmer ihres Elternhauses genau so nachgebildet hatte, wie sie es als Dreijährige erinnerte. Es schien eine ihrer ersten Erinnerungen zu sein. Die Möbel allerdings und alle sonstigen Gerätschaften waren überdimensional groß. Die Intention der Künstlerin war es nämlich, die Welt aus der Sicht einer Dreijährigen körperlich erfahrbar zu machen. Der viereckige Esstisch aus Holz reichte Kido bis an die Augen, die vier Stühle, die um ihn herumstanden, waren so riesig, dass er hätte heraufklettern müssen, um sich zu setzen.

Auch die Gewürze in der Küche sowie die Pfannkuchenteigmischung und sonstige Dinge waren riesig und befanden sich so weit oben, dass Kido mit seiner Hand nicht heranreichte, die Klinge des Küchenmessers hatte die Ausmaße eines Kurzschwerts. Anders gesagt, schrumpften die Körper der Betrachter neben den ausgestellten Objekten.

Kido, der tagtäglich zusah, wie Sōta durch Küche und Wohnzimmer strich, waren schon ähnliche Gedanken wie wohl der Künstlerin durch den Kopf gegangen, und er hatte sich mit einer gewissen Wehmut an seine eigene Kindheit erinnert. Anfangs war er so klein gewesen, dass er sich im Bad nicht einmal im Spiegel hatte sehen können, irgendwann entdeckte er, wenn er in die Höhe sprang, seine Haare, später auch sein Gesicht, und noch später konnte er sich die Zähne putzen und sich bis zur Taille im Spiegel sehen. Was hatte er damals angesichts all der gigantischen Möbel und Geräte um ihn herum wohl gedacht?

Der einzige Makel der Installation war die Mutter, die in der Küche stand. Ihr Körper wirkte sehr grob.

Kido und Misuzu kletterten mit großer Anstrengung auf die Stühle am Esstisch, bis sie sich gegenübersaßen. Anders als in der Bar, wo sie auch voreinandergesessen hatten, lächelten sie verlegen. Es war, als wären sie zurück in ihre Kinderkörper und in die Vergangenheit geschlüpft. Wie zwei Kinderfreunde bekamen sie Lust auf einen kleinen Nachmittagssnack und wiegten sich in dem Glauben, einer der Großen würde ihnen schon etwas bringen, sie bräuchten nur zu warten.

Zum Mittagessen gingen sie in das berühmte Restaurant Mont Saint Michel, das in dem Gebäude gleich neben dem Bahnhof lag. Sie bestellten ein Omelett, dessen Eier so schaumig geschlagen waren, dass es jetzt ganz fluffig vor ihnen lag.

Kido und Misuzu sprachen über die Ausstellung und stellten fest, dass sie die Kunstwerke eher mäßig fanden. Misuzu entschuldigte sich, dass sie Kido zu einem so langweiligen Museumsbesuch überredet habe, aber der schüttelte den Kopf und sagte, die *Erinnerungen einer Dreijährigen* seien dagegen sehr interessant gewesen.

»Ja, das ist wahr«, sagte Misuzu. »Dafür müsste man sich eigentlich einen halben Tag Zeit nehmen. Aber der Rücken der Mutter in der Küche war erschreckend ... Vielleicht wollte die Künstlerin das ja gerade so.«

»Hm ... Ich dachte eher, dass sie mit Figuren Probleme hat, so plump, wie die Mutter aussah, aber vielleicht haben Sie recht. Wahrscheinlich gibt es Gründe, warum sie die Mutter nicht besser darstellen kann.« Kido war beeindruckt von Misuzus Blick, sie hatte Dinge gesehen, die ihm völlig entgangen waren.

»Anscheinend hatte sie eine schwierige Beziehung zu ihrer Mutter, das habe ich zumindest in dem Begleitheft gelesen.«

»Das wusste ich nicht ... Bei Menschen mit einer glücklichen Kindheit löst dieser Raum sicherlich große Sehnsüchte aus, für Andere, die keine glückliche Kindheit hatten, muss er aber ziemlich heftig sein.«

Misuzu lächelte zustimmend, doch ihr Blick schien zu sagen: »Und wie war es bei Ihnen?« – aber auch, dass sie nicht unbedingt eine Antwort erwarte.

»Ich stamme wahrscheinlich aus einer glücklichen Familie. Ich habe mich immer gut mit meinen Eltern und meinem jüngeren Bruder verstanden.«

»So wirken Sie auch.«

»Meinen Sie?«

»Ja. Wir waren auch eine durchschnittliche Familie, im guten Sinne.«

»Ich bin allerdings ein Zainichi, in der dritten Generation. Als Oberschüler habe ich mich einbürgern lassen, ich besitze also die japanische Staatsbürgerschaft. Im Vergleich zu einer durchschnittlichen japanischen Familie sah es bei uns zuhause daher etwas anders aus. An der Wand hingen Kalligraphien in Hangul und Fotos von meiner Großmutter und Mutter im Chogori. Na ja, nur ein paar … In einem anderen Land, in dem viele Einwanderer leben, würden Besucher der Installation wahrscheinlich einfach die Erinnerungen ihrer eigenen Kindheit auf das japanische Wohnzimmer vor ihnen übertragen; aber hier, in Japan, scheint sie die Darstellung der japanischen ›Normalfamilie‹ selbst zum Thema zu machen. Immer mehr Menschen haben unterschiedliche Wurzeln, und auch die finanziellen Unterschiede werden größer …«

Kido hatte bei ihrer ersten Begegnung nur vorsichtig über seine Herkunft gesprochen, doch in diesem Moment fiel ihm das Reden leicht, wie er später rückblickend feststellte. Wahrscheinlich lag es an dem Kunstwerk, das er gerade gesehen hatte, und auch daran, dass er in den letzten Monaten Misuzu und ihr Denken und Fühlen ein wenig kennengelernt hatte.

Misuzu wirkte nicht sonderlich überrascht, sie sah so aus, als dächte sie über seine Worte nach. »Ich verstehe. Das hatte ich gar nicht so wahrgenommen. Jetzt würde ich mir die Installation gerne noch einmal ansehen.«

»Geht mir auch so, nach dem, was Sie eben gerade gesagt haben.«

»Wollen wir später noch mal hingehen?« Misuzu lachte, sie meinte das sicher als Scherz. Dann sah sie ihn plötzlich besorgt an und fragte: »War Ihnen unser Gespräch im Sunny letztens unangenehm?«

»Überhaupt nicht«, Kido zuckte mit den Schultern. »Sie meinen wegen der nordkoreanischen Entführungen? Aber es stimmt ja. Na ja, Ihr Chef hat sich nur sehr darauf eingeschossen.«

»Das allein meine ich nicht ...«, Misuzu zögerte. »Er hat ziemliche Vorurteile Chinesen und Koreanern gegenüber. Die sitzen tief in ihm drin.«

»Obwohl er so begeistert Black Music hört! Hat ihn das nicht für Diskriminierung sensibel gemacht?«

»So weit denkt er nicht. Wahrscheinlich merkt er gar nicht, wie rassistisch er ist.«

Kido nickte, wechselte dann aber, da das Thema nicht sehr erquicklich war, zu einem anderen über:

»Ist der Chef eigentlich Ihr ...«, fragte er.

»Das denken viele, aber nein«, fiel Misuzu ihm ins Wort, sie verzog ein wenig den Mund.

Kido verbiss es sich, danach zu fragen, ob der Chef womöglich in sie verliebt sei. Es folgte ein peinliches Schweigen, dann griff Misuzu noch einmal den vorherigen Faden auf. Sie schien jedoch weniger auf das Gesagte zurückkommen, als vielmehr ihren eigenen Standpunkt deutlich machen zu wollen. »Diese Hassreden in letzter Zeit sind grauenvoll. Einfach ekelhaft.« Anstelle des mitfühlenden »Es tut mir leid«, das er sonst oft zu hören bekam, lag in Misuzus Tonfall Abscheu, und Kido spürte, wie sich eine unbewusste Verkrampfung in ihm löste.

»Ehrlich gesagt, verletzt es mich nicht mehr, es macht mich auch nicht mehr wütend. Stirb doch!, beschimpfen sie einen, oder, Du Kakerlake! Auf dem Niveau spielt sich das ab. Das ist einfach nur ermüdend.« Sein Lächeln war so kraftlos, als habe man eine Flasche Sprudel geöffnet, aus der die Kohlensäure bereits entwichen war.

»Aber wie konnte es so weit kommen? Bis vor ein paar Jahren wäre das doch noch unmöglich gewesen, oder?«, fragte Misuzu aufgebracht.

»Na ja, vielleicht hat sich all das tief am Grunde des Internets angesammelt und wird jetzt hochgewirbelt.«

»Lässt sich so etwas denn nicht durch Gesetze kontrollieren?«

»Es gibt Versuche, aber die Juristen sind sich nicht einig, wie sich das mit dem Recht auf Meinungsfreiheit in Einklang bringen lässt. Ich finde, man müsste Hassreden klar definieren und einschränken ... Aber ich habe, wie soll ich das sagen, gar keine Lust mehr, mich auf das Thema einzulassen. Ich verachte diese Leute, und wenn sie verschwinden würden, hätte ich weniger Stress im Leben. Zumindest ... ein bisschen. In meinem Leben gibt es wichtigere Dinge, über die ich nachdenken will. Die Fälle vor Gericht, an denen ich arbeite, meine Familie, besonders mein Sohn ... Außerdem ...«, Kido sah Misuzu an. Er hätte fast hinzugefügt, wie wichtig ihm die Zeit war, die er mit ihr verbrachte. Aber er unterdrückte den Impuls, es hätte zu sehr den Eindruck erweckt, er wolle etwas von ihr.

Stattdessen machte er sich an sein Omelett, das gesund und aufgeplustert vor ihm auf dem Teller lag. Es schimmerte in einem perfekten Goldbraun, und aus der Naht zwischen den beiden in der Mitte gefalteten Hälften quoll hochmütig das geschäumte Ei hervor. Es sah aus wie Lava, die sich ihren Weg zur Küste bahnt.

»Es gibt so viele Probleme, so viele Dinge, die es mehr wert sind, dass man beunruhigt oder verletzt ist. Natürlich gibt es auch angenehme und beglückende Dinge ... Ich bin nicht in einem koreanischen Viertel groß geworden, deswegen habe ich auch kaum Diskriminierung erfahren. Bis vor Kurzem war mir meine Herkunft auch gar nicht so sehr als Stigma bewusst.«

»Was bedeutet noch mal Stigma?«

»Stigma ist ein Merkmal, das einen zum Objekt von Diskriminierung, von Feindseligkeiten und sogar von Angriffen macht. Das Stigma als solches ist nicht schlimm. Es kann auch ein Muttermal im Gesicht oder eine kriminelle Vergangenheit sein, oder eben die Herkunft.«

»Das ist Stigma?«

»Ja. Wenn es dann aber betont wird, werden alle anderen Eigenschaften, die derjenige besitzt, ausgeblendet. Menschen sind von Natur aus vielseitig, doch wenn die Herkunft der Zainichi stigmatisiert wird, wird alles darauf reduziert. Nicht nur im schlechten Sinne, sondern auch, wenn mir Landsleute den Arm um die Schulter legen, weil wir eben alle Zainichi sind, was ich, ehrlich gesagt, auch nicht leiden kann. Das geht mir genauso mit Leuten aus Ishikawa, die sich mit mir verbrüdern, weil wir aus derselben Präfektur kommen. Manche bezeichnen sich selbstironisch als ›Bettler aus Kaga‹, weil Leuten aus der Gegend nachgesagt wird, sie könnten nicht für ihren Lebensunterhalt aufkommen, das kann man ja mal machen, aber wenn jemand bei jeder Gelegenheit so was zum Besten gibt, wird mir das zu viel ... Ob man Rechtsanwalt ist, Japaner oder was auch immer, es ist unerträglich, wenn die Identität auf eine Sache reduziert wird und die Anderen einen damit festlegen.«

»Das ist wahr! Das sage ich auch immer!«, stimmte ihm Misuzu zu, ihre Augen strahlten. Sie lehnte sich zurück, um sich gleich darauf, zurückgefedert von der Lehne ihres Stuhls, wieder vorzubeugen.

»Und Sie setzen es auch noch in die Tat um, Misuzu. Tagsüber sind Sie Freelancerin und abends mixen Sie Cocktails.«

»Mein Lebensprinzip lautet: *Drei Siege, vier Niederlagen*!«

»Was hat das denn zu bedeuten?«

»Im Leben hat man nicht immer Glück, deswegen stelle ich mich von vornherein auf *Drei Siege, vier Niederlagen* ein.«

»Sie meinen vier Siege und drei Niederlagen, oder? Sonst verliert man ja«, korrigierte Kido sie.

Misuzu schüttelte den Kopf. »Nein, es sind *Drei Siege, vier Niederlagen*. Ich wirke vielleicht nicht so, aber ich bin ausgesprochen pessimistisch. Wobei ich immer sage, ein wahrer Pessimist ist fröhlich! Wer nichts Positives erwartet, kann sich über jede Kleinigkeit freuen«, erklärte Misuzu stolz und lächelte.

Kido war überrascht. Er war beeindruckt von ihrer Sicht auf die Dinge. »Ich verstehe ...«

»In Wirklichkeit bin ich ein Pechvogel. Auch das mit Daisuke, dass er so plötzlich verschwunden ist ... Darum müssten es bei mir sogar eher zwei Siege und vier Niederlagen sein. Mit *Drei Siege, vier Niederlagen* hängt die Latte also schon hoch.«

»Kein schlechter Ansatz«, sagte Kido.

»Nicht wahr?«, antwortete Misuzu.

»Aber heutzutage macht eine Niederlage meistens gleich drei Siege zunichte.«

»Sie sind also auch Pessimist.«

Kido musste lachen. Misuzu fuhr fort: »Die Leute halten die Welt für viel zu gut, für so, wie sie sie gerne hätten. Und wenn jemand unglücklich ist in dieser guten Welt, ist er selbst schuld. Dabei sind die meisten mit ihrem Leben doch auch nicht zufrieden.«

»Das stimmt, man muss eben doch mit allem Möglichen rechnen ... Zainichi zu sein, zum Beispiel, ist zwar nicht unbedingt eine Niederlage, aber es kann ganz schön anstrengend sein, ich mag gar nicht sagen, wie sehr. Jedenfalls ist es ein ermüdendes Thema. Nehmen wir mal an, jemand würde aus einer Laune heraus einen Roman mit mir als Hauptfigur schreiben, und er würde das Ganze *Ein Zainichi der dritten Generation* nennen, das wäre doch das Allerletzte. *Geschichten eines Anwalts* wäre genauso grauenvoll.«

»Immerhin haben Sie Ihren Humor noch nicht verloren.«

»Denken Sie? ... Dabei glaube ich noch nicht einmal, dass ich ein typischer Zainichi bin. Aber um noch mal auf die Hassreden zurückzukommen, ich weiß, man muss etwas dagegen unternehmen, aber wenn ich mir diese Videos im Internet ansehe ...«

»Vielleicht sollten Sie auf eine Gegendemo gehen.«

»Das will ich nicht. Wenn ich was mache, dann ist es Rechtsberatung für Betroffene. Gerade wurde das Urteil in einem Zivilprozess gefällt, es ging um den Überfall auf eine koreanische Schule in Kyōto ... Ehrlich gesagt, habe ich mir immer einen Platz zum Leben gesucht, wo ich es nicht mit gewalttätigen Menschen zu tun habe. In meinem Alltag gibt es niemanden, der plötzlich rassistische Kommentare von sich geben würde. Wenn ich mir auf einer Demo irgendwelche Beschimpfungen anhören müsste, oder schlimmer, bekäme ich nur schlechte Laune.«

»Okay ... aber was, wenn es Ihre eigene Familie betrifft? Ihre Eltern, oder Ihr Kind?«, fragte Misuzu.

Kido sah Sōtas Gesicht vor sich, er konnte nicht gleich antworten. Das war es, was seine Frau befürchtet hatte und warum sie die koreanische Herkunft ihres Sohnes zu verbergen suchte. Sie sagte, sie täte es nicht, weil sie sie als minderwertig empfände, sondern um die Familie zu schützen. Kido hatte ihr nie widersprochen.

»Ja, ich weiß, worauf Sie hinauswollen, aber wenn Sie finden, ich sollte auf eine Gegendemo gehen, weil ich ein Zainichi bin – dann finde ich, die Japaner sollten gehen. Sie sind es doch, die dulden, dass solche Typen lauthals aufmarschieren, es ist das Problem ihres Landes. Betroffen sind ja nicht nur die Opfer, sondern auch die Täter. Wobei, dann müsste ich eigentlich doch gehen, denn ich habe ja die japanische Staatsbürgerschaft angenommen.« Kido lächelte verschmitzt, er wollte Misuzu signalisieren, dass er nicht vorhatte, sie zur Rechenschaft zu ziehen. Und doch fühlte er sich immer unwohler, so wie letztens im Shinkansen, darum versuchte er, das Thema zu wechseln.

»Na ja, ›betroffen‹ ist auch wieder eine komplizierte Angelegenheit ... Auf jeden Fall sollte grundsätzlich eine dritte Person vermitteln. Aus diesem Grund gibt es ja den Beruf des Anwalts.«

Misuzu nickte, als hätte er sie überzeugt. Sie starrte ihn an, die Augen schmal und freundlich. Der Anflug eines Lächelns überraschte ihn, aber er war erleichtert.

»Dann gehe eben ich an Ihrer Stelle.«

»Was?«, rief Kido völlig verblüfft. Er wusste nicht, ob er gerührt oder verlegen war. »So habe ich das nicht gemeint ... Trotzdem vielen Dank. Aber bitte lassen Sie das lieber. Das könnte unangenehm werden.«

»Nein, nein, ich will gehen«, sagte Misuzu zum Schluss wie zum Spaß und lachte. Kido fiel in ihr Lachen ein, als wolle er es mit ihr teilen. Was für eine unglaubliche Frau, dachte er erneut. Er hatte keine Ahnung, was Misuzu in Bezug auf ihre Suche nach Taniguchi Daisuke hatte besprechen wollen. Aber von diesem Tag an waren die Nachrichten, die sie sich online schrieben, noch vertraulicher.

10 Es waren schon über zehn Monate vergangen, seit Rie ihn beauftragt hatte, und die Ermittlungen zur Identität von X waren ins Stocken geraten. Seitdem Ries Familienregister korrigiert worden war, hatte es keine Fortschritte mehr gegeben. In das gefälschte Facebook-Profil setzte Kido sowieso keine großen Hoffnungen. Doch obwohl er zudem von anderen Fällen wie dem Karōshi-Prozess in Beschlag genommen war, ließ ihn die Sache mit X nicht los. Und dann, schließlich, stieß er in einem Gespräch mit seinem Kollegen Nakakita auf eine mögliche Spur.

Nakakita kümmerte sich nach wie vor um die Opfer der Tōhoku-Katastrophe und war in diesem Zusammenhang von einigen der Tsunami-Opfer um Rat gebeten worden, da manche ihrer Familienmitglieder gar kein Familienregister besaßen und daher ihre Existenz von der Verwaltung nicht anerkannt wurde. Nach dem Zweiten Weltkrieg hatte es große Probleme mit den Familienregistern gegeben, bei den Bombenangriffen in Japan waren viele Rathäuser samt der Register niedergebrannt. Oft hatten Bürger aber nicht gemeldet, dass sie betroffen und somit nirgendwo registriert waren.

Heutzutage gab es allerdings, neben den Originalausfertigungen der Familienregister in den Rathäusern der jeweiligen Wohnorte, auch in den zuständigen Regional- und Distriktbüros Abschriften, sodass es keine derartigen Verluste von Familienregistern mehr geben sollte. Außerdem wurden immer mehr Daten digitalisiert.

In den Fällen, die Nakakita vor sich hatte, ging es jedoch um Menschen, die aufgrund der sogenannten »300-Tage-Problematik« als Kind nicht registriert worden waren. Da dem Gesetzbuch zufolge ein Kind, das innerhalb von 300 Tagen nach einer Scheidung geboren wird, als Kind des ehemaligen Ehemanns gilt, war es in den letzten Jahren häufiger geschehen, dass Frauen, die sich beispielsweise wegen häuslicher Gewalt hatten scheiden lassen und kurz darauf von einem anderen Mann schwanger wurden, die Geburt der Kinder nicht meldeten. Diese Kinder existierten also, erfüllten auch die Voraussetzungen für die japanische Staatsbürgerschaft, waren im Familienregister aber nicht vermerkt. Und da der japanische Staat ihre Geburt nicht erfasst hatte, konnte er folglich auch ihren Tod nicht offiziell bestätigen, als sie von dem Tsunami mitgerissen wurden. Das bedeutete also, dass es die Geburt und auch den Tod dieser Kinder nicht gegeben hatte. Es gab noch nicht einmal etwas, das das »nicht« verleugnete, denn dafür hätte einmal etwas existiert haben müssen. Es war von Anfang an nichts geschehen, und dieses Nichts wurde nun durch den Tod endgültig.

Als Kido Nakakitas Geschichte hörte, kam ihm die Idee, dass auch X eine solche nicht registrierte Existenz gewesen sein könnte. Genau das hatte sein Kollege andeuten wollen.

Sollte Taniguchi Daisuke noch am Leben sein, dann – so

hatte es sich Kido bisher vorgestellt – als X, mit dem er sein Familienregister getauscht hatte. Aber wenn X nicht registriert gewesen sein sollte, besäße Taniguchi Daisuke dann nun auch kein Familienregister mehr? Kido musste daran denken, dass Daisukes Bruder Kyōichi einen Mord nicht ausgeschlossen hatte. Angenommen, Daisuke würde amtlich nicht mehr existieren, dann würde der Staat auch seinen Mord nicht erfassen. Hätte man seine Leiche gefunden, wäre diese als nicht identifizierbar entsorgt worden. Doch es gäbe Freunde und Bekannte als Zeugen seiner Existenz. Es könnten ein DNA-Gutachten erstellt und Fotos und andere Hinterlassenschaften zum Beweis dafür herangezogen werden. Im Falle des Tsunami aber waren solche Beweise für immer und ewig verloren. Das erschwerte die Situation sehr.

Kido, der bis dahin nicht sonderlich pessimistisch gewesen war, beschlich ein ungutes Gefühl. Auch um Ries willen wollte er nicht davon ausgehen, dass X einen Mord begangen hatte. Das würde sie, die gerade versuchte, ihr Leben wieder in geordnete Bahnen zu lenken, noch ihrer letzten Kraft berauben.

Nakakita und Kido saßen auf dem Sofa im Büro, tranken Kaffee und unterhielten sich über die Historie des Familienregisters. Seinen Ursprung hatte es in dem im siebten Jahrhundert nach chinesischem Vorbild angelegten Ritsuryō-System, das zum Zweck der Steuererhebung und Aufrechterhaltung öffentlicher Sicherheit geschaffen worden war. Es diente jedoch später, in der Edo-Zeit, mehr und mehr dazu, den einzelnen Menschen und seine Daten zu erfassen. Mit dem *Register der Religionszugehörigkeit* entstand daraus eine Instanz, die in umfassendem Maße Persönliches dokumentierte, Geburt, Heirat, Adoption, Scheidung, Änderung von Wohnort, Beruf, Tod. So konnte die Identität verwaltet werden, aber auch das Verbot des Christentums wurde dadurch möglich. Und schon damals wurden bestimmte Gruppen von Menschen, wie zum Beispiel Landstreicher, von diesem Register nicht berücksichtigt.

In der Meiji-Zeit wurde jedem das Recht auf freie Wahl des Wohnsitzes zuerkannt, und das *Register der Religionszugehörigkeit*, das die Ortsbindung voraussetzte, war nicht mehr sinnvoll. Es wurde ein erstes *Landesweites Familienregister* eingeführt. Dies kam auch bei Volkszählungen, die der Einberufung zum Wehrdienst sowie der Steuererhebung dienten, zum Einsatz. Immer häufiger sollte es nun auch Personen geben, die sich nicht in einem Familienregister registrieren ließen oder es fälschten, um derartigen Erhebungen zu entgehen.

»Es gab viele nicht gemeldete uneheliche Kinder. Und als später, im Krieg, die diplomatischen Vertretungen im Ausland geschlossen und Geburten von Kindern im Ausland Beschäftigter nicht mehr gemeldet wurden, waren auch diese nicht registriert. Na ja, offensichtlich gab es in diesem System immer Lücken«, sagte Nakakita und stopfte sich ein Stück Baumkuchen, den irgendjemand mitgebracht hatte, in den Mund. Kido war überzeugt, dass es erhebliche Nachteile mit sich brachte, nicht registriert zu sein. Allerdings räumte er ein: »Vor dem Krieg war das Sozialversicherungssystem völlig unzureichend, und da kann ich verstehen, dass man sich besser nicht registrierte, um dadurch zumindest der Einberufung zu entgehen. Als Gegenmaßnahme hat die Regierung das Kaiserliche Erziehungsprogramm durchgedrückt, denn damit wurden alle als Untertanen des Tennō erfasst.«

»Aber da beißt sich doch die Katze in den Schwanz. Denn das ehemalige japanische Kaiserreich, mit dem Tennō in ununterbrochener Linie an der Spitze, könnte ohne seine kaiserlichen Untertanen gar nicht bestehen; umgekehrt aber sind diese Untertanen eine willkürliche Erfindung innerhalb des sogenannten Familiensystems, in dem die Untertanen den Tennō als ihren ›Vater‹ verehren müssen.«

»Und damit sind alle, die nicht im Familienregister eingetragen sind, von der kaiserlichen Nation ausgeschlossen ...«

»Genau, darauf hatte es auch die Politik auf der koreanischen Halbinsel abgesehen, als sie die Bevölkerung zu kaiserlichen Untertanen erklärte.« Nakakita war im Wissen um Kidos Herkunft darauf bedacht, seine kritische Anmerkung wie selbstverständlich einfließen zu lassen. Als Kido zustimmend nickte, fuhr er fort. »Wie dem auch sei, heute verwaltet der Staat seine Bürger vornehmlich per Melderegister. Mit der Einführung der 12-stelligen Bürgeridentifikationsnummer werden wir das Familienregister bald nicht mehr brauchen.«

»Stimmt. Aber vielleicht wird es dann sogar noch einfacher, Identitäten zu tauschen. Wenn diese eine Nummer alles umfasst.«

»Bald werden sie allerdings auch unsere biometrischen Daten verwalten. Und dann wird man dem System nicht mehr so leicht entfliehen können.«

»Ja – aber gerade durch das System des Familienregisters konnte so ein Typ wie Taniguchi Daisuke seiner Familie entkommen.«

»Und dieser X? Wäre er nicht sowieso schon im Vornhinein unregistriert gewesen, würde man davon ausgehen müssen, dass er ein Strafregister zu verbergen hatte. Und zwar eins mit schweren Verbrechen. Es gibt nichts Schlimmeres, als für den Staat oder die Gesellschaft ein Sicherheitsrisiko darzustellen und ständig überwacht zu werden, oder?«

»Ja ... da hast du recht.«

»Und Taniguchi Daisuke war nicht vorbestraft, oder?«
»Nein.«
»Na dann ...«
Kido saß mit verschränkten Armen da und dachte nach. Nakakita zuckte mit den Achseln und schien es erst einmal dabei belassen zu wollen.

Nach dem Gespräch mit seinem Kollegen nahm sich Kido zunächst ein paar Fälle vor, die mit Sozialversicherungsdelikten zu tun hatten, und stieß dabei auf ein kurioses, sechs Jahre zurückliegendes Gerichtsverfahren.

Ein damals 55-jähriger Mann aus dem Adachi-Bezirk in Tōkyō hatte die Identität eines anderen, 67-jährigen Mannes vorgetäuscht und zu Unrecht dessen Rente eingezogen. Und er hatte nicht nur den Namen verwendet, sondern mit dessen Einverständnis auch das Familienregister getauscht.

Anscheinend war sein Gegenüber auf den Tausch eingegangen, um eine dreißig Jahre jüngere Frau zu heiraten; er hatte sie angeschwindelt, dass es seine erste Heirat sei, und sich dazu noch um zehn Jahre jünger ausgegeben. Dieser Mann wurde dann wegen Dokumentenfälschung ursprünglich elektromagnetischer notarieller Urkunden sowie der Nutzung der gefälschten Urkunden zu einer einjährigen Freiheitsstrafe verurteilt, ausgesetzt auf drei Jahre Bewährung.

Was Kidos Aufmerksamkeit erregte, war jedoch, dass bei der Sache noch ein dritter Mann im Spiel gewesen war, ein sogenannter Broker, der den Identitätstausch vermittelt hatte. Auch er wurde bei dem Prozess wegen Mittäterschaft zu einer Bewährungsstrafe verurteilt, war jedoch später wegen der Beschaffung von Investitionskapital für ein fiktives Unternehmen festgenommen und zu einer dreijährigen Gefängnisstrafe verurteilt worden.

Im selben Jahr, nämlich 2007, war Taniguchi Daisuke aus seiner Wohnung in Ōsaka ausgezogen und X in der Stadt S. aufgetaucht. Der Broker hatte damals anscheinend nicht nur den Identitätstausch der beiden Beklagten, sondern noch anderer Personen vermittelt und dafür jedes Mal Provision eingestrichen. Beim Lesen der Aufzeichnungen kam Kido plötzlich die Idee, dass auch Taniguchi Daisuke und X sich möglicherweise über diesen Mann kennengelernt hatten. Seinen Nachforschungen zufolge saß der Mann zurzeit im Gefängnis von Yokohama ein. Da es mit der Bahn nur eine halbe Stunde von seiner Wohnung entfernt lag, beschloss Kido, ihm einen Besuch abzustatten.

Es war zehn Jahre her, dass Kido, der mittlerweile nur noch zivilrechtliche Fälle vertrat, das Gefängnis aufgesucht hatte, in dem Häftlinge der Kategorie B (Gefangene mit starker krimineller Neigung inklusive Wiederholungstäter) sowie Gefangene der Kategorie F (ausländische Straftäter, die einer gesonderten Behandlung bedurften) ihre Haftstrafen verbüßten.

Da der Mann geschrieben hatte, dass es ihm am Morgen besser passte, stand Kido um zehn Uhr morgens vor dem Eingang und meldete dem Wachmann seinen Besuch. Es war ein wolkenverhangener kalter Tag, und wäre das Gebäude nicht eingezäunt gewesen, man hätte es für eine Schule halten können; Kido musste an Michel Foucaults *Überwachen und Strafen* denken, das er in seiner Studienzeit gelesen hatte.

Er ging zur Anmeldung, füllte das Besucherformular aus und gab seine Tasche ab. Er hatte dem Mann mit dem seltenen Nachnamen Omiura in seinem Brief geschrieben, dass er ihn wegen eines Vorfalls vor sechs Jahren sprechen wolle, und dieser hatte geantwortet, dass er sich freue, den ihm unbekannten Anwalt zu treffen. Der 59-jährige Omiura erschien in Begleitung eines Gefängniswärters in dem Besucherraum, er war ein gedrungener Mann mit kahl geschorenem Kopf. Sein rechtes Auge war größer als das linke, und die kurzen dünnen Brauen ließen seine Stirn noch höher erscheinen, was seinem Aussehen etwas Obszönes verlieh.

Als er Kido erblickte, verzog sich sein karpfenartiger Mund zu einem erfreuten Lächeln. »Oha, das ist ja mal ein gutaussehender Anwalt. Dass mich so einer besuchen kommt! Ich hatte schon immer Minderwertigkeitskomplexe wegen meinem Aussehen. Darum bin ich auch hier gelandet ... Weil mir die Kraft fehlt, anders dagegen anzugehen.«

Omiura nahm auf der anderen Seite der durchsichtigen Plexiglasscheibe Platz, legte seinen Kopf schief und musterte Kido weiter. Er war freundlich, aber seine undeutliche Art zu sprechen hatte auch etwas Aggressives, als drohe er seinem Gegenüber: Wenn du mich verarschen willst, bring ich dich um. Er schien einfach drauflos zureden und doch mit seiner Schmeichelei eine Absicht zu verfolgen. Das Klagen über seine Komplexe wirkte allerdings echt. Kido hatte das Gefühl, als wären das leicht zerquetschte linke und das weit geöffnete rechte Auge ein merkwürdiges Sinnbild für sein Gerede, mit dem er etwas verbergen und zugleich Vertrauen erwecken wollte.

Als Kido nicht auf seine Begrüßung reagierte, sondern direkt auf den Anlass seines Besuchs zu sprechen kam, sagte Omiura: »Sie sind Zainichi, stimmt's, Herr Anwalt?«

Kido verzog das Gesicht, seine Kehle war wie zugeschnürt, er brachte kein Wort heraus. Für einen Moment hielt er den Atem an, merkte das aber erst, als er auf einmal tief Luft holen musste. Der Beamte neben ihm saß gleichgültig da.

»Und?«, fragte Omiura.

»Erwarten Sie eine Antwort?«

»Ich erkenne es an Ihrem Gesicht. Vor allem an Augen und Nase. Ich habe Sie sofort durchschaut.«

»In dritter Generation. Ich bin eingebürgert und besitze die japanische Staatsbürgerschaft.«

Vor Kidos innerem Auge sah er sein eigenes Gesicht, so wie er es jeden Morgen im Badezimmerspiegel betrachtete. Er spürte, wie er wütend wurde, wollte jedoch keine Gesprächszeit vergeuden und versuchte, sich nichts anmerken zu lassen. Omiura schien die Balance zwischen Minderwertigkeitskomplex und einem Gefühl der Überlegenheit gefunden zu haben. Er lachte, wobei sich seine Oberlippe nach oben stülpte und die obere Zahnreihe sehen ließ. Kido stellte sich in aller Kürze vor und erklärte den Grund seines Besuchs. Omiura nickte gleichgültig und sagte dann, wie um Kido aus dem Konzept zu bringen: »Stimmt es, Herr Anwalt, dass manche Menschen 300 Jahre alt werden?«

»Was?«

»Es heißt doch immer, dass es Leute gibt, die 300 Jahre alt sind.«

»Davon habe ich noch nie was gehört.«

»Dacht ich mir, dass es die in eurer Welt nicht gibt. Bei uns hier im Knast, da gab es einen. Ist aber schon entlassen.«

Was für eine zwielichtige Gestalt, dachte Kido. *Ich bin in meinem Beruf schon einigen Menschen begegnet, aber so jemand ist mir noch nicht untergekommen.* Er sah auf seine Armbanduhr und wollte noch einmal neu ansetzen, doch Omiura ignorierte ihn und erzählte mit gedämpfter Stimme weiter von dem 300-Jährigen. Hin und wieder kam er mit seinem Gesicht ganz nah an die Scheibe. Was er sagte, ergab keinen Sinn.

Es blieben nur noch 15 Minuten bis zum Ende der Gesprächszeit. Kido ertrug es nicht länger und fiel Omiura ins

Wort. »Sehr interessant, was Sie da erzählen, aber ich bin hier, weil ich Sie etwas fragen wollte. Es geht um eine Sache vor sechs Jahren. Kennen Sie einen Mann namens Taniguchi Daisuke?«

Omiura warf einen Blick auf das Foto, das Kido ihm hinhielt, dann lehnte er sich, sichtlich beleidigt, zurück und blickte gelangweilt an die Decke. Kido sah flüchtig zu dem Wärter hinüber und fuhr fort. »Der Mann, der seinen Namen trug, ist tot. Aber er war nicht Taniguchi Daisuke, der wirkliche Taniguchi ist verschwunden. Es ist nur eine Vermutung meinerseits, aber möglicherweise wissen Sie, Herr Omiura, etwas über einen Identitätstausch zwischen den Männern.«

Omiura reckte sein Kinn leicht vor und sagte: »Sie meinen den Zweitgeborenen von Ikaho Onsen, habe ich recht?«

Kido starrte ihn mit aufgerissenen Augen an.

»Ja, genau! Kennen Sie ihn?«

»Also ... Das reicht dann für heute.«

»Ich möchte wissen, mit wem er seine Identität getauscht hat. Können Sie mir das nicht sagen?«

»Das ist kein Tausch, das ist Identitätswäsche. Manche wollen ihr schmutziges Geld waschen, und Andere ihre Vergangenheit. Und zwar nicht wenige. Stammbäume wurden schon immer gehandelt. Sie sind doch auch so einer, oder? Ich durchschaue euch.«

Kido schwieg.

»Bringen Sie mir was mit, wenn Sie das nächste Mal kommen, Herr Anwalt?«

»Was denn?«

»Ein Wochenblatt, Asahi Geinō. Und ein Buch über das Herz-Sutra. Irgendwas, was leicht verständlich ist.«

Der Wärter verkündete das Ende der Gesprächszeit. Kido nickte, doch Omiura schien unzufrieden. Er stand auf, sah auf Kido herunter und sagte: »Sie sehen gar nicht aus wie ein typischer Zainichi. Aber gerade das ist typisch Zainichi. Auch alles Betrüger wie ich.« Er lachte und zeigte wieder seine obere Zahnreihe.

Kido platzte fast vor Wut. Erschöpft blieb er sitzen und musste zuschauen, wie Omiura den Besucherraum verließ.

Je länger das Treffen zurücklag, desto stärker spürte Kido eine Art Hass auf Omiura in sich aufkommen. Wie konnte dieser Schwindler bei ihrem ersten Treffen behaupten, er sähe nicht aus wie ein typischer Zainichi? Das war doch Unsinn, das war psychologische Schikane. Trotzdem beschlich ihn seither ein Unbehagen, wenn er sich im Badezimmerspiegel betrachtete. Es war, als säße er wieder vor der Plexiglasscheibe in dem Besucherraum, Omiura gegenüber. Er wünschte sich, der Mann möge aus dieser Welt und aus seinem Gedächtnis verschwinden.

Aber es hatte ihn überrascht, dass er Taniguchi Daisuke tatsächlich kannte, und möglicherweise wusste Omiura etwas über die Identität von X. Es war ihm allerdings unangenehm, den Kerl ein zweites Mal treffen zu müssen. Eigentlich hatte Kido der armen Rie beweisen wollen, dass X kein Verbrecher war, doch nun wurde die Sache beunruhigend; er machte sich wirklich Sorgen, ob Taniguchi Daisuke noch lebte.

Er schrieb Omiura ein weiteres Mal, denn einfach hinwerfen konnte er nicht, und er wollte die Angelegenheit möglichst rasch hinter sich bringen. Als er zehn Tage später Omiura erneut besuchte, bedankte sich dieser für das mitgebrachte Wochenblatt und ließ sich dann ausgiebig über die darin abgebildeten Nacktfotos aus.

»In meinem Alter klappt das mit Bildern von jungen Mädchen nicht mehr. Frauen um die 50 sind besser. Wie beim Familienbad abends, da fühlt sich das Wasser am Anfang ja auch noch ganz hart an, stimmt's? Bei den Frauen ist es genauso. Junge Mädchen sind straff, sagt man, aber sie sind hart, viel zu hart. Das sieht man schon auf den Fotos. Ältere Frauen sind viel weicher, wie das Badewasser, wenn schon zwei oder drei vor dir drin waren. Aber für so was sind Sie noch zu jung, Herr Anwalt. Das verstehen Sie noch nicht, oder?«

Anschließend erzählte Omiura von seiner Zeit an der Universität, als ihn ältere Studenten aus der Rugby-Mannschaft gezwungen hätten, in einem Schwulenporno mitzumachen, und er am Strand in Kujūkurihama splitterfasernackt ins Meer steigen musste. Es war Anfang Frühling und noch ziemlich kalt gewesen. Danach hatten ihn mehrere Typen in einem Hotelzimmer vergewaltigt, ein »furchtbares Erlebnis«, wie er sagte. Aber auch an diesem Tag ließ er sich kein Wort über X entlocken, er deutete nur an, dass er ihn kannte.

Das dritte Treffen fand zwei Tage später statt. Diesmal erzählte Omiura stolz, was für ein Vermögen er mit dem Import von Viagra gemacht habe, alles völlig legal; er fragte Kido, ob er nicht mit ihm, wenn er entlassen würde, in das lukrative Geschäft einsteigen wolle. Als Kido freundlich verneinte und ihn noch einmal auf die Verbindung zwischen Taniguchi Daisuke und X ansprach, pfiff Omiura einfach vor sich hin und brach das Gespräch ab, es war wie in einer Slapstickkomödie. Seitdem hatte er nicht mehr auf Kidos Briefe reagiert.

Omiura war ein sonderbarer, launischer Typ, bei dem Wahr und Falsch so ineinander verstrickt waren, dass man, wollte man sein Lügengebäude einreißen, riskierte, auch die Wahrheiten so zu beschädigen, dass am Ende nichts mehr zu entziffern war. Für Kido war das mehr als eine charakterliche

Veranlagung, es schien ihm ein pathologisches Problem zu sein, und so beschloss er, sich fürs Erste nicht mehr bei ihm zu melden und abzuwarten, was passierte.

Schon bald darauf schickte ihm Omiura nacheinander acht Postkarten mit Zeichnungen nackter Frauen. Er hatte offensichtlich die Fotos aus der Asahi-Geinō-Ausgabe abgemalt. Es waren unbeholfene, mit Kugelschreiber angefertigte Zeichnungen, und als Kido sie näher betrachtete, überkam ihn das traurige Gefühl, dass Omiura vielleicht wirklich das Bedürfnis gehabt hatte, über die Erfahrung mit dem Pornovideo und der Vergewaltigung zu sprechen. Kido hatte seine Geschichte als Aufschneiderei abgetan, doch möglicherweise hatte Omiura auf seinen Rat als Anwalt oder einfach nur auf sein Mitgefühl gehofft.

Als Nächstes bekam Kido – anscheinend war Omiura die Nacktbilder leid geworden – Bilder von der Gottheit Suigetsu Kannon zugeschickt, für die er sich bei Omiura bedankte, und er bat ihn zugleich um ein weiteres Treffen. Die Antwort erhielt er umgehend. »Verehrter Koreaner!«, begann Omiuras Brief; wobei unklar war, ob er sich über Kido lustig machte oder mit der Anrede seine Verbundenheit ausdrücken wollte. »Ist der gutaussehende Herr Anwalt etwa blind? I-di-ot«, stand noch da, das war's. Der Verfasser hatte die Schriftzeichen mehrfach mit dem Kugelschreiber nachgezeichnet.

Danach kehrte Omiura wieder zu den Nacktdarstellungen zurück. Nun waren es jedoch keine Fotos mehr, die er abmalte, sondern offensichtlich Manga-Bilder; auf einer der Karten war eine Frau mittleren Alters abgebildet, die ihre übertrieben großen Brüste hochhielt. Als Kido genauer hinsah, entdeckte er rund um die rechte Brustwarze in kleiner Schrift die Zeichen für Taniguchi Daisuke, und an der linken Brustwarze stand Sonezaki Yoshihiko geschrieben.

Kido zeigte die Postkarte, ohne etwas zu sagen, Nakakita, der gerade an seinem Schreibtisch vorbeikam. Sein Kollege runzelte die Stirn, besah sich die Vorderseite, legte seinen Kopf zur Seite und schaute mit einem bitteren Lächeln zu Kido herunter.

»Wer ist denn Sonezaki Yoshihiko? Will der Kerl etwa behaupten, das sei X?«

»Scheint so ... oder? Ich habe den Namen allerdings noch nie gehört.«

Kido schrieb Omiura noch einmal einen Brief, in dem er ihn um eine Bestätigung bat, doch er bekam keine Antwort; auch auf Anfragen für ein weiteres Treffen reagierte er nicht.

11 Am letzten Sonntag im Oktober fuhr Rie mit ihrer Mutter und den beiden Kindern zu dem außerhalb der Stadt gelegenen Kofun-Park, um die Kosmeen zu bewundern, die dort immer schon etwas früher blühten. Während Hana sich auf den Ausflug freute – immerhin bedeutete ihr Name Hana »Blume«, und so stellte sie gewisse Besitzansprüche an »ihren Park« –, kam Yūto nur widerstrebend mit.

Yūto hatte sich in letzter Zeit mehr und mehr in sein Zimmer verkrochen und wollte eigentlich lieber lesen. Rie wunderte sich über seine plötzliche Begeisterung für Bücher, sie selbst hatte erst als Erwachsene richtig zu lesen begonnen, eine passionierte Leserin war sie aber nie geworden. Was Yūto aus der Bibliothek mit nach Hause brachte, waren klassische Werke von Natsume Sōseki, Shiga Naoya oder Mushanokōji Saneatsu. Akutagawa Ryūnosuke schien er besonders zu mögen, von ihm hatte er gleich mehrere Taschenbuchausgaben gekauft, in denen er las, sobald er zu Hause war. Manchmal fragte Rie ihn: »Und, ist das interessant?«, aber dann antwortete er bloß »Ja, interessant«. Letztes Jahr um diese Zeit hatte sie noch darauf achten müssen, dass er nicht zu viel Computer spielte, doch damit beschäftigte er sich jetzt gar nicht mehr.

Yūto war nach dem Mittagessen nach oben in sein Zimmer gegangen und kam erst wieder herunter, als seine Großmutter ihn rief. Er war seinen Großeltern gegenüber schon als kleines Kind respektvoll gewesen, Rie hatte nie etwas sagen müssen. Er zeigte sich nie trotzig, und was er bei seiner Mutter verweigerte, befolgte er bei seiner Großmutter. Natürlich verwöhnte diese ihren Enkel auch, der schon so viel Unglück erfahren hatte. Sie kaufte ihm Süßigkeiten, Spielzeug und alles, was er sonst noch haben wollte.

Im Eingang ihres Hauses stand ein Aquarium, zu dem es eine Anekdote gab: Irgendwann nach dem ersten Todestag von Ries Vater und nachdem sie zum zweiten Mal geheiratet hatte, waren Yūto und seine Großmutter in die Tierhandlung gegangen und hatten Goldfische gekauft.

Rie und ihr nun verstorbener Mann hatten nichts davon gewusst und staunten nicht schlecht, als sie von der Arbeit nach Hause kamen. »Was ist denn das?«, fragte Rie. »Ich wusste gar nicht, dass du Goldfische wolltest.«

»Seit Opa gestorben ist, ist Oma doch immer so traurig«, erklärte Yūto.

Also hatten sie das alte Aquarium, in dem Rie als Kind Goldfische gehalten hatte, aus dem Schuppen geholt. Dort hatte es, nachdem alle Fische gestorben waren, über 30 Jahre lang unter einer dicken Staubschicht gestanden.

»Also habt ihr die Fische für Oma gekauft?«

»Ja. Ich dachte, das lenkt sie ein bisschen ab.«

»Und warum gerade Goldfische?«

»Oma stand da im Schuppen so vor dem Aquarium. Goldfische sind doch okay, oder? Ich kümmere mich auch um sie.«

Rie war gerührt von Yūtos Gutmütigkeit. Irgendwann hatte ihr verstorbener Mann einmal mit einem freudigen Zwinkern zu ihr gesagt: »Yūto ist immer so aufmerksam ...« Offenbar hatte er mit der Großmutter aber nicht über seine Beweggründe gesprochen. Denn nachdem die Kinder zu Bett gegangen waren, fragte Rie ihre Mutter, wann sie sich denn für den Goldfischkauf entschieden hätten. Und diese antwortete zu ihrer Überraschung: »Yūto wirkte seit Opas Tod immer so traurig.«

Rie musste lachen. »Dann wolltest du die Goldfische gar nicht für dich?«

»Nein, die haben wir für Yūto gekauft«, antwortete ihre Mutter misstrauisch, sie hatte keine Ahnung, was Rie daran so lustig fand.

»Genau das Gleiche hat Yūto auch gesagt.«

»Was?«

Als Rie ihr die Sache erklärte, war ihre Mutter völlig entgeistert, dann mussten sie beide lachen, und schließlich kamen der Mutter vor Rührung die Tränen.

In Wirklichkeit war es so gewesen: Die Großmutter hatte etwas im Schuppen gesucht, und Yūto hatte ihr geholfen, dabei hatten sie das Aquarium entdeckt. Er hatte den Gartenschlauch genommen, es ordentlich sauber gemacht und sich dann im Internet darüber informiert, was man für ein Aquarium braucht, Kies, eine Pumpe und so weiter. Schließlich waren sie gemeinsam losgezogen und hatten die Sachen gekauft; eingerichtet hatte Yūto es anscheinend ganz alleine.

Rie war glücklich, dass ihre Mutter und Yūto Dinge miteinander unternahmen, ohne dass sie selbst davon wusste; dass sich die Menschen, die sie liebte, auch untereinander liebten und sie nicht vermitteln musste. Es erfüllte sie mit einer eigentümlichen Freude, und als sie sich vorstellte, wie die beiden ihr Unterfangen besprochen hatten, wurde ihr ganz warm und wohlig ums Herz. Beide waren traurig, beide fühlten sich einsam, und sie hatten versucht, das Leid und die Einsamkeit des Anderen zu lindern.

Obwohl Yūto nicht viel Ausdauer besaß – er konnte sich für eine Sache begeistern und schon im nächsten Moment sein Interesse verlieren –, hatte er sich um die Goldfische immer gekümmert, er hatte nicht ein Mal vergessen, sie zu füttern, oder jemand Anderen in der Familie damit behelligt. Auch nicht nach dem Tod seines »späteren Vaters«.

Für gewöhnlich war auf dem Parkplatz am Kofun-Park nicht viel los, doch heute standen eine Menge Autos da; einige kamen von weiter her, wie man anhand der Nummernschilder feststellen konnte.

Es war ein schöner, klarer Herbsttag, und die pinken, roten und violetten Kosmeen – es waren wohl um die 3 Millionen – leuchteten mit ihren gelben Stempeln und den grünen Stängeln, so weit das Auge reichte. In der Mitte lag, wie ein riesiger Bauchnabel, das kreisförmige Hügelgrab, es maß über 35 Meter im Durchmesser. Die Stadt hatte die üppige Bepflanzung angelegt, um der bis dahin trostlosen Parklandschaft, die mit ihren insgesamt 319 Grabstätten außer historischem Ruhm nichts zu bieten hatte, etwas Farbe zu verleihen. Sie hatten Bäume und Blumen gesetzt, die zu unterschiedlichen Zeiten blühten, im Frühling waren es Kirschen und Raps, im Sommer unzählige Sonnenblumen, und schon zu Ries Kinderzeiten war es Tradition in der Familie gewesen, herzukommen und die Blumen zu bewundern.

Schließlich hatten Rie und ihr verstorbener Mann ihre

Tochter »Hana« – »Blume« – genannt, weil er diesen Park so geliebt hatte. Der Park hieß bei ihnen fortan auch »Hanas Park«.

Durch die Blumenwiesen führte ein hübsch angelegter Weg, auf dem sich jetzt viele Familien und Hobbyfotografen mit großen Kameras und Stativen tummelten. Der Wind war mild und das Wetter so angenehm, dass man sich wünschte, es würde das ganz Jahr über so bleiben.

»Stell dich neben die Kosmeen, Hana. Bist du noch immer kleiner als sie?« Hana stellte sich auf Drängen der Großmutter vor die Blumenwiese und wartete, dass Rie ein Foto machte. Jedes Jahr war es eines ihrer größten Vergnügen, vor den Blumen fotografiert zu werden und das Foto hinterher mit den Aufnahmen der Vorjahre zu vergleichen. Rie musste aufpassen, dass sie ihre Tochter nicht inmitten der Blumen aus den Augen verlor, letztes Jahr war sie einfach weggelaufen, und Rie hatte Mühe gehabt, sie einzuholen. Im nächsten oder übernächsten Jahr würde sie vielleicht schon größer als die Kosmeen sein; Rie hielt ihr Handy fest in der Hand. Ein leichter Wind kam auf, und die aufrechtstehenden Blumen hinter Hana schwangen hin und her, als versuchten sie, an den vielen Menschen vorbei, einen Blick auf Rie und ihre Familie zu erhaschen.

Seit sie aus dem Auto gestiegen waren, hatte Yūto kein Wort gesprochen, er hatte die Hände in die Taschen seines grauen Kapuzenpullis gestopft und so nach unten gedrückt, dass es aussah, als trage er etwas Schweres vor seinem Bauch. Er sah gedankenverloren zu den Kosmeen herüber, während er seine kleine Schwester wachsam beobachtete. Rie, die hinter ihm stand und ihn nur von der Seite aus sah, fragte sich, wie es für ihn gewesen sein mochte, erst den Bruder, dann den

Großvater und schließlich ihren Mann, der wie ein Vater für ihn war, zu verlieren. Yūto war in diesem Jahr mit einem Mal in die Höhe geschossen, und doch war er ein Mittelschüler, sein Körper immer noch schmächtig und zart.

Selbst Rie, als Erwachsene, empfand dieses Gefühl der Leere, als hätte man ihr den wichtigsten Teil entrissen und ihr damit jegliches Gleichgewicht geraubt. Oft wurde ihr so schwindlig, dass sie sich kaum noch auf den Beinen halten konnte. Yūto sprach nicht über seine Gefühle, er ertrug den Schmerz im Stillen, dachte Rie. Er versuchte sich aufrecht zu halten, indem er die Fische versorgte, sich um seine Schwester kümmerte und Bücher las. Er tat ihr unglaublich leid. Als Ryō gestorben war, konnte Yūto die Bedeutung des Todes noch nicht erfassen. Doch nun war er alt genug, sich allen möglichen Gefühlen und Gedanken hingeben zu müssen. Auch Rie hatte der Tod als Jugendliche sehr beschäftigt, obwohl sie noch kein Familienmitglied hatte sterben sehen. Da Yūto einige Jahre älter als Hana war, hatte er ihren Vater bewusster erlebt und vielleicht sogar mehr Zuneigung für diesen empfunden als dessen leibliche Tochter. Rie dachte oft darüber nach, wie sie ihm als Mutter beistehen könnte; in solchen Momenten wünschte sie sich absurderweise sehnlichst, ihr Mann wäre noch am Leben und sie könnte sich Rat von ihm holen.

Mit der Zeit verschwamm ihr Schmerz, es war, als fiele er nach und nach lautlos in sich zusammen. Zumindest wurde Rie mit der Zeit etwas leichter ums Herz. Sie war froh, dass sie das Schwerste überstanden hatte, doch hin und wieder spürte sie eine tiefe Einsamkeit. Und auch wenn diese nicht so beängstigend war wie die Einsamkeit direkt nach dem Tod ihres Mannes, hielt sie sie zunehmend gefangen.

Rie nahm ihr Alter viel bewusster wahr als früher. Einige Leute hatten ihr vorgeschlagen, noch einmal zu heiraten, doch sie hatte lächelnd abgewehrt. »Für mich ist es gut so.«

Ihr Vater war mit 67 Jahren gestorben, er war noch nicht alt gewesen, und auch sie wusste, dass sie die Hälfte ihres Lebens hinter sich hatte. Der Gedanke an den Tod machte ihr Angst. Wenn sie aber daran dachte, dass Ryō und ihr Vater dort auf sie warteten, spürte sie, wie die Angst sich legte. Selbst ihr kleiner Sohn hatte den Tod angenommen. Diesen Tod, den sie nicht für ihn hatte sterben können … Wenn sie daran dachte, wie lange er noch auf sie warten müsste, wünschte sie, sich möglichst bald auf den Weg zu machen. Wer außer ihr kümmerte sich denn um ihn? Sie hatte sich bei ihm auch noch nicht für die unnützen Behandlungen entschuldigt, unter denen er so gelitten hatte. Zumindest das musste sie unbedingt nachholen.

Seit wann hatte sie eigentlich das Gefühl, dass der Tod ihres Kindes nicht in der Vergangenheit lag, sondern in der Zukunft auf sie wartete? Er rückte nicht ferner, sondern kam Schritt für Schritt näher. Doch leider gehörte sie nicht zu den Menschen, die sich diesem Glauben ganz und gar hingeben konnten. Sonst müsste Ryō ja noch 40 Jahre im Paradies auf sie warten. Das konnte sie nicht zulassen. Aber obwohl sie wusste, dass der Gedanke vielleicht unsinnig war, nahm ihr die Tatsache, dass die ihr liebsten Menschen schon vor ihr gestorben waren, ein wenig die Angst, es machte ihr die Einsamkeit erträglicher.

Dass ihr Vater im Jenseits älter wurde, konnte sie sich nicht vorstellen, aber was war mit Ryō? Würde er noch leben, wäre er jetzt zehn Jahre alt. Durch den Umzug nach Kyūshū hatte sie nicht miterlebt, wie seine Kindergartenfreunde größer geworden waren. In zwei Jahren würden diese Jungen und

Mädchen, die damals in Windeln herumgewackelt waren, in schmucken Uniformen auf die Mittelschule gehen.

Bald sind es zehn Jahre, dass er tot ist. Wie schnell die Zeit vergeht, dachte Rie. *Wie schnell die Zeit vergeht.*

Kurz darauf meldete sich Kido bei ihr, es schien einige Fortschritte bei seinen Nachforschungen zu geben, den wahren Namen ihres Mannes hatte er aber noch nicht in Erfahrung bringen können. Rie wollte ihn bei dem geringen Honorar, das er für seine Ermittlungen verlangte, auch nicht drängen. Außerdem hatte sie Angst, die Wahrheit zu erfahren, die gewiss nicht sehr erfreulich wäre. Und doch wollte sie wissen, wer ihr Mann gewesen war. Denn nicht nur seine Identität, sondern auch seine Vergangenheit war noch immer in einen dichten Nebel gehüllt.

Rie wusste, dass Yūto ihr insgeheim vorwarf, ihn über den Tod seines »späteren Vaters« im Unklaren zu lassen. Doch in letzter Zeit sprach sie, auch um ihn nicht noch trauriger zu stimmen, lieber nicht direkt mit ihm darüber, so wie noch vor Kurzem, als sie in seinem Zimmer auf dem Bett gesessen hatten.

Sie gelangten an einen Weg mit welken Kirschbäumen, und Rie fragte: »Was liest du eigentlich gerade?«

»Nichts Besonderes.«

»So heißt das Buch?« Sie tippte ihm lachend auf die Schulter.

»Es ist von Akutagawa Ryūnosuke.«

»Den magst du, stimmt's? Ich habe Akutagawa früher auch gelesen. ›Die Lore‹ und ›Batatenbrei‹.«

Yūto war nicht gerade gesprächig und schaute zu Boden.

»Worum geht es denn in der Geschichte?«

»Es ist keine Geschichte. Es ist eine Art Gedicht.«

Yūto nannte den Titel, aber Rie verstand ihn nicht richtig.
»Entschuldige, was hast du gesagt?«
»»Der Asakusa-Park«.«
»He? ... Ist das von Akutagawa?«
»Ja.«
»Worum geht es denn da?«
Yūto senkte den Kopf, es schien ihm zu umständlich, ihr das zu erklären.
»Komm, erzähl es mir.«
»Als der Held an einem Laden für künstliche Blumen vorbeikommt, spricht ihn eine Tigerlilie an: Sieh mal, wie schön ich bin. Und er antwortet: Du bist doch auch eine künstliche Blume.«
»Das ist ja eine komische Geschichte«, lachte Rie. »Aber sie gefällt dir?«
»Ja. Es ist eine komplizierte Geschichte.«
»Du beschäftigst dich mit Dingen, die ich nicht verstehe. Leihst du mir das Buch, wenn du fertig bist?«
»Nein.«
»Warum nicht?«
»Ich habe Sachen unterstrichen und so ...«
Rie sah ihren Sohn liebevoll von der Seite an und lächelte. »Ach so. Dann kauf ich es mir eben selbst.«
»Wahrscheinlich kannst du eh nichts damit anfangen.«
»Hey, das ist aber nicht nett.«
Yūto musste grinsen.
»Auch wenn mir die Geschichte vielleicht nicht gefällt – ich möchte wissen, wofür du dich interessierst.«
»Ist nicht nötig, musst du nicht wissen.«
»Gut, dann lese ich es nur für mich, unabhängig von dir.«
»Lass mich und meine Bücher doch in Ruhe«, Yūto kratzte sich unwirsch am Kopf. Dann entdeckte er weiter hinten

seine Schwester und seine Großmutter, sie schienen etwas zu betrachten.

»Weißt du noch, Mama, das ist Papas Baum«, Yūto drehte sich zu ihr.

»Natürlich weiß ich das. Der da hinten. Der dritte von hier aus, der, an dem die Äste so …«

Als Rie Yūtos »späteren Vater« geheiratet hatte, waren sie hierhergekommen, und sie hatte vorgeschlagen, dass jeder sich einen der Kirschbäume aussuchen sollte, der ihm besonders gefiel.

Ries Baum war weiter vorne. Der Baum, den Yūto sich ausgesucht hatte, stand zwei Bäume neben dem seines Vaters. Hana war damals noch in Ries Bauch gewesen, deswegen hatte Yūto einen Baum für sie ausgewählt. Das Merkwürdige war, dass die Bäume, für die sie sich entschieden hatten, schon beim nächsten Mal, als sie wiederkamen, nicht mehr wie die anderen Bäume waren, sie empfanden eine besondere Zuneigung zu ihnen.

Seither war es Tradition, jedes Jahr im Frühling herzukommen und danach zu sehen, wessen Baum am schönsten blühte. Im Jahr seines Todes hatte der Baum des Vaters am prächtigsten geblüht, aber im Frühling nach dessen Tod trug Yūtos Baum, der zuvor eher kärglich ausgesehen hatte, die vollste Blüte. Yūto hatte seinem Vater an dessen Grab davon berichten wollen, doch er hatte dazu noch nicht die Gelegenheit gehabt.

In diesem Frühling war Rie nicht mit der Familie zum Hanami gekommen. Jetzt stand sie vor dem kahlen nackten Baum ihres verstorbenen Mannes und sah in seine Krone hinauf. Natürlich hatte ihr Mann nicht alle der 2000 im Park gepflanzten Bäume gesehen. Und doch war er von diesem Baum überzeugt gewesen, und er hatte immer zu Beginn der neuen Jahreszeit vor ihm gestanden und ihn betrachtet, als wäre er die Inkarnation seiner selbst. Sie wusste nach wie vor nichts über die Herkunft ihres Mannes. Aber zumindest wusste sie, dass er von all den Bäumen hier diesen einen besonders gemocht hatte.

»Er hat noch immer kein Grab, auch jetzt, an seinem Todestag«, sagte Yūto mit zurückhaltender Stimme, als gehöre es sich nicht für ihn als Sohn, so mit seiner Mutter zu sprechen.

Rie wusste, dass sie ihm nicht alles erklären konnte, aber sie spürte, dass er eine ausweichende Antwort nicht akzeptieren würde. »Es gibt etwas, das ich dir die ganze Zeit verheimlicht habe, Yūto«, sagte sie.

»Was denn?«

»Dein Vater ... dein Vater hieß in Wirklichkeit nicht Taniguchi Daisuke.«

»Was?«

»Ich wusste auch nichts davon ... Ich habe erst nach seinem Tod erfahren, dass es nicht sein richtiger Name war. Der Bruder des richtigen Taniguchi Daisuke war hier und hat gesagt, dass er nicht sein Bruder sei.«

»Das verstehe ich nicht.«

»Er hat sich als jemand Anderes ausgegeben.«

Yūto stand mit halboffenem Mund da, sein Blick zitterte. »Aber ... wer war er dann?«

»Das versuchen wir gerade herauszufinden. Ich bin zur Polizei gegangen und habe einen Anwalt beauftragt.«

»Und ... wer war er??«

»Das wissen wir eben noch nicht. Deswegen hat er auch noch kein Grab.«

»Und was ist dann mit meinem Namen ... Taniguchi Yūto?«

»Taniguchi ist der Name, den Papa eine Weile lang verwendet hat. Es ist der Name eines Mannes, den wir nicht kennen.«

»Hast du deshalb deinen alten Namen wieder angenommen, Mama?«

Rie nickte.

Yūto starrte sie entsetzt an. Er war aufgewühlt und wusste nicht, was er fühlen sollte. »Und was ... ist dann mit den Sachen, die Papa mir erzählt hat. Dass er aus Ikaho Onsen stammt und von dort weggegangen ist, weil er sich mit seiner Familie zerstritten hat?«

Rie zögerte einen Augenblick, entschied sich dann aber für die Wahrheit. »Das war nicht seine Geschichte, sondern wohl auch die von diesem Taniguchi Daisuke«, sagte sie und sah Yūto dabei fest in die Augen.

»Es war also alles gelogen?«

Yūto war ganz blass geworden, seine Wangen waren wie eingefroren. Rie nickte zweimal, sie schwieg.

»Was soll das ... Er hat uns alle belogen? Was? ... Wieso? Warum hat Papa ... gelogen? Was hat er getan?«

»Ich weiß es nicht ... Darum konnte ich es dir auch nicht erklären, ich wollte es dir sagen, wenn wir ein bisschen mehr herausgefunden hätten ... Ich weiß es aber immer noch nicht.«

Mehr sagte sie nicht. Kurz darauf kam Hana an der Hand der Großmutter angehüpft. »Mama, guck mal, Papas Baum!«

»Ja, ich weiß.«

»Das denke ich, Mama. Papa wusste, dass wir heute kommen, und hat sich im Baum versteckt, um auf uns zu warten, meinst du nicht auch?«

Rie wollte ihren Blick nicht von Yūto abwenden, sah dann aber doch zu ihrer kleinen Tochter hinunter. »Ja, das glaube ich auch.« Rie lächelte.

»Mach ein Foto, Mama.«

»Ja, hier zusammen mit Papas Baum?«

»Ja! Und noch eins vor meinem Baum.«

Hana stellte sich als Erste vor den Baum, Ries Mutter folgte ihr. Yūto war stehen geblieben, doch dann, als seine Großmutter ihn zu sich winkte, stellte er sich dazu.

»Und jetzt alle lächeln«, rief Rie und hielt ihr Smartphone hoch; sie sah, dass Yūto sie anstarrte, ohne eine Miene zu verziehen. Sie drückte auf den Auslöser.

»Ich mach noch ein Foto von euch«, sagte die Großmutter. Rie stellte sich neben Yūto und nahm Hana an die Hand. Sie hatte keine Ahnung, wie sie ein Lächeln zustande bringen sollte.

12 Kido stand mit seinen Klienten, den Eltern des jungen Mannes, der sich aufgrund extremer Arbeitsbelastung das Leben genommen hatte, in der weiträumigen Eingangshalle des Landgerichts Yokohama. Sie besprachen die eben zu Ende gegangene fünfte mündliche Verhandlung. In dem sich fast über zwei Jahre hinziehenden Prozess hatte auch die öffentliche Kritik an der beklagten Izakaya-Kette an Schärfe zugelegt, sodass diese wohl einem Vergleich zustimmen würde.

Kido wollte mit den Eltern die Vorgehensweise für eine im Anschluss stattfindende öffentliche Sitzung abstimmen, bei der sie über den Verlauf der Verhandlungen berichten wollten und bei der auch die Gewerkschaft zugegen sein würde. Der Vater sah Kido an und sagte: »Sensei ... Es geht uns nicht darum, wer den Prozess gewinnt oder verliert. Wir wollen wissen, was passiert ist, warum unser Junge sterben musste.«

»Das verstehe ich.« Kido nickte, um deutlich zu machen, dass er wusste, warum sie so lange gekämpft hatten.

Der Vater hatte noch volles, aber fast ganz ergrautes Haar, das an den Seiten ordentlich gestutzt war und oben etwas länger in die breite Stirn fiel. Unter den stark gebogenen Brauen schimmerten wie kleine Dreiecke die immer etwas wässrigen Augen. Wenn er in den Medien zu sehen war – die Öffentlichkeit verfolgte den Fall mit großer Anteilnahme –, rief sein Gesichtsausdruck bei allen unweigerlich Mitleid hervor.

»Wir geben unser Bestes. Wir sind auf dem richtigen Weg.« Der Vater schien nicht so sehr ermutigt von Kidos wiederholtem Zuspruch als vielmehr berührt von dem vertrauten Ton, der sich im letzten Jahr zwischen ihnen entwickelt hatte.

»Wir sind Ihnen so dankbar, Sensei. Zuerst wussten wir doch gar nicht, was wir tun sollten, wir waren vollkommen verwirrt. Ihnen haben wir es zu verdanken, dass wir uns wieder gefangen haben. Auch wenn wir unseren Sohn mit dem Prozess nicht zurückbekommen ...«

Kido reagierte respektvoll auf den Dank und sagte noch einmal: »Wir geben unser Bestes.« Er war jedoch sehr bewegt von den Worten seines Klienten, er spürte, wie aufrichtig er es meinte.

Kido machte sich den ganzen Tag über Vorwürfe, weil er Sōta am Morgen angeschrien hatte, als sie gemeinsam aus dem Haus gehen wollten und dieser sich weigerte, seine Jacke anzuziehen.

Die beiden waren zurzeit auf sich alleine gestellt, weil Kaori seit gestern auf einer Geschäftsreise in Ōsaka war. Den Abend hatten sie in einem Familienrestaurant gegessen, danach hatte er Sōta wie immer gebadet und zu Bett gebracht.

Als Kido morgens früh aufgewacht war, saß sein Sohn bereits im Wohnzimmer und sah sich eine Doraemon-DVD an.

Es dauerte Ewigkeiten, bis er endlich etwas gefrühstückt und sich das Gesicht gewaschen hatte, sodass Kido sich schon Sorgen machte, Sōta könnte krank sein. Aber da er kein Fieber hatte und sich auch nicht schlecht fühlte, wie er selbst beteuerte, wurde Kidos Ton mit der Zeit strenger. Es schien keinen Grund für Sōtas Trägheit zu geben. Kido sah mehrmals auf die Uhr, denn er hatte es eilig, sein erster Termin war bereits um halb zehn.

Sōta war schon in den letzten zwei Wochen unberechenbar gewesen. Seine Mutter hatte oft mit ihm geschimpft, weil er seine Hausaufgaben für die Kumon-Nachhilfeschule nicht machen wollte. Kido, der von Anfang an gegen diese übereifrige frühkindliche Erziehung war, hatte Sōta in Schutz genommen und Kaori widersprochen: »Das ist doch alles nicht nötig, er wird schon noch rechnen lernen!« Er wusste von seinen Gesprächen bei Scheidungsfällen, wie Unstimmigkeiten bei der Erziehung der Kinder zur Ursache für ernsthaftere Auseinandersetzungen zwischen den Eheleuten werden konnten. Und trotzdem konnte er nicht glauben, dass er und seine Frau sich über eine solche Angelegenheit nicht einfach einigen konnten. Eigentlich hatte er seine Bemerkung sogar freundlich gemeint, weil er wusste, dass es Kaori anstrengte, Sōta ständig zur Nachhilfeschule zu bringen und wieder abzuholen. Doch anscheinend hatte er damit nur Öl ins Feuer gegossen, und Sōta bekam von seiner Mutter noch eine Extraportion Ärger.

Als Kido sah, wie Kaori mit ihrem Sohn umging, dachte er zum ersten Mal über eine Scheidung nach. Nicht, weil er seine Frau ablehnte, doch es war offensichtlich, dass sie unter ihrer Ehe litt. Er konnte sich vorstellen, dass sie mit einem anderen Mann und einem neuen Leben ausgeglichener wäre, so wie sie früher gewesen war.

Er hätte nicht sagen können, ob Kaori ihn noch liebte, und wenn man ihn gefragt hätte, ob er sie liebte, hätte er auch keine Antwort gewusst. Es war allerdings auch nicht so, dass er sie nicht liebte.

Sie hatten sich nie heftig gestritten, ihre Ehe war in den zehn Jahren ganz langsam in die Brüche gegangen, und Kido versuchte immer noch herauszufinden, wie sie sie vielleicht retten könnten. Sie hatten in den letzten Monaten keinerlei körperlichen Kontakt gehabt, zwischen ihnen hatte sich eine Kluft aufgetan, als wären sie Fremde, und sie schienen sorgsam darauf bedacht, sich bloß nicht zu nahe zu kommen. Und dennoch zeigte sich auch Kaori um ihre Ehe bemüht. Sie achtete darauf, ihm gegenüber beherrscht zu bleiben, schimpfte dafür aber umso mehr mit Sōta.

So wie beim letzten Mal hatte Kido sie in den zehn Jahren, die sie nun zusammenlebten, jedoch noch nie erlebt. Sōta wiederum, der ein ganz normales Ego entwickelte, wehrte sich zunehmend, wenn man ihm Befehle erteilte; zwischen Mutter und Sohn war ein richtiger Teufelskreis entstanden. Kido hatte Kaori ein paarmal auf ihr Verhalten hingewiesen, aber es half nicht. Es war, als streckte er ihr seine Hand entgegen, müsste aber stets befürchten, damit ihre Ehe noch mehr zu zerstören. Sein eigenes Benehmen widerte ihn an, statt beherzt einzugreifen, tröstete er Sōta hinterher im Bad oder im Kinderzimmer, hielt ihn im Arm und hörte ihm zu. Sein Vatersein war weit entfernt von dem, wie er als Vater sein wollte.

Zudem wusste er, dass er die Ursache für die angestaute Wut seiner Frau war. Er versuchte herauszufinden, was ihren haltlosen Verdächtigungen, er würde fremdgehen, zugrunde lag, aber er kam nicht weiter. Und so diente ihm seine fast hobbyartig betriebene Suche nach X gewissermaßen als zeitweise Flucht vor der eigenen Situation.

Wäre es nur um ihre Ehe gegangen, hätte Kido es noch ertragen können. Doch da sich ihr schlechtes Verhältnis negativ auf seinen Sohn auswirkte, konnte er diesen Zustand nicht länger akzeptieren. Kido verfolgte zwar keinen festen Plan, was Kindererziehung anbelangte, aber es war sein Wunsch, dass Sōta einmal in Zukunft ohne auch nur den Anflug eines Zweifels sagen könnte, er sei in Liebe groß geworden. Diesem Gedanken würde Kaori natürlich im Grundsatz auch zustimmen.

Kido wähnte sich in dem Glauben, eine besonders vertrauensvolle Beziehung zu seinem Sohn aufgebaut zu haben. Er musste seinem Sohn keine falsche Freundlichkeit vorspielen und Sōta ihm gegenüber nicht rebellieren. Doch kaum war Kaori nicht zuhause, ließ Sōta seinen Trotz auch an seinem Vater aus. Eigentlich hätte Kido darauf vorbereitet sein müssen, doch Sōtas Widerspenstigkeit brachte ihn völlig aus der Fassung; er bewarf ihn mit den Socken, die er nicht anziehen wollte, legte ihm die Hand auf den Kopf und brüllte: »Jetzt reicht's!«

Dass er ihm die Hand auf den Kopf gelegt hätte, war vielleicht nicht die richtige Beschreibung. Seine ermahnende Geste war tatsächlich eher ein Schlag auf Sōtas Kopf gewesen. Um den Schlag etwas zu vertuschen, hatte er seine Hand auf dem Kopf liegen lassen. Sōta hörte auf zu weinen, er schien verängstigt. Kido sah auf seine Hand, mit der er seinem Sohn im Zorn begegnet war. In der Kraft, die er darin spürte, war alles, was er an Gewalt verabscheute. Er hatte das Gefühl, als habe sich ein widerwärtiger Abgrund in ihm aufgetan. Er ging kurz aus dem Zimmer, dann nahm er Sōta, der sich mit rotem Gesicht schluchzend die Socken anzog, in die Arme und tröstete ihn. Auf dem Weg zum Kindergarten sprachen sie kein Wort, doch als Kido seinen Sohn mit den anderen

Kindern weglaufen sah, bereute er, was er getan hatte. Er kam sich erbärmlich vor.

Wenn er bei Scheidungsprozessen mit Fällen von Kindesmisshandlung zu tun hatte, taten ihm natürlich vor allem die Kinder leid; doch auch für die Eltern empfand er ein gewisses Mitgefühl, da sie in Verhältnissen groß geworden waren, die zu solcher Gewalt führten, und unter Bedingungen lebten, in denen sie dieser nicht entkamen – vollkommen anders als er. Jetzt aber dachte er zum ersten Mal ernsthaft darüber nach, ob nicht auch er, sollte er noch unglücklicher mit seinem Leben sein, zu den Eltern gehören könnte, die ihre Kinder schlugen. Diese Vorstellung traf ihn tief in seinem Selbstverständnis. Am Ende hatte er Sōta zwar in die Arme genommen und besänftigt, aber auch das passte in das typische Bild häuslicher Gewalt, bei der Phasen der Gewalt oft von Phasen überschwänglicher Versöhnung abgelöst wurden.

Als Kido um kurz nach sechs beim Kindergarten ankam, der im Bahnhofsgebäude der Motomachi-Chūka-Station lag, räumte Sōta noch schnell die Bauklötze zusammen, mit denen er und seine Freunde gespielt hatten. Dann kam er ihm über das ganze Gesicht strahlend entgegengelaufen. Die Erzieherinnen erzählten, dass es keine besonderen Probleme gegeben habe, und nachdem Sōta eine Weile gebraucht hatte, um sich liebevoll von seinen Freunden zu verabschieden, machten sie sich auf den Nachhauseweg.

Draußen wehte ein kräftiger Wind vom Meer her. Es war so dunkel, dass von den Bäumen am Straßenrand nur noch die Umrisse zu sehen waren, und die weihnachtlichen Lichterketten, die an den Ästen funkelten. Sie ließen das belebte Motomachi-Viertel hinter sich, und als sie an einer Ampel warten mussten, sahen sie einen Mann, der immer wieder gegen einen Laternenmast trat. Kido griff unwillkürlich stärker nach Sōtas Hand und wich ein paar Schritte zurück. Sobald die Ampel auf Grün wechselte, liefen sie los, der Mann aber blieb stehen und war bald nicht mehr zu sehen. Sōta sagte nichts, aber auch ihm schien bange zu sein, er lief mit schnellen Schritten neben seinem Vater her.

An jeder Ampel, an der sie stehen blieben, spürten sie den kalten Wind, der durch die Häuserfluchten pfiff. Kido knöpfte seinen Mantel zu und sah besorgt auf Sōtas Fingerspitzen, die zwischen seinen eigenen Fingern hervorschauten.

»Ist dir kalt? Alles in Ordnung?«, fragte er ihn.

»Ja ... Weißt du, Papa?«

»Was denn?«

»Wieso kann Ultraman *Schuwatch* schreien? Er kann doch seinen Mund nicht bewegen.«

»Hm, das weiß ich auch nicht.« Kido sah lachend zu seinem Sohn hinunter, der ihm eifrig und mit großen Augen erklärte, wie seltsam er das fand.

»Na ja ... Aber Ultraman kann ja auch fliegen und sein Specium Ray abfeuern, er kann lauter Sachen, also fällt es ihm wahrscheinlich auch nicht schwer zu sprechen, ohne den Mund zu bewegen«, sagte Kido und hielt das für eine intelligente Antwort, doch Sōta schien sein Argument nicht einzuleuchten.

Zuhause angekommen, aßen sie Spaghetti Bolognese und Hamburger-Steaks, die Kido aufgetaut hatte. Und bevor sich Sōta an sein abendliches Fernsehprogramm machte, setzte ihn Kido auf seine Knie und entschuldigte sich bei ihm. »Tut mir leid, dass ich dich heute Morgen angeschrien habe.«

Sōta ließ nur kurz ein »Ja« hören und nickte. Er wollte offensichtlich so schnell wie möglich fernsehen.

»Ich hatte Angst, zu spät zur Arbeit zu kommen, ich musste mich beeilen. Du magst es ja auch nicht, wenn du zu spät zum Kindergarten kommst, stimmt's? Deswegen bin ich böse geworden.«

»Ja.«

»Morgen früh – guck mich an – bereiten wir alles so vor, dass wir pünktlich sind.«

»Ja.«

»Okay, mehr müssen wir nicht besprechen. Jetzt darfst du fernsehen«, sagte Kido. Er strich seinem Sohn noch einmal über den Kopf und drückte seinen kleinen Körper fest an sich.

Nach dem Bad brachte er Sōta ins Bett, löschte das Licht und legte sich noch einen Moment neben ihn.

»Papa?«, fragte Sōta.

»Was denn?«

»Wenn es jemanden gibt, der genauso aussieht wie ich, erkennst du dann, welcher ich bin?«

»Wieso fragst du das?«

Sōta erzählte, dass sie im Kindergarten ein Bilderbuch von Anpanman vorgelesen bekommen hätten, in dem Baikinman sich als falscher Anpanman verkleidet hatte.

»Ah, jetzt versteh ich. Natürlich würde ich dich erkennen. Du bist ja mein Sohn.«

»Aber wieso kannst du mich dann erkennen?«

»Das sehe ich. Und ich kenne deine Stimme.«

»Aber wenn der Andere genauso aussieht wie ich und dieselbe Stimme hat?«

»Dann ... dann würde ich dich nach deinen Erinnerungen fragen, zum Beispiel, wo wir letztes Jahr im Sommer zusammen hingefahren sind.«

»Nach Hawaii!«

»Genau. Auch wenn dich jemand noch so gut nachmacht, er kann sich nicht an dasselbe wie du erinnern, stimmt's?«

»Verstehe. Sehr gut, Papa! Und wenn jemand so aussieht wie du, muss ich ihn also auch fragen, an was er sich erinnert?«

»Richtig.«

»Also … Hast du, als wir auf Hawaii waren, ein Steak gegessen, das so groß war wie ein Schuh, oder nicht?«

»Hab ich. Aber wenn du so genau fragst, kann mein Doppelgänger die Antwort vielleicht erraten.«

Sie unterhielten sich noch eine Weile, aber schließlich wurden die Abstände zwischen dem, was sie sagten, immer größer, bis Kido schließlich den Atem seines schlafenden Sohnes neben sich hörte. Er wartete noch kurz, dass das Atmen tiefer wurde, dann stand er auf, deckte Sōta noch ordentlich zu und schlich sich leise aus dem Zimmer.

An diesem Abend beschloss Kido, endlich den Weihnachtsbaum zu schmücken. Ein Vorhaben, das er lange aufgeschoben hatte; er schob die schöne CD des Jazz-Duos Togashi Masahiko und Kikuchi Masaaki ein und machte sich ans Werk. Als er die Pappkartons öffnete, blitzten ihm der silberne und goldene Weihnachtsschmuck und die Lichterkette so entgegen, wie er sie ein Jahr zuvor eingeräumt hatte.

Rie hatte ihn genau vor einem Jahr wegen X um Rat gefragt, kam es ihm in den Sinn. Wie schnell die Zeit vergangen war. Er dachte an den Abend, als er Sōta zu Bett gebracht und danach allein im Wohnzimmer Wodka getrunken hatte, und er erinnerte sich, wie glücklich er gewesen war, und fragte sich, was das zu bedeuten hatte.

Er setzte den künstlichen Baum zusammen, stellte ihn vor das Fenster, hängte Sterne und Kugeln an die Zweige und befestigte zum Schluss noch die LED-Lichterkette. Alles in allem brauchte er etwa eine Viertelstunde. Dann knipste er die Lichterkette an, dimmte das Wohnzimmerlicht und betrachtete den Baum aus einiger Entfernung. Im Balkonfenster entdeckte er sein Spiegelbild. Da stand er, allein im Zimmer.

Er überlegte gerade, sich einen Drink zu holen, als *All The Things You Are* ertönte, das Kikuchi ungewöhnlicherweise als reines Klavierstück vortrug. Das Tempo schien die Zeit langsam aufzulösen. Tropfen für Tropfen perlte die Melodie dahin, hell und klar, sie breitete sich in Wellen in dem stillen Raum aus. Kido achtete nicht auf die Melodie, er lauschte vielmehr mit verhaltenem Atem dem Verschmelzen der antizipierten und nachhallenden Töne, dabei beobachtete er, wie die Lichter am Weihnachtsbaum, einem bestimmten Muster folgend, aufblinkten und wieder erloschen.

Kurz darauf piepste sein Handy, das auf dem Tisch lag, er hatte eine Nachricht bekommen. Es war Kaori. »Alles in Ordnung bei euch? Ist Sōta brav?« Sie meldete sich für gewöhnlich nicht oft, wenn sie auf Geschäftsreise war. Vielleicht war es ihre Art, ihre Sorge wegen der Streitereien in letzter Zeit zum Ausdruck zu bringen. Kido freute sich über die beiden Zeilen, er hoffte, dass ihr die Abwechslung guttun würde. Seit sie erzählt hatte, dass sie jetzt einen neuen, allgemein beliebteren Chef hätten, hatte sie sich nicht mehr über die Arbeit beklagt.

Kido schrieb zurück: »Ja, alles in Ordnung. Sōta ist brav. Viel Erfolg auf deiner Reise!«; er setzte noch ein Emoji dahinter, was auch eher selten vorkam. Daraufhin bekam er ein Bild einer ihm unbekannten, lächelnden Figur mit der Aufschrift *Thank You!!* zurück. Kido hatte seine Frau das ganze Jahr nicht so lächeln gesehen wie diese Figur.

Er spielte eine Weile mit seinem Handy herum. Dann fielen ihm Misuzu und ihre *Drei Siege, vier Niederlagen* ein. Ihm war klar, dass er Misuzu mochte. Aber er hatte von Anfang an vermieden, den Kontakt in irgendeiner Weise zu verstärken. Es wäre so oder so unrealistisch, und er hatte es auch nicht ernsthaft in Erwägung gezogen, aber diese Frau schürte in ihm das Verlangen, sich zumindest vorzustellen, wie es wäre, mit ihr zusammen zu sein. Wenn er mit Misuzu schrieb, überkam ihn ein unvergleichliches Wohlempfinden. Jedes Mal, wenn er diese lässige Frau, die immer fröhlich lachte, auf ihrem Facebook-Account betrachtete, stellte er sich vor, wie es wohl wäre, sie tagtäglich an seiner Seite zu wissen. Was, wenn er sie geheiratet hätte und sie Sōtas Mutter wäre? Doch in dieser Welt war das nicht mehr möglich; er stellte es sich vor wie das Leben eines anderen Menschen, in einer anderen Welt.

In jüngeren Jahren wäre er bestimmt nicht, selbst wenn er schon verheiratet gewesen wäre, so umsichtig und zurückhaltend gewesen, dachte Kido. Jetzt aber hielt sich das, was ihn früher angetrieben hätte – seine sexuelle Lust nämlich –, feige zurück und wäre nur einsatzbereit, wenn er unbedingt darauf bestand. Konnte das dieselbe sexuelle Lust sein, die er in seinem sexlosen Leben eigentlich so sehr vermisste? Wie beschwerlich aber erschien es ihm jetzt, sein Verlangen anzuheizen. Früher, mit Mitte, Ende zwanzig hätte er eine solche Antriebslosigkeit für einen Vorwand, eine Lüge gehalten …

Wie dem auch sei, jetzt in seinem Alter in einer schwärmerischen Anwandlung plötzlich alles, was er sich aufgebaut hatte, zu zerstören, um mit Misuzu ein neues Leben zu beginnen, war so ungefähr das genaue Gegenteil eines Lebens, das ihrem so beeindruckenden Prinzip folgte: *Drei Siege, vier Niederlagen.*

Zum ersten Mal fragte sich Kido, ob X am Ende nicht vielleicht doch ein ganz gewöhnlicher Mann gewesen war, der sich in seinem Leben einfach nur gelangweilt hatte.

Wenn es stimmte, dass die Menschen erst durch ihre Erinnerungen sie selbst werden, konnte man dann nicht, indem man sich die Erinnerungen eines Anderen einverleibte, zu jemand Anderem werden?

Vielleicht hat X ja auch nachts alleine dagesessen, seines Lebens überdrüssig, und ist im Internet auf Omiura gestoßen. Mit einem Mord hat das nichts zu tun. Was, wenn er sich einfach nur leichtsinnig für ein aufregenderes Leben entschieden hat?

Doch seit seiner Begegnung mit dem zwielichtigen Omiura gerieten Kidos einfühlsame Unschuldsvermutungen X gegenüber ins Wanken. Kido hielt es für immer wahrscheinlicher, dass er in ein Verbrechen verwickelt war. Er hatte im Internet nach Sonezaki Yoshihiko gesucht, dessen Namen Omiura auf die Brust der nackten Frau auf dem Bild geschrieben hatte, aber nichts über ihn herausfinden können, geschweige denn über sein Strafregister.

Dann wieder war er umgekehrt überzeugt davon, dass Taniguchi Daisuke, der wegen des Streits in der Familie seine Identität zu tauschen bereit war, ein friedfertiger Mensch gewesen sein musste. Oder war er vielleicht auch nur auf Geld aus gewesen?

Für Rie machte das keinen Unterschied. Und auch Kido dachte nun ernsthaft daran, das sinnlose Detektivspiel zu beenden und dafür zu sorgen, dass sein Familienleben wieder in Ordnung kam. Dann aber, zwei Wochen später, stieß er aufgrund unerwarteter Ereignisse auf die wahre Identität von X.

Es geschah in einer Nacht, in der er wieder seinem »Detektivspiel« verfallen war – obwohl er doch gerade glaubhaft beschlossen hatte, ihm endlich zu entsagen.

13 Es war drei Tage vor Weihnachten, in der Stadt herrschte eine aufgedrehte Vorfreude. Kido war nachmittags bei einem Termin am Landgericht Tōkyō gewesen und hatte danach noch eine kleine, neben dem Kaufhaus Tōkyū in Shibuya gelegene Galerie besucht. Ein befreundeter Anwalt namens Sugino, der sich leidenschaftlich für die Abschaffung der Todesstrafe einsetzte, hatte an einer Ausstellung mit Bildern von zum Tode verurteilten Strafgefangenen mitgearbeitet und Kido zu der Eröffnung eingeladen.

Kido war zwar auch gegen die Todesstrafe, engagierte sich aber nicht direkt für deren Abschaffung, und er hatte es auch nie mit einem Fall zu tun gehabt, bei dem die Todesstrafe gefordert worden war. Doch seit Omiura ihm aus dem Gefängnis seine verrückten Postkarten geschickt hatte, interessierte er sich für Bilder von Strafgefangenen. Omiura war nur ein trauriger Schwindler, eine Witzfigur, aber was, ging es Kido durch den Kopf, würde er für Bilder malen, wenn er zum Tode verurteilt wäre?

Die Galerie war im fünften Stock eines Gebäudes, in dem

sich auch mehrere Restaurants befanden. Für den Abend war für Tōkyō und die Umgebung Schnee angesagt, und als Kido mit seinem Schirm vom Bahnhof Shibuya zur Galerie lief, landeten auf seinem Mantel lauter weiße Flocken. Seine Wangen waren außen taub vor Kälte, doch da er schnell lief, glühten sie innerlich fast.

Kido klopfte sich vor dem Eingang der Galerie den Schnee vom Mantel, und Sugino begrüßte ihn lachend mit den Worten: »Ganz schön kalt, was?« Er entschuldigte sich, dass er ihn bei diesem Wetter hergelockt hatte. Später war noch eine Diskussion zu den ausgestellten Werken vorgesehen, die Sugino moderieren wollte.

Der weiße Holzfußboden der Galerie war nass vom Schnee, den die Besucher mit ihren Schuhen hereintrugen, eine Frau etwas weiter vorne rutschte aus und wäre fast hingefallen. In dem etwa 100 Quadratmeter großen Raum war es erstaunlicherweise ziemlich voll. Auch die Stühle für das anschließende Gespräch waren schon aufgestellt. Kido legte seinen Mantel auf einen der hinteren Stühle; denn er würde sich etwas früher rausschleichen, um noch heil mit der Bahn nach Hause zu kommen.

Die ausgestellten Bilder stammten von über zehn Personen. Es waren große Formate darunter, aber auch welche, die klein wie Postkarten waren. Kido beäugte die zusammengeklebten Papiere und die sparsam aufgetragene Farbe und vermutete, dass die Künstler nur in begrenztem Maße über Materialien verfügt hatten. Neben den Werken waren die Titel und die Namen der Künstler sowie die Bezeichnung ihrer Verbrechen zu lesen. Ausführlichere Beschreibungen gab es nicht, aber Kido sah, dass einige Besucher vor den Bildern standen und auf ihren Handys offensichtlich nach Informationen suchten.

Gleich am Eingang hing ein aus zwei übereinandermontierten, etwa 50 Zentimeter langen Bildern bestehendes Werk. Auf dem unteren Teil war ein riesiger aus Ziegeln gebauter leerer Brunnen zu sehen, auf dessen Boden eine nackte Frau kniete, die versuchte, die Mauer hinaufzuklettern. Das obere Bild war die Fortsetzung des unteren, weit über dem Kopf der Frau waren der blaue Himmel zu sehen, ein paar grüne Gräser und Blumen sowie das sanft einfallende Sonnenlicht. Wahrscheinlich zeigte es den Blick aus dem Fenster der Haftanstalt. Die beiden Bilder waren jeweils aus mehreren Papieren in B4-Format zusammengeklebt, und während sich im oberen Teil noch eine wenn auch verzweifelte Sehnsucht nach der fernen Freiheit zeigte, offenbarte die im Kontrast zu dem blendenden Sonnenlicht nach unten hin zunehmend schwärzere Finsternis im Brunnen das reinste Elend. Das Bild, das auch auf dem Flyer zur Ausstellung abgedruckt war, stammte von einer Frau, die mit ihrem Mann einen Petshop besessen hatte; sie hatten gemeinsam vier ihrer Kunden ermordet und deren Leichen verschwinden lassen. Die Frau behauptete seit ihrer Festnahme jedoch steif und fest, zu Unrecht des Mordes beschuldigt zu werden. Der Fall hatte für einiges Aufsehen gesorgt.

Auf dem Bild daneben war ein Stück Waldboden im Frühherbst zu sehen, man erkannte frische Kiefernzapfen und grünes Laub, Ameisen bahnten sich ihre Straßen. Befremdlich waren jedoch die unzähligen Handgranaten inmitten der Szenerie. Dazu waren helle nackte Füße einer Frau zu sehen, die das Waldstück zu durchqueren versuchten. Auch auf dem Bild mit dem leeren Brunnen waren Kido die nackten Füße der Frau aufgefallen. Auf dem dritten Ausstellungsstück derselben Künstlerin – es war eher ein Plakat, dessen Kunstfertigkeit Kido sehr beeindruckte – proklamierte die Frau ihre Unschuld in geschriebenen Worten.

Das nächste Werk bestand aus zehn Bildern, die eine Frau, die wegen einer Massenvergiftung verurteilt worden war, auf Shikishi-Pappen gemalt hatte. Auch sie behauptete, zu Unrecht beschuldigt worden zu sein, und verlangte nach einer Wiederaufnahme des Verfahrens beim Obersten Gericht. Während ein Paar vor Kido weiterging, blieb er vor einem fast schwarzen Bild stehen, in dessen Mitte eine dicke rote Linie zu sehen war, die in einem Bogen bis zum unteren Bildrand führte; blutige Tränen tropften herunter. Wie Kido aus der Erläuterung auf der Website wusste, stellte die horizontale Linie in der Mitte die Wunde dar, die das Seil beim Erhängen am Hals hinterließ, die Tropfen wiederum standen für die Tränen der Familie. In dem blauen Bild daneben war in der Mitte ein kleines Viereck gemalt, so groß wie eine Bohne, mit einem roten Kreis darin. Laut der Erklärung sollte damit das Gefühl des Eingesperrtseins und der Einsamkeit in der Zelle ausgedrückt werden, von der aus kein blauer Himmel zu sehen war. Die Frau hatte ihre Angst vor dem Tod und ihre Klage, fälschlicherweise beschuldigt worden zu sein, auf den fast quadratischen Shikishi-Pappen festgehalten; und auch wenn man vielleicht nicht von großer Kunst sprechen konnte, was auch an den begrenzten Malutensilien lag, übten die Bilder einen großen Sog auf den Betrachter aus. Bei jedem einzelnen Bild stockte Kido der Atem; nachdem er alle zehn Bilder betrachtet hatte, musste er erst einmal tief Luft holen.

Kido hatte den Eindruck, dass die zehn Bilder eher in die Kategorie Grafikdesign gehörten. Er musste an die ästhetischen Qualitäten von Werbung denken, um sich gleich darauf zu fragen, ob nicht auch der Werbecharakter künstlerischer Darstellungen diskutiert werden müsse. Grafikdesign in der Werbung zielte ja darauf ab, über bestimmte Gegenstände zu informieren, wobei es sich sowohl um Veranstaltungen als auch um Konsumgüter handeln konnte. Würden wir nichts von diesen Dingen erfahren, würden sie gewissermaßen totgeschwiegen, als gäbe es sie gar nicht. Plakate richteten ihren Appell mithilfe der Macht der Ästhetik an den Betrachter: »Seht her, was es alles gibt!«, und schließlich wurden sie selbst zur Kunst erhoben. Doch machte nicht jeder künstlerische Ausdruck, letzten Endes – unabhängig von Kapitalismus und Massenkonsumgesellschaft – Werbung für etwas? Nehmen wir zum Beispiel die Vase mit den lodernd gelben Sonnenblumen. Ein Pferd trabt über eine Wiese. Ein einsames Leben. Das Elend der Kriege. Ein Mensch hasst sich selbst. Ich liebe jemanden. Und ich werde von niemandem geliebt ...

Kido sah auf die Uhr und beschleunigte seinen Schritt.

Die Bilder der Todeskandidaten waren erstaunlich vielfältig. Nicht eines war wie das andere, manche hatten etwas Illustratives, andere waren in Manga-Art gemalt, es gab Drachen und Karpfen, die wie Vorlagen für Tätowierungen wirkten, Kopien berühmter Gemälde und auch surrealistische Bilder; auf einem hatte der Künstler penibel eine Liste der Einlagen in der Misosuppe aufgeführt, die es dreimal am Tag im Gefängnis zu essen gab. Natürlich unterschieden sich die Bilder in ihrer Fertigkeit, manche zeigten eindeutig Talent. Wahrscheinlich hatten sich auch eher die Talentierteren für das Projekt beworben.

Ein paar der Todeskandidaten hatten sich zu ihren Verbrechen bekannt und verurteilten mit ihren Werken die Unmenschlichkeit der Todesstrafe, manche aber, und das waren nicht wenige, hatten einfach gemalt, was sie malen wollten, Vögel, Blumen oder Katzen.

Kido hing noch immer der Idee nach, dass Bilder für etwas

werben wollten, obwohl er sich nicht sicher war, ob er den Gedanken weiterverfolgen sollte.

Unter denen, die behaupteten, zu Unrecht verurteilt worden zu sein, waren zu seiner Überraschung nur wenige, die die Verbrechen als solche leugneten. Sie erklärten nicht, sie nicht begangen zu haben, sondern waren vielmehr verzweifelt darum bemüht zu zeigen, dass sie keine schlechten Menschen seien. Sie negierten nicht ihre Taten, sondern protestierten um ihrer Existenz willen. Denn der Staat wollte ihre Existenzen zunichtemachen.

Einige der Bilder waren Kido fremd, andere waren so herzerwärmend und schön, dass er sich nicht vorstellen konnte, sie seien im Gefängnis gemalt worden, und dass die Künstler derart grausame Verbrechen begangen hatten. Vielleicht wollten sie mit ihren Bildern, unabhängig von ihren Körpern, die bald verschwinden würden, noch andere Spuren ihrer Existenz hinterlassen. Diese Bilder zeigten Seiten an ihnen, die niemand vermutet hätte und die, würden sie als Mörder hingerichtet, mit ausgelöscht würden. Angenommen, ein Mensch bestünde aus unterschiedlichen Teilen, dann warben diese Menschen in ihrer Todesangst verzweifelt für die Anteile ihrer Existenz, die nun gleichsam geopfert würden.

Kido wollte, bevor gleich die Diskussion begänne, noch die restlichen Bilder sehen und drängte sich, den anderen Besuchern ausweichend, entlang der verwinkelten Wände durch die Ausstellung.

Auf einem Bild, auf das Parolen wie auf einem Agitprop-Flugblatt gekritzelt waren – »Weg mit dem Sicherheitspakt«, »Es lebe die Diktatur des Proletariats« und »Keine Erhöhung der Mehrwertsteuer« –, entdeckte er eine Reihe von Zeichnungen nackter Frauen, wie man sie von Reklamezetteln für Sexclubs kannte. Kido traute seinen Augen nicht. Sowohl die Komposition als auch die Posen der Frauen mit der besonderen Betonung ihrer Brüste stimmten exakt mit denen auf den Postkarten überein, die Omiura ihm geschickt hatte. Oder andersherum: Omiura musste sie abgemalt haben. In der Mitte befand sich sogar eine Abschrift des Herz-Sutra, das Omiura so unbedingt hatte haben wollen.

Vielleicht hat Omiura die Ausstellung ja irgendwo gesehen? Oder hat er in einer Zeitschrift darüber gelesen? ... Kido musste daran denken, dass Omiura ihn als »I-di-ot« bezeichnet hatte. War er möglicherweise erbost gewesen, weil Kido so unsensibel und selbstbezogen gewesen war, dass er gar nicht gemerkt hatte, dass Omiura das Bild eines zum Tode Verurteilten abgemalt hatte?

»Nun ... Also ... Wir möchten langsam mit unserem Gespräch beginnen, und ich würde Sie daher bitten, Platz zu nehmen. Sie können sich die Ausstellung auch nachher noch ansehen.«

Kido wollte sich gerade zu seinem Stuhl begeben, da ließ ihn ein flüchtiger Blick auf das nächste Bild erstarren. Im Unterschied zu den heftigen Darstellungen der weiteren Todeskandidaten war auf diesem eine friedliche Landschaft zu sehen. Es gab Berge und Felder und einem Bach, der sich durch sie hindurchschlängelte. Das Ganze hatte etwas Kindliches und zugleich auch etwas Zurückhaltendes und Schlichtes. Es hingen noch weitere Bilder desselben Künstlers da, auf dem einen war ein in voller Blüte stehender Kirschbaum mit Vögeln zu sehen, auf dem anderen eine alte Straße mit einem Bretterzaun, Laternenmasten und einem Briefkasten. Kido überkam ein merkwürdiges Gefühl. Er glaubte, das Bild irgendwo schon einmal gesehen zu haben. Es war eine Landschaft, wie sie auch ein Mittelschüler im Kunstunterricht hätte malen können.

Hatte Omiura das Bild gemalt? Nein ... Aber woher kannte er es dann?

Gemalt hatte das Bild ein Mann, der 1985 in der Stadt Yokkaichi einen Mord durch Brandstiftung begangen hatte. Kido, der damals zehn Jahre alt gewesen war, erinnerte sich noch vage an den Vorfall. Er blieb noch einen Moment lang vor den Bildern stehen und fragte sich, ob er sich nicht viel zu viele Gedanken machte, dann ging er eilig zu seinem Platz.

Der Kunstkritiker, der die Ausstellung kuratiert hatte, begann jedes einzelne Bild zu erläutern, wobei er sehr darauf bedacht war, die Bilder als Kunstwerke zu betrachten. Sugino, der das Gespräch moderierte, schien der Maxime des Kurators zu folgen, und Kido beschloss, ihn später darauf anzusprechen. Als ihm langweilig wurde, dachte er an die Bilder, die er zuletzt angeschaut hatte. Er konnte sie über die Köpfe des Publikums hinweg nur undeutlich sehen.

Kido wollte sich eigentlich auf den Heimweg machen, da ihm das Schneewetter Sorgen bereitete. Das Gespräch war auf eine Stunde angesetzt, es blieben also noch 15 Minuten.

»Nun, uns läuft die Zeit davon, ich möchte Ihnen aber noch schnell ein Kunstwerk vorstellen ... Dieses Bild hier mit der etwas aufreizenden Nackten hat ein Mann gemalt, der in der Stadt Kitakyūshū einen Versicherungsmord mithilfe eines Strohmannes begangen hat. Es war ein sehr komplizierter Fall, den ich hier nur vereinfacht darstellen will: A, der Besitzer einer Snack-Bar in Kitakyūshū, fasste damals gemeinsam mit seinem Angestellten B den Plan, wegen seiner Schulden einen Versicherungsbetrug zu begehen. Sie ließen sich von einem gewissen Herrn adoptieren, der als Geldquelle dienen sollte, und waren somit Stiefbrüder. B schloss daraufhin eine Lebensversicherung mit beträchtlichem Umfang ab und machte A zu seinem Begünstigten, dann füllten sie einen Obdachlosen, der als Ersatz für B dienen sollte, mit Alkohol ab und ertränkten ihn anschließend. Sie wollten, indem sie den Strohmann ermordeten, die Versicherungssumme an sich bringen. Doch der Ermordete wies – und darin bestand ihr Fehler – weder dem Alter noch der Größe nach irgendwelche Ähnlichkeiten mit B auf, sodass die Polizei den Betrug sofort durchschaute. B, der bereits vorher einen Raubmord sowie Brandstiftung begangen hatte, wurde zum Tode verurteilt. Das Bild, das Sie hier sehen, hat er gemalt.«

Kido hatte dem Kunstkritiker nur mit halbem Ohr zugehört, und erst als er verstand, was mit »Versicherungsmord mithilfe eines Strohmanns« gemeint war, blickte er auf.

Sie tauschten die Identität des Obdachlosen also gegen die von B, sodass er als B ermordet wurde …

Kido spürte eine Gänsehaut auf den Armen, es war, als hätte ihn etwas berührt. Natürlich dachte er an X, der vorgegeben hatte, Taniguchi Daisuke zu sein. Er öffnete den Mund und blieb wie versteinert sitzen.

Das Bild, das ihn beschäftigte, war nicht das von der Nackten, das B gemalt hatte. Es war die Landschaft daneben. Und plötzlich wusste er auch, warum ihm das Bild so bekannt vorkam. *Es sieht genauso aus wie die Bilder von X …* Kido griff nach seinem Handy und suchte nach den Fotos, die er bei Rie von X' Hinterlassenschaften gemacht hatte. Er fand ein paar von den Skizzen, aber die dort abgebildeten Landschaften waren anders. Nur die Art zu zeichnen, war gleich. Kido spürte, wie das Herz in seiner Brust hämmerte, als wolle es ihm etwas sagen. Doch im nächsten Moment hatte er sich wieder gefasst und überlegte, was das bedeuten könnte.

Genau in diesem Augenblick wandte sich der Kunstkritiker mit seinen Erläuterungen dem Landschaftsbild zu. Das Bild stammte von einem zum Tode Verurteilten namens Kobayashi Kenkichi, das Urteil war vor 20 Jahren vollstreckt worden. Der sonderbaren Postkarte von Omiura zufolge hieß der Mann, für den X sich ausgegeben hatte, jedoch Sonezaki Yoshihiko. Aber woher wusste Omiura das?

Kido runzelte die Stirn und legte den Kopf zur Seite. Dass der Mann Sonezaki hieß, glaubte er ja auch nur, weil Omiura den Namen auf den Busen der Frau auf der Postkarte geschrieben hatte. Nur weil auf der rechten Brust »Taniguchi Daisuke« und auf der linken »Sonezaki Yoshihiko« stand, war ja noch nicht gesagt, dass die beiden ihre Identität getauscht hatten. Er erinnerte sich daran, dass Omiura die Schriftzeichen in einem Kreis um die Brust herum gezeichnet hatte, und dachte an die Zeile, die unten auf der Karte zu lesen war: »Ist der gutaussehende Herr Anwalt etwa blind? I-di-ot!« *Wieso hat Omiura mich als Idiot bezeichnet?*

War es nur ein Witz gewesen? Oder hatte Omiura ihm einen Hinweis geben wollen? Vielleicht hatte es etwas zu bedeuten, dass er das Bild eines Todeskandidaten, der wegen eines »Versicherungsbetrugs mit Strohmann« verurteilt worden war, abgemalt hatte. Hatte er möglicherweise die Ausstellung irgendwo gesehen, kannte er das Bild von diesem Kobayashi Kenkichi? War es das, was er zu sagen versuchte? Was war es? Kobayashi Kenkichi war ja schon lange tot …

Die Aufregung, die Kido eben noch gespürt hatte, hallte jetzt nur noch leer in ihm nach, er fühlte sich allein. Erst als die Leute klatschten, wurde ihm bewusst, dass das Gespräch zu Ende war. Nun hatte das Publikum Gelegenheit, Fragen zu stellen.

Der Großteil der Besucher schien die Abschaffung der Todesstrafe zu befürworten, sie stellten daher weniger Fragen, als dass sie ihre Eindrücke wiedergaben, einige waren sogar zu Tränen gerührt. Die meisten Äußerungen waren jedoch belanglos, mal bedankte sich jemand für die große Leistung bei der Organisation der Ausstellung, andere wollten wissen, was als Nächstes geplant sei, alle aber wählten ihre Worte mit größtem Bedacht.

Schließlich wurde ein Mann, der vor Kido saß und schon die ganze Zeit die Hand gehoben hatte, aufgefordert, die letzte Frage zu stellen. »Ich möchte mich für das ungemein wertvolle Gespräch bedanken und auch dafür, dass Sie mir die Möglichkeit zu einer Frage geben. Ich heiße Kawamura Shūichi und bin Sachbuchautor. Momentan schreibe ich ein Buch über die Familien der Opfer von Kapitalverbrechen.«

Kido kannte den jungen Mann nicht, aber in seinem weißen Hemd und dem marineblauen Pullover machte er einen seriösen Eindruck. Seine höfliche Ausdrucksweise klang so, als koste es ihn Überwindung zu sprechen, doch das Publikum wartete gespannt.

»Nun … möglicherweise schätze ich die Situation falsch ein, aber ich empfinde die Ausstellung als irreführend. Ehrlich gesagt, bin ich verärgert. Warum zeigen Sie nicht zuallererst die Bilder der Opfer? Warum versuchen Sie nicht, zuerst deren Gefühle zu verstehen und zu berücksichtigen? Bevor Sie Interesse für die Talente von zum Tode Verurteilten wecken, sollten Sie an die Talente der Ermordeten denken, daran, was sie für Träume hatten und was für schöne Menschen sie innerlich waren, meinen Sie nicht? Hatten sie etwa Muße, Bilder zu malen, bevor sie getötet wurden? Es heißt immer, die Todesstrafe sei grausam, aber diese Menschen haben sie verdient! Warum gestattet man ihnen den Luxus, frei ihre

Bilder zu malen? Anderen Menschen, die sich auch gern zum Ausdruck gebracht hätten, haben diese Menschen die Freiheit genommen. Wenn man nur die hier ausgestellten Bilder betrachtet, ohne dieses Problem zu berücksichtigen, können einem die Todeskandidaten wirklich leidtun. Aber so einseitig darf man das nicht sehen. Müssten Sie nicht zumindest mehr Informationen über die grausamen Verbrechen bereitstellen, die diese Menschen begangen haben?! Nur bei etwa 0,2 % der begangenen Morde wird die Todesstrafe verhängt. Was diese Menschen getan haben, verdiente also keine mildernden Umstände! Sie dürfen auch nicht lediglich an die Opfer denken, sondern auch an das Leid ihrer Familien, der Freunde und all der Menschen, die sie geliebt haben! Mit Ihrer Ausstellung verletzen Sie die Gefühle all dieser Personen. Mehr habe ich dazu nicht zu sagen.«

Der junge Mann sprach mit bebender Stimme und ohne Unterbrechung, dann ließ er sich auf seinen Stuhl fallen. Als er das Mikrofon einem der Mitarbeiter reichte, kam es zu einem Rückkopplungseffekt, ein schrilles Fiepen zerriss die Stille. Auf den hinteren Plätzen klatschten ein paar Besucher, andere auf den vorderen Reihen drehten sich zu ihnen um.

Der Mann stand noch einmal auf, als sei ihm plötzlich etwas eingefallen. »Übrigens wollte ich noch hinzufügen, dass es natürlich ein großes Problem ist, wenn Menschen aufgrund falscher Beschuldigungen zum Tode verurteilt werden. In diesem Fall bin auch ich gegen die Todesstrafe«, sagte er und setzte sich wieder.

Kido hatte es ebenfalls gestört, dass die Opfer keinerlei Erwähnung gefunden hatten, es war richtig, dass jemand das problematisierte. Er hatte sich bereits vorgenommen, Sugino später darauf anzusprechen, wenn niemand etwas sagen sollte. Die Tatsache, dass er in der Bewegung zur Abschaffung der Todesstrafe bisher nicht aktiv geworden war, hatte auch mit dieser Leerstelle zu tun.

Sugino verzog keine Miene, er nickte nur. Er schien Kawamura zu kennen. »Ich denke, dass wir hier zwischen gesetzlich garantierten Rechten und unseren Gefühlen unterscheiden müssen. Juristisch beruht das japanische Strafrecht nicht auf der absoluten, sondern auf der relativen Vergeltungstheorie. Die Vorstellung, Gleiches mit Gleichem zu vergelten, oft auch als *Auge um Auge* beschrieben, ist in Wirklichkeit ein Kontrollprinzip, das dafür sorgen soll, dass die Vergeltung, die zu emotionalen Exzessen neigt, keinen übermäßigen Schaden anrichtet. Mit dem modernen Strafrecht wurde die körperliche Bestrafung der Art von *Auge um Auge* durch die Freiheitsstrafe ersetzt. Das heißt, sollte beispielsweise in einem Fall von Körperverletzung das Opfer erblinden, würden dem Täter deswegen nicht die Augen ausgestochen. Das Opfer wird zwar nicht mehr in der Lage sein, die Schönheit der Welt zu erblicken, doch der Täter kann dies dann nach wie vor ohne Einschränkung tun. Dafür wird eine Freiheitstrafe verhängt und die Freiheit des Täters entsprechend der Schwere des Verbrechens eingeschränkt. Das System der Todesstrafe weicht von dieser modernen Regelung ganz und gar ab. Ich verstehe gefühlsmäßig, was Sie sagen. Ihrer Logik nach dürfte es, da das getötete Opfer seine gesamte Freiheit eingebüßt hat, dem zum Tode Verurteilten nicht erlaubt sein, überhaupt noch etwas zu fühlen oder zu denken …«

»Genauso ist es. Das Todesurteil müsste sofort vollstreckt werden. Jede Sekunde ist aus Sicht der Opfer ein nicht hinzunehmendes Unrecht«, erwiderte Kawamura, diesmal ohne Mikrofon.

»Ich bin absolut dagegen, eine körperliche Bestrafung in Form der Todesstrafe als Ausnahme anzuerkennen«, gab Sugino zurück. »Und solange die zum Tode Verurteilten leben, trete ich auch für das Recht minimaler Betätigung ein, von denen eins das künstlerische Schaffen darstellt. Da kommt auch die Gesellschaft ins Spiel. Eine Ausstellung mit Bildern der Opfer und ihrer Familienangehörigen wäre zweifellos ebenfalls interessant, aber das sollten meiner Meinung nach diejenigen organisieren, die deren Familien beistehen.«

Kawamura schüttelte bei Suginos Worten mehrfach in heftiger Ablehnung den Kopf, doch er äußerte keine Einwände mehr. Er saß starr da, man sah, wie aufgebracht er war. Kido konnte seinen Widerstand gegen Sugino verstehen – auch wenn dessen Antwort rechtshistorisch richtig war. Sugino, der bei der Diskussion keine Miene verzogen hatte, war ein ungewöhnlicher Mann. In seiner Zeit als Rechtsreferendar hatte er bei den Richtern hohes Ansehen genossen; sie hätten ihn gern für ihr Amt gewonnen, doch er hatte sich am Ende für den Beruf des Anwalts entschieden.

Nachdem die Diskussion beendet war, zog sich Sugino mit dem Kunstkritiker in einen hinteren Raum zurück, und während die anderen Zuschauer dem Ausgang zustrebten, stellte sich Kido vor das Landschaftsbild, um auf seinen Freund zu warten.

Der eben vernommenen Erklärung zufolge hatte Kobayashi Kenkichi nicht nur einen Bauunternehmer und dessen Frau getötet, sondern auch ihren einzigen Sohn, der damals in die sechste Grundschulklasse ging. Kido hätte nie gedacht, dass solch ein Mann so malen könnte, obwohl er wusste, dass dieser Gedanke naiv war.

Während sich die Galerie langsam leerte und Kido auf seinem Handy nach Informationen über Kobayashi Kenkichi suchte, kam Sugino auf ihn zu. »Entschuldigung, dass ich dich habe warten lassen. Und danke, dass du bis zum Schluss geblieben bist!«

»Ich danke dir! Das war sehr aufschlussreich.« Kido wollte gerade sein Handy in die Tasche stecken, als sein Blick an einem Foto hängen blieb. Es war X. Kido überflog den Text, der unter dem Foto stand. Dann hielt er seinem Freund, der dachte, Kido checke gerade seine Mails, das iPhone hin. »Sieh mal ...«, sagte er.

»Ah, das ist der Mann, der das Bild hier gemalt hat, Kobayashi Kenkichi«, antwortete Sugino.

Kidos Blick wechselte nachdenklich zwischen dem Foto und dem Bild hin und her.

Der Mann auf dem Foto war nicht X; aber er sah ihm sehr ähnlich. Es blieb nur eine Vermutung, doch Kido war so verwirrt und aufgeregt, dass er keinen klaren Gedanken mehr fassen konnte.

14 Sugino zufolge hatte Kobayashi Kenkichi einen Sohn gehabt, der mit Vornamen Makoto hieß und mittlerweile wohl den Nachnamen seiner Mutter, die seit ihrer Scheidung Hara hieß, angenommen hatte. Demnach musste er Hara Makoto heißen.

Kobayashi Kenkichi hatte den Mord 1985 in der Stadt Yokkaichi in der Mie-Präfektur begangen. Er war ein typischer Spieler gewesen, und als ihm wegen der Spielschulden das Wasser bis zum Hals stand, hatte er seinen Bekannten, einen Bauunternehmer, aufgesucht und ihn um 100 000 Yen angefleht. Dieser verweigerte ihm das Geld. Daraufhin war Kobayashi äußerst erregt nach Hause gegangen, kehrte in der Nacht jedoch noch einmal zurück. Er brach in das Haus ein, erstach den Bauunternehmer, dessen Frau und den Sohn mit einem Küchenmesser und steckte, um alle Beweismittel zu zerstören, das Haus in Brand.

Kido konnte sich vage an den brutalen Vorfall erinnern; dieser Makoto, der Sohn des Mörders, war zufällig auch 1975 geboren, also gleich alt wie er selbst. Lebhaft stellte er sich vor, wie es für den Viertklässler gewesen sein musste, als er erfuhr, dass sein Vater einen Mord begangen hatte. Vor Kidos Auge tauchten die Gesichter seiner eigenen Klassenkameraden auf, er erinnerte sich, wie sie miteinander gespielt hatten.

In Presse und Fernsehen war damals viel über den Mord berichtet worden. Kobayashis Ehefrau war wegen des Medienansturms schon bald mit ihrem Sohn Makoto fortgezogen. Danach war Makoto anscheinend eine Weile lang in einem Kinderheim in der Stadt Maebashi gewesen. Dann verlor sich seine Spur.

Dieser Hara Makoto, auf den er durch Suginos Erklärung gestoßen war, hatte seit 2006 gewohnheitsmäßig Ladendiebstähle begangen und wurde, nachdem er mehrfach erwischt und angezeigt worden war, 2008 zu einer einjährigen Gefängnisstrafe verurteilt, die auf drei Jahre Bewährung ausgesetzt wurde. Während der Bewährungszeit war er erneut wegen Ladendiebstahls festgenommen worden und musste eineinhalb Jahre in Haft. Kurz nach seiner Entlassung wurde er wegen ähnlicher Vergehen zum dritten Mal schuldig gesprochen. Anfang dieses Jahres hatte er nun auch diese Strafe endlich verbüßt. Schon nach dem ersten Urteil war der Fall in einer Sondernummer der Wochenzeitschrift *Verbrechen und Danach* beschrieben worden, als Beispiel für eine typische Täterfamilie.

Der Artikel war in Ausschnitten auf einer von Kriminal-Fanatikern betriebenen Website erschienen, die Kido bei seinen Nachforschungen entdeckt, bisher aber gemieden hatte, da sie ihm in ihrer geschmacklosen Mischung aus Gerüchteküche und nicht nachgewiesenen Fakten nicht sehr vertrauenswürdig erschien. Von Hara war dort nur unter Pseudonym die Rede, doch die Betreiber hatten schon zuvor bekannt gemacht, dass Kobayashis Sohn den Nachnamen seiner Mutter angenommen hatte.

In dem Artikel war der Lebenslauf von Hara Makoto nachgezeichnet, und Kido erfuhr zu seiner Überraschung, dass dieser nach seiner Zeit im Kinderheim eine Weile lang einem Boxverein in Kita-Senju angehört und mit diesem sein Debut als Profiboxer gegeben hatte. 1997 hatte er sogar den Sieg im Bantam-Gewicht beim East Japan Rookie King Tournament geholt. Da Kido sich in Kampfsportarten etwas auskannte, wusste er, dass das eine große Sache war. Doch Hara schien unter psychischen Problemen zu leiden, und kurz vor Beginn des All Japan Rookie King Tournament zog er seine Teilnahme plötzlich zurück und verschwand. In den nächsten zehn Jahren schlug er sich mit Gelegenheitsjobs durch, doch wo immer er auftauchte, verbreitete sich sofort das Gerücht, dass er der Sohn eines Mörders sei, sodass er nirgendwo lange blieb. 2006 wurde er zum ersten Mal wegen Ladendiebstahls erwischt, und bald war daraus eine Gewohnheit geworden.

Das gnadenlose Fazit des Autors des Zeitschriftenartikels, der für den Menschen Hara Makoto durchaus Mitleid empfand, war, dass kriminelle Neigungen wohl genetisch vererbt würden.

Eine Anwältin namens Kadosaki, die sich mit Sugino in der Initiative zur Abschaffung der Todesstrafe engagierte, war zufälligerweise auf den Artikel über den Sohn von Kobayashi Kenkichi gestoßen, dessen schweres Schicksal ihr zu Herzen ging. Sie vertrat ihn bei seinem zweiten Prozess wegen Ladendiebstahls. Vor Gericht hob sie seinen familiären Hintergrund sowie seine Krankenhausbehandlungen hervor und führte die wiederholten Ladendiebstähle auf eine psychische Erkrankung zurück, doch im Urteil wurden ihre Einlassungen nicht berücksichtigt. Frau Kadosaki zufolge litt Hara unter Kleptomanie, und da ein Rückfall zu befürchten war, hatte sie ihn nach seiner Entlassung einem Arzt vorgestellt; sie stand auch selbst in lockerer Verbindung zu ihm.

Im Internet konnte Kido kein Foto von Hara Makoto finden, und als er auf Suginos Vermittlung hin Frau Kadosaki anrief und nach Haras Aussehen fragte, beteuerte diese, dass er seinem Vater nicht ähnlich sähe. Kido fragte sie im Verlauf des Telefongesprächs noch, in welchem Gefängnis Hara eingesessen habe, und konnte es kaum fassen, als er ihre Antwort hörte.
»Er war im Gefängnis in Yokohama.«
»Was? ... In Yokohama?«
»Ja. Das ist doch bei Ihnen in der Nähe, nicht wahr?«
»Das stimmt, aber vor allem ...« Es war dasselbe Gefängnis, in dem auch Omiura einsaß. Das war im Prinzip nicht weiter verwunderlich, denn es gab nicht viele Haftanstalten im Verwaltungsbezirk Tōkyō, die für Gefangene der Kategorie B in Frage kamen. Kido überlegte, ob die beiden sich im Gefängnis kennengelernt haben könnten. Er war verwirrt, dass sich seine, wie er dachte, eher unwahrscheinliche Vermutung plötzlich als wahr herausstellte.

Er war sich ziemlich sicher, dass X der Sohn von Kobayashi Kenkichi war. Das hieß, dass er der wirkliche Hara Makoto gewesen war und der Mann, den man als Gewohnheitsdieb verhaftet hatte, jemand anderes, der durch Vermittlung von Omiura mit ihm das Familienregister getauscht hatte.

Kido rief Frau Kadosaki an und berichtete ihr von seinen Überlegungen. »Was?«, fragte sie nur; sie war sprachlos.

»Wenn es stimmt, dass X der Sohn von Kobayashi Kenkichi war, ist es auch verständlich, warum er seine Vergangenheit loswerden wollte«, erklärte Kido. »Es muss schrecklich sein, einen Verbrecher zum Vater zu haben, der einen solchen Mord begangen hat.«

»Warten Sie ... Was? Ist das Ihr Ernst?«

»Ja.«

»Das geht mir zu schnell, da komme ich nicht mit.«

»Nun ... auf jeden Fall sieht X genauso aus wie sein Vater, Kobayashi Kenkichi.«

»Ist das alles?«, fragte Frau Kadosaki verblüfft.

»Und die Bilder, die die beiden gemalt haben, sind auch sehr ähnlich. Darüber bin ich ja zuerst gestolpert. Ob so etwas vererbt wird?«

»Das ist eine schwierige Frage.«

»Hat Ihr Hara, als er im Gefängnis saß, über seinen Vater gesprochen?«, fragte Kido.

»Nein, kein einziges Mal.«

»Oder darüber, dass er mal geboxt hat?«

»Darüber hat er was gesagt. Er hat gelacht und meinte, er habe so viele Schläge abbekommen, dass er nicht mehr ganz richtig im Kopf sei.«

»Wie groß ist dieser Hara?«

»Ich glaube ... Er müsste so etwas über 1,70 Meter sein.«

»Das ist recht groß ... Interessieren Sie sich für Boxen?«

»Nein, überhaupt nicht«, erwiderte die Anwältin.

»Die Bantam-Gewichtsklasse, in der Hara Makoto boxte, gilt für Männer bis zu einem Gewicht von 52 oder 53 Kilo.«

»Was, so wenig wiegen die? Das ist ja weniger als ich ...«

»X war etwa 1,63 Meter, von der Größe her also perfekt.«

Frau Kadosaki schwieg einen Moment, dann sagte sie schließlich: »Der Psychiater meinte damals, dass Hara seine Kleptomanie aufgrund des Boxens entwickelt haben könnte. Auch wenn der Vater natürlich eine viel größere Rolle gespielt hätte.«

»Hat denn die Polizei seine Identität nicht überprüft? Das Foto auf dem Führerschein oder so?«

»Ich glaube nicht, dass er einen Führerschein besitzt. Er ist obdachlos.«

»Ach so ...«

»Er hat eine geistige Behinderung. Wegen des Boxens kann er nicht mehr richtig rechnen, heißt es, aber der Arzt vermutet, das könnte von Anfang an so gewesen sein.«

»...«

»Sollte X wirklich Hara Makoto sein? ... Aber das wäre doch schrecklich, Herr Kido! Das würde ja bedeuten, dass er seine Vergangenheit so sehr gehasst haben muss, dass er einen geistig behinderten Obdachlosen betrogen und dessen Identität angenommen hat, nicht wahr?«

»Betrogen kann man so nicht sagen«, gab Kido zurück. »Ihr Klient wusste ja, dass Hara der Sohn von Kobayashi Kenkichi ist, oder?«

»Mein Klient sagt zu allem Ja, ich weiß nicht, ob er wirklich versteht, worum es geht. Er antwortet immer nur Ja ... Darf man mit so jemandem ... so etwas aushandeln?«

»Vielleicht hat er Geld für den Tausch bekommen?«

»Könnte sein, aber viel war es bestimmt nicht.«

»Da haben Sie wahrscheinlich recht ...«

Was die Anwältin sagte, klang plausibel. Wenn X wirklich der Sohn von Kobayashi Kenkichi gewesen war, dann musste es sein dringlichster Wunsch gewesen sein, sich dieser Herkunft zu entledigen. Dass er sein Los jedoch einem anderen aufgebürdet hatte, war inakzeptabel. Und dann noch jemandem, der nicht in der Lage war, die Sache zu durchblicken.

Kido konnte X' Handeln für sich nicht mehr rechtfertigen. Aber auch er selbst wurde sich immer unbegreiflicher. Ursprünglich hatte er seine Ermittlungen aus Sympathie für Rie begonnen, und er hatte sie so durchführen wollen, dass X immer, selbst wenn sich die Umstände verkomplizieren sollten, als liebenswerter Mensch wahrgenommen würde. Wenn ihm das nicht gelänge, würde er Rie als alleinerziehender Mutter noch mehr aufbürden.

Kido empfand auch weiterhin Bewunderung für X, der sich seiner Vergangenheit entledigt und ein neues, ganz anderes Leben angefangen hatte. Sonst könnte er sich sein Interesse für ihn nicht ausreichend erklären. Das Schicksal hatte für jeden Menschen nur ein Leben vorgesehen – war es da nicht fast normal, sich ein vollkommen anderes Leben zu wünschen, selbst wenn man nicht an seiner eigenen Situation verzweifelte? Und wer nicht so tollkühn ist, eine Entscheidung wie X zu treffen und in die Tat umzusetzen, für den bleibt dieser Wunsch ein bloßer Traum. Als Zainichi konnte sich Kido in die Lebensverhältnisse von Menschen, die ihre Herkunft verheimlichen mussten, durchaus hineinversetzen; aber noch schwerer wog es für ihn, dass X es offensichtlich wert gewesen war, von einer Frau wie Rie geliebt zu werden.

Doch seit seiner Begegnung mit Omiura machte sich Kido in Bezug auf die Möglichkeit, X könne in ein schweres Verbrechen verwickelt sein, die er bis dahin als Taniguchi Kyōichis Wahnvorstellung abgetan hatte, ernsthafte Sorgen. Und tief in seinem Innern machte sich die nüchterne Erkenntnis breit, dass X und er nicht derselben Sorte Mensch angehörten. Gleichzeitig hatte sich nun mit seiner Vermutung, dass es sich bei X um Kobayashi Kenkichis Sohn handelte, sein Mitgefühl für diesen wieder verstärkt. Denn X war schuldlos an seinen Leiden, sie waren ihm gewissermaßen vom Schicksal auferlegt worden.

Kidos Anteilnahme an dem Unglück dieses Mannes hatte einen merkwürdigen Effekt, seine eigenen Ängste, die ihn in letzter Zeit so belastet hatten, waren ein wenig gelindert worden. Daher hatte ihn Frau Kadosakis Ausruf: »Aber das wäre doch schrecklich, Herr Kido!« auch so beunruhigt; indem sie aussprach, dass X einen geistig behinderten Obdachlosen betrogen hatte, machte sie es Kido mit der Anteilnahme schwer. Jetzt, mit etwas mehr Abstand, dachte er allerdings, dass er wohl selbst nicht ganz zurechnungsfähig war.

Kido kam jedenfalls zu folgendem Schluss: Der echte Name des Obdachlosen, den Frau Kadosaki vertreten hatte, war wahrscheinlich Sonezaki Yoshihiko. So wie es Omiura angedeutet hatte. Hara Makoto hatte zunächst mit ihm sein Familienregister getauscht und eine Weile lang unter dessen Namen gelebt. Dann hatte er Taniguchi Daisuke getroffen und mit ihm zum zweiten Mal die Identität getauscht – oder sich möglicherweise dessen Familienregister bemächtigt. Als Taniguchi Daisuke war er später, in der Stadt S., Rie begegnet. Sollte also der wirkliche Taniguchi Daisuke noch am Leben sein, so müsste er den Namen Sonezaki Yoshihiko tragen …

Kido wollte unbedingt Hara Makoto, den Gewohnheitsdieb, treffen und bat Frau Kadosaki um Vermittlung. Hara, der seine Anwältin verehrte, willigte ohne Vorbehalt ein.

Der Mann, der als Hara Makoto in dem Café am Bahnhof Higashi Nakano wartete, sah – auch wenn er laut Familienregister genauso alt wie Kido war – eher wie Ende vierzig oder Anfang fünfzig aus. Er war hager und hatte einen weiß melierten Borstenschnitt, wodurch sein Kopf etwas plattgedrückt wirkte. Seine Augenlider hingen herunter, das Gesicht war nach links verzogen und lief an der Spitze des sich nicht in der Mitte befindlichen Kinns mehr recht als schlecht zusammen. Kido starrte auf die kleine Stupsnase. Dieser Mann wirkte nicht wie ein früherer Profiboxer, der so viele Schläge abbekommen hatte, dass er nicht mehr ganz richtig im Kopf war.

Er freute sich offensichtlich, Frau Kadosaki zu sehen. »Ah, Frau Anwältin!«, begrüßte er sie.

Frau Kadosaki war noch jung, sie mochte Anfang bis Mitte dreißig sein, und sowohl ihre Frisur als auch ihre Kleidung vermittelten große Ernsthaftigkeit. Als der Mann ihr seine Hand entgegenstreckte, fragte sie ihn offen und freundlich nach seinem körperlichen Befinden. Dann machte sie ihn mit Kido bekannt, und er senkte respektvoll und mit einem Lächeln den Kopf. Kido stellte sich kurz vor, und als die Kellnerin mit dem Wasser kam, bestellten sie sich einen Kaffee. Es war ein ganz normaler Nachmittag in der Woche, und die meisten Plätze waren mit älteren Frauen besetzt.

Nachdem die Kellnerin den Kaffee gebracht hatte, kam Kido ohne Umschweife auf sein Anliegen zu sprechen: »Herr Sonezaki«, sagte er und wartete ein paar Sekunden gespannt auf dessen Reaktion.

Der Mann lächelte noch, aber er schien sich zu fragen, von wem hier die Rede war.

»Kennen Sie einen Herrn Sonezaki Yoshihiko?«, setzte Kido von Neuem an.

»Ja.«

»Woher kennen Sie ihn?«

»Ja. Ich kenne ihn nicht.«

»Sie kennen ihn also nicht?«

»Ja.«

»Entschuldigen Sie, aber ... Sie sind doch in Wirklichkeit Sonezaki Yoshihiko, oder?«

»Ich heiße Hara Makoto. Das ist absolut sicher.«

Frau Kadosaki, die neben Kido saß, schien überrascht angesichts des Wortes »absolut«.

»Tut mir leid, Herr Hara, dass wir Sie mit so seltsamen Fragen überfallen. Damit haben Sie sicher nicht gerechnet«, sagte sie freundlich.

Der Mann wirkte beunruhigt und suchte ihre Hilfe. Gegen Kido schien er eine gewisse Abneigung zu entwickeln.

»Herr Kido vertritt nämlich eine Frau, deren Mann gestorben ist«, fasste Frau Kadosaki die Umstände zusammen.

»Und der Herr Anwalt meint, dass ihr verstorbener Mann möglicherweise Hara Makoto gewesen ist.«

»Entschuldigen Sie meine unhöfliche Frage eben gerade. Aber die Frau, deren Mann verstorben ist, weiß nichts über die Herkunft ihres Mannes und hat großen Kummer deswegen. Ich würde ihr gern helfen. Dann habe ich von jemandem gehört, dass Ihr eigentlicher Name Sonezaki Yoshihiko sein könnte, ich weiß, es ist unhöflich, aber ich musste Sie das fragen.«

Der Mann schüttete sich reichlich Milch und Zucker in seinen Kaffee, fasste den Henkel der Tasse und schaute von einer Seite zur anderen. Sein Mund stand offen, aber er sagte nichts.

Das ist nicht Hara Makoto ... Kido war sich jetzt ganz sicher. Der Mann sprach womöglich nicht, weil Omiura ihm verboten hatte, zu reden. Hatte er ihm vielleicht gedroht, damit er das Geheimnis nicht ausplauderte?

»Also, dann stelle ich eine andere Frage: Kennen Sie Omiura Norio?«

»Ja.«

»Sie kennen ihn?«

Kido fragte nach, um sicherzustellen, was dieses »Ja« bedeutete.

»Ja«, wiederholte der Mann unmissverständlich.

»Hat dieser Herr Omiura Ihnen den Tausch eines Familienregisters vermittelt?«

Der Mann sah zu Frau Kadosaki hin, er schien stillschweigend zu fragen, ob er die Worte, die ihm auf der Zunge lagen, hinunterschlucken oder ausspucken sollte.

»Sie können ruhig antworten. Dann kann ich Ihnen auch besser beistehen. Heißen Sie wirklich Hara Makoto?«

»Ja.«

»Und was ist Ihr echter Name?«

»Also ... Muss ich dann wieder ins Gefängnis?«

»Ich werde nichts von dem, was Sie hier sagen, verraten«, sagte Kido und sah seinem Gegenüber in die Augen.

Der Mann zögerte, dann aber platzte es plötzlich aus ihm heraus:

»Ich heiße in Wirklichkeit Tashiro Shōzo.«

Kido zog die Brauen hoch, er spürte, wie Frau Kadosaki neben ihm den Atem anhielt.

»Ist das Ihr echter Name?«

»Ja.«

»Haben Sie diesen Namen mit Herrn Hara getauscht?«

»Ja. Und auch das Familienregister und alles.«

»Und warum? Für Geld?«

»Ja. Und weil es als Obdachloser schwierig ist, Arbeit zu finden oder sich Geld zu leihen.«

»Hat man Ihnen das gesagt?«

»Ja.«

»Und deswegen haben Sie Ihr Familienregister gegen das von Herrn Hara eingetauscht?«

»Ja.«

»Wissen Sie, wer Herr Hara ist?«

»Ja.«

»Hat er es Ihnen selbst erzählt?«

»Ja. Der Vermittler hat es erzählt.«

»Sie haben Herrn Hara also nie direkt getroffen?«

»Ja. Ich habe ihn getroffen.«

»Sie hießen Tashiro, haben Sie gesagt, nicht wahr? Nicht Sonezaki Yoshihiko?«

»Ja. Den kenne ich nicht«, sagte der Mann, der behauptete, Tashiro zu heißen, und schüttelte entschlossen den Kopf. Kido hatte das Gefühl, dass er die Wahrheit sagte. Er holte ein Foto von X hervor und zeigte es ihm.

»Ist das hier Herr Hara, mit dem Sie Ihr Familienregister getauscht haben?«

Der Mann beteuerte fast mit einem gewissen Stolz und ohne jedes Zögern:

»Ja. Das ist jemand anders. Den Mann kenne ich nicht.«

Nach diesen Auskünften widmeten sich die drei erst einmal ihren Kuchenstücken, und Kido fragte Tashiro nach seinem Lebensweg. Tashiro hatte die Mittelschule abgeschlossen, danach in verschiedenen Jobs gearbeitet, aber egal, wo er hinkam, er wurde immer als schwerfällig und als Trödler beschimpft; vor mehr als zehn Jahren war er dann obdachlos geworden. Für den Tausch seines Familienregisters hatte er, abzüglich der Provision, nur 30 000 Yen bekommen. Was Hara an Omiura gezahlt hatte, wusste er nicht.

Als Kido ihn fragte, ob er sein Leben als Sohn von Kobayashi Kenkichi nicht noch beschwerlicher fände, antwortete er: »Ja. Aber ich trage nicht den Namen des Vaters, und ich erzähle den Leuten auch nichts.«

Nach ungefähr eineinhalb Stunden verließen sie das Café.

Kido und Frau Kadosaki verabschiedeten sich von Tashiro. Auf dem Weg zurück zum Bahnhof schwiegen beide eine Weile. Schließlich sagte die Anwältin:

»Was hat denn all das, was ich für ihn getan habe ... letztlich genützt? Hara – oder soll ich ihn Tashiro nennen – hat damals nicht viel sprechen wollen. Ich hielt das für normal, deshalb habe ich auch nicht weiter nachgefragt.«

»Das ist doch verständlich.«

»Ich habe geglaubt, dass seine Kleptomanie vom Boxen kommt, oder mit seinem Vater zu tun hat ... Wenn man das einmal denkt, glaubt man, es ihm anzusehen. Immer, wenn ich die Falten an seinen Augenwinkeln sah, stellte ich mir vor, wie schwer es sein muss, als Kind eines Mörders zu leben.«

»Nun ... seine eigene Vergangenheit ist ja auch nicht ganz ohne. Im Gesicht der Menschen zeigen sich die Einsamkeit und die Trauer nur abstrakt ...«

Kido wollte Frau Kadosaki trösten, doch er musste dabei an X denken, der das Leben von Taniguchi Daisuke so eindringlich als die Geschichte seines eigenen Leids erzählt hatte.

Kido schickte noch einmal einen Brief an Omiura, in dem er ihn um einen Besuchstermin bat. Doch er war sich ziemlich sicher, dass dieser ihm nicht antworten würde. Um seine Neugier zu wecken, schrieb Kido: »Ich habe seit unserem letzten Treffen einige Nachforschungen angestellt und endlich begriffen, was Sie mir mit Ihrer Karte sagen wollten.«

Die Antwort kam postwendend. Ohne beigefügte Zeichnungen bedankte sich Omiura für Kidos Brief und schrieb, dass er sich freuen und ihn jederzeit empfangen würde. Da Strafgefangene im Allgemeinen gerne Besuch bekommen, war dieser Sinneswandel nicht unbedingt ungewöhnlich, wobei es Kido im Fall von Omiura überraschte.

Am 29. Dezember, kurz bevor das Jahr zu Ende ging, machte er sich also erneut zur Strafvollzugsanstalt Yokohama auf. Es schneite zwar nicht, aber der Himmel war verhangen und der Wind kalt, sodass Kido automatisch schneller lief; seine Schritte hallten auf dem Asphalt trocken und hart wider.

In der Kanzlei hatten am Tag zuvor die Neujahrsferien begonnen, und auch die Bahnen leerten sich allmählich. Kido hatte das Gefängnis noch nie zu dieser Zeit besucht, er spürte eine leichte Sentimentalität in sich aufkommen, die mit seiner üblichen Schwermut am Ende des Jahres verschmolz.

Als Omiura den Besucherraum betrat, reckte er Kido sein Kinn entgegen, riss ein Auge auf und sagte: »Ah, der Herr Zainichi-Anwalt! Lange nicht gesehen!«

»Ja, ist eine Weile her.« Kido verbeugte sich leicht, seine Miene entspannte sich.

Beim letzten Besuch hatte ihn Omiuras Art wütend gemacht, doch heute verspürte er kaum Ärger, warum, wusste er nicht. Es war nicht so, dass er ihm jetzt angenehm war oder dass Omiura eine Form von Demut zeigte. Aber irgendetwas brachte Kido zum Lächeln. »Sie sehen gut aus.«

»Machen Sie Witze? Ich halte mich mit Müh und Not am Leben.«

»Ich habe Hara Makoto getroffen.«

Als Kido das sagte, zuckte Omiuras Mund, er starrte ihn mit seinem einen wachen Auge an.

»Ach so? Bis vor Kurzem war er noch hier.«

»Haben Sie ihn vermittelt?«

»Was meinen Sie?«

Kido schwieg und wartete, dass Omiura redete.

»Ich weiß ja nicht, was er gesagt hat. Aber ich habe damit nichts zu tun.«

»In Wirklichkeit ist er jemand anderes, oder?«

»Wen meinen Sie?«

Kido ignorierte Omiuras scheinheilige Frage.

»Hatte der echte Hara Makoto keine Bedenken, dem Mann seine Geschichte aufzudrängen?«

Omiura spitzte die Lippen, als sei er überrascht von dem, was Kido sagte. »Sie haben keinen blassen Dunst, was, Herr Anwalt?« Omiura lächelte vielsagend.

»Denken Sie?«

Omiura grinste und senkte den Blick, er schien ein Lachen zu unterdrücken. Kido blickte besorgt zum Wärter, der alle Gespräche in einem Besucherbuch mitschrieb. Doch der Mann wirkte vollkommen unbeteiligt, er war versunken in seinen professionellen, durch nichts zu erschütternden Stumpfsinn und wollte vermutlich bloß keine Unannehmlichkeiten bekommen. Mochte ihr Gespräch auch ein wenig verdächtig klingen, dieser Mann war durch nichts aus der Ruhe zu bringen.

»Sie mögen recht haben«, sagte Kido schließlich, »ich kenne zwar jetzt den Namen der Person, die, wie Sie sagen, hier war – aber ich habe keine Ahnung, wer Sonezaki Yoshihiko ist. Auf Ihrer Karte haben Sie geschrieben ...«

Omiura zeigte sich von Kidos Ehrlichkeit unbeeindruckt, ja, er schien eher angeödet und bereit, das Gespräch zu beenden. »Was sind Sie nur für ein Trottel!«, fuhr er Kido an. »Schämen Sie sich nicht, am Leben zu sein?!«

Kido lächelte bitter, doch diese Reaktion schien Omiura nicht zu gefallen, denn nun begann er, über die Briefe herzuziehen, die er von Kido bekommen hatte, als wolle er dessen Selbstwertgefühl endgültig niedermachen. Der Gefängniswärter sah nun doch neugierig zu Kido herüber, Omiura interessierte ihn nicht. Kido war verletzt und wütend, obwohl er ahnte, dass Omiura ihn mit seinen Kränkungen nur einzuschüchtern versuchte.

»Sie verachten mich, Herr Anwalt, obwohl Sie ein elender Koreaner sind. Sie halten mich für einen Betrüger. Sie glauben mir kein Wort. Sie finden, ich bin ein Rassist, aber dabei sind Sie selbst einer.«

Ich halte dich nicht für einen Betrüger, du bist einer. Deswegen sitzt du im Gefängnis, wollte Kido einwenden. Was aber die Verachtung anging, da hatte Omiura recht. Und es war diese Mischung aus Wahr und Falsch, mit der er sein Gegenüber zum Schweigen brachte. Er trampelte auf dessen Gefühlen herum, wie um sich Eintritt in sein Inneres zu verschaffen. Zugleich lag in seiner Art zu sprechen auch eine seinem Wesen eigene Autorität. Kido schauderte, denn säßen sie nicht hier im Besucherraum eines Gefängnisses, sondern irgendwo anders, in einem Restaurant – er würde wahrscheinlich alles hinnehmen, was Omiura behauptete.

»Soll ich Ihnen mal sagen, was das Schlimmste an Ihnen ist?«

»Was denn?«

»Sie glauben bestimmt, ich bin so geworden, weil man mich als Jugendlichen gezwungen hat, in Homofilmen mitzumachen. Oder?«

»So weit würde ich nicht gehen, aber Sie haben bei unserer ersten Begegnung sehr eindrücklich davon erzählt. Ich gebe zu ... ich glaube, dass dies eine ernst zu nehmende Erfahrung war.«

»Wenn Sie mich sonst für einen Schwindler halten, wieso glauben Sie dann, dass die Geschichte wahr ist?«

»...«

»Ich sage ja, Sie sind ein Idiot!« Voller Verachtung näherte sich Omiuras Gesicht der Plexiglasscheibe. »Woher wissen Sie eigentlich, dass ich *Omiura Norio* bin? Sehe ich etwa aus wie ein *Omiura Norio*?«

Kido wusste nicht, was er sagen sollte, er starrte in Omiuras Augen.

»Tätowierer tätowieren nicht nur ihre Kunden, sondern zuallererst sich selbst, stimmt's? Warum glauben Sie eigentlich, dass nur ich meine Identität nicht geändert habe? Sie sind einfach dumm.«

»Sind Sie etwa auch jemand Anderes?«

Omiura lachte höhnisch, als Kido ihn so direkt fragte. Als der Wärter das Ende der Besuchszeit verkündete, sagte er noch: »Sie tun mir wirklich leid, Herr Koreaner-Anwalt. Darum sage ich Ihnen noch eine Sache: Der Typ, von dem Sie unbedingt wissen wollen, wer er wirklich war, ist völlig uninteressant. Sie erwarten anscheinend sonst was, aber Kinder von Mördern sind letzten Endes alle uninteressant. Sie haben doch Familie, oder? Wenn Sie so weitermachen, stechen Sie noch in ein Wespennest.«

15 Den Abend vor Neujahr verbrachten Kido und seine Familie wie jedes Jahr bei Kaoris Eltern und ihrem Bruder in Yokohama. Am nächsten Tag fuhren sie, wie üblich, zu Kidos Familie nach Kanazawa. Bei ihren Eltern war Kaori ganz entspannt, und auch zu ihren Schwiegereltern war sie liebenswürdig, sodass sie, von außen betrachtet, ganz normale Neujahrsferien verbrachten. Kido lächelte seiner Frau, wenn sie alle um den Tisch saßen, freundlich zu und unterhielt sich mit ihr. Wenn sie schlafen gingen, breitete er die Futon aus und besprach mit ihr, was er für den nächsten Tag geplant hatte; sie redeten über das, was notwendig war.

Sōta, der zuhause entweder von seiner Mutter oder seinem Vater zu Bett gebracht wurde und dann für gewöhnlich bis zum Morgen in seinem eigenen Zimmer schlief, war ganz aufgeregt, dass sie nun alle drei beieinanderlagen, und konnte oft nicht einschlafen.

Kido mochte gar nicht daran denken, es den Eltern erklären zu müssen, sollten sie sich scheiden lassen. Er würde mit

Kaori um das Sorgerecht für Sōta kämpfen, denn er wollte seinen Sohn auf keinen Fall verlieren, zugleich aber wollte er ihn auch nicht seiner Frau wegnehmen. Im Büro hatten er und seine Kollegen des Öfteren über die Einführung eines gemeinsamen Sorgerechts diskutiert. Auch die Großeltern, die alle ihren Enkel liebten, taten ihm leid.

Und obwohl es schien, als fühlte sich Sōta zurzeit stark zu seinem Vater hingezogen, würde er sich, vor die Wahl gestellt, bestimmt für seine Mutter entscheiden. Sowieso wäre jede Entscheidung grausam. Doch es war noch nicht so weit, dass sie sich entscheiden mussten, dachte Kido, während er an die dunkle Decke seines Elternhauses starrte und darauf wartete, den ruhigen Atem seiner Frau zu hören, die endlich eingeschlafen wäre.

Nachdem sich die erste Hektik im neuen Jahr gelegt hatte, fuhr Kido zu Hara Makotos ehemaligem Boxverein – er hatte seit Ende des Jahres mit dem Gedanken gespielt. Kido hatte schon als Kind die Übertragungen der Weltmeisterschaften im Fernsehen verfolgt, und Ende der 1990er Jahre, als der Kampfsport boomte, war auch sein Interesse für dessen technische Aspekte geweckt worden, und er hatte sich eine Zeit lang im Internet jeden Wettkampf angesehen.

Allerdings war er noch nie in einem Boxstudio gewesen. Er lief in winterlichem Wetter vom Bahnhof durch die Einkaufsstraße Shōwa-kai, und ihm kamen die Manga übers Boxen in den Sinn, die er als Junge so geliebt hatte: *Ashita no Joe* oder *Ganbare Genki*. Die Straßenlaternen in dem Wohnviertel mit den schmalen Gassen sahen aus wie Menschen, die mit hängenden Köpfen, das Handy in der Hand, einsam auf einen Freund warteten, der zu spät zur Verabredung kam. Kido sah mehrmals auf seine Karte, um sicherzugehen, dass sich das Boxstudio auch wirklich hier in dem Viertel befand. Doch schließlich entdeckte er ein Gebäude mit einem Schild, bei dem es sich um das Studio zu handeln schien.

Er hatte dem Manager eine Mail geschickt und ihn um ein Treffen gebeten, und der hatte bereitwillig zugestimmt. Er hatte in seiner Antwort erwähnt, dass er sich noch genau an Hara Makoto erinnere, und als Kido ihm daraufhin schrieb, dass Hara gestorben sei, schien er schockiert. Kido erklärte ihm, dass seine Witwe gern etwas über das frühere Leben von Hara erfahren wolle, woraufhin der Mann versprach, noch einen anderen Boxer zu kontaktieren, der früher mit diesem trainiert hatte.

Als Kido die gläserne Schiebetür öffnete, sah er einen jüngeren Mann im Ring stehen, während zwei andere Männer sich gerade am Boden auf ihr Training vorbereiteten, sie blickten nur kurz zu Kido herüber. »Chef!«, rief der eine in Richtung des weiter hinten gelegenen Büros, und schon erschien ein etwa 50-jähriger, energischer Mann in einem schwarzen Trainingsanzug. Es war Kosuge, der Manager, mit dem Kido in Kontakt gewesen war. Als Kido ihn begrüßte, lächelte er ihn freundlich an. Kido wusste, dass sich hier früher eine Fleischfabrik befunden hatte. An der hohen Decke klemmten Neonröhren, die zwar beim Blick nach oben blendeten, für die Größe des Raums jedoch nicht ausreichten. Das Licht war eher schummrig.

Der Manager führte Kido zwischen mehreren von der Decke herabhängenden roten und schwarzen Sandsäcken hindurch ins Büro. Es lief Techno-Musik, die alle drei Minuten von einem Summer unterbrochen wurde. Die Wände des Büros hingen voller Poster von Weltmeisterschaften, Mike Tyson gegen Evander Holyfield erkannte er, aber auch von

Kämpfen, die das Studio veranstaltet hatte. An einer Wand hingen ein Foto des verstorbenen Begründers des Studios, seine Vorsätze sowie sein tägliches Trainingsprogramm und die Meisterschaftsgürtel früherer Boxer. Kido sah sich staunend um.

In dem Büro wartete bereits der ehemalige Profiboxer, der früher mit Hara trainiert hatte. Er hieß Yanagisawa, schien etwas älter als Hara zu sein und boxte mittlerweile nicht mehr; er überreichte Kido die Visitenkarte seines Geschäfts für Anglerbedarf im Viertel Kinshichō.

Um den Inhalt seiner Mail in Erinnerung zu rufen, umriss Kido die bisherigen Umstände und zeigte den beiden ein Foto von X. »Ist dieser Mann hier Herr Hara Makoto?«, fragte er dann.

Sowohl Kosuge, der Manager, als auch Yanagisawa warfen einen Blick auf das Foto und nickten. »Ja, das ist Makoto.«

»Sind Sie sich ganz sicher?«

»Als ich gehört habe, dass Sie kommen würden, habe ich ein paar alte Fotos hervorgeholt. Das ist doch derselbe Mann, oder?«

Kosuge hielt ihm ein Foto von Hara hin, auf dem dieser in Kampfpose mit einem roten Boxhandschuh zu sehen war. Der Mann war zwar noch um einiges schmaler, aber es handelte sich ohne Zweifel um X.

Endlich komme ich der Sache näher, dachte Kido und starrte stumm auf das Foto. Er spürte einen Schauer in der Schulter, der ihm scheinbar unschlüssig, welche Richtung eingeschlagen werden sollte, mehrmals über den Rücken lief und sich dann über Arme und Beine ausbreitete. Seine plötzliche Eingebung angesichts des Bildes von Kobayashi Kenkichi, dass X sein Sohn sein könnte, schien sich zu bewahrheiten. Kido war überwältigt, dass sich seine anfängliche Vermutung, die sich auch in Luft hätte auflösen können, auf solch wundersame Weise bestätigt hatte.

»Woran ist Makoto denn gestorben?«, fragte der Manager, als Kido nichts sagte.

Kido sah auf. »Er hat in der Holzwirtschaft gearbeitet, und da ist er auch gestorben.« Kido ließ es bei dieser eher harmlosen Erklärung bewenden.

Kosuge stand da, mit verschränkten Armen, den Mund halb geöffnet. Yanagisawa nickte, sein Kinn war voller kleiner Falten, wie bei einer getrockneten Pflaume.

Kido glaubte ihrem Schweigen zu entnehmen, dass sie etwas über Haras Vorleben wussten. »Wann hat er denn im Studio angefangen?«, fragte er.

»Das war im Frühling 1995, kurz nach dem Großen Erdbeben in Ōsaka und Kōbe und dem Sarin-Gas-Anschlag auf die U-Bahn in Tōkyō. Darum weiß ich das so genau.«

»Ah … Das war ein schreckliches Jahr.«

»Zuerst dachten wir, er wäre einer von der Aum-Sekte, der abgehauen ist, stimmt's?«, flüsterte Yanagisawa, als mache er Spaß.

Kido schaute befremdet, doch da schaltete sich Kosuge ein: »Na ja, Makoto hat kaum was von sich erzählt. Und er hatte immer so einen eigenartigen Blick, als gäb's da noch irgendwas. Er war sehr empfindlich, ich hab gespürt, dass er nicht gut mit Menschen konnte, aber er hatte etwas sehr Zielstrebiges.«

»Auf dem Foto hier hat er freundliche Augen.«

»Finde ich auch, freundlicher als damals, als er hier war. Wahrscheinlich war er glücklich mit seiner Frau, nicht wahr?«

»Ja. Das scheint er gewesen zu sein,« sagte Kido im Brustton der Überzeugung und nickte.

Kosuge zeigte noch einmal das alte Foto aus seiner Zeit als Boxer, auf dem Hara Makoto, zumindest was die Augen anging, ganz anders aussah. »Aber er war auch damals ein guter Mensch. Er hat keinen bösen Blick, wie ein Tiger oder wie soll ich sagen ...«

»Er hat alles genau beobachtet, egal, wo er war«, fügte Yanagisawa hinzu.

»Er war überhaupt scharfsinnig. Beim Boxsport hat man es ja mit einem Gegner zu tun, und da kommt es auf die Haltung an, wenn man sich gegenübersteht. Man merkt sofort, ob einer ein Gespür dafür hat oder nicht«, sagte Kosuge.

»Interessant, was Sie da sagen. Und warum hat er mit dem Boxen angefangen? Wollte er immer schon Profi werden?«

»Am Anfang wusste er das wohl noch nicht. Er stand öfter da am Eingang und hat den anderen beim Training zugeschaut, und dann ist er eines Tages reingekommen. Ich erinnere mich noch genau.«

Hatte Hara nicht auch auf ähnliche Weise Ries Schreibwarenladen betreten? Vor Kidos innerem Auge verschmolzen die beiden Szenen ineinander. Vielleicht war es aber nur seine Art, sich hier und da behutsam einer Welt anzunähern. »Und, hat er Talent gezeigt?«, fragte Kido.

»Ja, das hat er. Er hatte zwar keine Ahnung vom Boxen, aber eine gute Motorik und eine schnelle Auffassungsgabe. Und dann hat er sich hineingeworfen, als wenn es nicht anderes gäbe. Darum geht es ja letztlich.«

Kosuge tippte sich mit seinem Daumen zwei, drei Mal auf die Brust. Kido sah die leicht geballte sehnige Faust, mit der eines Nicht-Boxers nicht zu vergleichen, und die Kraft darin.

»Er selbst hat sein Talent wohl auch gespürt. Ich habe es ihm vorgeschlagen. Ob er nicht den Test zum Profiboxer machen will. Auch Yanagisawa wollte Profi werden und hat sich ordentlich ins Zeug gelegt.«

»Wollen nicht so viele Profi werden?«

»Heutzutage nicht. Wir haben ungefähr 80 Vereinsmitglieder, die meisten sind Amateure. Die Frauen, die Boxercise machen, miteingeschlossen. Vom Profiboxen kann man heute kaum noch leben. Ja. Und die, die von Anfang an ernsthaft dabei sind, die recherchieren im Internet und suchen sich das beste Studio aus und gehen gleich dahin. Ein kleines Boxstudio wie unsers hier, in so einem alten Viertel ...«

»Ich verstehe ... Wie viel Geld ist das denn? Entschuldigen Sie meine Aufdringlichkeit, aber das interessiert mich.«

»Die Aufnahmegebühr beträgt 10 000 Yen. Der monatliche Vereinsbeitrag sind maximal 12 000 Yen, dann muss noch der Mundschutz angefertigt werden, und man braucht Boxhandschuhe. Da kommen einige Ausgaben zusammen. Ansonsten ist es ein Nacktsport, also geht es noch.«

»Ich glaube, er will wissen, was man so verdient«, mischte sich Yanagisawa mit einem Grinsen ein, er hatte Kido genau beobachtet. Er gab auch gleich anstelle seines ehemaligen Chefs, der etwas überrascht wirkte, die Antwort. »Etwa drei Mal im Jahr tritt man bei einem Wettkampf an. Das Kampfgeld, das man für vier Runden bekommt, sind 60 000 Yen, für sechs sind es 100 000 Yen. Davon kann man unmöglich leben. Vor allem bekommt man es ja nicht bar auf die Hand, sondern in Form von Tickets, die man verkaufen muss. Für jemanden wie Makoto, der nicht auf Freunde und Bekannte zählen konnte, war das hart.«

»Das heißt also, dass alle nebenher jobben?«

»Ja, die meisten sind in der Gastronomie. Makoto hat in einem China-Restaurant gearbeitet.«

Kido versuchte, sich so viel wie möglich von dem, was gesagt wurde, zu notieren.

»Für den Test zum Profiboxer braucht man einen Identitätsnachweis, oder?«

»Beim Test selbst nicht, aber wenn die Lizenz ausgestellt werden soll, da braucht man eine Meldebestätigung oder den Auszug aus dem Familienregister, eins von beiden.«

Als sei ihm plötzlich etwas eingefallen, wandte sich Kosuge zu dem Mann im Ring um, der schattenboxte. Kido folgte seinem Blick. Der junge Mann stand auf dem quadratischen Platz und führte unablässig seine Schläge aus, als wäre da jemand, gegen den er boxte. Er war um die zwanzig, sein Haar war in der Mitte gescheitelt. Er war ständig in Bewegung, um den Schlägen seines vorgestellten Gegners auszuweichen, sein Oberkörper schob sich mal nach rechts, mal nach links. Die Wirkung seiner Schläge würde sich bald auf dem Körper eines jetzt unbekannten Gegners zeigen, doch noch war der junge Mann im Käfig der Gegenwart gefangen und von dieser Zukunft weit entfernt ... Kido stellte sich vor, wie auch Hara hier in dem trostlosen Studio tagtäglich einsam trainiert hatte.

»Ah, entschuldigen Sie bitte«, Kosuge drehte sich wieder zu ihm. Kido nahm die Gelegenheit wahr, ihm die Frage zu stellen, die ihm am meisten auf der Seele brannte. »Kannten Sie eigentlich seinen Vater?«

Kosuge machte Yanagisawa ein Zeichen mit den Augen und sagte: »Jaa, ich habe von ihm gehört.«

»Wann war das?«

»Vor seinem ersten Profikampf hat er mich um Rat gefragt. Er wollte sich einen Ringnamen zulegen. Klar, mach das, sagte ich ihm. Im Vergleich zum Kickboxen oder zu den Mixed Martial Arts machen Boxkämpfe ja eher nicht so viel her. Doch auch als Boxer muss man Publikum ziehen können, also habe ich ihm gesagt, er soll sich einen prunkvollen Namen ausdenken. Aber er meinte, das will er nicht, er wollte stattdessen einen ganz gewöhnlichen Ringnamen, nichts Auffälliges.«

»Und hat er gesagt, warum?«

»Damals hat er nichts gesagt, ich hab's erst hinterher mitgekriegt. Als er der East Japan Rookie King geworden war.«

»Aha.«

»Na ja ... Ich war auch überrascht, aber Eltern sind Eltern und Kinder Kinder, jeder hat sein eigenes Leben. Ich habe ihn weiter unterstützt, einfach dazu angespornt, sein Bestes zu geben.«

»Haben Sie von da an mehr mit ihm über seine Vergangenheit geredet?«

»Nun ... Nach dem Vorfall hat er eine Zeit lang bei der jüngeren Schwester seiner Mutter und ihrem Mann gewohnt, die waren am Anfang wohl auch ganz nett zu ihm. Aber nach einer Weile hat der Mann seiner Tante es anscheinend nicht mehr mit ihm ausgehalten. Die Tante saß also zwischen den Stühlen, zum einen war da ihre Schwester, und dann ihr Mann, sie hat am Ende Depressionen bekommen. Da musste er abhauen.«

»Wie schrecklich ...«

»Aber dann ist auch noch seine Mutter verschwunden, und Makoto kam ins Heim, er war dort bis zum Ende der Mittelschule. Auch in der Schule muss es furchtbar gewesen sein, sie haben ihn fertiggemacht.«

»Obwohl er damals doch schon Hara hieß, und nicht mehr Kobayashi, oder?«

»Die erste Schule, auf die er gewechselt ist, war ganz in

der Nähe von seinem Heimatort, da wussten alle sofort Bescheid. Immerhin hatte Makotos Vater ja ein Kind getötet, nicht? Der Junge war nur etwas älter als Makoto gewesen. Die Freunde von dem Jungen haben ihn natürlich gehasst, weil sein Vater der Mörder war. Er kam auf eine andere Mittelschule, zu der er vom Heim aus hinfahren musste, da wusste niemand was über seine Geschichte. Aber er hat sich mehr und mehr in sich zurückgezogen, und wahrscheinlich haben sie ihn deswegen schikaniert.«

»Ist er auf die Oberschule gegangen?«

»Er war auf einer Teilzeitschule, aber da ist er sofort wieder weg, meinte er. Er ist dann auch aus dem Kinderheim raus, und in den zwei, drei Jahren, bevor er hierherkam, hat er wohl auf der Straße gelebt. Genaues hat er aber nicht erzählt. Ist schon hart, so als Minderjähriger, oder? So ausgesetzt zu sein, ohne Zuhause, ohne Meldebescheinigung und alles, er kann einem wirklich leidtun.«

»Kobayashi Kenkichi wurde 1993 hingerichtet, da war Hara 18 Jahre alt. Das war also genau in dieser Zeit?«

»Makoto hat seinen Vater so gehasst. Er war ein friedfertiger Kerl, aber wenn man ihn auf seinen Vater ansprach, konnte er richtig ausrasten. Er war dann wie besessen, hatte ein irres Gesicht und zitterte vor Wut. Sein Blick wurde eisig, als wolle er einen durchbohren ... Der Junge, den der Vater umgebracht hat, war wohl ein Spielgefährte von ihm. Das ist ja auch wirklich kaum zu ertragen.«

»Hat er seinen Vater im Gefängnis besucht?«

»Nein, anscheinend nicht. Der Vater hat ihm zwar einen Brief geschickt, dass er seine Tat bereut und sich schuldig fühlt und so. Aber eigentlich ging es immer nur darum, wie schlecht es um ihn stand. Bei den Angehörigen der Opfer entschuldigt hat er sich wohl auch nur oberflächlich. Er hat

Makoto angefleht, dass er das Gute, das sie gemeinsam erlebt hatten, nicht vergessen soll.«

Kido seufzte, er musste an die friedliche Landschaft denken, die Kobayashi im Gefängnis gemalt hatte. »War er denn ein guter Vater?«

»Wer weiß? So ein Ereignis verändert ja auch den Blick auf die Erinnerungen … Zumindest hat Makoto nichts davon gesagt, dass er sich wünschte, sein Vater wäre noch am Leben. Aber wie's in seinem Herzen ausgesehen hat, weiß ich natürlich nicht.«

»Ja … das weiß man nie«, sagte Kido.

»Zu uns ist er ungefähr zwei Jahre nach der Hinrichtung des Vaters gekommen. Andere Jungs in seinem Alter gingen da zur Uni oder fingen an zu arbeiten, aber er wollte eben auf seine Weise nach dem Sinn des Lebens suchen …«

Kido nickte verständnisvoll.

Der Manager drehte sich wieder zu dem Boxring um. »Entschuldigen Sie mich für einen Moment. Wir reden gleich weiter. Und fragen Sie doch solange Yanagisawa. Sie können sich auch im Studio umsehen, wenn Sie das interessiert.« Kosuge eilte aus dem Büro. Kido stand auf und verneigte sich höflich.

Als Kido wieder auf seinem Stuhl Platz nahm, spürte er einen kalten Luftzug an den Füßen. Die Klimaanlage schien die Luft ungleichmäßig im Raum zu verteilen. Jetzt erst merkte er, dass schon eine Stunde vergangen war.

Yanagisawa sah Kosuge nach, der sich im Ring als Sparringspartner bereit machte, dann wandte er sich Kido zu. »Einmal hat der Chef Makoto eine Standpauke gehalten«, sagte er, wobei er die Augen leicht zusammenkniff.

»Was für eine Standpauke?«, fragte Kido, sein Ton war Yanagisawa gegenüber, der in etwa gleich alt war, etwas lockerer.

»Makoto hatte großes Talent, wissen Sie. Ob er das Zeug zum Champion hatte, weiß ich nicht, aber er war viel besser als ich. Er war auch in einer anderen Gewichtsklasse, deshalb kamen wir so gut miteinander aus.«

»Ah, verstehe.«

»Er hat den Profitest gleich beim ersten Mal bestanden, bis dahin war alles gut. Aber als er dann beim East Japan Rookie King den ersten Platz gemacht hat, stand er plötzlich im Rampenlicht. Auch weil er das Finale durch K. o. gewonnen hat. Damals gab es zwar noch kein Internet, ein bisschen natürlich schon ... Auf jeden Fall ist er dann vorm Finale des All Japan Rookie King Tournament zum Chef gegangen und hat seinen Rücktritt erklärt. Ja ... Er hat mich auch um Rat gefragt.«

»Wirklich? Welchen Ringnamen hat er denn letztlich gewählt?«

»Ogata Katsutoshi. Katsutoshi hat er mit den Zeichen für *Sieg* geschrieben, so ...«, Yanagisawa malte die Zeichen in die Luft. »Wir hatten mit geschlossenen Augen das Telefonbuch aufgeschlagen, und da stand der Name auf der Seite.«

»Er hatte seinen Ringnamen aus dem Telefonbuch?« Kido musste lächeln.

»Jaja. Wir dachten, *Sieg* ist ein gutes Omen, deswegen hat er sich dann fest für den Namen entschieden ... wenn er gewinnt, würde da *Sieg: Ogata Katsutoshi* stehen, also ein doppelter *Sieg*. Wir haben ganz schön gelacht. Später, als es dann tatsächlich überall zu lesen war, hat er es bereut.«

Kido war seit mehr als einem Jahr mit Hara Makoto beschäftigt, aber jetzt sah er ihn zum ersten Mal lachend vor sich – und das, bevor er mit Rie zusammenkam. Die Person, die ihm meist nur anhand von Lebensdaten und Anekdoten entgegentrat, füllte sich plötzlich mit Leben.

»Hat Hara oft gelacht?«

»Nein, nicht besonders. Er war zwar kein trübsinniger Typ, aber eher still. Darum fand ich ja auch, dass er auf dem Foto mit seiner Frau so anders aussah. Das hat bestimmt auch mit dem Alter zu tun, aber jedenfalls sieht er viel fröhlicher aus. Das freut mich für ihn.«

»Ja, das stimmt.«

»Außerdem ... Was wollte ich noch sagen? Ach ja, genau ... Also der Chef hat ihn gefragt, warum er vom All Japan Rookie King zurücktreten will. Und da hat er zum ersten Mal von seinem Vater erzählt.«

»Hatte denn irgendjemand was davon mitbekommen?«

»Nein, das war es nicht ... Er hatte auch weniger Angst davor, dass jemand von der Sache erfährt, als davor, auf so einer großen Bühne zu stehen, im Zentrum der Aufmerksamkeit. Der arme Kerl. Da hat er mit dem Boxen angefangen, weil er nicht immer dieser Schatten seiner selbst sein wollte, und als es dann richtig losging ... Ich glaube, er hatte Angst, wieder rausgemobbt zu werden. Aber das allein war es auch nicht, er hatte ein schlechtes Gewissen wegen seines Freunds, den sein Vater ermordet hat.«

»Ja?«

»Makoto hatte, glaube ich ... so was wie eine Identitätsstörung. Wenn Körper und Seele nicht im Einklang sind, oder so. Er hatte das Gefühl, als wäre sein Körper wie ein ekliges Kostüm, in dem er sein Leben lang gefangen sein würde.«

»Sie meinen ... weil ihn die Leute immer als Sohn eines Mörders sehen würden?«

»Das auch, aber er meinte wirklich speziell seinen Körper. Ja. Er hat anscheinend genau wie sein Vater ausgesehen.«

»Ach so ... ja, stimmt.«

»Manchmal überkam ihn bei dem Gedanken, dass in seinen Adern das Blut seines Vaters fließt, ein solcher Ekel, dass er sich am liebsten alles aufgekratzt und die Haut vom Leib gezogen hätte. Wer seinen Körper so abstoßend findet, der traut sich ja auch nicht, mit dem Mädchen zu schlafen, in das er sich verliebt hat, oder? Er hatte noch nie Sex gehabt, als er hierherkam.«

Kido saß mit gesenktem Kopf da, sah auf seine Hände und Füße und nickte hin und wieder. Er wusste nicht, was er sagen sollte. Er stellte sich vor, wie grausam es sein musste, wenn der eigene Körper, der letzte Zufluchtsort des Menschen, zur Hölle wurde. Ein Leben zu führen, in dem man es nicht zu verdienen glaubte, zu lieben und geliebt zu werden ...

»Man redet für gewöhnlich doch immer mal davon, dass man seinem Vater oder seiner Mutter ähnlich sieht, oder? Aber Makoto konnte das nicht. Seinem Vater zu ähneln, bedeutete für ihn, dass er nicht auf dieser Welt sein durfte ... Er hatte immer furchtbare Angst, dass sein Körper außer Kontrolle geraten und auch er gewalttätig werden könnte. Genau mit solchen Vermutungen haben ihn die anderen ja auch schikaniert. Normale Menschen würden doch nie denken, dass sie jemanden umbringen könnten, selbst wenn sie richtig ausrasten, oder? Aber Makoto hatte eben Angst, dass das passieren könnte. Deswegen musste er seinem Körper auch Schmerz zufügen. Er hat gelitten, wenn er nicht geschlagen oder beim Training gequält wurde. Er meinte außerdem, dass er durchs Boxen seinen Hang zu Gewalt unter Kontrolle bekommen könnte.«

»Das war sein Motiv?«

»Hat er jedenfalls behauptet. Ich habe versucht ihn zu trösten, ich habe gesagt, dass ich noch nie gehört hatte, dass ein

Kind eines Mörders jemanden umgebracht hätte. Na ja, ich wurde auch gemobbt, wie Makoto. Wenn man jeden Tag Schläge bekommt, stellt man sich, um sich damit abzufinden, auf die Seite dessen, der schlägt. Man denkt, man hätte es schon verdient. So funktioniert das nun mal irgendwie …«

»Na ja … dass man sich selbst verletzt, weil der Schmerz das Gefühl der Selbstverleugnung mindert, kann ich nachvollziehen. Als Teenager oder so.«

»Genau. Aber der Chef hat Makoto nicht verstanden. Er dachte, dass er mit seinem Leid für die Schuld des Vaters büßen wollte, und hat ihm knallhart vorgehalten, dass es Unsinn ist, so etwas zu denken. Egal, wie sehr du leidest, hat er zu ihm gesagt, dadurch werden die Menschen, die dein Vater getötet hat, nicht wieder lebendig. Und wenn du dein Leid so zur Schau stellst, bist du genauso selbstgefällig wie dein Vater mit seinen Briefen. Aber so hatte Makoto es nie gemeint, glaube ich. Na ja, der Chef hat sich auf seine Art Sorgen um ihn gemacht, er ist auch richtig böse geworden, weil Makoto ausgerechnet jetzt damit ankam. Nun ja, es war alles kompliziert, ich kann auch den Chef verstehen. Er sagte dann noch: Es ist dein Leben, Makoto. Wenn du so darunter leidest, geh zu der Familie der Opfer und sprich mit ihnen. Ja. Die Leute können sagen, was sie wollen, aber sie können dir nichts anhaben, wenn die Familie dein Leben akzeptiert.«

Kido sah hinüber zum Manager im Ring, sein Blick verschwamm. Er dachte daran, dass der ermordete Bauunternehmer Eltern und einen jüngeren Bruder gehabt hatte.

»Makoto konnte einem wirklich leidtun«, sagte Yanagisawa. Er sah wehmütig und bedrückt aus. Er schien über etwas nachzudenken.

»Damals sind wir morgens oft hier im Viertel zusammen gelaufen. Es war klar, dass er sich irgendwann entscheiden musste. An einem Tag, ich hatte Makoto gefragt, mit mir Langstrecke zu trainieren, und wir waren gerade am Park hier um die Ecke, ist er immer langsamer geworden. Was ist los?, dachte ich und drehte mich zu ihm um. Er war stehen geblieben ... Er fiel auf die Knie, als hätte er plötzlich keine Kraft mehr. Ich bin zu ihm hingegangen und habe gefragt: Alles in Ordnung? Da legte er sich der Länge nach auf den Bauch und fing an zu weinen. Mitten in dem riesigen Park. Er drückte sein Gesicht an den Boden und weinte bitterlich. Es war ein kalter Morgen, der Boden war eisig.«

»Ich verstehe ...« Kido stellte sich die Szene vor, und es schnürte ihm die Luft ab ... Wahrscheinlich war das der Park, an dem er vorhin vorbeigekommen war.

»Ich sagte zu ihm: Du musst ja nicht hingehen. Der Chef hat das bloß vorgeschlagen, aber du bist nicht verantwortlich ... Außerdem könnte es ja sein, dass die Familie nicht gerade erfreut sein würde.«

Kido sah ihn unschlüssig an. »Und, ist er hingegangen?«, fragte er nach einer kurzen Pause.

»Nein, ist er nicht. Genauer gesagt ... gleich danach hatte er den Unfall.«

»Unfall?«

»Er ist vom Balkon gefallen. Aus dem fünften Stock des Mietshauses, in dem er wohnte. Er hatte am ganzen Körper schwere Verletzungen, mehrere Knochenbrüche. Aber er ist auf die Überdachung des Fahrradparkplatzes gefallen, das hat ihm das Leben gerettet.«

»War es ...?« Kido zögerte weiterzusprechen.

Yanagisawa, der ahnte, was er sagen wollte, fuhr fort: »Er selbst meinte, er sei unvorsichtig gewesen, er konnte sich offenbar nicht mehr richtig erinnern. Ja. Na ja, eigentlich fallen Erwachsene nicht vom Balkon, weil sie unvorsichtig sind.

Es gab ja auch ein Geländer … Ich glaube aber nicht, dass er sich umbringen wollte. Er wusste einfach nicht mehr weiter, wahrscheinlich wollte er nur aus allem raus. Wegen der Verletzungen war es mit dem All Rookies Turnier natürlich vorbei, das schien ihn irgendwie zu erleichtern.«

»Und was war mit Herrn Kosuge?«

»Der war natürlich schockiert … Es war das erste Mal seit langem, dass der Verein einen Profi an den Start brachte. Makoto hat sich bei ihm entschuldigt. Als er aus dem Krankenhaus kam, ist er verschwunden. Der Chef hat sich große Vorwürfe gemacht. Mittlerweile hat er sich wieder berappelt, aber eine ganze Weile war er richtig niedergeschlagen. Darum ist er eben auch rausgegangen. Es fällt ihm bestimmt immer noch schwer, daran zu denken.«

Kido sah wieder zu dem Manager hin, er tat ihm leid.

»Der Chef wollte Makoto unbedingt zum Champion machen. Makoto hatte ein hartes Leben hinter sich, aber der Chef wollte ihm helfen, es zu ändern. Das hätte Makoto auch Selbstvertrauen gegeben, oder nicht?«

»Ja …«

»Aber Makoto wollte nicht Champion werden. Er wollte nur ein ganz normaler Mensch sein.«

Kido blieb stumm.

»Er wollte ganz normal, in Ruhe leben. Ganz mittelmäßig, ohne dass irgendjemand auf ihn aufmerksam würde. Danach hat er sich tief im Innern gesehnt. Wirklich. Und er wusste, dass der Chef einen Champion aus ihm machen wollte, mit aller Kraft, der Druck war sehr groß, glaube ich.«

Kido schrieb *ein ganz normaler Mensch* in sein Notizbuch und starrte einen Moment lang schweigend auf die Schriftzeichen. Er fegte alle Einwände gegen diese Worte beiseite und spürte die große Sehnsucht, die in ihnen lag. Doch schließlich hatte er die Zeichen so lange betrachtet, dass sie ihre Bedeutung verloren. »Und danach haben Sie Hara nicht mehr gesehen?«, wandte sich Kido wieder an Yanagisawa.

»Nein.«

»Seit wann?«

»19 ... Hm, wann war das alles? ... 1998.«

»Und Sie wissen nicht, was danach war?«

»Nein, keine Ahnung.«

Kido nickte, er musste die Informationen in seinem Kopf ordnen, dann machte er sich erneut an seine lückenhaften Notizen. Neun Jahre später war Hara Makoto als Taniguchi Daisuke in der Stadt S. aufgetaucht und hatte dort Rie kennengelernt.

Als Kido schließlich aufschaute, sagte Yanagisawa: »Darf ich Sie etwas fragen?«

»Ja natürlich, was denn?«

»Hat Makoto Selbstmord begangen, am Ende?«

Kido sah Yanagisawa erstaunt an, dann schüttelte er mehrmals den Kopf. »Soweit ich weiß, war es kein Selbstmord.«

»Wirklich? Dann ist gut ... Ich hatte so ein ungutes Gefühl, weil Sie als Anwalt extra hergekommen sind.«

Kido überlegte, ob er mehr Details preisgeben sollte, aber er musste es so vage belassen. Yanagisawa schien mit dieser Entscheidung unzufrieden, stellte jedoch keine weiteren Fragen, sondern setzte stattdessen mit einer Miene, als habe er eine große Geschichte zu ihrem Schluss gebracht, das Gespräch fort: »Hat Makoto danach nie mehr geboxt?«

»Anscheinend nicht.«

»Verstehe ... Hmm.«

Yanagisawa griff noch einmal nach dem Foto auf dem Tisch, das Hara mit Rie zeigte.

»Wie traurig, dass er so früh gestorben ist ... Aber ich bin froh, dass er schlussendlich glücklich war.«

Kido war sich nicht sicher, ob Yanagisawa mit ihm oder mit dem Foto sprach, antwortete aber: »Ja, ich glaube, er war glücklich.«

»Und wie gut, dass er in seinem Leben niemandem etwas zuleide getan hat, denn davor hatte er sich immer gefürchtet. Ich habe also recht behalten, das würde ich ihm gern noch sagen ... Ja. Es gibt so viele Sachen, über die ich gern mit ihm sprechen würde. Dem Chef geht es bestimmt auch so.«

Und obwohl Kido sich noch immer um Taniguchi Daisukes Befinden sorgte, stimmte er in diesem Moment Yanagisawa zu. »Ja«, sagte er aus tiefstem Herzen.

16 Gleich nach der Rückkehr von dem Boxstudio schrieb Kido auf Grundlage seiner eilig gemachten Notizen und Erinnerungen alles nieder, was er über Hara Makoto erfahren hatte. In einem nächsten Schritt ordnete er dann die Informationen, die er im Laufe des letzten Jahres herausgefunden hatte, Punkt für Punkt dessen Leben zu. Er hatte das Gefühl, endlich so weit zu sein, Rie Bericht erstatten zu können. Doch wurde ihm beim Zusammentragen seiner Erkenntnisse noch etwas bewusst, das ihm bisher entgangen war.

Von Omiura Norio hatte Kido zum ersten Mal von einem Fall aus dem Jahr 2007 gehört, bei dem ein damals 55-jähriger Mann aus dem Adachi-Bezirk in der Präfektur Tōkyō mit einem 67-jährigen Mann seine Identität getauscht hatte. Einem Blog zufolge, der sich *Prozess-Freaks* nannte und dessen Verfasser später auch diesem Prozess beigewohnt hatte, hatte Omiura Norio schon ein Jahr zuvor, 2006, mit der Vermittlung solcher Identitätswäschen begonnen.

Erstaunlicherweise, so hieß es auf dem Blog, hatte wohl

ein Bericht über den Mord an James Bulger, der sich 1993 im englischen Liverpool ereignet hatte, Omiura die zündende Idee geliefert. Es handelte sich um einen Fall, bei dem zwei zehnjährige Jungen den zweijährigen James Bulger aus einem Einkaufszentrum entführt und brutal ermordet hatten. Das Verbrechen hatte nicht nur in England, sondern weltweit für Entsetzen gesorgt und einen hilflosen Pessimismus verbreitet.

Nachdem die Täter acht Jahre ihrer Strafe verbüßt hatten, wurden sie im Alter von 18 Jahren trotz massiver Proteste aus der Haft entlassen – ausgestattet mit neuen Identitäten, sodass sie ihr Leben als »andere Menschen« fortführen konnten. Im Juni 2006 veröffentlichte eine Boulevardzeitung, dass einer der beiden ehemaligen Häftlinge geheiratet habe und im Büro eines Unternehmens arbeite und niemand in seiner Umgebung etwas von seiner Vergangenheit wisse. Omiura, der diesen Artikel gelesen hatte, fasste damals den Plan, Geschäfte mit dem Verkauf und Tausch von Familienregistern zu machen.

Omiura schien weitaus mehr vermittelt zu haben, als jemals aufgedeckt wurde. Und dass er Kido, ohne zu zögern, »Koreaner« genannt hatte, hatte wohl damit zu tun, dass für gewöhnlich viele seiner Klienten tatsächlich Koreaner oder andere Ausländer waren beziehungsweise sein Geschäftsmodell sich für diese potentiell anbot. Was Kido außerdem blitzartig klar wurde, war, dass einige Kunden, wenn ihnen ihre neue Identität nicht passte, diese wieder weitergetauscht hatten.

Kido hatte sich die ganze Zeit gefragt, wie Hara Makoto – alias X – einem geistig beeinträchtigten Obdachlosen wie Tashiro Shōzō sein Schicksal, der Sohn eines zum Tode Verurteilten zu sein, hätte aufzwingen können. Der Mann aus Ries Erinnerungen konnte unmöglich ein so gewissenloser

Mensch gewesen sein – vielleicht war das ein naiver Gedanke, aber er trieb Kido um. Sein so lange andauerndes Detektivspiel war ihm schon sinnlos vorgekommen. Allerdings war derjenige, der mit dem Obdachlosen Tashiro die Identität getauscht hatte, wenn man dessen nicht gerade verlässlicher Zeugenaussage Glauben schenken wollte, eben nicht Hara Makoto gewesen. Zumindest war Tashiro nie Hara Makoto begegnet, sondern jemandem, der sich als Hara Makoto ausgegeben hatte. Demnach stimmten Kidos Schlussfolgerungen bis jetzt nicht ganz, und wahrscheinlich hatte es sich folgendermaßen abgespielt:

Zuerst hatte Hara Makoto mit jemand Anderem als Tashiro sein Familienregister getauscht. Und jener Mann, der nun Hara Makoto, der unliebsame Sohn eines Todeskandidaten war, hatte diese neue Identität später mit Tashiro getauscht. Beides war auf Vermittlung von Omiura geschehen. Kido folgerte, dass der Mann, mit dem Hara Makoto zuallererst die Identität getauscht hatte, Sonezaki Yoshihiko war. Der Name, den Omiura auf seiner Postkarte der Nackten auf die Brust geschrieben hatte.

Das bedeutete, aus Sicht von Hara Makoto betrachtet, dass er im Internet oder einem anderen Medium von Omiura erfahren hatte. Durch dessen Vermittlung war er zunächst zu Sonezaki Yoshihiko geworden. Doch aus irgendeinem Grund gefiel ihm diese Identität nicht. Dann hatte er Taniguchi Daisuke kennengelernt und mit ihm einen zweiten Tausch abgeschlossen. Später war er als Taniguchi Daisuke nach S. gezogen und hatte Rie kennengelernt.

Wenn das stimmte, würde Taniguchi Daisuke heute als Sonezaki Yoshihiko herumlaufen. Natürlich nur, wenn nicht auch er noch einmal seine Identität getauscht hatte. Und wenn er überhaupt noch am Leben war.

Kido spürte, wie Hara Makoto, dessen Name überall in seinen Computerdateien herumschwirrte, der sich ihm aber auch immer wieder zu entziehen schien, sich jetzt dank der Worte auf seinem Bildschirm mit Leben füllte. Sein Beruf als Anwalt bestand im Wesentlichen darin, Geschehnisse und die damit in Bezug stehenden Personen zu beschreiben; doch im Unterschied zu seinen Entwürfen für Gerichtsverfahren war sein jetziges Tun nicht auf ein bestimmtes Ziel ausgerichtet und beschränkt, sondern er versuchte möglichst alles, bis hin zu scheinbar unsinnigen Details, zu notieren. Es war wie bei einer Trauerfeier im Krematorium, wenn die Angehörigen die Urne mit möglichst vielen sterblichen Überresten des geliebten Menschen zu füllen suchten.

Als Hara Makoto in dieser Welt noch körperlich existierte, hatte er seine Vergangenheit verschwinden lassen. Vielleicht wollte er sie auch regelrecht auslöschen, denn für sein Leben stellte sie eine Bürde und Fessel dar. Doch jetzt, da dieses Leben zu Ende gegangen war, würden die Menschen, die ihn liebten, durch ihre Liebe ihn als Ganzes verstehen und ihn als Ganzes wiederaufleben lassen.

Kido war sich allerdings nicht sicher, ob die Person, die nun zum Vorschein kam, Hara Makoto genannt werden sollte. Doch während Kido bisher, durch all die bruchstückhaften Informationen verwirrt, eher Angst empfunden hatte, bekam er nun, da eine Gestalt sich immer deutlicher herausschälte, das Gefühl, auch selbst als Mensch wieder zu sich zu finden.

Kido wurde mit einem Mal von einer unsagbaren Trauer überwältigt, da es mit seinem Detektivspiel bald zu Ende gehen würde. Er wusste, dass die Zeit gekommen war, und wenn er an die Leere dachte, die folgen würde, wurde ihm bange. Trauer – genau dieses Wort war es, mit dem Kido in letzter Zeit tapfer den Gefühlszustand bezeichnete, der sich in ihm breitgemacht hatte. Es war eine grenzenlose Trauer, wie er sie sich als junger Mann nicht hätte ausmalen können. Wenn er nicht aufpasste, durchdrang sie ihn mit ihrer unbarmherzig eisigen Sentimentalität, und es gab kein Mittel, sie aufzuhalten.

In solchen Momenten musste er nun immer öfter an Hara denken, wie er in dem Park in Kita-Senju am Boden lag und weinte. Dieses Bild hatte sich für Kido losgelöst von Ort und Zeit, ihm wohnte fast etwas Mythisches inne. In der Tat schien es ihm geradezu übermenschlich, sich an Ort und Stelle auf den Boden zu werfen und zu heulen. Kido meinte den Schmerz auf seiner Wange zu spüren, als hätte er es selbst erlebt, wie sie über den mit Steinchen vermischten Sand schrammte.

Dem Zeitungsartikel zufolge war Kobayashi Kenkichi 1951 in Yokkaichi zur Welt gekommen. Seine Familie war so arm, dass er als kleines Kind nicht genug zu essen hatte. Darüber hinaus war er der brutalen Gewalt seines Vaters ausgesetzt. In seiner Jugend geriet er auf die schiefe Bahn, verließ die Oberschule, schlug sich eine Weile so durch, bis er bald anfing, in einer der dort ansässigen Fabriken zu arbeiten. Er lebte von da an allein und brach den Kontakt zu seinen Eltern ab.

Mit 21 Jahren heiratete er eine zwei Jahre jüngere Frau. Drei Jahre später wurde ihr einziger Sohn Makoto geboren. Kobayashi schlug seine Frau und seinen Sohn regelmäßig, doch wie in seiner eigenen Kindheit war dies damals nichts Außergewöhnliches. In ihrer Nachbarschaft galten die drei während der folgenden fünf Jahre als eine ganz normale Familie. Unter dem schlechten Einfluss eines ehemaligen Mitschülers aus der Mittelschule, dem er mit Ende zwanzig wieder begegnete, sei er, so hieß es, der Spielsucht verfallen. Im Handumdrehen hatte er riesige Schuldenberge angehäuft, bis zum Zeitpunkt des Verbrechens jeden Tag jemand hinter ihm her war, um Geld von ihm einzutreiben. Das Verbrechen ereignete sich im Sommer 1985. Kobayashi Kenkichi hatte den Bauunternehmer, den er samt Frau und elfjährigem Sohn brutal ermordete, im Kindergarten seines Sohnes kennengelernt. Nach seiner Tat kehrte er mit 136 000 Yen nach Hause zurück, wurde jedoch schon eine Woche später festgenommen. Über den Mord wurde, da er aus einem niedrigen Beweggrund und auf so grausame Weise verübt worden war, vor allem aber, weil ein Kind dabei zu Tode kam, als »Tat einer Bestie« berichtet. Da Kobayashi drei Menschen ermordet hatte, rechnete man mit der Todesstrafe, und er bestritt die Anklagepunkte auch nicht und legte nach dem erwartungsgemäßen Urteil keine Berufung ein.

Bei der Vorstellung, sein Leben könnte sich irgendwo mit dem eines Menschen wie Kobayashi Kenkichi kreuzen und der würde aus einem unerfindlichen Grund nicht nur ihn, sondern auch seine Frau und seinen Sohn ermorden, wurde Kido unheimlich. Als er sich ausmalte, wie die Mordwaffe, ein »Küchenmesser mit einer 20 Zentimeter langen Klinge«, Sōtas schimmernde, völlig faltenlose, helle und weiche Haut durchbohren würde, wurde er fast wahnsinnig. Doch diese Angst und seine Entrüstung über die unsinnige Tat führten keineswegs dazu, dass er Kobayashi hasste. Was natürlich daran lag, dass Kido nicht unmittelbar betroffen war. Zugleich wusste er – auch aus seiner beruflichen Erfahrung –, dass es diese schrecklichen Vorfälle gab. Dass sie einem jedoch einfach widerfahren konnten, verwies auf das Schicksalhafte, Fatale des Lebens.

Unglücklicherweise – und hier handelte es sich wirklich um Unglück, im wortwörtlichen Sinne – gab es Menschen wie Kobayashi Kenkichi. Die genetischen und sozialen Faktoren, die ihn zu seiner Tat getrieben hatten, sowie die unzähligen Zufälle und Unvermeidbarkeiten waren in der Geschichte der Menschen keineswegs beispiellos, im Gegenteil, sie waren so banal, dass man hätte aufschreien mögen. Aus diesem Grund war Kido auch davon überzeugt, dass Kobayashi Verantwortung für sein Verbrechen tragen musste. So eine extreme Haltung, wie den freien Willen des einzelnen Menschen zu leugnen, lag Kido fern. Zugleich war es ganz offensichtlich, dass Kobayashi in elenden Verhältnissen aufgewachsen war und sein Scheitern zu einem großen Teil in seiner Herkunft gründete.

Der Staat hatte die unglücklichen Lebensumstände seines Bürgers zugelassen. Daher hielt Kido es auch für falsch, dass der Staat ihn mit der Begründung, er habe seine Rechtsordnung verletzt, mittels der Todesstrafe ausschloss und dann so tat, als sei damit die Welt wieder in Ordnung. Dass das Justizwesen die Versäumnisse des Sozialstaates ausglich, indem es die Existenz von Delinquenten eliminierte – sodass es aussähe, als habe es diese nie gegeben –, war eine Täuschung. Ließ man dieses staatliche Unrecht weiter geschehen, gelangte man in einen Teufelskreis, in dem die immer zahlreicher scheiternden Bürger mit dem zunehmenden Verfall des Staates immer stärker durch die Todesstrafe ausgegrenzt werden müssten.

Kido hätte seine Gedanken nie mit jemandem geteilt, schon gar nicht mit seiner Frau, die deren Logik niemals akzeptieren würde. Einmal, als sie zusammen Nachrichten gesehen hatten und er die Überlegung angestellt hatte, was wäre, wenn Sōta von jemandem ermordet würde, hatte sie entschieden vertreten, dass Mörder mit dem Tode bestraft werden müssten, und ihn dazu gedrängt, ihr zuzustimmen. Kido hatte damals angemerkt, wenn man heutzutage in Japan einen Mord begehe, würde man deswegen nicht zwangsläufig mit dem Tode bestraft werden. Daraufhin hatte ihn seine Frau bedrohlich gefragt: »Und was, wenn man Sōta und mich umbringt?«

Kido hatte in scharfem Ton erwidert: »Meines Erachtens ist die Mindestvoraussetzung dafür, den Mord als ein Übel auszumerzen, dass man zuallererst die Idee ablehnt, man dürfe einen Menschen töten, wenn es dafür nur notwendige Gründe gibt. Das ist nicht einfach, aber es muss unser oberstes Ziel sein. Ich dulde keine Verbrecher, aber der Staat muss die Verantwortung für die gesellschaftlichen Ursachen der Taten übernehmen; und zwar nicht, indem er so tut, als sei er unschuldig und dem Gefühl von Vergeltung schmeichelt, sondern indem er den Opfern genügend Beistand zukommen lässt. Auf jeden Fall bin ich der Meinung, dass der Staat nicht auf das Niveau des Mörders sinken darf.«

Kaori war vor Wut und Enttäuschung rot, sie zitterte. Es war, als zweifle sie daran, dass in den Adern ihres Mannes menschliches Blut flösse. Kido hatte daraufhin das Gespräch abgebrochen, er wusste, dass eine Fortführung sich nur negativ auf ihre Ehe auswirken und irreparablen Schaden anrichten würde. Es gab keinen Grund, sich wegen eines Unglücks zu streiten, das nicht stattgefunden hatte. Sōta war damals gerade ein Jahr alt gewesen.

Ein weiterer Grund dafür, dass Kido keinen direkten Hass auf Kobayashi verspürte, bestand darin, dass er nicht nur vom Leben dieses Mannes, sondern auch von dem seines Sohnes wusste. Und für Makoto hegte er große Sympathie.

Kido stellte sich vor, wie Hara sich an dem Morgen gefühlt haben musste, als er erfuhr, dass sein älterer Schulkamerad, mit dem er im gleichen Kindergarten gewesen war, mit dem er oft zusammen Softball geübt hatte, dem er seine Base und den Schläger zur Aufbewahrung anvertraut hatte und bei dem er mehrfach zu Besuch gewesen war, eines Tages aus heiterem Himmel zusammen mit seinen Eltern brutal ermordet worden war. Er malte sich aus, wie die Sirenen von Polizei- und Krankenwagen durch das in Aufruhr versetzte Viertel heulten; und wie die anderen Eltern in die Aula der Grundschule stürmten und ihr Schluchzen den Raum erfüllte.

Und wie er dann, als einziges der Schulkinder, irgendwann auf dem Weg nach Hause von der Presse über den Vorfall ausgefragt worden war. Nicht nur über seinen toten Freund, sondern auch über seinen Vater. Er malte sich die morgendliche Szenerie aus, als die Polizei zu ihm nach Hause gekommen war und der Vater unter dem Gebrüll der Kameraleute in einem großen Gedränge festgenommen und abgeführt worden war. Er stellte sich vor, wie er seine fassungslose Mutter wie eine Fremde angesehen hatte ... *Wie leid er mir tut*, dachte Kido tief in seinem Innern. Er sah den Rücken des erwachsenen Hara Makoto vor sich. Er wusste nicht, was er ihm hätte sagen können.

Wenn Kido seinen Sohn früher vom Kindergarten abholte, spielten die Kinder oft noch im Amerika Yama Park. Der Park war 2009 anlässlich des 150. Jubiläums der Öffnung des Hafens von Yokohama auf dem Dach einer Bahnstation angelegt worden, es gab Rasenflächen und Blumenbeete, und dazwischen führte ein leicht abschüssiger, gepflasterter Weg hinab zu einem Ausländerfriedhof. Um vom U-Bahnhof oben auf das Dach und in den Park zu gelangen, musste Kido mehrere Rolltreppen nehmen, und obwohl sie zügig nach oben strebten, wurde ihm die Zeit immer lang, da er es kaum erwarten konnte, seinen Sohn in die Arme zu schließen.

Es war ein recht kalter Abend Anfang Februar, trotzdem hatten die etwa zwanzig Kinder mit ihren gelbgrünen Mützen die Daunenjacken weit geöffnet und rannten wie verrückt herum. Sōta lief weiter hinten im Zickzack seinen Freunden nach und lachte sich kaputt. Die junge Erzieherin begrüßte Kido und teilte ihm mit, dass alles in Ordnung gewesen sei, dann rief sie nach Sōta. Einige Kinder hatten Kido bereits erkannt, zeigten mit dem Finger auf ihn und schrien: »Sōtas Papa ist da!« Als Sōta ihn sah, strahlten seine Augen, zugleich wirkte er verlegen. Es war, als schäme er sich, von seinem Vater beobachtet worden zu sein, das ausgelassene Lachen verschwand aus seinem Gesicht. Und doch freute er sich auf ihn, in Erwartung auf etwas, das er von seinen Freunden nicht bekommen konnte.

»Sōtas Papa ist da!« Ein paar Kinder liefen an Sōta vorbei, auf Kido zu und sprangen an ihm hoch. Seit er einmal am Besuchstag mit ihnen gespielt hatte, war Kido beliebt, sie wussten, dass er gern mit ihnen herumalberte. Im Nu war er von vier oder fünf Kindern umringt, und als Sōta endlich angelaufen kam, riss er ihn eifersüchtig von den Anderen weg: »Das ist mein Papa«, schrie er, »ihr dürft ihn nicht anfassen!«

»Hey, zieh nicht so, das tut weh«, ermahnte Kido seinen Sohn und umarmte ihn.

Eines der Kinder stellte sich vor ihn hin und berichtete: »Heute haben Ryō und Kōhei gestritten, aber Sōta hat gesagt, sie sollen aufhören, da haben sie aufgehört.«

»Ja genau! Oder, Sōta?«

»Wirklich? Ist ja toll! …« Kido musste plötzlich daran denken, dass auch eines dieser Kinder einmal jemanden töten könnte. Vielleicht würde auch nicht eins dieser Kinder, sondern ein anderer Fünfjähriger, der gerade mit seinen Freunden ausgelassen herumtobte, zum Mörder werden. Vielleicht würde er sich in die Ecke getrieben fühlen oder aus einem Missverständnis heraus töten. Wer trägt dafür eigentlich die Verantwortung?

Trotz seiner düsteren Gedanken lächelte Kido. Auch Kobayashi Kenkichi war als Fünfjähriger sicher ein argloses Kind gewesen. Nein, wahrscheinlich war er schon damals ein schwieriger Junge, der bereits einiges hatte einstecken müssen. Die beiden Jungen, die den kleinen James Bulger umgebracht hatten, waren zehn Jahre alt gewesen. In England war heftig darüber diskutiert worden, wer für ihre Tat die Verantwortung trage. Der Berichterstattung zufolge hatten sie in erschreckend elenden Verhältnissen gelebt.

Im japanischen Strafrecht gilt bis zum Alter von 19 Jahren das Jugendrecht. Erst danach muss man für seine Straftaten vollständig selbst einstehen. Die schlechten Einflüsse aber, die im Jugendstrafrecht noch mildernd berücksichtigt wurden, sind ja dann nicht plötzlich verschwunden. Auch wenn bei den meisten Menschen glücklicherweise die guten Einflüsse den Sieg davontragen; und sicherlich müssen die Bemühungen der Einzelnen dafür gewürdigt werden. Doch sind es nicht das eigene Schicksal, glückliche Momente, die richtigen Leute, die zu diesen Anstrengungen befähigen? Kidos Kollege Nakakita war überzeugt von den neuesten Erkenntnissen der Biologie, denen zufolge die Persönlichkeit eines Menschen von den Wechselwirkungen zwischen genetischen und umweltbedingten Faktoren bestimmt wird. Eine bloße Gegenüberstellung von Natur versus Erziehung fand er absurd. Die Vorstellung, dass man für alles selbst verantwortlich sein sollte, hielt er für absoluten Unsinn. Kido war ganz seiner Meinung.

Auch, als sie zuhause angekommen waren, ging ihm der Gedanke nicht aus dem Kopf.

Ein paar Tage zuvor hatte er nach Monaten endlich wieder einmal bei Taniguchi Kyōichi angerufen, Rie hatte darum gebeten. Kido berichtete ihm, was er über Hara Makoto in Erfahrung gebracht hatte. Das letzte Rätsel, das nun noch blieb, waren die neun Jahre, die zwischen Hara Makotos Verlassen des Boxstudios und der Begegnung mit Rie lagen. Vor allem aber musste er herausfinden, ob Taniguchi Daisuke noch am Leben war. Zu diesem Zweck schien es Kido am sinnvollsten, seine Verwandten um Mithilfe zu bitten.

»Was? Ist das Ihr Ernst?«, rief Kyōichi mehrmals verwundert ins Telefon. Dann geriet das Gespräch ins Stocken, und schließlich sagte Kyōichi in einem Ton, der viel besorgter klang als bei ihrem ersten Treffen am Ende des vorletzten Jahres: »Der Typ hat Daisuke bestimmt umgebracht. Immerhin war sein Vater ein durchgeknallter Mörder, oder?«

»Das kann man nicht so einfach daraus schließen«, antwortete Kido etwas aufgeriebener als gewöhnlich. »Er wollte sich ja gerade von dieser Herkunft als Sohn eines Mörders befreien und von der Gesellschaft akzeptiert werden. Mit einem Mord hätte er alles verloren.«

Kyōichi schnaubte ins Telefon, er schien von Inhalt und Ton des Gesagten nichts zu halten. »Deswegen hat er ihn ja umgebracht«, wandte er ein, »damit Daisuke nichts ausplappert. Sein Vater ist ein Mörder, warum sollte der Sohn da so vernünftig sein? Sie wissen doch gar nicht, was passiert, wenn der ausrastet.«

»Als Hara Makoto Ihren Bruder traf, hieß er wahrscheinlich bereits Sonezaki Yoshihiko. Er war also für Daisuke gar nicht mehr der Sohn eines zum Tode Verurteilten. Sonst hätte Ihr Bruder vermutlich auch nicht in den Tausch der Familienregister eingewilligt. Es gab außerdem einen Vermittler, Hara hatte also keinen Grund, Ihren Bruder zu töten, und musste sich nicht mit Gewalt seines Familienregisters bemächtigen.«

»Das ist doch alles nur Ihre Spekulation! Reine Fantasie! Haben Sie irgendwelche Beweise? Es gibt unzählige Gründe, meinen Bruder umzubringen! Zum Beispiel, weil Daisuke sein Geheimnis aufgedeckt hatte, dass er der Sohn eines Todeskandidaten war. Er wollte ihn zum Schweigen bringen.«

»Das kann ich mir nicht vorstellen.«

»Wieso denn nicht?«

»Ich glaube nicht, dass er so etwas getan hätte.«

»Was? Was ist denn los mit Ihnen, Sensei? Wie können Sie so etwas sagen?«

»Ich habe mit Leuten gesprochen, die ihn gut kannten.«

»Quatsch! Alle Menschen haben zwei Gesichter.«

»Auch um das herauszufinden, möchte ich Sie bitten, mit mir zusammen nach Ihrem Bruder zu suchen.« Eigentlich hätte Kyōichi dagegen nichts einwenden dürfen, auch wenn er sich schlecht mit seinem Bruder verstanden hatte. Doch jetzt, in seiner Wut, bekam Kido keine klare Antwort von ihm. Kido ärgerte sich über Kyōichis Äußerung, dass Söhne von Mördern auch zu Mördern würden. Als er aufgelegt hatte, fielen ihm noch etliche Sätze ein, mit denen er ihm hätte widersprechen können. Doch nach und nach erschienen ihm seine eigenen Schlussfolgerungen selbst immer fragwürdiger.

Kido wollte den Mörder Kobayashi Kenkichi besser verstehen, um etwas über seinen Einfluss auf Hara Makoto zu erfahren. Sollte sich der gewalttätige Vater als prägend für den Sohn erweisen, wäre Kyōichis Einschätzung nicht abwegig, derzufolge sein Sohn, der unter ähnlich schlechten familiären Bedingungen aufgewachsen war, ein erhebliches Risiko hatte, ebenfalls ein Verbrechen zu begehen. Äußerlich ähnelte Hara Makoto seinem Vater auf geradezu bemitleidenswerte Weise; und auch seine Zeichnungen, in denen sich sein unschuldiges Seelenleben offenbarte, glichen ironischerweise den Bildern seines Vaters im Gefängnis.

Hara war in seinem Leben immer zwischen Vergangenheit und Zukunft zerrieben worden. Obwohl er noch ein Kind gewesen war, als sein Vater den Mord begangen hatte, und er nicht dafür verantwortlich war, konnte er sich nicht frei davon machen. Er litt unter dem Ungleichgewicht des Leids, dass nämlich die Familie der Opfer sich weiterhin wegen des Verbrechens quälte, während die Familie des Täters dies nicht tat. Er fühlte sich schuldig, was die Vergangenheit anbelangte, stellte aber zugleich in der Zukunft eine Gefahr für die Gesellschaft dar, da er das Verbrechen seines Vaters wiederholen könnte.

Aber es waren nicht nur die Anderen, die eine Gefahr in ihm sahen. Am meisten Angst vor dieser Gefahr hatte Hara Makoto selbst. Aber was bewies das schon? Es änderte zumindest nichts an Kidos Überzeugung, dass Hara so etwas nicht hätte tun können. Und hätte jeder, der ihn näher gekannt hatte, diese Überzeugung geteilt, dann hätte Hara womöglich nicht seine Identität tauschen müssen und könnte heute noch als Hara Makoto leben, oder?

17 Sie hatten abends zu dritt Sukiyaki gegessen, im Anschluss hatte Kido seinen Sohn gebadet und ihn dann, weil er bei seiner Mutter schlafen wollte, Kaori überlassen und sich in der Küche an den Abwasch gemacht. Danach legte er sich aufs Sofa, hörte eine CD von Meshell Ndegeocello und dachte an seine Zeit an der Universität zurück, als er selbst noch Bass in einer Band gespielt hatte. Wäre er so gut wie Nakakita gewesen, würde er vielleicht auch jetzt noch in einer Band spielen, was sicher ein guter Ausgleich wäre. Und während ihm diese Gedanken so durch den Kopf gingen, schlief Kido ein. Er war einfach erschöpft.

Kurz nach 11 Uhr wachte er auf. Ihn fror es an seinen nackten Zehen, also stellte er die Heizung hoch. Dann schaltete er den Fernseher ein, obwohl er für gewöhnlich kaum etwas schaute. Er zappte eine Weile durch die Programme, bis er plötzlich auf Bilder von Demonstranten stieß, die mit Fahnen der aufgehenden Sonne triumphierend durch die Straßen zogen und Parolen skandierten wie: »Schickt die Koreaner in die Gaskammern!« Es handelte sich um eine Sondersendung des Nachrichtensenders zu *hate speech*. *Das auch noch*, dachte Kido genervt und wollte den Fernseher gerade ausschalten, da erschien im Untertitel der Satz: »Es sind allerdings auch Gegendemonstranten vor Ort.« Eine Frau mit einem Plakat wurde gezeigt, das auf Japanisch und Koreanisch dazu aufrief, freundlich miteinander umzugehen. Kido sprang vom Sofa auf. Er hatte die Frau nur für eine Sekunde gesehen, aber er war sich sicher, dass es Misuzu gewesen war.

Was macht sie da?, schoss es ihm durch den Kopf. Im selben Moment hörte er von hinten eine Stimme: »Papa?« Kido drehte sich um. Da stand Sōta und rieb sich verschlafen die Augen.

»He? Was machst du denn hier?«

»Ich bin aufgewacht ... Was ist das?«

Sōta lief zum Sofa. Kido wusste nicht, wie er seinem Sohn erklären sollte, warum sich die Gruppen von Demonstranten, in deren Mitte Polizisten standen, anschrien. Doch im nächsten Moment ging der Fernseher aus. »Komm, Sōta. Du musst schlafen«, sagte Kaori. Sie knallte die Fernbedienung auf den Tisch und ging schweigend mit Sōta zurück ins Schlafzimmer, während Kido verärgert sitzen blieb.

Er griff schon nach der zweiten Fernbedienung, um den Fernseher wieder einzuschalten, doch hatte er nun keine Lust mehr und fügte sich der Entscheidung seiner Frau. Er fragte sich, ob es wirklich Misuzu gewesen war, aber er konnte sich die Bilder nicht mehr richtig in Erinnerung rufen. Als sie nach ihrem Besuch im Kunstmuseum Yokohama zu Mittag gegessen hatten, hatte Misuzu die Gegendemonstrationen erwähnt und gesagt: »Dann gehe ich eben an Ihrer Stelle.« Kido hatte das damals nicht ganz ernst genommen und fast wieder vergessen.

Er hatte sich schon einige Zeit nicht mehr bei ihr gemeldet und war überrascht, dass sie ihr Vorhaben stillschweigend umgesetzt hatte. Er lächelte, die Sache passte zu ihr. Was die Aktion als solche anbelangte, hatte er allerdings gemischte Gefühle, er empfand sowohl Freude als auch Schmerz. Er war glücklich, weil er wohl einen Platz in ihrem Herzen hatte, die Teilnahme an der Demo war sicher nicht ganz ohne gewesen. Zugleich konnte er die Sache nicht gutheißen, er war selbst enttäuscht von seiner zwiegespaltenen Reaktion.

Zainichi zu sein, war für Kido in etwa so, wie Lewin in *Anna Karenina* sein Verhältnis zu den Bauern beschrieb:

»Hätte man Konstantin Lewin gefragt, ob er das Volk liebe, dann hätte er nicht gewußt, was er darauf antworten solle. Sein Verhältnis zum Volk war dasselbe wie zu den Menschen im Allgemeinen: er liebte es und liebte es gleichzeitig nicht. Da er ein guter Mensch war, liebte er die Menschen natürlich mehr, als daß er sie nicht liebte, und das galt auch für seine Beziehungen zum Volk. Aber das Volk als etwas Besonderes zu lieben oder nicht zu lieben, dazu war er nicht imstande, nicht nur deshalb, weil er mit dem Volk lebte und alle seine Interessen eng mit denen des Volkes verbunden waren, sondern weil er sich selbst als einen Teil des Volkes betrachtete, zwischen sich und dem Volk in Bezug auf gute und schlechte Eigenschaften keinen Unterschied sah und seine Person dem Volk nicht als etwas völlig Verschiedenes gegenüberstellen konnte.«

Wenn Menschen, denen sich Kido im Denken nahe fühlte, sich in die Zainichi-Frage einmischten, wurde ihm oft unbehaglich, und er würde sie dann gern so kritisieren wie Lewin seinen Bruder: »Gerade wie Kosnyschew das Landleben liebte und pries im Gegensatz zu einem Leben, das er nicht liebte, so liebte er auch das Volk im Gegensatz zu einer Menschenklasse, die er nicht liebte.«

Kido jedenfalls hasste die Vorstellung, Menschen in Kategorien zu stecken, das machte sein Dasein als Zainichi ja so anstrengend. Denn natürlich gab es auch unter den Zainichi gute und böse Menschen; und die guten hatten wiederum unangenehme Seiten, während die bösen wahrscheinlich unbekannte gute Eigenschaften besaßen.

Außerdem fand er, dass Lewin einen wichtigen Punkt machte, wenn er vorbrachte, dass nämlich »Sergej Iwanowitsch Kosnyschew wie viele andere Männer, die für das allgemeine Wohl wirkten, nicht von seinem Herzen dazu getrieben wurde, sondern rein verstandesmäßig zu der Überzeugung gelangt war, daß es gut sei, sich damit zu beschäftigen, und sich nur deshalb damit beschäftigte.«

Allerdings war dies auch genau der Grund, warum seine Frau ihm sein Interesse für das »allgemeine Wohl« nicht abnahm. Kido saß auf dem Sofa, die Knie umfasst, und dachte, wie schon so oft, über dieses Problem nach. Natürlich war das insbesondere für ihn als Betroffenen ein verzwicktes Thema. Und mehr noch, da er auch schon vor seiner Einbürgerung fast wie ein Japaner aufgewachsen war und gar nicht wusste, ob er die Probleme der in den koreanischen Stadtvierteln lebenden Zainichi nachvollziehen konnte. Er konnte sich beim besten Willen nicht vorstellen, dass irgendwann der Tag kommen würde, an dem zwischen ihm und ihnen in seinem Herzen die Liebe zur fröhlichen Zusammenarbeit erwachsen würde, die Lewin in jener unbeschreiblich schönen Nacht empfand, nachdem er gemeinsam mit den Bauern bis zur Erschöpfung auf dem Feld geschwitzt hatte.

Kido war von all dem Nachdenken müde und schaltete zerstreut wieder den Fernseher ein. Ein Kommentator in einem Studio war zu sehen, der gerade die Massaker an den Koreanern nach dem Großen Kantō-Erdbeben 1923 erwähnte; er kam kritisch auf die Fremdenfeindlichkeit im heutigen Japan zu sprechen – was im Fernsehen in letzter Zeit eher eine Seltenheit war. Das Kantō-Erdbeben hatte sich im vergangenen Jahr zum 90. Mal gejährt, das Timing der Sendung war also nicht perfekt. Bei dem Gedanken, dass es sich in weniger als zehn Jahren zum 100. Mal jähren würde, wurde Kido unheimlich zumute.

Die Erdbebenvorhersagen gingen mit fast hundertprozentiger Sicherheit davon aus, dass es in Zukunft auch am Nankai-Graben und direkt unterhalb der Hauptstadt Tōkyō zu Beben kommen würde. Manche malten sich schon den Untergang Japans aus, nur konnte niemand vorhersagen, wann dieser kommen würde. Kido machte sich nicht nur Sorgen, dass Gebäude durch ein Erdbeben einstürzen könnten, er hatte auch Angst vor einem möglicherweise damit einhergehenden Tsunami. Sollten sie gerade in ihrer Wohnung im 8. Stock sitzen, wären sie davor in Sicherheit – doch was, wenn er mit Sōta im Yamashita-Park spielte? Sie würden, so schnell sie konnten, nach Hause laufen, dem Unglück aber wahrscheinlich nicht mehr entkommen.

Der Schaden in der Stadt wäre gigantisch. Und genau 100 Jahre nach dem Großen Kantō-Erdbeben – also in ungefähr zehn Jahren – würde es vielleicht genau wie damals Idioten geben, die wütend gebrüllte Hetztiraden wie »Tod den Koreanern« ernst nähmen, mit denen Andere ihrem Ärger Luft machten und pöbelten. Und dann würden sie ihn und seine völlig verängstigte Familie töten. Egal, ob er ein Anwalt war, der Vater eines Kindes, ein Musikliebhaber, ein *guter Mensch* oder alles zusammen. Würden all diese segensreichen Eigenschaften nicht im Gegenteil ihren Hass noch mehr schüren?

Jetzt ist aber genug, versuchte Kido spöttisch seine Sorgen zu zerstreuen, doch er konnte sich nicht zu einem Lächeln durchringen, sein Gesicht zitterte vor Anspannung. Er hatte mehrfach Gerichtsprotokolle zum Großen Kantō-Erdbeben eingesehen, von 53 Morden an Koreanern wurde berichtet, nach denen es zu einer Klage kam. Allerdings waren dem damaligen Justizministerium zufolge 233 Menschen zu Tode gekommen. Tatsächlich vermutete man ein Vielfaches an Opfern – auch wenn viele das leugneten. Chinesen waren ebenfalls unter den Opfern gewesen. Die Art und Weise, in der all diese Menschen getötet worden waren, offenbarte eine solch ekelerregende Brutalität, dass Kido sich immer wieder fragte, wie so etwas möglich sein konnte.

Er stellte sich die dahingemetzelten Leiber der Toten vor und spürte einen Schauder, als berührten ihn die kalten Körper. Er wusste, dass viele Opfer seine Landsleute gewesen waren. Er dachte an die panische Angst, die ihn im Shinkansen überkommen war, als er von der Totenwache seines so plötzlich verstorbenen Freundes zurückkehrte. Ein Gefühl der Beklemmung war es, als wolle man ihm den Raum streitig machen, den sein Selbst seit seiner Geburt mit seinem Körper – in Form und Volumen – beanspruchte, ohne dass jemand um Erlaubnis gebeten werden musste. Als Zainichi war er sich dessen bewusst, dass er sich fast nur mit den Gefühlen der Opfer identifizierte. Zugleich aber musste er sich als japanischer Staatsbürger seiner historischen Verantwortung als Täter stellen.

Die Sendung wurde von einem Werbespot unterbrochen, und Kido schaltete den Fernseher aus. Er kam zu dem Schluss, dass er sich geirrt hatte.

Es stimmte, dass es ganz unterschiedliche Zainichi gab.

Doch dass Misuzu jetzt an der Gegendemo teilnahm, lag nicht daran, dass sie die Zainichi idealisierte, sondern daran, dass diese bedroht wurden. Der japanische Staat befand sich derzeit auf keinem guten Weg, und er hatte es ja selbst zu Misuzu gesagt, die Japaner seien nun gefragt, denn sie duldeten es ja, dass solche Typen lauthals aufmarschierten, es sei das Problem ihres Landes. Auch er gehörte aber zu den Japanern, die als Erste mit dabei sein müssten.

Von all dem Grübeln wurde ihm wieder schlecht. Er legte sich mit dem Gesicht nach unten auf das Sofa und versuchte das Denken einzustellen. Um sich abzulenken, rief er sich den Tag in Erinnerung, als er mit Misuzu im Museum gewesen war. Er wollte sie wiedersehen.

Kurze Zeit später tauchte Kaori erneut im Wohnzimmer auf. »Warum zeigst du Sōta so etwas?«, fragte sie vorwurfsvoll.

Nachdem sie Ende letzten Jahres von ihrer Dienstreise nach Ōsaka zurückgekehrt war, hatten sich, besonders während der Feiertage an Weihnachten und Neujahr, zwischen ihnen ein paar heitere, wenn auch oberflächliche Gespräche mit Sōta und den jeweiligen Eltern ergeben. Die Stimmung zwischen ihnen hatte sich seither gebessert, doch als Kido jetzt ihren strengen Blick wahrnahm, fürchtete er sich vor dem, was kommen würde.

»Sōta kam auf einmal an, als ich gerade Fernsehen geschaut habe«, sagte er in möglichst sorglosem Ton.

»Du hättest sofort ausschalten müssen.«

Kido nickte, merkte aber, dass Kaori ihm seinen Unmut ansah. Sie blieb wie angewurzelt stehen und blickte ihn an, dann öffnete sie den Mund, als wollte sie noch etwas sagen.

»Ich verstehe dich und was deine Herkunft bedeutet. Und wie du weißt, haben wir in diesem Wissen geheiratet. Ich wollte dir das eigentlich nie sagen, aber es gab in meiner Familie durchaus Einwände. Ich habe alle überzeugt. Es gibt aber eben auch Menschen wie die da im Fernsehen, und vor denen müssen wir Sōta beschützen. Oder etwa nicht? Du hast doch selbst gesagt, dass wir später mit ihm über deine Herkunft sprechen, wenn er größer ist, oder?«

Kido setzte sich aufrecht hin und sah seine Frau an, die immer noch hinter der Sofalehne stand. Er suchte nach Worten, aber er wusste nicht, wie er beginnen sollte. Einerseits war ihm zwar klar, dass sie sprechen mussten, andererseits verspürte er den heimlichen Wunsch, alles einfach auf sich zukommen zu lassen. Merkwürdigerweise erschien ihm Kaori in diesem Moment ganz besonders schön, es war, als sei sie eine Fremde.

In seinem Büro schwärmten alle von der Schönheit seiner Frau, und den Eltern im Kindergarten ging es offenbar genauso. Sōta war sehr stolz auf seine Mutter, und auch Kido hatte bei ihrer Heirat zweifellos Stolz empfunden. Dass ihm dies jedoch gerade jetzt einfiel, schien ihm wie ein Vorzeichen ihrer anstehenden Trennung. Kido vermochte nichts mehr hervorzubringen. Als Kaori sah, dass ihr Mann stumm blieb, bekam sie es ihrerseits mit der Angst zu tun. Sie spürte, dass er eine Linie überschreiten könnte, die sie bisher, wie in einer unausgesprochenen Abmachung, nicht übertreten hatten.

Kido fürchtete, seine Frau könnte vor ihm eine Entscheidung treffen, und sagte schließlich: »Es wird immer schlimmer mit uns … Ich will aber weiter mit dir zusammen sein. Ich möchte darüber reden, wie wir unsere Beziehung wieder verbessern können.«

Auf Kaoris Lippen spielte ein fast unmerkliches Lächeln. »Wie kommst du denn jetzt darauf?«, fragte sie und legte ihren Kopf verwundert zur Seite. Zu Kidos Überraschung schien sie gar nicht an eine Scheidung gedacht zu haben. Vor ein paar Monaten schien es noch so, dass sie das Thema eher früher als später ansprechen wolle. Sie sah Kido an, als habe sie Mitleid mit ihm, dass er sich so offenbart hatte.

»Und ich will auch noch mal betonen, dass ich mit niemandem eine Affäre habe«, sagte Kido, seine Miene hatte sich etwas besänftigt.

»Ist schon in Ordnung ... Ich hab doch in letzter Zeit gar nichts gesagt, oder?«

»Schweigen kann auch unheimlich sein.«

»Du bist ja paranoid.«

»Musst du gerade sagen, du hast mich doch verdächtigt.« Kido lächelte gequält. »... Ich habe keine Affäre, auch wenn es vielleicht so ausgesehen haben mag, weil ich im letzten Jahr intensiv nach einer Person gesucht habe, ich war völlig besessen davon. Es handelt sich um einen Mann, keine Frau. Es hat mit einem Rechtsfall zu tun, deswegen habe ich auch nichts gesagt.«

»Um wen geht es denn?«

»Um den einzigen Sohn eines zum Tode Verurteilten ...«

Es war das erste Mal, dass Kido seiner Frau von Hara Makoto erzählte, dessen Leben er in seinem Computer nachzuzeichnen versuchte. Er erzählte ihr von Kobayashi Kenkichi, von der Kindheit und dem Mord, von der Diskriminierung, der sein Sohn Hara Makoto ausgesetzt gewesen war, davon, dass seine Mutter ihn verlassen und in ein Heim gegeben hatte, dass er später in einem Boxverein trainiert und als Profiboxer debütiert hatte, bis schließlich der Traum vom Boxen aufgrund eines Unfalls zerplatzt war ...

Anfangs war Kaori misstrauisch, sie schien sich zu wundern, warum er ihr das alles sagte. Doch sie beobachtete ihn aufmerksam, weil sie merkte, wie leidenschaftlich er sprach.

Als Kido dann von Haras Tausch der Familienregister berichtete, wurde sie neugierig. »So etwas passiert wirklich?«, fragte sie beunruhigt. Kido hielt sich mit Informationen über Rie bedeckt, er erzählte nur, dass der Mann später eine Frau geheiratet habe, die ein Kind aus früherer Ehe verloren hatte, und dass die beiden eine glückliche, wenn auch kurze Ehe geführt hätten. Schlussendlich sei der Mann beim Holzfällen im Wald durch einen Unfall zu Tode gekommen.

»Und was bedeutet dieser Mann … mit seinem unglücklichen Schicksal für dich?«, fragte Kaori am Ende etwas irritiert und mit der ihr eigenen Direktheit.

»Hmm … Am Anfang bedeutete er mir nichts …«, antwortete Kido mit einem Anflug von Ironie. »Ich habe den Fall nur übernommen, weil mir die Klientin leidtat, mit ihrem schweren Schicksal. Aber mit der Zeit fing ich Feuer – die Idee, das Leben eines Anderen zu führen, fesselte mich. Wie musste es gewesen sein, als er sein altes Leben hinter sich ließ … Wahrscheinlich war es eine Flucht vor der Realität. Ich hatte das Gefühl, einen spannenden Roman zu lesen.«

»Das ist geschmacklos.«

»Findest du?«

»Und – wovor willst du fliehen?«

Kido sah seiner Frau direkt ins Gesicht, er wusste nicht, was er erwidern sollte.

»Da gibt es einiges, alles Mögliche … Ich glaube, es hat auch mit dem Erdbeben zu tun. Es war nicht nur die Naturkatastrophe, sondern auch Dinge, wie sie eben im Fernsehen gezeigt wurden, sind katastrophal …« Kido dachte unwillkürlich daran, dass das Erdbeben auch in ihrer Ehe etwas zerstört hatte, aber er sagte nichts.

»Das geht wahrscheinlich nicht nur dir so, oder?«, fragte Kaori.

»Stimmt ... Ich hätte mich mehr um dich kümmern sollen, du bist seither auch ziemlich gestresst.«

»Du könntest zu einem Therapeuten gehen.«

»Wieso das denn?«, fragte Kido verblüfft.

»Das muss gar keine große Sache sein. Es reicht, dass dir jemand zuhört, das kann schon die Stimmung verändern. Du hörst doch als Anwalt auch ständig zu, oder?«, entgegnete Kaori.

»Aber ich bin kein Therapeut.«

»Ich weiß, aber du hilfst Leuten mit Problemen, die sie selbst nicht lösen können. Nur mir das alles zu erzählen, bringt doch nichts, oder?«

»Das gilt dann aber auch für dich. Ganz ehrlich, zwischen uns läuft doch einiges schief. Ich hatte gedacht, wir müssten unbedingt miteinander reden, aber vielleicht hast du recht. Wir sollten zum Therapeuten gehen. Und dann reden. Aber nicht nur ich. Du musst auch zum Therapeuten.«

»Bei mir ist alles in Ordnung.«

»Ach ja?«

»Ich hole mir schon hin und wieder Rat.«

»Aber keinen professionellen, oder? Du redest bestimmt nicht über das, worüber du reden müsstest.«

»Und was wäre das deiner Ansicht nach?«

»Ich möchte auf jeden Fall, dass du freundlicher mit Sōta umgehst. Und nicht so viel schimpfst.«

»Wie meinst du das?«

»Das kannst du mit deinem Therapeuten besprechen, sag ihm, dein Mann hätte das zu dir gesagt.«

Kaori schüttelte ungläubig den Kopf.

Kido sah sie an, sein Gesicht entspannte sich. Er war so

erleichtert, nicht auf der Stelle selbst eine Lösung finden zu müssen, dass er plötzlich zu reden begann.

»Das sind Probleme, mit denen man sich ernsthaft auseinandersetzen muss, wenn man ihnen auf den Grund gehen will. Aber schon bei dem Gedanken daran wird mir ganz unwohl. Manchmal überkommt mich das Gefühl, als würde mir der Boden unter den Füßen weggezogen. Wenn ich … nach diesem Mann suche, von dem ich gerade gesprochen habe, lenkt mich das ab. Durch das Leben des Anderen komme ich an mein eigenes Leben heran. Ich kann über Dinge nachdenken, über die ich nachdenken sollte. Aber einfach so, direkt, kann ich das nicht. Mein Körper stemmt sich dagegen. Es ist so, wie ich schon gesagt habe, als würde ich einen Roman lesen und beim Lesen auch meinem eigenen Schmerz begegnen. Man kann seinen Kummer nicht immer allein bewältigen, oder? Man braucht jemanden, um sich mit seinen Gefühlen auseinanderzusetzen. Na ja … bei dem finsteren Gesicht, das ich oft mache, kann ich verstehen, dass es dir keinen Spaß mit mir macht.«

Kaori setzte sich auf einen Stuhl und schüttelte etwas freundlicher als zuvor den Kopf. »Aber deine Lebenssituation hat doch mit seiner nichts zu tun.«

»Das ist ja gerade gut so. Der Abstand gibt mir wahrscheinlich Sicherheit.«

»Ich verstehe dich nicht.«

»Auf jeden Fall möchte ich, dass wir wieder besser miteinander auskommen, das meine ich ernst. Es hat mich viel Kraft gekostet, dir das zu sagen. Ich will nicht, dass du mich nicht mehr liebst. Das wäre schrecklich. Ich habe viel darüber nachgedacht, es wäre schrecklich. Ich kann deine Liebe aber nicht erzwingen, und jetzt, nach den zwölf Jahren, die wir verheiratet sind, frage ich mich, mit weitaus größerer Sorge als früher, als wir uns kennenlernten, wie ich es anstellen kann, dass du mich liebst.«

Kido fühlte sich ein bisschen komisch, als er das sagte, er kicherte. Auch Kaori musste darüber lachen, wie redselig ihr Mann auf einmal war. Solch eine Freude hatte Kido in Kaoris Gesicht vermisst, er war glücklich. Es war lange her, seit sie so heiter und zugleich so ehrlich miteinander gesprochen hatten.

Kaori sah ihren Mann an und sagte: »Du bist zu pessimistisch.«

Kido nickte.

»Alles in Ordnung?«, fragte Kaori.

»Wie meinst du das jetzt? Ja, alles in Ordnung ...«

»Sicher? Nicht dass du auf komische Ideen kommst. Ich will nicht, dass du irgendwelche eigenmächtigen Entscheidungen triffst.«

Kido wusste erst nicht, worauf sie hinauswollte, und als er ihrer ernsten Miene entnahm, was sie meinte, war er fassungslos. Dieser Verdacht war viel schlimmer als die unterstellte Affäre. »Was meinst du mit komische Ideen? Sōta ist ja auch noch da, keine Angst, ich könnte das gar nicht«, sagte er brüsk. Er dachte an den Unfall von Hara Makoto, der dessen Karriere als Profiboxer für immer beendet hatte, und konnte sein Erstaunen nicht verbergen, dass Kaori sich Sorgen machte, er könne Ähnliches vorhaben.

Kaori war blass geworden, aber sie wandte ihren Blick nicht ab, so als wolle sie sich vergewissern, dass er auch wirklich meinte, was er sagte. »Dann ist ja gut ...«

Auf einmal beschlich Kido die Befürchtung, seine Frau könnte sich womöglich schon früher Ähnliches ausgemalt haben.

Sie schwiegen eine Weile. Dann schlug sich Kido, wie um

ihrem Gespräch ein Ende zu setzen, auf die Knie und sagte: »Gut, dass wir geredet haben. Wir sollten beide einen Therapeuten aufsuchen.«

»Müssen wir nicht unbedingt. Ich weiß zwar nicht genau, was du mit deinem Hara Makoto willst, aber wenn es dir hilft, such weiter nach ihm. Nur sei zuhause auch vielleicht mal gut gelaunt.«

»Die Sache wird nicht mehr lange dauern. Aber wenn du dir noch mal Sorgen machst, geh vielleicht doch zu einem Therapeuten, oder sprich mit mir.«

»Klar, alles gut ... Danke für das Gespräch ... Ich geh jetzt ins Bad.«

Kido sah seiner Frau nach, als sie aus dem Wohnzimmer ging. Dann blickte er auf den Balkon hinaus, ließ sich schließlich aufs Sofa fallen und schüttelte den Kopf. Er holte tief Luft und stieß mit dem Ausatmen die ganze angestaute Spannung aus.

18 Am 15. Februar wurde der von Kido vertretene Karōshi-Fall in einem Zivilprozess mit einem Vergleich abgeschlossen. Die angeklagte Izakaya-Kette und deren Direktor wurden zu einer Zahlung von 82 Millionen Yen verurteilt und mussten darüber hinaus zusichern, acht Maßnahmen zu ergreifen, die ähnliche Fälle verhindern würden. Kido und seine Mandanten hatten auf ganzer Linie gewonnen.

Im Anschluss hielt er gemeinsam mit den Eltern des 27-Jährigen, die ein Foto ihres Sohnes aufgestellt hatten, eine Pressekonferenz ab. Dann gingen sie in ein italienisches Restaurant. Sie redeten drei Stunden lang über alles Mögliche; über die Verhandlung verloren sie kaum noch ein Wort. Beim Abschied schüttelten die Eltern kräftig Kidos Hand und bedankten sich.

Kido war zufrieden, doch wenn er an den Lebensabend der beiden dachte, schwand sein Glücksgefühl. Froh war er, dass es ihm auch bei diesem tragischen Fall gelungen war, bis zum Ende unbeirrt seine Arbeit als Anwalt zu tun.

Nach dem Gespräch mit Kaori beschloss Kido, endlich auch im Fall Hara Makoto einen Schlussstrich zu ziehen. Um das tun zu können, musste er jedoch unbedingt herausfinden, ob und wo Taniguchi Daisuke lebte – und ihn auch über Hara ausfragen. Allerdings war er mit seiner Suche nach Daisuke noch nicht weit gekommen.

Das änderte sich schlagartig, als er sich, nachdem er im Fernsehen die Bilder von der Gegendemonstration gesehen hatte, endlich wieder bei Misuzu meldete. Sie wusste offensichtlich nicht, dass sie im Fernsehen zu sehen gewesen war, und war ganz überrascht. Sie berichtete lebhaft, dass sie auf zwei Gegendemonstrationen gewesen sei, schilderte jedoch nichts Genaueres und erklärte stattdessen: »Übrigens habe ich zum Ende des Jahres im Sunny aufgehört. Es ist viel passiert, aber davon erzähle ich Ihnen später einmal.« Es versetzte Kido einen leichten Stich, dass er sie nicht mehr in der Bar besuchen könnte. Nachdem er Ende Januar von seinem Besuch beim Boxverein in Kita-Senju zurückgekehrt war, hatte er überlegt, bei ihr vorbeizuschauen; doch da hätte Misuzu schon nicht mehr dort gearbeitet.

Kurz darauf berichtete sie ihm in einer E-Mail von einer weiteren Neuigkeit. Das Facebook-Profil, das sie und Kyōichi auf den Namen Taniguchi Daisuke angelegt hatten, war plötzlich blockiert gewesen. Irgendjemand hatte es wohl gemeldet. Es war nicht schwer gewesen, den Account wieder zu aktivieren, doch da sie von Anfang an Vorbehalte gehabt hatte und auch das Verhältnis zu Kyōichi zunehmend schwieriger wurde, kümmerte sie sich danach nicht mehr darum.

Etwas später hatte sie dann auf ihrem eigenen Account entdeckt, dass es neben den Nachrichten auch noch einen separaten Ordner mit Freundschaftsanfragen gab. Sie öffnete ihn und fand zu ihrem Erstaunen lauter ungelesene Nachrichten der letzten Jahre. Daraufhin loggte sie sich noch mal in dem Profil Taniguchi Daisuke ein, um nachzusehen, ob es da auch einen solchen Ordner gab. Prompt stieß sie dort auf eine Warnung eines gewissen »Yoichi Furusawa«, die dieser von einem Facebook-Account ohne Foto oder sonstige Einträge geschickt hatte. Die Nachricht lautete:

»Als rechtlicher Vertreter warne ich Sie: Löschen Sie unverzüglich den gefälschten Account. Sollten Sie nicht reagieren, werde ich entsprechende juristische Schritte gegen Sie einleiten.«

Wessen »rechtlicher Vertreter« er war, sagte er nicht.

Doch Taniguchi Daisukes gefälschtes Profil existierte noch immer, ohne dass irgendwelche rechtlichen Schritte unternommen worden waren. Es war lediglich anzunehmen, dass das Blockieren auf diesen Yoichi Furusawa zurückging. Misuzu glaubte, dass die Nachricht von dem richtigen Taniguchi Daisuke stammte. »Er gibt sich jede Mühe, seine Nachricht möglichst bedrohlich klingen zu lassen, dann folgen aber keinerlei Konsequenzen, typisch Daisuke«, schrieb sie Kido.

Kido jedoch hatte den Verdacht, es könne sich auch um eine Art ›Nachsorge‹ handeln, die Omiuras Leute ihren Kunden angedeihen ließen. Er entschied, in jedem Falle zu dem Mann Kontakt aufzunehmen.

Misuzus Nachricht endete mit der leichtfertigen Frage: »Und, geht es Ihnen gut?«, die trotz ihrer Kürze noch lange in ihm nachhallte.

Kido suchte also weiter nach Taniguchi Daisuke. Ohne die Hilfe seines Bruders Kyōichi. Der hatte nämlich im Internet recherchiert und war auf diverse Details des von Kobayashi Kenkichi verübten, grauenvollen Mords gestoßen. Nun wollte er mit der Sache nichts mehr zu tun haben. Kido gegenüber hatte er mehrfach von einer »anderen Welt« und »diesen Leuten« gesprochen, auf die sich sein Bruder, der in so guten Verhältnissen aufgewachsen sei, eingelassen habe. Er schimpfte nun noch unerbittlicher als zuvor, Daisuke sei ein hoffnungsloser Idiot, es geschehe ihm recht, und er selbst wolle um Himmels willen nicht durch irgendwelche stümperhaften Aktionen in die Sache verwickelt werden.

Als Kido seinen Kollegen Nakakita fragte – den Einzigen aus dem Büro, den er um Rat bat –, was er davon halte, dass Misuzu in die Suche nach Taniguchi Daisuke miteinbezogen war, reagierte dieser skeptisch.

»Das ist leichtsinnig, glaube ich«, antwortete er. »Immerhin ist sie seine Ex-Freundin, oder? Was, wenn sie ihn stalkt? Vielleicht ist Taniguchi ja vor ihr weggelaufen und versteckt sich. Bisher scheint er seine Identität gewechselt zu haben, weil er nicht mit seiner Familie klarkam ... Aber wer weiß, ob das der einzige Grund war. Stalker können die unterschiedlichsten Motive haben, jemandem nachzustellen.«

Kido schwieg zu dieser unerwarteten Vermutung. Er konnte sich das zwar kaum vorstellen, doch widerlegen konnte er es auch nicht. Es stimmte ihn traurig, dass Nakakitas Bemerkung einen Schatten auf sein Bild von Misuzu warf, die er während des letzten Jahres ins Herz geschlossen hatte.

Niemand kennt die wahre Vergangenheit eines Anderen. Und wenn er nicht gerade vor uns steht, können wir noch nicht einmal sagen, wo er in diesem Moment ist und was er tut. Aber selbst wenn er jetzt hier vor uns stünde, wäre es eine Anmaßung zu glauben, wir wüssten, was er wirklich denkt und vorhat.

Nakakita wollte gerade zurück zu seinem Schreibtisch gehen, als er sich noch einmal umdrehte und fragte: »Alles in Ordnung, Kido?«

Kido kniff die Augen zusammen, er wunderte sich, dass nach seiner Frau nun auch noch sein Kollege ihm diese Frage stellte.

»Wieso fragst du?«, erwiderte er und lächelte.

Bevor er mit Yoichi Furusawa, dem »rechtlichen Vertreter«, in Verbindung trat, vergegenwärtigte sich Kido seine Vorgehensweise. Sollte es sich um Taniguchi Daisuke handeln, hieße dieser jetzt höchstwahrscheinlich Sonezaki Yoshihiko und würde sicherlich keinen Kontakt zu seinem älteren Bruder Kyōichi wollen. Zugleich müsste Kido, wenn er Nakakitas Hinweis ernst nahm, auch vorsichtig mit Misuzus Namen sein.

Er gab sich große Mühe, einen für sein Gegenüber glaubhaften Text zu fabrizieren, obwohl er noch gar nicht sicher war, mit wem er es zu tun hatte. Um Interesse zu wecken, wäre es vermutlich gut, nicht sofort alles, was er wusste, offenzulegen. In diesem Sinne beschloss Kido, nicht den Namen Sonezaki Yoshihiko, sondern nur die Initialen »S. Y.« zu verwenden. Er schrieb:

»Bitte entschuldigen Sie meine Direktheit und dass ich mich so plötzlich bei Ihnen melde. Ich wende mich wegen einer Nachricht an Sie, die Sie am 8. Oktober vergangenen Jahres an Herrn Taniguchi Daisuke geschickt haben.

Mein Name ist Kido Akira, ich bin Anwalt und vertrete die Frau von Herrn Taniguchi Daisuke. Ich bin in der Anwaltskammer der Präfektur Kanagawa eingetragen und Mitinhaber der unten angeführten Anwaltskanzlei. Weitere Informationen dazu finden Sie auch auf der unten angegebenen Website.

Leider ist Herr Taniguchi im September vor drei Jahren bei einem Unfall ums Leben gekommen. Auf die Umstände seines Todes kann ich an dieser Stelle nicht näher eingehen, doch im Rahmen meiner Nachforschungen versuche ich zu Personen Kontakt aufzunehmen, die ihn zu Lebzeiten kannten, so auch zu Herrn S. Y. Dabei bin ich auf den Account mit dem Namen Taniguchi Daisuke gestoßen, und als ich mit dessen Inhaber Kontakt aufnahm, berichtete mir dieser von einer Nachricht eines gewissen Yoichi Furusawa, in der dieser den Inhaber auffordere, den Account zu löschen.

Ich würde nun gerne wissen, auch wenn meine Frage möglicherweise etwas anmaßend erscheint, ob Sie, Herr Yoichi Furusawa, zufällig der rechtliche Vertreter von Herrn S. Y. sind.

Sollte ich mit meiner Vermutung richtigliegen, wäre ich Ihnen für eine Antwort dankbar, da ich Ihnen eine Mitteilung zu machen habe.

Sollte es sich um ein Missverständnis handeln, bitte ich Sie vielmals um Verzeihung. In diesem Fall ignorieren Sie meine Nachricht bitte.«

Kido selbst rechnete nicht wirklich mit einer Antwort auf seine zwielichtige Anfrage. Doch vielleicht würde es Taniguchi Daisuke bewegen, wenn er erführe, dass der Mann, der seine Identität weitergelebt hatte, gestorben war. Kido meinte zu spüren, dass Daisuke irgendwo existierte und seinem ehemaligen Leben zuweilen nachtrauerte. Und müsste Daisuke nicht außerdem befürchten, dass die Witwe des Verstorbenen die Wahrheit ans Licht bringen würde?

Schon in der Nacht, ein paar Minuten nach zwei Uhr, erhielt Kido eine Antwort von Yoichi Furusawa. Da er um diese Zeit allerdings schlief, bemerkte er die Nachricht erst, als er morgens Facebook aufrief. Natürlich war der Absender vorsichtig, gab sich gelassen, doch seine Anspannung blieb Kido nicht verborgen. Er musste an diesem Punkt zugeben, dass Misuzu mit ihrem Gespür wohl recht behalten sollte: Bei dem »rechtlichen Vertreter« handelte es sich mit großer Wahrscheinlichkeit um Sonezaki Yoshihiko – und damit um den wahren Taniguchi Daisuke, den er die ganze Zeit suchte. Allerdings waren Daisukes Tricks, angefangen bei dem »rechtlichen Vertreter« mit falschem Namen, so stümperhaft, dass Kido fast ein bisschen Mitleid bekam.

Yoichi Furusawa schrieb, dass er der Tatsache nicht traue, dass Kido Anwalt sei. Auf der verlinkten Website gäbe es zwar einen Anwalt namens Kido Akira, aber: »Wer beweist mir, dass Sie das sind? Und wer ist mit den Initialen S. Y. gemeint? Wer hat den Account von Taniguchi Daisuke eingerichtet? In was für einer Beziehung steht diese Person zu Taniguchi?«

Kido schlug vor, zu skypen. Dann könne Furusawa ihn sehen und sich vergewissern, dass er es wirklich mit Kido Akira zu tun habe. Er bräuchte auch nicht seine eigene Kamera einzuschalten, nur das Mikrofon. Kido würde, wenn möglich, gerne direkt mit S. Y. sprechen wollen – nachdem Furusawa sichergestellt habe, dass er Kido sei.

Die Nachricht war sofort gelesen worden, eine Antwort erhielt Kido jedoch erst am Abend, woraus er folgerte, dass der Mann tagsüber arbeitete. Furusawa schrieb, er könne nicht sagen, wessen »rechtlicher Vertreter« er sei – sein Auftraggeber aber wünsche, dass der Account Taniguchi Daisuke gelöscht würde und dass er auch Näheres über dessen Tod wissen wolle. Er schrieb auch, dass er sich abends um 23 Uhr über Skype melden würde.

Kido war sich unsicher, was er anziehen sollte. Schließlich entschied er sich für ein weißes Hemd und ein Jackett, so wie er es für gewöhnlich bei der Arbeit trug. Er kam sich etwas merkwürdig vor, abends, nachdem er Sōta gebadet und zu Bett gebracht hatte, noch ein gebügeltes Hemd anzuziehen.

Um 23 Uhr 05 erreichte ihn der Anruf von Yoichi Furusawa.

»Guten Abend. Ich bin Kido Akira ... Hallo?«

Der Mann schwieg.

»Sind Sie es, Herr Furusawa? Können Sie mich sehen?«

Kido sah ganz ruhig in die Kamera, so, wie wenn er einem Mandanten zum ersten Mal gegenübertrat, er lächelte nur ein wenig. Keine Reaktion. Einen Moment lang fürchtete er, sein Gegenüber habe den Anruf abgebrochen und er würde nie wieder mit ihm in Kontakt treten können.

»Hier ist Kido, können Sie mich sehen? Furu...«

»Ja ... Ich sehe Sie.«

Die Stimme, die aus dem dunklen Bildschirm schallte, zitterte leicht. Kido schauderte.

»Ah, schön ...« *Ist das der echte Taniguchi Daisuke, den ich schon über ein Jahr lang suche?* Ihm stockte der Atem, aber er wusste, dass er etwas sagen musste. Darum wiederholte er klar, aber freundlich, um sein Gegenüber nicht zu erschrecken: »Sie sehen mich?«

»Ja.«

»Vielen Dank, dass Sie sich gemeldet haben. Das freut mich sehr.«

»Nichts zu danken ...«

Die Stimme klang wie die eines Mannes mittleren Alters, ansonsten war es still, der Hall ließ auf eine kleine Einzimmerwohnung schließen. Der Mann sprach gedämpft, und es schien, als spreche er absichtlich und etwas dilettantisch in einem anderen Tonfall. Seine Nachricht auf Facebook war förmlich gewesen, aber jetzt konnte er seine Furcht und seinen Argwohn nicht mehr verbergen. Es war komisch und bemitleidenswert zugleich. Kido musste unwillkürlich an Nakakitas Bemerkung denken, dass ein Michael-Schenker-Fan kein schlechter Kerl sein könne.

»Sind Sie der rechtliche Vertreter von Herrn Sonezaki Yoshihiko?«, fragte Kido geradeheraus.

»Ja«, antwortete sein Gegenüber schlicht.

Das brachte Kido aus dem Konzept. Ihn überkamen Zweifel, denn der Mann wirkte unsicher. Vielleicht war es nicht Taniguchi Daisuke selbst, sondern ein Freund von ihm oder irgendjemand Anderes.

»Wie ich Ihnen bereits geschrieben habe, ist Herr Taniguchi vor drei Jahren gestorben. Seine Frau möchte gern etwas über sein früheres Leben erfahren.«

»Herr ... Taniguchi ... war verheiratet ...«

»Ja. Und er hat auch ein Kind.«

»Was macht seine Frau?«

»Sie arbeitet in einem Schreibwarengeschäft.«

»Ach so ... Und was möchte sie wissen?«

»Über die Einzelheiten kann ich nur mit Herrn Sonezaki selbst sprechen.«

»Aber ich ... ich bin sein rechtlicher Vertreter.«

»Ich habe keine Möglichkeit, das zu verifizieren«, sagte Kido mit einem Lächeln.

»Wie viel wissen Sie ... Herr Kido?«

»Ich weiß über fast alles Bescheid, denke ich. Und ich möchte mit Herrn Sonezaki sprechen. Wenn er es wünscht, werde ich ihm berichten, was bis hierher geschehen ist.«

Der Mann schwieg wieder.

»Die Absprache, die es wohl zwischen Herrn Taniguchi und Herrn Sonezaki gab, interessiert mich nicht. Doch irgendwann sucht der Tod uns alle auf, und ich könnte Herrn Sonezaki aus juristischer Sicht darüber aufklären, was das in seinem Fall für Probleme mit sich bringen könnte. Ich glaube, ich könnte hilfreich für ihn sein, und so häufig wird er die Gelegenheit zu einer kostenlosen Beratung nicht haben.«
Kido bemühte sich, sein Gegenüber zu überzeugen, denn angesichts dessen Reaktionen war er sich nun doch so gut wie sicher, dass er es mit Taniguchi Daisuke zu tun hatte.

Auf dem dunklen Bildschirm machte sich wieder Schweigen breit, dann hörte Kido eine Art Schnalzen. Es klang, als würde jemand nachdenken und dabei Geräusche mit dem Mund machen. Kurz darauf sagte der Mann unerwartet und in einem Ton, als wolle er sich Kidos Redeweise eines echten juristischen Vertreters anpassen: »Sind Sie schon einmal Frau Gotō Misuzu begegnet, Herr Kido?«

»Ja … das bin ich.«

»Glaubt Frau Gotō, der gefälschte Facebook-Account sei wirklich der von Taniguchi Daisuke? Und wer steckt hinter der Fälschung? Ist es der Bruder, Taniguchi Kyōichi?«

»Auch darüber möchte ich direkt mit Herrn Sonezaki sprechen.«

»Aber … Warten Sie einen Moment. Mein Auftraggeber macht sich Sorgen, ob Frau Gotō auch bei guter Gesundheit ist.«

»Soweit ich das beurteilen kann, geht es ihr gut.«

»Dann habe ich eine Nachricht für sie.«

»Von wem soll ich sie ihr ausrichten?«

»Von meinem Auftraggeber.«

»Und worum geht es?«

»Er sagt, er möchte sich entschuldigen.«

Kido fehlten die Worte, er starrte auf den dunklen Bildschirm. Für einen kurzen Moment vergaß er, dass der Andere ihn sehen konnte.

»Gut. Ich werde es ihr bestellen.«

»Mein Auftraggeber hat mich übrigens darum gebeten, sicherzustellen, dass seine Kontaktdaten keinesfalls an Taniguchi Kyōichi weitergegeben werden.«

»Ich verstehe. Könnten Sie Herrn Sonezaki ausrichten, dass ich ihn gerne treffen würde, um ihm nähere Informationen mitzuteilen. Den Treffpunkt kann er festlegen.«

»Einverstanden ...«

»Herzlichen Dank im Voraus.«

»Ja ... Also dann.«

Als das Gespräch beendet war, legte Kido den Kopf in den Nacken und starrte mit offenem Mund an die Decke.

Nakakitas Befürchtung, Misuzu könne eine Stalkerin sein, schien unbegründet zu sein. Kido wusste zwar nicht, was der Mann mit der Entschuldigung meinte, aber wahrscheinlich ging es darum, dass er einfach verschwunden war, ohne etwas zu sagen. Der Mann hatte nicht viel geredet, doch Kido spürte, dass er noch immer an Misuzu hing. Er vermutete sogar, dass sich seine Gefühle in den letzten Jahren noch verstärkt hatten. Kido hatte Mitleid mit dem Mann, der kein besonders angenehmes Leben zu führen schien. Und er schämte sich, weil er sich in Miyazaki als Taniguchi Daisuke ausgegeben und einem ihm unbekannten Barkeeper von seiner Liebesbeziehung zu Misuzu erzählt hatte. Zugleich spürte er ein Gefühl in sich aufflackern, das nur einen Namen hatte: Eifersucht.

Am nächsten Tag rief er Misuzu an und berichtete ihr von dem Gespräch. »Das war Daisuke, ich bin mir sicher! Ich sehe ihn richtig vor mir ... wer sollte denn Sonezaki Yoshihiko sonst sein?«

Als Kido ihr die Entschuldigung überbrachte, lachte sie nur matt. »Werden Sie ihn treffen?«, fragte sie.

»Das habe ich vor. Ich glaube, er wird sich darauf einlassen. Ich will mein Detektivspiel auch langsam beenden.«

»Vielleicht kann ich Sie begleiten.«

»Hmm ... Wollen Sie das wirklich? Soll ich ihn fragen?«

»Wenn er sagt, dass er das nicht will, richten Sie ihm bitte die folgende Nachricht von mir aus: *Wenn du dich entschuldigen möchtest, musst du mich schon treffen und es mir selbst sagen.* Bestimmt wird er das einsehen.«

Kido teilte Yoichi Furusawa ihre Absicht mit. Doch sein Auftraggeber schien Misuzu nicht treffen zu wollen. Als Kido ihm daraufhin auch Misuzus Nachricht übermittelte, erhielt er kurze Zeit später die Antwort: »Herr Sonezaki Yoshihiko ist einverstanden, wenn auch Frau Gotō mit zu dem Treffen kommt.«

Das Treffen sollte am ersten Samstag im März in Nagoya stattfinden.

19 Kido informierte Misuzu und reservierte zwei nebeneinanderliegende Sitzplätze für den Nozomi-Shinkansen nach Nagoya.

Als er um 9 Uhr in Shin-Yokohama in den Shinkansen stieg, winkte sie ihm lächelnd zu. Sie war bereits in Tōkyō eingestiegen.

»Sie haben eine neue Frisur«, begrüßte Kido sie.

»Ja, seit gestern«, antwortete Misuzu.

»Wirklich, für heute?«

»Nein, das ist reiner Zufall.«

Die Haare, die unter ihrer Strickmütze hervorschauten, waren in einem dunklen Braun gefärbt und reichten ihr nur noch bis zur Schulter. Sie war wie immer entspannt gekleidet, zu einer Jacke im Military-Look trug sie eine schmal geschnittene Jeans. Kido selbst trug einen Anzug, aber keine Krawatte. Es war das dritte Mal, dass sie sich trafen, aber es war das erste Mal, dass Kido neben ihr saß. Misuzus Parfüm duftete nach einer bittersüßen Zitrusfrucht.

In dem Zug waren nicht viele Fahrgäste, die Reihen vor

und hinter ihnen waren nicht besetzt. Die Fahrt bis Nagoya dauerte eineinhalb Stunden, und zuerst tauschten sie sich darüber aus, was in den letzten Monaten geschehen war. Misuzu erzählte, warum sie in der Bar aufgehört hatte: »Ich konnte die Anmachen meines Chefs nicht mehr ertragen ...«, sagte sie und lächelte grimmig.

»Zuerst dachte ich noch, er scherzte, aber irgendwann hat er mich geradezu angefleht.«

»Dass es ihm ernst war, hat man auf den ersten Blick gesehen.«

»Wirklich? Haben Sie das gemerkt?«

»Klar ... Aber ich kann ihn auch verstehen. Wenn man in so einem kleinen Laden neben so einer hübschen Frau sitzt, muss man sich ja verlieben.«

»Diese Art von Verliebtsein kenne ich schon. Und sie ist so oberflächlich.« Misuzu zog das »so« in die Länge und lachte laut. Kido beobachtete sie von der Seite.

»Außerdem hatte ich auch keine Lust mehr auf das Gerede da. Etwa zu der Zeit, als ich auf die Gegendemos gegangen bin, fing ich an, mich unwohl zu fühlen. Ich habe eh dort nicht viel verdient, es war mehr ein Hobby, und wenn es dann keinen Spaß mehr macht, muss man eben gehen. Die ganze Nacht hinterm Tresen zu stehen, hat mich auch immer mehr angestrengt. Ich bin ja nicht mehr die Jüngste.«

»Ich wäre gern noch mal bei Ihnen vorbeigekommen. Ihr Wodka Gimlet war einfach köstlich.«

»Den kann ich Ihnen jederzeit mixen. Wir können auch mal zusammen was trinken gehen, in der Bar durfte ich nicht trinken.«

Einen Augenblick lang überkam Kido die Fantasie, er könnte jetzt mit seiner Antwort die Zukunft in eine bestimmte Richtung lenken, doch sie löste sich gleich wieder auf. »Aber Sie haben doch was getrunken, als ich da war«, wich er aus.

Misuzu schien ihren Vorschlag auch nicht weiterzuverfolgen, lachte und sagte: »Nur an dem Abend. Sonst habe ich hinterm Tresen nie getrunken.«

Dann beschwerte sie sich über Kyōichi, der sich auf unerträgliche Weise an sie rangemacht und daraufhin noch mit ihr gestritten habe. Auch deswegen habe sie sich nicht mehr um den gefälschten Facebook-Account gekümmert. »Er wollte gar nicht seinen Bruder suchen, er wollte dadurch vor allem mit mir in Kontakt bleiben. Und als ich schließlich diese Nachricht von Furusawa entdeckt habe und gleich vermutete, dass Daisuke dahintersteckt, wurde es gefühlsmäßig kompliziert für mich.«

»Darum ging es ihm also ... und gleichzeitig derart vehement darauf zu beharren, sein Bruder wäre vielleicht ermordet worden ... Bestimmt ist er kein böser Kerl, aber sein Verhalten ist wirklich schwer nachvollziehbar.«

»Das ist nicht neu, er war schon immer so ... Ich habe Ihnen noch nichts davon erzählt – aber dass die beiden Brüder sich nicht vertragen haben, hat auch ein bisschen mit mir zu tun. Kyōichi war nämlich auch in mich verliebt.«

»Ach ... also doch, das hab ich mir schon gedacht.«

»Kyōichi war früher ein ziemlicher Frauenschwarm. Aber mein Typ war er nicht, er war mir zu oberflächlich. Daisuke dagegen war unbeholfen, außerdem sah er nicht besonders gut aus, er war eher der Typ, über den sich alle lustig machten. Er war auch selbst schuld daran. Wenn sie ihn gehänselt haben, hat er so getan, als fände er es witzig. Er hat immer nett gelächelt, aber irgendwann ist er dann ausgerastet. Und dann haben sich alle von ihm abgewendet. Was hat der nur plötzlich, haben sie sich gewundert. Aber so plötzlich war das nicht.«

Kido hatte das Gefühl, als wäre der Taniguchi Daisuke, von dem Misuzu gerade erzählte, eine völlig andere Person als der, den Kyōichi beschrieben hatte, beziehungsweise auch als der, den Rie von Hara Makoto übermittelt bekommen hatte.

»Auch die Geschichte mit der Organspende stand wahrscheinlich im Zeichen dieser ganzen Ablehnung, die er erfahren hatte, oder?«, fragte Kido.

»Gut möglich. Aber es ist ja auch was anderes, als einem Mitschüler Geld zu leihen.«

»Klar.«

»Kyōichi hat auf seinen Bruder herabgeschaut, darum hat er es auch nicht ertragen, dass ich mit Daisuke zusammen war.«

»Er scheint auch sehr stolz zu sein«, ergänzte Kido.

»Ja, das auch ...«, Misuzu lächelte bitter, als täte er ihr leid. Dann fuhr sie fort, wobei sie darauf achtete, dass niemand außer Kido sie hören konnte: »Oberschüler wollen immerzu Sex haben, stimmt's?«

»Haha, kann sein.«

»Kyōichi hat es einfach nicht ausgehalten, dass Daisuke mit mir Sex haben durfte. Irgendwas ist da bei ihm durchgeknallt, er hat getobt.«

Kido musste unwillkürlich lachen, er konnte gar nicht aufhören. Misuzu fiel in sein Lachen ein. »Es ist also nicht die hübsche Geschichte, dass er sich schon immer nach mir verzehrte. Er will einfach ins Bett mit mir. Aber ich bin auch älter geworden ... Und wie ich heute wirklich bin und was daraus werden würde, wäre ihm total egal. Hauptsache, er kriegt mich rum, bis dahin hat er keine Ruhe.«

»Er will die Demütigung von damals halt wettmachen.«

»Können Sie das etwa nachvollziehen?«

»Ja ... Jedenfalls kann ich nicht behaupten, dass ich es nicht verstehen kann.«

»Was?! Würden Sie etwa auch, nur um zu erobern ...?«

»Na ja, es ist alles immer eine Frage des Maßes, aber ganz fern läge mir das nicht. Man muss sich bei all seinem Verlangen halt bewusst darüber sein, wann eine Frau verletzt werden könnte. Außerdem kommt unter uns Männern auch noch dieser schreckliche Neid und die Konkurrenz ins Spiel ... Haben Sie schon mal etwas von ›triangulärem Begehren‹ gehört? René Girard. Menschen begehren sich nicht eins zu eins, sagt er, sondern sie begehren eine Person, weil es einen Rivalen gibt.«

»Aha ... und warum begehrt der Rivale die Person?«

»Hm, gute Frage. Vielleicht antizipiert er den Rivalen ja schon. Oder er ist eine Art Genie, oder ein Spinner.«

»Soll das heißen, dass sich Daisuke aus Rivalität zu seinem Bruder in mich verliebt hat?«

»Hm ... tut mir leid, ist vielleicht kein so gutes Thema.«

Misuzu blickte Kido an. Sie sah aus, als sei sie unschlüssig, ob sie weiter lächeln sollte. »Sie sind ein ernster Mann, oder?«, sagte sie schließlich.

»Ich weiß nicht. Ich versuche nur, mich von meiner besten Seite zu zeigen.«

»Also haben Sie verschiedene Gesichter.«

»Stimmt. Wir haben mal darüber gesprochen.« Kido lachte. Natürlich hatte er kein Sterbenswort darüber verlauten lassen, dass er sich wiederum wegen seiner Zuneigung zu ihr den Taniguchi-Brüdern gegenüber unbehaglich fühlte. Und dass er, um seine Gefühle zu verbergen, jemanden wie René Girard anführen musste, kam ihm ziemlich schäbig vor.

Misuzu sah aus dem Fenster, die Landschaft war trostlos. In der Ferne tauchte der Fujisan auf. Sie sah weiter stumm nach draußen. Schließlich wandte sie sich wieder Kido zu.

»So etwas passiert mir öfter«, sagte sie. »Es ist nicht so, dass ich mein Gesicht nicht mag, aber es scheint immer wieder auf falsche Fährten zu führen. Und das Problem ist, dass ich es nicht zu meinen Gunsten einsetzen kann.«

»Das ist bestimmt nicht ganz einfach ...«

»Wenn ich Leuten davon erzähle, halten sie mir vor, dass ich mich eben zu einladend oder freizügig gebe. Der Chef zum Beispiel hat mich nach der Arbeit auf richtig geschmacklose Weise angebaggert. Als er mich noch nicht kannte, ich früher als Kundin in die Bar kam, hat er das nie gemacht.«

»Ich glaube nicht, dass Sie zu freizügig sind.«

Misuzu lächelte angespannt. Dann sagte sie nach einer Pause, als sei ihr plötzlich etwas Schönes eingefallen: »Apropos ... ich bin seit etwa einem Jahr in jemanden verliebt.«

»Ach wirklich?« Kido tat, als wäre nichts, aber er war selbst verblüfft, wie entsetzt er war. Natürlich musste er davon ausgehen, dass sie einen Freund hatte, aber komischerweise merkte er es nie, wenn Frauen verliebt waren. Das war ihm schon als Jugendlicher so gegangen, und er hatte offensichtlich seither keine Fortschritte gemacht. Liebesbekenntnisse und Gerüchte darüber, wer mit wem zusammen war, trafen ihn immer aus heiterem Himmel.

Er wusste, dass Misuzu auch noch ein Leben hatte, das sich außerhalb der Bar und ihrer gemeinsamen Suche nach Taniguchi Daisuke abspielte. Dass er jedoch angesichts der vielen Freunde, die sie bei Facebook hatte, gerade auf die Taniguchi-Brüder und den Besitzer der Bar eifersüchtig war – war wirklich naiv. Jetzt spürte er, wie dank dieses Rivalen, dem er nie begegnet war und mit dem er nicht gerechnet hatte, sein aberwitziger Traum von einem anderen Leben mit Misuzu durch das ›trianguläre Begehren‹ noch angefacht wurde.

»Er tauchte eines Abends in der Bar auf ... Die meisten Männer dort sind eher ungehobelt und duzen mich einfach, aber dieser Mann war anders, er war intellektuell. Er benahm sich wie ein Gentleman mir gegenüber. Wir haben uns danach online Nachrichten geschrieben. Auch da war er immer ernst, höflich und klug.«

Kido nickte zustimmend und dachte: *Wenn es darum geht, ich duze sie ja auch nicht.*

»Also wartete ich in der Bar auf ihn und hoffte, dass er irgendwann wiederkommt. Ich ging auf seine Facebook-Seite und drückte bei manchen Posts oder Fotos auf ›Gefällt mir‹. Aber er war immer beschäftigt und ist nie vorbeigekommen, da habe ich ihn zum Essen eingeladen.«

»Der Glückliche! Was macht er denn so?«, fragte Kido. Doch als er sah, dass Misuzu zögerte, ergänzte er rücksichtsvoll: »Sie müssen nicht antworten, ich hab nur so gefragt.«

»Das Problem ist nicht seine Arbeit, sondern ... Er ist verheiratet und hat ein Kind. Und auch wenn ich vielleicht nicht so wirke, aber ich habe noch nie eine Affäre mit einem verheirateten Mann gehabt.«

»Was meinen Sie mit ›auch wenn ich vielleicht nicht so wirke‹?«

»Es stimmt doch. Ich bin über 40 und immer noch Single, da läuft es doch meist darauf hinaus ... Aber der Mann ist nicht nur sehr beschäftigt, er scheint auch zufrieden mit seinem Leben zu sein. Außerdem interessiert er sich nicht sonderlich für mich ... Ehrlich gesagt, waren die letzten sechs Monate ziemlich hart. Manchmal fragte ich mich, was noch aus mir und alledem werden soll.«

»Und dann?«

»Dann ... ist etwas passiert, und ich habe beschlossen, die Sache sein zu lassen. Ich habe auch in der Bar gekündigt, weil ich nicht immer auf ihn warten wollte. Es hat zu weh getan. Ich habe Ihnen doch von meinem Prinzip der drei Siege und vier Niederlagen erzählt, inzwischen häufen sich die Niederlagen.«

»Haben Sie dem Mann Ihre Gefühle denn offenbart?«

Misuzus lange Wimpern flatterten, so schnell wie ein Wasservogel, der, von einem Geräusch aufgeschreckt, davonfliegt. Kido konnte ihr Blinzeln nicht deuten, aber als er das leichte Lächeln auf ihren geschlossenen Lippen sah, lächelte auch er und fragte nicht weiter.

Es scheint also einen Mann zu geben, der mir ähnlich ist, dachte er.

Sie schwiegen eine Weile.

»Sie können ruhig arbeiten, wenn Sie wollen«, sagte Misuzu aufmerksam.

»Und Sie können ruhig schlafen«, sagte er. »Ich wecke Sie dann.«

»Darf ich noch eine Sache fragen?«

»Bitte.«

»Warum hat Hara Makoto eigentlich Daisukes Vergangenheit als seine ausgegeben? Ich kann verstehen, dass er mit seiner eigenen Familiengeschichte nichts mehr zu tun haben wollte, aber er hätte sich doch eine Kindheit und Jugend ausdenken können, so wie es ihm passte. Diese ganze Sache mit der Lebertransplantation hätte er doch gar nicht gebraucht, oder?«

»Es gibt bestimmt Menschen, die ihre Vergangenheit mit irgendwelchen erfundenen Geschichten überdecken …, aber ich glaube, Hara hat sich Daisuke wirklich verbunden gefühlt. Wie wenn man Bücher liest oder Filme sieht. Außerdem braucht man ganz schön Talent, um sich selbst eine Geschichte auszudenken, die einem gefällt und in die man seine Gefühle hineinprojizieren kann. Das kann nicht jeder. Dafür ist es meiner Meinung nach im Übrigen wichtig, dass man sich über den Anderen mit sich selbst auseinandersetzt. Es gibt eine Einsamkeit, die nur gelindert werden kann, indem man sich von den Geschichten der Niederlagen anderer Menschen berühren lässt. Und dabei erkennt: Das bin auch ich! ...« Kido dachte an sein eigenes Interesse an Hara.

»Ja. Ich verstehe, was Sie sagen wollen, aber ... es gibt den Daisuke von früher, den ich kenne. Und dann Taniguchi Daisuke, der in Miyazaki eine wunderbare Familie gegründet hat und beim Holzfällen ums Leben gekommen ist. Und dann ist da noch das Leben des wirklichen Daisuke heute, den wir gleich treffen werden ... Das ist alles sehr merkwürdig.«

»Bestimmt gibt es für jeden von uns zahllose Möglichkeiten, wie die eigene Zukunft aussehen könnte. Und das machen wir uns selbst nicht oft genug bewusst. Würde ich jetzt jemandem den Staffelstab meines Lebens übergeben, wer weiß, vielleicht würde er mein Leben in eine bessere Zukunft führen als ich.«

»Das klingt ja so, als würde man den Chef eines Unternehmens auswechseln. Oder den Trainer eines Fußballteams.«

»Davon handelt die Idee der juristischen Person seit dem Römischen Reich. Die einzelnen Bürger kommen und gehen, ändern ihre Wege, nur der Staat bleibt ... Aber das römische Recht, das heute die Grundlage des Zivilrechts bildet, beruhte auch auf der Annahme, dass das Römische Reich ewig währen würde. Dann ist es untergegangen, während das Recht überdauert hat ...« Kido, der das Thema eher zufällig angeschnitten hatte, sah flüchtig zu Misuzu hinüber und merkte, dass sie ihm gespannt zuhörte.

»Na ja, auf individueller Ebene verhält es sich noch mal anders«, fuhr er fort. »Ein einzelner Mensch hat nun mal eine begrenzte Lebensdauer. Außerdem ist Hara Makoto natürlich nicht Taniguchi Daisuke.«

»Aber er ist auch nicht mehr Hara Makoto.«

»Das stimmt ... Ihre Leben überlappten sich, oder existierten sie nebeneinander? ... Was lieben wir eigentlich an einer Person, wenn wir uns in sie verlieben? ... Man lernt jemanden kennen und mag ihn so, wie er ist, und danach liebt man diese Person mitsamt ihrer Vergangenheit. Doch was wird aus der Liebe, wenn sich diese Vergangenheit als die eines Wildfremden herausstellt?«

Misuzu machte ein Gesicht, als sei das nicht so schwer zu beantworten, und sagte: »Dann liebt man sich von dem Punkt an, als man davon erfahren hat, wieder von Neuem. Wenn man sich einmal liebt, ist das ja nicht einfach zu Ende. Die Menschen erneuern ihre Liebe ja auch sonst in der ganzen Zeit, in der sie zusammen sind, oder? Es können so viele Dinge passieren.«

Kido sah sie an. Ihr Gesicht strahlte eine starke und zugleich zarte innere Ruhe aus, die Kido ungemein anziehend fand. Ihm wurde bewusst, wie sehr sie ihn in diesem einen Jahr beeinflusst hatte, mit ihrer unkonventionellen Sturheit und der Freiheit im Denken, auch wenn diese eine gewisse Enttäuschung der Welt gegenüber miteinschloss. Es berührte ihn, wie selbstverständlich sie ihre Gedanken über die Liebe offenlegte. »Ja, das stimmt ... Vielleicht bleibt die Liebe, auch wenn sie sich ständig verändert. Und nur weil sie sich verändert, kann sie andauern ...«

Durch den Lautsprecher ertönte die Ansage, dass der Zug in wenigen Minuten Nagoya erreichte. Als Kido daran dachte, dass er Misuzu nach dieser Reise vielleicht nicht wiedersehen würde, überkam ihn Wehmut. Er dachte an die gescheiterte Liebe, von der sie vorhin erzählt hatte. Er betrachtete ihr Profil, tat aber so, als sähe er aus dem Fenster. Wie konnte er nur so dumm gewesen sein und nicht merken, dass er gerade selbst gemeint war. Er bemühte sich, möglichst teilnahmslos zu wirken. Er hoffte, dass er und seine Frau sich zusammenraffen würden. Und er sagte sich mehrmals, dass er Misuzus Entscheidung beherzigen sollte. *Ich habe beschlossen, die Sache sein zu lassen*, hatte sie gesagt.

Sie hatten beide kaum Gepäck dabei, da sie am selben Abend wieder zurückfahren wollten. Sie blieben so lange auf ihren Plätzen sitzen, bis der Zug im Bahnhof stand. Für einen kurzen Moment bekam Kido Lust, einfach sitzenzubleiben und mit Misuzu irgendwohin zu fahren, eine Aufregung durchfuhr ihn. Sein Herz pochte laut, als er daran dachte, es ihr vorzuschlagen. Dann aber fiel ihm der Satz ein, den sie in Bezug auf Kyōichi gesagt hatte: »Aber ich bin auch älter geworden ... und wie ich heute wirklich bin und was daraus werden würde ...« Der Satz ging ihm nicht aus dem Kopf, er konnte das Gefühl gut nachempfinden. *Ich bin auch älter geworden*, dachte Kido. *Und vermutlich würde nichts Gutes daraus werden.*

Wie um den Gedanken abzuschütteln, stand er auf und sagte: »Kommen Sie, wir müssen aussteigen.« Misuzu wandte sich ihm zu und nickte. In ihrem Gesichtsausdruck war diese melancholische Heiterkeit. Kido reichte ihr seine Hand. Misuzu ergriff sie mit einem hellen Lachen. Sie war sichtlich erfreut über seine Aufmerksamkeit. »Danke«, sagte sie, »auf geht's!«, und stand auf, ihre Stimme ließ keinen Zweifel an ihren wahren Gefühlen.

20 Da sie mit dem vermeintlichen Sonezaki Yoshihiko um 13 Uhr verabredet waren, aßen Kido und Misuzu in einem Restaurant im Bahnhofsgebäude noch etwas Kleines zu Mittag und trennten sich dann erst einmal. Der Plan war, dass Kido den Mann zunächst alleine treffen und Misuzu später dazukommen würde. Als Treffpunkt hatte Sonezaki das Café Komeda vorgeschlagen, das etwa zehn Minuten zu Fuß vom Bahnhof entfernt war. Doch da Kido sich in der Gegend nicht auskannte und es mehrere Filialen der Kette gab, kam er schließlich fünf Minuten zu spät.

Kido war sich nicht sicher, ob er den Mann, wenn es sich bei Sonezaki Yoshihiko um Daisuke handeln sollte, erkennen würde, denn das Foto, das er von ihm gesehen hatte, war über zehn Jahre alt. Als er der Kellnerin erklärte, dass er verabredet sei, führte sie ihn in den durch eine Holzwand abgetrennten Raucherbereich. Dort saß an einem Vierertisch ein Mann in einer Sukajan-Jacke, die gar nicht zu ihm passte, und mit einer grauen Strickmütze auf dem Kopf. Er sah zu Kido hinüber. Kido tat einen lautlosen Seufzer. Er spürte, dass sein

Herz schneller schlug, wie bei ihrer Skype-Verabredung, als sie zum ersten Mal miteinander gesprochen hatten. Es war Taniguchi Daisuke, daran gab es keinen Zweifel, er war nur ein paar Jahre älter geworden. *Er lebt also ...*

Kido musste an Hara Makoto denken und an sein Vertrauen zu ihm, das ihn nie verlassen hatte. Er spürte, wie ihm die Hitze ins Gesicht stieg, der ganze Raum roch nach einer Mischung aus Zigarettenrauch und Kaffee. Kido ging zu dem Tisch, begrüßte den Mann und reichte ihm seine Visitenkarte. Der Mann senkte schweigend den Kopf, er schien furchtbar nervös zu sein, und betrachtete mehrmals die Vorder- und Rückseite der Karte.

»Sie sind Herr Taniguchi Daisuke, nicht wahr?«

Auf Kidos Frage hin machte der Mann, der sich Sonezaki Yoshihiko nannte, einen Moment lang eine unbehagliche Miene. Nach einem kurzen Zögern erwiderte er: »Ja, das stimmt.« Reflexartig setzte Kido ein unbeholfenes Lächeln auf.

Da sein Gegenüber drei Jahre älter war als Kido, musste er 42 Jahre alt sein. Sein Gesicht war aufgedunsen, die Haut war fahl, und er hatte sehr müde Augen. Als Kido sich einen Kaffee bestellte, sagte der Mann: »Könnten Sie mich trotzdem Sonezaki nennen? Und stört es Sie, wenn ich rauche?«

»Nein, rauchen Sie nur. Und pardon, ich werde Sie Sonezaki nennen.«

Sonezaki zündete sich eine Zigarette an, nahm einen Zug und fuhr, sichtlich entspannter, fort: »Jemand, der die Erfahrung nicht gemacht hat, kann das nur schwer verstehen. Aber wenn man seine Identität tauscht, ist man nach ungefähr einem Jahr wirklich ein Anderer. Wenn jemand Taniguchi zu mir sagt, denke ich: ›Hä? Meint der mich?‹ Man tauscht ja alles, auch die Vergangenheit. Früher, bevor ich mein Familienregister getauscht habe, habe ich meine Familie gehasst, jetzt sind sie Fremde für mich. Als ich Taniguchi Kyōichi auf Facebook gesehen habe, sah er für mich nur noch aus wie der unangenehme Chef eines Onsen-Hotels in der Provinz.«

»Denken Sie denn nie an früher?«

»Ich habe alle Beziehungen gekappt und bin weggegangen, und mit der Zeit vergisst man. Nein, das stimmt nicht, die eigene verhasste Geschichte vergisst du nicht einfach, auch wenn du das gerne wolltest. Du musst sie mit einer anderen überschreiben. Wenn du die Vergangenheit nicht ausradieren kannst, musst du sie so lange überschreiben, bis sie nicht mehr zu entziffern ist.«

Als der Kaffee kam, nahm Kido einen Schluck und nickte. Er musste zugeben, dass er sich geirrt hatte, als er vermutet hatte, man würde, indem man die beschädigte Geschichte eines Anderen lebte, sein eigenes Leben leben. Außerdem stimmte das Bild, das er sich auf dem Weg hierher durch Misuzus Erzählungen von Taniguchi Daisuke gemacht hatte, nicht mit der Person überein, die jetzt vor ihm saß. Nur sein Gesicht war ähnlich geblieben, doch sonst war er, so wie er es eben erklärt hatte, nicht mehr dieselbe Person.

»Woher stammt … Herr Sonezaki eigentlich?«

»Aus einer Stadt in der Präfektur Yamaguchi. Er war der Sohn eines Yakuza.«

»Ich verstehe … Und wissen Sie, mit wem dieser Herr Sonezaki …, wie soll ich es formulieren, sein Familienregister getauscht hat?«

»Mit Herrn Hara Makoto«, sagte Taniguchi Daisuke, als sei das eine Selbstverständlichkeit.

»Das stimmt. Und vermittelt hat die Sache ein Mann namens Omiura, nicht wahr?«

»Ja, so hieß er, glaube ich ... Sein Gesicht sah aus wie ein Kugelfisch, eine nicht sehr vertrauenerweckende Gestalt.«

»Ah ja, das ist er wahrscheinlich.«

»Der hat so wirres Zeug erzählt, dass er jemanden kennt, der 200 Jahre alt geworden ist oder so.«

Kido musste lachen, er hätte fast seinen Kaffee verschüttet. »Bei mir war der Mann schon 300 Jahre alt.«

Taniguchi Daisuke grinste, er wirkte zum ersten Mal etwas unbefangener. »Was macht dieser Omiura denn zurzeit?«, fragte er.

»Er sitzt im Gefängnis.«

»Wirklich? Was hat er getan?«

»Betrug.«

Daisuke kniff ein Auge zu und blies amüsiert den Rauch seiner Zigarette aus.

»Wissen Sie etwas über die Kindheit von Hara Makoto?«

»Ja, der Vater war dieser Mörder.«

»Genau. Er hat seine Identität zweimal getauscht, nicht wahr? Das erste Mal wurde er zu Sonezaki Yoshihiko, und danach ...«

»Hat er sie mit mir getauscht.«

»Warum zweimal?«

»Warum? Das ist in dem Milieu normal. Leute wie ich, die nur einmal tauschen, sind eher in der Minderheit.«

»Das wusste ich nicht.«

»Haras Lebenslauf war so bedrückend, dass er sich seinen Tauschpartner anscheinend nicht aussuchen konnte. Aber was ihn bei Sonezaki gestört hat, war nicht, dass er aus einer Gangster-Familie stammte, sondern dass er den Typen einfach nicht mochte.«

Das leuchtete Kido ein. Es war ja wohl auch dieser Sonezaki, der Tashiro, den Mann mit der geistigen Behinderung, dazu gedrängt hatte, Hara Makoto zu werden.

»Das Familienregister *Taniguchi Daisuke* war dagegen ziemlich begehrt. Ich hatte keine Straftaten begangen und hatte eine saubere Vergangenheit«, er fummelte an seinem 100-Yen-Feuerzeug herum. »Es war sogar ein Mann dabei, der schon mehrere Male seine Identität getauscht hatte und schließlich, wie der Strohmillionär Warashibe Chōja, bei mir landete. Ich hatte damals nur einen Wunsch, die Verbindung zu meiner Familie zu kappen. Es war mir egal, mit wem ich tauschen würde, ich wollte bloß keinen mit einer Vorstrafe und keinen, der es irgendwie auf mein Vermögen abgesehen hatte und der Familie Taniguchi später Schwierigkeiten bereiten würde. Und dann habe ich Hara Makoto getroffen, wir haben uns über ganz vieles unterhalten, und ich hatte das Gefühl, dass sich sein Leben durch den Tausch verbessern könnte.«

»Und hatte Hara Verständnis für Ihre Geschichte?«

»Ja, das hatte er. Er hat freundlich zugehört, als ich ihm davon erzählte, und meinte, dass er sich bemühen will, Taniguchis Leben auf seine Weise weiterzuführen. Wenn, dann möchte man doch so jemandem sein Leben vererben. Ich habe ihn nur zweimal getroffen, aber ich mochte ihn. Er hatte einen aufrichtigen Blick, er schien gutmütig zu sein, und er hatte einiges durchgemacht. Es ist mir richtig unter die Haut gegangen, wie sehr er seinen Start in dieser Welt gehasst hat und auf keinen Fall so weitermachen konnte.«

»Herr Hara trug damals, soweit ich weiß, bereits den Namen von *Sonezaki Yoshihiko*. Aber hat er jemals über sein Leben davor gesprochen?«

»Ja, das hat er. Dass er früher mal geboxt hat ... Und dass er zweimal versucht hat, sich das Leben zu nehmen.«

»Zwei Mal?«

»Hat er jedenfalls gesagt.«

Dann hatte Hara also von seinem Sturz als Selbstmordversuch gesprochen. Aber dass es einen zweiten Versuch gegeben hatte ... »Von was hat er denn gelebt, nachdem er mit dem Boxen aufgehört hatte?«

»Eine Weile lang hat er anscheinend in Restaurants und so gearbeitet, aber als dann online seine Geschichte breitgetreten wurde, wurde es immer schwieriger. Später hat er wohl auch nur noch Teilzeit gearbeitet.«

Während Daisuke so unbekümmert erzählte, musste Kido daran denken, dass er mehr als ein Jahr lang ständig befürchtet hatte, er könnte längst ermordet worden sein.

»Und was machen Sie zurzeit, ... Herr Sonezaki?«

»Ich? ... Ach, alles Mögliche. Aber lassen Sie uns nicht darüber sprechen.«

»Entschuldigen Sie.«

»Schon in Ordnung.«

»Nun ja, ich dachte nur, dass man es als Sohn eines Gangsters auch nicht gerade leicht hat.«

»Das halte ich natürlich geheim. Kinder von Yakuza tun das, wenn sie ein ordentliches Leben führen wollen, oder?«

»Ja, vermutlich.«

»Nur ein einziges Mal, als ich mit Kollegen was trinken war, hat mich einer so genervt, dass ich ihm etwas erzählt habe. Es ist ja ein sehr großer Clan, aber ich habe konkrete Namen genannt. Seitdem war dieser Kollege wie verwandelt. Mir hat das Selbstvertrauen gegeben ... Immerhin stamme ich aus einer ziemlich harten Familie. Aber im Allgemeinen versuche ich, es geheim zu halten und ein ehrliches Leben zu führen.«

»Ich verstehe.«

»Ich bin nicht mehr derselbe wie früher, deswegen. Ich bin dem echten Sonezaki nie begegnet, also kann ich ihn mir auch nicht vorstellen. Ehrlich gesagt, ist Herr Hara mein Bezugspunkt. Ich habe mir vorgestellt, wie er wohl als Sohn eines Yakuza wäre, und habe so mein Bild von ihm entwickelt. Ich soll übrigens früher auch mal geboxt haben.«

Kido lächelte unbestimmt. »Herr Hara hatte anscheinend richtig Talent. Er hat sogar mal das East Japan Rookie King Tournament gewonnen.«

»Echt? Hmm, davon hat er gar nichts erzählt … Aber er ist schon …?«

»Ja, er ist tot.«

»Der Arme … Aber ich bin auch erleichtert, dass es Taniguchi Daisuke nicht mehr gibt. Ich hatte immer gehofft, dass Herr Hara sein Leben möglichst gut hingebogen bekommt. Bei dem Gedanken, dass irgendwo der Zweitgeborene dieser Familie lebt, war mir, ehrlich gesagt, immer etwas unwohl.«

»Was das angeht – die Todesmeldung im Familienregister wurde tatsächlich wieder gelöscht, nachdem die Umstände ans Licht gekommen waren. Offiziell ist Taniguchi Daisuke also noch am Leben und gilt als vermisst.«

»Was? Ist das Ihr Ernst? …« Er machte ein Gesicht, als hätte er in eine Zitrone gebissen. Erst als er Kido ein paar Fragen gestellt hatte, schien er richtig zu erfassen, was das für ihn bedeutete.

»Was hat Herr Hara überhaupt gemacht …, nachdem er sich in Taniguchi Daisuke verwandelt hatte?«, fragte er.

Kido fasste das Leben von Hara Makoto kurz zusammen, wie er Rie in der Stadt S. kennenlernte bis zu seinem Tod. Daisuke hörte aufmerksam zu, er hatte die Arme verschränkt und zog immer mal wieder an seiner Zigarette. Als Kido erzählte, dass er auch Kinder gehabt hatte, starrte er ihn mit großen Augen an und sah dann gedankenverloren zur Decke.

»Ist seine Frau schön?«

»Was? Ja, sie sieht hübsch aus. Sie hat große runde Augen.«

»Aha. Ach so. Schön für ihn ... Hm. Wenn ich nach S. gezogen wäre, ob ich dann die Frau geheiratet hätte?«

»Tja ..., was dann wohl gewesen wäre?«

»Tut mir leid, dass er so früh gestorben ist. Aber er ist auch zu beneiden, weil er eine glückliche Familie hatte. Vielleicht habe ich einen Fehler gemacht ...«

»Sind Sie verheiratet?«

»Nein, ich habe ja gar kein Geld.«

»Und haben Sie nie daran gedacht, zu Ihrer Familie zurückzukehren? Sie haben ein Erbe, und Ihre Mutter würde Sie gern wiedersehen. Bei rechtlichen Problemen könnte ich ...«

»Auf keinen Fall! Wenn Sie mir so kommen, gehe ich.«

Daisuke wurde mit einem Mal sehr ungehalten und schmiss sein Feuerzeug auf den Tisch. Kido entschuldigte sich, klärte ihn aber noch kurz über seine Erbansprüche auf, doch Daisuke ließ sich nicht darauf ein.

»Selbst wenn ich obdachlos wäre, würde ich keinen von denen treffen wollen. Taniguchi Daisuke ist tot, egal, was im Familienregister steht ... Aber Misuzu würde ich gern noch einmal wiedersehen, ich wollte sie die ganze Zeit treffen. Wenn ich mir vorstelle, dass ich sterben würde, wäre es Misuzu, die ich gerne in den letzten Augenblicken bei mir hätte. Nur sie. Das habe ich mir tatsächlich schon oft ausgemalt, wirklich. Ich bin ein Idiot. Sie haben sie doch getroffen, oder?«

»Ja.«

»Und ist sie immer noch so hübsch? Ist sie alt geworden?«

»Sie kommt in einer Viertelstunde her. Sie ist sehr hübsch. Auch jetzt.«

»Ist sie verheiratet?«

»Das sollten Sie sie selbst fragen.«

»Dann ist sie also noch ledig? Das ist ja aufregend ... Von den Frauen, mit denen ich zusammen war, war sie die Beste. Taniguchi Daisuke habe ich fast vergessen, aber an die Zeit mit Misuzu erinnere ich mich noch oft. An den Sex mit ihr auch ...«

Daisuke stieß ein so dreckiges Lachen aus, dass Kido allen Mut verlor. Er erkannte jetzt doch Ähnlichkeiten mit Kyōichi, obwohl sich die beiden Brüder äußerlich nicht glichen. Früher muss er anders gewesen sein, zumindest, als er mit Misuzu zusammen war ... Hatte ihn der Stolz, der Sohn eines Yakuza zu sein, so werden lassen? Oder ahmte er unbewusst noch den älteren Bruder nach? Wie dem auch sei, Kido erahnte eine Art seelische Verrohung, die nicht allein auf seine Persönlichkeit, sondern auf seine unglücklichen Lebensumstände zurückzuführen war.

Er bereut, was aus ihm geworden ist, dachte Kido. Daisuke wirkte wie ein Dilettant beim Aktienhandel, der gerade erfahren hat, dass seine lange gehegten Aktien, kaum hatte er sie verkauft, im Preis hochgeschnellt waren. Es war ihm offensichtlich ernst damit, dass er niemanden aus seiner Familie wiedersehen wollte. Doch er schien sich über seine Gedankenlosigkeit zu ärgern, sein Leben nicht für ein besseres eingetauscht zu haben.

Auf dem Weg hierher hatte sich Kido ausgemalt, wie es sein würde, wenn Misuzu und Daisuke sich wiedersahen. Er hatte eine gewisse Eifersucht verspürt. Jetzt aber wurde ihm klar, dass er sich von seinen Gefühlen hatte forttreiben lassen. Er ahnte, welche Kluft sich zwischen den beiden in den zehn

Jahren aufgetan hatte. Das war nur verständlich, wenn er bedachte, dass Daisuke jetzt das Leben eines Anderen führte.

Was dieser aber eben gesagt hatte, und auch der Gedanke, dass Kyōichi wohl immer noch darauf aus war, Misuzu rumzukriegen, riefen ein großes Unbehagen in ihm hervor. Daisuke, der vor seiner Familie hatte fliehen müssen, tat ihm leid. Und als er an Hara Makoto dachte, der sich wiederum so eifrig bemüht hatte, die Vergangenheit, vor der Daisuke weggerannt war, zu seiner zu machen, überkam ihn eine tiefe Niedergeschlagenheit. In dem Moment brummte Kidos Handy. Es war eine Nachricht von Misuzu, sie sei gleich da. Er war sicher, dass das Wiedersehen mit ihr bei Daisuke etwas auslösen würde. Ob Misuzu enttäuscht oder verletzt sein würde oder ob sie bereit wäre, ihm irgendwie zu helfen, konnte Kido nicht ausmachen. Womöglich würde sie ihre ›Liebe erneuern‹. Wie auch immer – Kido hatte das Gefühl, den Anblick nicht ertragen zu können.

Er hatte eigentlich vorgehabt, bei dem Aufeinandertreffen dabei zu sein, doch jetzt schloss er, dass es ihn nichts anginge, und sagte mit einer leichten Verbeugung: »Frau Gotō wird gleich hier sein, ich verabschiede mich schon einmal.«

»Sie wollen schon gehen?«

»Ja. Ich habe noch einen anderen Termin.«

»Wirklich? Wie schade, ich bin so angespannt ... Bei Ihnen hatte ich auch erst richtig Herzklopfen, aber jetzt hab ich mich gefreut, Sie hierzuhaben und Dinge zu fragen, die ich schon lange wissen wollte.«

Daisuke streckte ihm die Hand entgegen. Kido schüttelte sie und dachte an Misuzus Hand, die er kurz zuvor berührt hatte. Wen spürte er da, in dieser verschwitzten und groben Hand, fragte er sich.

Vielleicht hatte sich auch Hara Makoto, nachdem er vor sieben Jahren unter dem Namen von Sonezaki Yoshihiko sein neues Leben als Taniguchi Daisuke in Empfang genommen hatte, am Ende mit einem solchen Handschlag verabschiedet. Kido stellte sich die Szene vor, dann bezahlte er die Rechnung und verließ eilig das Café.

21 Nachdem er Taniguchi Daisuke nun getroffen und zu seinem Identitätstausch mit Hara Makoto befragt hatte, machte sich Kido daran, seinen Bericht für Rie zu beenden. Es gab zwar noch einiges, was er gern über Hara herausgefunden hätte, doch es wurde Zeit, seine mittlerweile über 15 Monate andauernden Ermittlungen vorerst abzuschließen.

Außerdem folgte er dem Rat seiner Frau und suchte einen Psychologen auf, der in der Nähe der Kanzlei seine Praxis hatte. Da er sich auch aus beruflichen Gründen für dessen Methode, Gespräche zu führen, interessierte, stellte er ihm seinerseits detaillierte Fragen; zwischen ihnen entspann sich ein lebhaftes Gespräch. Beim Abschied sagte der Psychologe, er könne jederzeit wiederkommen, doch letztlich blieb es bei dieser einen Begegnung.

Kaori war erleichtert, als Kido ihr davon erzählte. Doch als es darum ging, ihrerseits einen Therapeuten aufzusuchen, zögerte sie. Kido bestand nicht weiter darauf, denn seit sie miteinander gesprochen hatten, hatte sich ihr Verhalten tatsächlich verändert. Es kam nur noch selten vor, dass sie mit Sōta so schimpfte, dass er weinen musste. Kido spürte den Willen und das Bemühen seiner Frau, sich für ihre Ehe einzusetzen und nicht einfach darauf zu warten, dass alles von allein wieder in Ordnung käme. Außerdem wollte er ihr möglichst teilnahmsvoll gegenübertreten, denn das Erdbeben und auch die zunehmende Fremdenfeindlichkeit setzten auch ihr psychisch zu. Er hatte ein schlechtes Gewissen, in der Vergangenheit nicht genügend Rücksicht auf sie genommen zu haben, und spürte zugleich eine große Dankbarkeit ihr gegenüber.

An diesen Empfindungen würde sich auch nichts ändern. Daher maß er dem Vorfall, der sich kurz darauf an einem ganz gewöhnlichen Wochenende ereignete, drei Tage vor seinem Treffen mit Rie, auch keine große Bedeutung bei. Manchen mag das unbegreiflich sein, während Andere durchaus Verständnis für seine Haltung aufbringen können.

An dem besagtem Wochenende hatte Sōta schon morgens früh darauf bestanden, den Skytree-Fernsehturm zu besuchen. Sie fuhren also zu dritt nach Tōkyō. Sie mussten von der Tōyoko-Linie in die Hanzōmon-U-Bahn umsteigen und kamen gegen 11 Uhr am Skytree an. Naiverweise hatten sie nicht damit gerechnet, dass es auch jetzt noch, zwei Jahre nach Eröffnung der Sehenswürdigkeit, solche Schlangen geben würde; allein um eine Nummer für den Ticketkauf zu ziehen, hätten sie an diesem Wochenende in den Frühlingsferien zwei Stunden lang anstehen müssen.

Der Himmel draußen vor dem Fenster war wolkenlos und blau. *Was für ein schöner Tag*, dachte Kido. Ihm kam eine Zeile in den Sinn, die er vor langer Zeit in einem Roman gelesen hatte: »Oh, was für ein Tag, was für ein Augenblick.« In genau so einer wehmütigen Stimmung befand er sich jetzt, aber er konnte sich leider überhaupt nicht an den Autor erinnern.

Kaori war am Abend zuvor noch mit Kollegen ihrer Firma etwas trinken gegangen und erst spät nach Hause gekommen, als Kido schon schlief. Sie schien jedoch weder müde noch verkatert zu sein, im Gegenteil, sie hatte den ganzen Morgen schon gute Laune. »Wollen wir uns wirklich anstellen?«, fragte sie lächelnd ihren Sohn.

Sōta kaute unschlüssig an seinen Nägeln und sagte schließlich: »Ich will ins Aquarium gehen!«

Kido wollte wissen, ob er sich auch ganz sicher sei.

»Ja, Aquarium!«, antwortete Sōta und zog seinen Vater am Arm. Sōta beobachtete in letzter Zeit immer ganz genau die Mimik der Erwachsenen. Kido wusste nicht, ob das seinem Alter entsprach oder auf eine Übersensibilität hindeutete. So oder so, er gab sich jetzt anscheinend damit zufrieden, den Skytree nur von unten gesehen zu haben.

Kido wandte sich an Kaori und meinte, dass dieser Stahlriese ja schon von Weitem nichts sehr Erhabenes habe, aus der Nähe betrachtet aber noch weniger Ausstrahlung besitze. »Da hast du recht«, stimmte ihm Kaori lachend zu. Sōta stand derweil an einem der Spielzeugautomaten und wollte unbedingt eine Plastikkapsel haben. Kido gab ihm eine Münze, und kurz darauf hielt Sōta einen Miniatur-Samurai-Helm in seinen Händen.

Das Aquarium befand sich ebenfalls im Skytree. Auch hier war es voll, aber es standen nicht ganz so viele Leute an. Sōta war mit seinen Eltern schon einmal im Sea Paradise in Hakkeijima gewesen, aber hier waren sie alle zum ersten Mal. Die modisch gestalteten Innenräume waren in ein für Liebespärchen ideales Dämmerlicht getaucht. Sōta hüpfte fröhlich zwischen den Leuten hindurch, ohne auf die Quallen und kleinen Fische zu achten, und als Kido ihn auf den Arm nehmen wollte, damit er die Seeotter in dem höher gelegenen Becken sehen könnte, wehrte er trotzig ab: »Ich will nicht.« Kurz darauf kamen sie zu dem Aquarium mit den Haien und Rochen. Vor der riesigen Scheibe, die aussah wie die Leinwand eines Multiplex-Kinos und eine spektakuläre Aussicht bot, hatte sich eine Menschentraube gebildet. Sōta aber lief schnell vorbei und sagte: »Ich habe Angst.« Kido und Kaori sahen sich kurz an und lächelten angestrengt.

Das Areal mit den Pinguinen war so angelegt, dass man von oben auf das große blaue Wasserbecken mit den Tieren hinuntersah, aus dem ein künstlicher Felsen herausragte. Hiervon war Sōta begeistert. Wenn man eine Treppe hinunterging, konnte man dann auf Augenhöhe beobachten, wie die Pinguine durch das Wasser glitten. Sie schwammen immer zu mehreren, dabei huschten ihre Schatten über den Boden, sie schienen zu fliegen. Die Wasseroberfläche war in ständiger Bewegung und brach das von oben einfallende Licht in immer neuen Mustern. Kido beobachtete fasziniert, wie fast alle Pinguine in eine Richtung schwammen, nur ein paar tauchten entgegengesetzt unter ihnen hindurch; dann folgte das gleiche Spiel in umgekehrter Richtung.

Als Kido sich umsah, waren Sōta und Kaori verschwunden. Kido lief um die gesamte Pinguin-Anlage herum, konnte die beiden aber nirgendwo entdecken. Er rief Kaori an, und sie teilte ihm mit, dass sie sich bereits in dem Souvenirshop beim Ausgang befänden. *Da hätte ich mir ja meine Suche sparen können*, dachte er und ging zum Ausgang. Sōta sprang ihm entgegen und rief, als wäre es das Lustigste auf der Welt: »Du bist verloren gegangen, Papa!« Kido machte daraufhin eine Grimasse, und Sōta kriegte sich gar nicht mehr ein. Kaori hatte Sōta ein Souvenir kaufen wollen, doch sie hatten im ganzen Laden nichts gefunden, was ihm gefiel. Also hatten sie beschlossen, erst etwas zu Mittag zu essen und danach in einem Geschäft nach einer Kleinigkeit zu suchen.

Die Warteschlangen vor den Lokalen in der Restaurantetage waren ernüchternd lang, nur in einem Lokal im sechsten Stock, das Biere aus aller Welt anbot, schien es noch Plätze zu geben. Nachdem sie sich vergewissert hatten, dass es dort auch etwas zu essen für Sōta gab, traten sie ein. Sie wurden zu einem Tisch nah am Fenster geführt, und Kido sah auf die riesige Stadt, die sich unter dem blauen Himmel ausbreitete – weit entfernt sah man den Kaiserpalast. Kido fand, dass der Ausblick von hier aus so fantastisch war, dass sie gar nicht auf die Aussichtsplattform des Skytree hinauffahren müssten. Als sie saßen, atmeten sie erleichtert auf. Sie waren zwar nur eineinhalb Stunden herumgelaufen, doch rechnete man die anstrengende Bahnfahrt mit ein, war ihre Erschöpfung berechtigt.

Um sie herum saßen Familien und Pärchen, der Geräuschpegel war ob des Alkohols vergleichsweise hoch. Sollte Sōta nicht die ganze Zeit stillsitzen, wäre das also kein Problem. Sie bestellten einen Kinderteller mit Hamburger und Orangensaft, und für sich selbst Spareribs mit Salat. Dazu orderte Kido ein weißes Chimay und Kaori ein seltenes deutsches Pils mit unaussprechlichem Namen. Die Getränke wurden sofort gebracht, und sie prosteten sich zu. Kido nahm ein paar große Schlucke, dann atmete er lange aus, er fühlte sich wohlig wie in einem heißen Bad. Der intensive, bittere Fruchtgeschmack des Chimay breitete sich auf seiner Zunge aus.

»Köstlich, lange nicht getrunken«, sagte er und nahm noch ein paar Schlucke, er unterdrückte einen Rülpser. Sōta machte seinen Vater nach und trank ein paar Schlucke von seinem

Orangensaft. »Ah, köstlich, lange nicht getrunken«, sagte er und lachte verschmitzt. Kido und Kaori mussten ebenfalls lachen.

»Meins ist auch ziemlich lecker, möchtest du mal probieren?« Kaori hielt Kido ihr Glas hin. Er nahm einen kleinen Schluck.

»Stimmt, das lässt sich gut runtertrinken.« Er spürte dem Geschmack noch einen Moment nach.

Als Nächstes wurde der Salat serviert, dann folgten nach einer Weile die Spareribs, doch der heiß ersehnte Kinderteller ließ auf sich warten. Kido wollte Sōta etwas von seinen Spareribs abgeben, aber der sagte nur »zu scharf« und legte den Bissen samt der Gabel auf den Teller zurück.

»Mama, ich möchte ein Spiel auf deinem Handy spielen.« Kaori öffnete notgedrungen die Webseite mit seinem Lieblingsrätsel und reichte ihm ihr Handy.

Kido aß seine Spareribs. Nachdem er sein zweites Chimay fast ausgetrunken hatte, war er etwas angeschwipst und bester Laune.

»Entschuldigt mich einen Moment«, sagte Kaori und stand auf. Sie schien kurz zu überlegen, ob sie ihr Handy mitnehmen sollte, dann ließ sie es bei Sōta.

»Dein Kinderteller kommt aber spät«, sagte Kido und dachte an den Abend im vorletzten Winter, als er in Shibuya zum ersten Mal Taniguchi Kyōichi getroffen und danach Sōta zu Bett gebracht hatte. Er hatte sich an dem Abend so glücklich gefühlt. *Jetzt bin ich auch glücklich*, sagte er zu sich selbst. *Oder hält irgendwo jemand ein anderes, besseres Leben für mich bereit? ... Und wenn ich mein Leben jemand Anderem anvertrauen sollte, würde er es besser führen können als ich? So, wie Hara Makoto wahrscheinlich mehr aus Taniguchi Daisukes Leben gemacht hat, als der es selbst vermocht hätte ...*

Kido dachte an das ›normale‹ Leben, nach dem sich Hara so sehr gesehnt hatte. Wie viel Erleichterung und wie viel Leid die Vorstellung von einem ›normalen‹ Leben für Menschen bedeuten konnte. Er sah seinen Sohn an, der mit seinen kleinen Fingern geschickt auf dem Touchscreen herumhantierte. *Er sieht aus wie ich früher als Kind, wir sind uns auch vom Charakter her ähnlich*, ging es ihm durch den Kopf. *Ist es aus Sicht der natürlichen Auslese von Vorteil, dass Kinder ihren Eltern ähneln? Führt die Ähnlichkeit dazu, dass sich Eltern mehr um ihre Kinder kümmern, so, als seien sie ein Teil ihrer selbst?* Ihm fielen sofort Gegenbeispiele ein, wie Eltern, die ihre Adoptivkinder über alles liebten, darum ließ er seine These gleich wieder fallen. Tatsächlich freute er sich sehr darüber, dass Sōta ihm ähnelte, doch es war nicht auszuschließen, dass seinem Sohn dies in Zukunft Kummer bereiten könnte. Kido wusste, dass er ein ordentliches Leben führen musste – als er sich vorstellte, er würde seinen Sohn jemand Anderem überlassen, brach es ihm fast das Herz.

Ich würde das furchtbar bereuen. So wie Taniguchi Daisuke eine gewisse Reue empfunden hatte, als er von seinem anderen Leben erfuhr ... Aber hätte nicht Hara Makoto, sondern jemand Anderes sein Leben übernommen, wer weiß, ob es auch so vom Glück gesegnet gewesen wäre?

Kido trank den letzten Schluck seines schal gewordenen Biers, er biss sich auf die Lippen. Er spürte, wie sehr er an seinem jetzigen Leben hing. Er stellte sich vor, wie glücklich er wäre, wenn er, wäre er als Hara Makoto geboren worden, dieses Leben von einem Mann mit dem Namen Kido Akira übernehmen dürfte. ... Könnte er doch sein eigenes Leben neu erleben, so als habe er es von einem Wildfremden geerbt!

»Papa, wann kommt mein Essen?«

»Das dauert wirklich ewig. Ich frag mal nach.«

Kido rief die Kellnerin, die hektisch leere Gläser wegtrug, und bat sie eindringlich, sich um den Kinderteller zu kümmern. Dann fiel ihm ein, dass er Sōta noch immer die Antwort auf seine Frage schuldig war, warum Narziss sich in eine Blume verwandelt hatte. Sōta hatte es bestimmt schon vergessen, aber Kido machte sich eine Notiz in seinem Handy, um später danach zu recherchieren.

Am Nachbartisch saß ein Ehepaar mit einem etwa zweijährigen Mädchen und einem vielleicht fünf Monate alten Baby. Die Mutter rührte gerade etwas Milchpulver an, um das schreiende Baby zu füttern. Als Kido geistesabwesend hinübersah, sagte der Vater: »Entschuldigen Sie ...«

»Ist doch kein Problem«, antwortete Kido.

»Er hört einfach nicht auf zu weinen.«

»Das ist doch normal.« Kido lachte und blickte auf Sōta, der immer noch mit seinem Spiel beschäftigt war. Sōta war zwar erst fünf, aber im Vergleich schon ein großer Junge, dachte Kido. Ries jüngerer Sohn war nie so alt geworden. Sie musste erleben, wie es ist, um das eigene Kind zu trauern. Kido glaubte, dass er das nicht ertragen könnte.

Kaori kam und kam nicht wieder. Nach einer Weile sagte Sōta plötzlich: »Guck mal, Papa, das ist auf einmal so komisch.«

Er schob Kido das Handy hin. Auf dem Bildschirm wurde Werbung für ein anderes Spiel angezeigt.

»Hmm, wahrscheinlich bist du irgendwo draufgekommen«, sagte er und versuchte, zu Sōtas Spiel zurückzugelangen. In dem Moment leuchtete eine Nachricht auf dem Bildschirm auf. Und obwohl Kido sie nicht lesen wollte, sah er sie doch. »Gestern Nacht«, stand da, es folgten ein paar Emoji-Herzen, wie Aufkleber für Kinder. Kido wischte die Nachricht mit dem Daumen reflexartig weg, so sanft wie Staub, der auf etwas leicht Zerbrechliches fiel. Die Nachricht verschwand, doch der Name des Absenders – es war der von Kaoris Chef – blieb in seinem Kopf hängen. Allerdings in dem Teil des Gehirns, den man Kurzzeitgedächtnis nennt. Und er würde zum Glück auch schon bald spurlos daraus verschwinden, denn es bestand kein Grund, sich diesen Namen zu merken. Als das Display dunkel wurde, legte Kido das Handy auf den Tisch, als wenn nichts gewesen wäre.

»Ich will weiterspielen, Papa.«

»Jetzt ist Schluss. Guck mal, da kommt dein Essen. Iss jetzt erst mal.«

»Ohh … aber wenn ich fertig bin?«

»Da musst du Mama fragen.«

Kido trank sein warmgewordenes Chimay aus und bestellte sich bei der Kellnerin noch eins.

Kurz darauf kam Kaori zurück. »Es war eine Riesenschlange an der Toilette. Ah, ist das Essen endlich gekommen?«

»Ja, jetzt. Ich hatte schon so Hunger.«

»Ist das dein drittes? Schaffst du's noch nach Hause?«

»Klar. Ist ja nur Bier.« Kido lachte und schnitt Sōtas Hamburger in kleine Stücke.

Das Kind am Nachbartisch hatte endlich seine Milch bekommen und nuckelte eifrig an der Flasche.

Der Himmel draußen vorm Fenster war noch immer wolkenlos und blau. *Was für ein schöner Tag*, dachte Kido, während er aus dem Fenster blickte.

Wieder kam ihm die Zeile in den Sinn: »Oh, was für ein Tag, was für ein Augenblick.« Genauso fühlte es sich an.

Er stellte langsam das Glas ab, da fiel es ihm plötzlich ein: *Ich hab's, es ist von Kajii Motojirō*! Kido schlug sich lautlos aufs Knie.

22 Auf dem knapp zweistündigen Flug von Tōkyō-Haneda nach Miyazaki sah Kido aus dem Fenster und hing seinen Gedanken nach. Es war ein sonniger Frühlingstag im April, und bei dem Gedanken, dass es in Miyazaki noch wärmer sein würde, schlug sein Herz höher. Der blaue Himmel erstreckte sich bis zum Horizont, nur ein paar dünne Wolken hingen wie feine Spitze über der, von oben betrachtet, einer riesigen Landkarte ähnelnden japanischen Inselkette. Da sein Fenster nach Norden zeigte, ließ es zwar Licht herein, aber nicht so, dass es blendete.

Sobald die Maschine ruhig flog und die Anschnallzeichen erloschen waren, schob Kido seine Lehne ein wenig zurück und blätterte in Ovids *Metamorphosen*, die er mit auf die Reise genommen hatte. Zu seinem Glück war der Platz neben ihm frei, sodass er es sich bequem machen konnte. Die Frage mit Narziss beschäftigte ihn schon seit zwei Jahren, nun hatte er endlich im Internet recherchiert und in einem Buchladen die Iwanami-Taschenbuchausgabe gekauft.

Es schien mehrere Versionen des Narziss-Mythos zu geben.

Kido hatte sich für seine Darstellung in den *Metamorphosen* entschieden, weil er im Internet gelesen hatte, dass dort dieser griechisch-römische Mythos am ausführlichsten und verständlichsten beschrieben wäre. Doch als er das Buch nun in der Hand hielt, war er verwirrt angesichts der äußerst komplexen symbolischen Welt, die er Sōta so niemals erklären könnte. Für ihn selbst hingegen war das Buch ein großes Vergnügen, er war fasziniert.

Nach Ovid war Narziss der Sohn des Flussgottes Cephisos und der »bläulichen Nymphe Liriope«. Cephisos hatte die Nymphe in der »gekrümmten Wallung« des Flusses eingeengt, und in »den bergenden Wogen« übte er Gewalt über sie. Kido erschrak, als er zum ersten Mal von dem Geheimnis der Geburt von Narziss erfuhr, und er ahnte, dass der Grund, warum dieser sich so lange im Wasser betrachtet hatte, nicht nur der Selbstliebe geschuldet war.

Das Wasser stand vielmehr für seine Eltern selbst und zugleich für den Vorfall zwischen ihnen, für die Gewalt, die nicht hätte geschehen dürfen. Doch ohne den gewaltsamen Akt wäre er nicht auf dieser Welt. Wollte Narziss sich selbst erkennen, so musste er den Umständen seiner Geburt ins Auge sehen. Aber seine eigene Entstehung ungeschehen machen vermochte er nicht, er konnte nicht in die Vergangenheit zurückkreisen und sich auch nicht mit ihr aussöhnen.

Der Mythos des Narziss ist natürlich eine Liebesgeschichte. Narziss wird von der »inneren Flamme der Liebe« zu sich selbst verzehrt. Während er von der Nymphe Echo geliebt wird, die in den Bergen lebt – eine Welt, die so anders ist als seine. Echo ist von der Göttin Juno dazu verurteilt worden, »am Ende des Redens die Laute zurückzutönen, die gehörten Worte verdoppelnd«. Das bedeutete also, dass Narziss nur sein Spiegelbild sah und nur sich selbst liebte, Echo wiederum nur die Stimmen der Anderen widerhallen lassen konnte und sich folglich demjenigen, den sie liebte, nicht zu erkennen geben wusste.

Der in seiner eigenen Welt eingeschlossene Narziss und Echo, die von dieser ausgeschlossen ist ... Erst als Narziss stirbt, können sich diese beiden einsamen Wesen gerade noch ein kurzes klagendes »Wehe« und ein »Lebe wohl« zurufen. War der bedauernswerte Narziss am Ende glücklich, als er von dem im Wasser gespiegelten »umsonst geliebten Knaben« den gleichen Seufzer vernahm? Und was war mit Echo? Waren nicht sowohl das geseufzte »Wehe« als auch das »Lebe wohl« Worte ihres geliebten Narziss – und gleichsam, anders als zuvor, auch die Worte, die sie selbst in dem Moment hatte äußern wollen?

Kido las die Stelle, als Narziss schließlich erkennt, dass er selbst es ist, der sich im Wasser spiegelt, und er ruft: »O wie möchte ich so gern vom eigenen Leibe mich trennen!« Und er musste an Hara Makoto denken. Wenn das möglich wäre, würde Narziss sich selbst lieben können. Natürlich hatte Hara Makoto auch seinem Körper entfliehen und jemand Anderes werden wollen, er hatte jemand Anderen lieben und von diesem geliebt werden wollen. Wollte er am Ende, indem er zu einem Wildfremden wurde, auch sich selbst lieben können? Dieses Selbst, das ursprünglich mit dem Eigennamen Hara Makoto auf die Welt gekommen war?

Die Sonne drang jetzt durch die nach Süden gerichteten Fenster und schickte ihre blendenden Strahlen über den Gang bis in Kidos Gesicht. Die Stewardessen kamen mit den Getränken und schenkten einen Moment lang Schatten. Kido bestellte sich eine Tasse Kaffee. Er nahm den Plastikdeckel ab, sog den Kaffeeduft ein und trank einen Schluck. Dann sah er wieder durch das Fenster in den blauen Himmel und auf die leicht vibrierende Tragfläche.

In den *Metamorphosen* sind, so wie der Titel sagt, alle möglichen Geschichten von Verwandlungen versammelt. Doch auch dort fand Kido auf Sōtas einfache kindliche Frage, warum sich jemand verwandelte, keine Antwort.

Kido dachte über die gerade gelesene Geschichte des unglücklichen Phaetons nach. Unfähig, den goldglänzenden Sonnenwagen seines Vaters, des Sonnengotts, zu lenken, rast er durch die ganze Welt, brennt alles nieder, wird schließlich von Jupiters Blitz getroffen und stirbt. Seine Schwestern, die Sonnentöchter, trauern um den Tod des Bruders, sie klagen und weinen, bis sie sich in Bäume verwandeln und wunderschöne Bernsteintränen zurücklassen. Dann gab es noch den Helden Aktäon, der durch Zufall die Göttin Diana bei ihrem Bad im Wald erblickte. Nachdem sie ihn voller Zorn in einen Hirsch verwandelt hatte, wurde er von seinen eigenen Hunden, die ihren Herrn nicht erkennen, zerrissen. Apoll, von Cupidos Pfeil getroffen, jagte Daphne, die von Liebe nichts wissen will und sich aus Groll über ihre eigene Schönheit in einen Lorbeerbaum verwandelt …

Während ihm all diese Mythen durch den Kopf gingen, musste Kido nicht nur an Hara Makoto denken, sondern auch an all die anderen Menschen, die durch Omiuras Vermittlung ihre Identitäten getauscht hatten. Hatten nicht auch sie sich in größter Trauer, Ausweglosigkeit und gegen ihren Willen dazu gedrängt gefühlt, sich in jemand Anderen zu verwandeln? Manche von ihnen waren daraufhin geliebt worden, hatten Glück erfahren, Andere aber waren in ein noch größeres Verderben gestürzt.

Das Flugzeug begann seinen Anflug auf Miyazaki, und als hätte sich Kido das seit dem Abflug anhaltende sonnige Wetter nur eingebildet, tauchten auf einmal überall Wolken auf; Regentropfen peitschten an die Scheibe und hinterließen ihre feinen Spuren. Bei der Landung nieselte es, und der Himmel war grau, immerhin war es nicht sehr kalt. Kido nahm sich wieder einen Mietwagen, fuhr in sein Hotel im Zentrum von Miyazaki, checkte ein und aß etwas zu Mittag.

Seine Verabredung mit Rie war erst für den nächsten Tag geplant. Eigentlich hätte er ihr einfach eine Mail schreiben und seinen Bericht anhängen können, doch er wollte sie lieber treffen und ihr alles persönlich erklären. Außerdem wollte er sich noch einmal in der Gegend umsehen. Er wollte damit den Fall auch für sich abschließen.

Er hatte sich am Nachmittag mit dem Chef von Itō-Holz verabredet, bei dem Hara Makoto beschäftigt gewesen war. Er wollte nur sehen, wo Hara gearbeitet hatte, doch als er sich auf Ries Vermittlung hin mit ihm in Verbindung gesetzt hatte, reagierte der anfangs zögerlich, verstand nicht, was Kido vorhatte. Anstatt sich irgendwelche naheliegenden Gründe auszudenken und damit erst recht Verdacht zu erregen, sagte Kido dem Chef ganz offen, er interessiere sich für die Forstwirtschaft. Daraufhin erklärte sich Itō sichtlich erleichtert bereit, ihn durch die Berge zu führen.

Sie hatten sich in Kiyotakechō verabredet, bei der Zweigstelle des Rathauses von Miyazaki. Von dort würde Kido mit Itō weiterfahren, dessen Wagen Vierradantrieb hatte; ohne den schaffte man es hier nicht in die Berge.

Als Kido auf dem Parkplatz aus seinem Auto stieg, sprach ihn ein kräftiger Mann mit kurz geschorenem Haar, einem schwarzen Regenschirm und Sonnenbrille an. »Sind Sie Herr

Kido?« Kido überreichte ihm seine Visitenkarte und eine Schachtel mit Gebäck, die er aus Tōkyō mitgebracht hatte, dann machte er eine tiefe Verbeugung. »Vielen Dank, das ist sehr nett von Ihnen«, bedankte sich Itō. Seine sonore Stimme klang, als käme sie direkt aus seinem Bauch.

Itō meinte, dass sie etwa 40 Minuten bräuchten, um zu einem Ort in den Bergen zu gelangen, der zwar nicht der sei, an dem Hara Makoto verunglückt war, aber ähnlich und auch nicht weit entfernt davon.

Auf der Fahrt erklärte Kido erneut in wenigen Worten, dass er im Auftrag von Rie bei der Klärung der Hinterlassenschaften von Taniguchi Daisuke geholfen und dabei sein Interesse für die Forstwirtschaft entdeckt habe, dass er bei seinen diversen Klienten zuweilen auf ungewöhnliche Berufe träfe und sich bei der Gelegenheit gern ein bisschen neues Wissen aneigne. Itō schien nicht ganz nachzuvollziehen, was Kido sagte, pflichtete ihm aber mit einem »Ach, so ist das« höflich bei. Kido hatte sich bereits daran gewöhnt, Ries Mann innerlich als Hara Makoto zu bezeichnen, doch hier bei den Leuten hieß er nach wie vor Taniguchi Daisuke.

Itō hatte ein dunkles, grimmiges Gesicht, war jedoch ein offener und gutmütiger Mann und redete gern. Während im Hintergrund leise das Radio lief, sprach er zuerst über den Forst, wie um herauszufinden, wofür sich Kido interessierte. Die Firma Itō-Holz hatte Holzfällrechte im Staatsforst erworben, in drei Monaten schlugen sie Holz auf einer Fläche von etwa 5 Hektar, hier hätten sie noch an die zwei Jahre zu tun. Das Unternehmen würde subventioniert, erzählte Itō, denn die Konkurrenz aus dem Ausland sei hart. Aber seit es das Biomasse-Kraftwerk gäbe, könnten sie alles Holz verkaufen, die Geschäftslage sei also nicht schlecht. »In letzter Zeit drängen einige aggressive neue Unternehmer auf den Markt, das dürfte Sie als Anwalt vielleicht interessieren, sie fällen illegal und verwüsten alles.«

»Ich verstehe.«

»Wenn heute jemand ein Berggrundstück erbt, will er es meist nicht behalten, er verkauft es lieber, dadurch kommt es zu einer absurden Vermehrung von Rechtsinhabern. Man weiß gar nicht mehr, wer was besitzt. Das Problem haben wir überall. Da kauft sich so ein Gauner ein kleines Stück neben einem Berg und fällt dann alle Bäume und haut damit ab, auch die auf den umliegenden Grundstücken, deren Besitzer niemand kennt.«

»Das ist ja unglaublich«, sagte Kido, doch er musste lächeln, denn Itōs Art zu erzählen, hatte durchaus etwas Melodramatisches.

»Es ist ein Problem der Holzbranche überhaupt«, fuhr Itō fort. »Wir müssen da was unternehmen. Manchmal gehen wir sogar die Familienregister durch, um herauszubekommen, wer die alten Besitzer sind, aber da sich die Rechtsinhaber immer weiter verzweigen, ist das ein ziemliches Durcheinander.«

»Ja, das kann ich mir vorstellen.«

Kido dachte, dass Itō mit Familienregister die Grundbücher gemeint haben musste, aber er sagte nichts. Er fragte sich, ob Itō sich auch mit Hara Makoto darüber unterhalten hatte.

Links und rechts sah man immer weniger Häuser. Bald gelangten sie an einen von Bäumen gesäumten, nicht asphaltierten Weg, der in die Berge führte.

»Jetzt schaukelt es ein bisschen ... Die Häuser, an denen wir gerade vorbeigekommen sind, gehören zum Großteil Familien, die früher in der Forstwirtschaft gearbeitet haben.«

»Ich verstehe.«

Der Regen wurde stärker, was aber wohl nicht damit zu tun hatte, dass sie jetzt in die Berge kamen, der Scheibenwischer schlug eifrig hin und her. Vor ihnen war nur noch Wald, doch über ihnen war der Himmel zu sehen, sodass genug Licht einfiel. Hin und wieder streiften die Zweige dichter, niedrig gewachsener Bäume die Windschutzscheibe, und bei jedem Schaukeln des Wagens spritzten schlammige Wasserflügel wie überrascht neben den Reifen hervor. Das Vibrieren des Wagens übertrug sich auf seine Pobacken, Kido fand die Fahrt abenteuerlich.

Die Zedern waren gerade und aufrecht gewachsen, durch das nasse Fenster konnte Kido nur ihre aus dem Dunst ragenden Füße erkennen. Der Weg führte steil aufwärts, und weil es so neblig war, sah man wenig, doch wahrscheinlich war über den Bäumen sowieso nur noch der Himmel. Manchmal, wenn sie eine große Kurve fuhren, öffnete sich der Blick und Kido konnte unter sich ein Stück des Weges sehen, das sie gerade passiert hatten. Sie waren schon recht weit oben.

»Arbeiten Sie denn auch bei Regen?«

»Na ja, wenn es so bleibt wie jetzt, schon. Wenn es zu stark regnet, kann es zu Unfällen kommen, da hören wir auf. Dann machen wir früher Schluss.«

Kido musste plötzlich daran denken, dass es auch an dem Tag, als Hara Makoto zum zweiten Mal bei Rie im Schreibwarengeschäft vorbeigekommen war, in Strömen geregnet hatte. Wahrscheinlich hatten sie an dem Tag frei gehabt, oder er hatte früher aufhören können.

»Oh je, sehen Sie mal den Platz hier, das gefällt mir ja gar nicht. Die haben gefällt und eine totale Unordnung hinterlassen. Das würden wir nie tun. Ein Vogel, der sein Nest verlässt, hinterlässt keinen Schmutz. Man muss hinter sich sauber machen ... Wir sind gleich da.«

»Wenn's hier dunkel wird, kann man es mit der Angst zu tun bekommen, oder? Die Wege sind so schmal, und wenn einem dann ein Auto entgegenkommt, wie eben.«

»Hier geht es noch. Es gibt viel steiler gelegene Plätze. Aber wenn sie zu heikel sind, kaufe ich sie tatsächlich nicht. Ich habe Angst, dass was passiert, außerdem sind sie auch nicht so effizient, man verdient weniger.«

»Ich verstehe.«

Sie schwiegen eine Weile, dann murmelte Itō, er sprach eher stockend: »Es tut mir so leid, was mit Taniguchi Daisuke passiert ist. Ich bete jetzt noch jeden Morgen an unserem Hausaltar für ihn. Seit ich die Firma von meinem Vater übernommen habe, gab es nie einen größeren Unfall. Es ist wirklich traurig ... An dem Tag hatte mich jemand gebeten, an einem Platz zu arbeiten, auf dem sehr schlechte Bedingungen herrschten, und ich konnte nicht ablehnen.«

»Das wusste ich nicht ... Aber kommen Arbeitsunfälle in der Holzwirtschaft denn nicht öfter vor?«

»Ja, sehr oft sogar. Einen von hundert erwischt es. Nicht nur beim Fällen, auch die Maschinen können an den steilen Hängen umkippen. Und dann sind da noch die Schlangen und Hornissen.«

»Ah, so etwas gibt es auch noch ... klar.«

»Zur Zeit meines Großvaters kamen hierher viele Koreaner zum Arbeiten.«

Damit hatte Kido nicht gerechnet, er blickte überrascht hinüber zu Itō. Der merkte nichts, redete aber auch nicht weiter.

»Wie ist es eigentlich zu Taniguchis Unfall gekommen?«

»Ich war damals nicht vor Ort ... Es ist schwer vorherzusehen, in welche Richtung ein Baum fällt, auch für erfahrene Holzfäller. Besonders bei krumm gewachsenen Bäumen kann man leicht daruntergeraten. Deswegen ermahne ich meine Männer auch jeden Morgen immer und immer wieder, dass sie aufpassen müssen ...«

Kido nickte leicht und wartete einen Moment, bis sich Itō wieder beruhigt hatte. Seine Stimme klang bedrückt, und obwohl Kido es nicht sehen konnte, spürte er, dass er weinte. Kido wurde erneut gewahr, dass Taniguchis Tod seine Freunde – wie den Chef des Boxvereins, der ihn noch unter seinem wirklichen Namen Hara Makoto gekannt hatte – zutiefst traurig stimmte. Es gab niemanden, der schlecht über ihn gesprochen hätte. Die Wunden in ihren Herzen waren noch lange nicht verheilt.

Kurz darauf sah man weiter vorn ein paar geparkte Autos, daneben mehrere Holzstapel mit blauer Plastikplane obendrauf. »Hier ist es«, sagte Itō und parkte seinen Wagen genau so, dass entgegenkommende Autos noch vorbeikommen würden. Er stieg aus, spannte den Schirm auf und warnte: »Geben Sie gut acht und gehen Sie nicht zu weit, da wird es gefährlich. Von hier aus sieht man ja genug, oder?« Er ging mit Kido zum Eingang des Platzes.

Vorn auf einem für das Manövrieren der Lastwagen gerodeten Bereich sah Kido eine orangene, kranähnliche Maschine mit einem langen Hals, die einen Holzstamm nach dem anderen griff, in die Höhe hob und dann die Äste abschlug. Er konnte drei Gestalten erkennen. Weiter hinten war eine weite, bereits gerodete Fläche, dahinter war nichts zu erkennen, wahrscheinlich ging es dort steil bergab.

»Wie alt sind die Bäume so ungefähr?«

»Wir fällen sie nach etwa 50 Jahren. Sie werden als Baumaterial und zum Häuserbau verwendet und halten noch mal 50 Jahre. Ich rechne bei einem Baum immer mit einem Leben von 100 Jahren. 50 Jahre in den Bergen und 50 Jahre mit den Menschen. Das sage ich auch immer meinen Angestellten.«

»Ich verstehe ... Hmm ...«

»Ah, hier geht's lang. Und Vorsicht da vorne. Heute, bei dem schlechten Wetter, wird nicht gefällt, da verrichten wir nur solche Arbeiten. Heutzutage ist die Holzwirtschaft komplett mechanisiert, und mal abgesehen von Hitze und Kälte, ist die körperliche Arbeit um einiges leichter geworden. Trotzdem ist Holzfällen ein harter Job.«

»Hat Herr Taniguchi auch an den Maschinen gearbeitet?«

»Ja, das hat er. Normalerweise braucht man in dem Gewerbe drei Jahre, um sie richtig bedienen zu können. Für die Ausbildung gibt's eine Förderung vom Staat, sie nennen das die ›grüne Beschäftigung‹. Aber Taniguchi konnte schon nach eineinhalb Jahren alle Arbeiten erledigen. Er war ein gewissenhafter Kerl und er konnte Situationen gut einschätzen. Und er war zwar schlank, hatte aber erstaunliche Kräfte.«

»Hat er irgendwelchen Sport getrieben?«

»Nein, Sport hat ihn, glaube ich, nicht interessiert. Als Kind hat er wohl mal Kendō gemacht, und da ich sogar einen Dan im Kendō besitze, haben wir immer mal wieder darüber gesprochen, gegeneinander anzutreten, aber da hat er eigentlich immer nur gelacht.«

Kido lächelte, als er sah, wie wehmütig Itō von seinen Erinnerungen erzählte. Tatsächlich hatte Taniguchi Daisuke als Kind Kendō gelernt. Kido war insgeheim beeindruckt, dass Hara Daisukes Vergangenheit so detailgetreu aufrechterhalten hatte.

»Er hat viel gemalt. In der Mittagspause und so. Auch wenn er kein besonderes Talent hatte.« Itō lachte.

»Seine Frau hat mir die Bilder gezeigt.«

»Ach so. Es waren sehr ehrliche Bilder, so wie Taniguchi

selbst. Bei so was kommt die wahre Persönlichkeit zum Vorschein.«

»Kann gut sein ...«

»Oh, entschuldigen Sie mich einen Moment ... Ja, hallo? Aha. Und nochmals vielen Dank für neulich! Ja ...«

Itō ging zum Telefonieren ein Stück weg; Kido stand eine Weile da und schaute auf die vom Regen nassen Zedern. Es war sehr still. Regentropfen so groß wie Perlen schienen auf seinen Schirm zu prasseln und knallten auf dem Boden, dazwischen vernahm er seinen klaren Atem. Das in weißen Dunst gehüllte Grün verschwamm blass in dem durch die Wolken dringenden Licht. Die Berge lagen, wie lose übereinandergefaltet, da. *Heute bleibt es wahrscheinlich den ganzen Tag über so trüb.*

Was Hara Makoto wohl gedacht hatte, wenn er hier mit der Kettensäge arbeitete? Kido hing seinen Gedanken nach, er dachte daran, dass eine Zeder 50 Jahre brauchte, um so groß zu werden. War sich Hara Makoto auch der weiteren 50 Jahre bewusst gewesen, von denen Itō eben gesprochen hatte? Die Bäume waren von Menschen gepflanzt worden, die eine Generation vor ihm gelebt hatten, und die Bäume, die er pflanzte, würde jemand fällen, der Generationen nach ihm lebte.

An was hatte Hara sich hier erinnert, von all den Jahren, die zwischen seiner Geburt und seiner Ankunft in S. lagen? Oder hatte er nur daran gedacht, schnell mit der Arbeit fertig zu werden, um zu Rie und den Kindern heimzukehren? Wenn er sich nach einem harten Arbeitstag abends erschöpft schlafen legte und vorher noch die Kinder neben sich ordentlich zugedeckt hatte, spürte er bestimmt tief in seinem Herzen, dass er glücklich war. Nach seinem bis dahin so mühseligen Schicksal musste es ein überwältigendes Gefühl gewesen sein ...

Kido war wie in Trance, er hatte alles um sich herum vergessen. Er schloss die Augen, die Zeit stand still, und so wartete er leise auf ihn, der mit gesenktem Kopf im Regen stand.

Wie lange mochte er da gestanden haben?

Als er seine Augen öffnete, dachte er einen Moment lang, der Arbeiter, der weiter hinten durchnässt durch den Regen stapfte, sei Hara Makoto. Er fragte sich, was er wohl zu ihm sagen würde, wenn er wirklich hier wäre. Nach zwei Selbstmordversuchen hatte er ein neues Leben begonnen, um zu leben. Kido hätte ihm zeigen wollen, dass er das verstanden hatte. *Ich habe Sie die ganze Zeit gesucht, ich habe mir Sorgen gemacht…* Kido stellte sich vor, wie er jäh stehen blieb und lächelnd zu ihm herüberblickte. Ihn überkam das Gefühl, zum ersten Mal dem Mann gegenüberzustehen, dem er bisher immer nur hinterhergerannt war, den er nur im Profil gesehen hatte.

Seltsamerweise hatte er nie darüber nachgedacht, doch auf einmal wurde ihm klar, dass er diesen Mann kennenlernen wollte.

23 Drei Tage nachdem Rie sich mit Kido getroffen hatte, sagte sie abends zu ihrem Sohn, dass sie etwas mit ihm besprechen wolle, wenn er fertig gebadet habe. Yūto hatte sich in letzter Zeit mit seinen Büchern immer mehr in sein Zimmer zurückgezogen.

Rie hatte mit Hana gebadet, wobei diese ihr fröhlich, aber etwas zaghaft berichtet hatte, ein Vorderzahn fange an zu wackeln.

»Das ist ja toll! Kann ich mal sehen? Oh, stimmt. Dann bist du ja eine der ersten in deiner Gruppe, die einen Wackelzahn hat?«

»Ja, bei uns in der Tauben-Gruppe haben nur ich und Hinano-chan einen. Weißt du Mama, heute wollte ich Hinano-chan rufen, aber ich hab aus Versehen Hinono-chan gesagt, und Hashimoto-Sensei hat mich ausgelacht. Hana-chan ist ein Dummerchen, hat sie gesagt.«

Hana gefiel dieser Satz, sie hatte ihn in letzter Zeit fast jeden Tag wiederholt: »Hana-chan ist ein Dummerchen.« Rie sagte dann immer: »Aber du bist nicht dumm, Hana-chan«, und strich ihr über den Kopf. Vielleicht sagte Hana den Satz auch genau deshalb – damit Rie ihr über den Kopf strich.

Ihre frühere Lieblingsformulierung »Das denke ich, Mama«, womit sie vor einem halben Jahr noch fast jeden Satz begonnen hatte, hörte man in letzter Zeit nicht mehr. Hana war in solch schwindelerregender Schnelligkeit groß geworden, dass Rie sich zu ihrem eigenen Erstaunen gar nicht mehr genau erinnern konnte, wie ihre Tochter vor einem Jahr gewesen war. Sie hatte zwar noch ihre Eigenarten, aber die ließen sich kaum von einem allgemeinen kindlichen Verhalten unterscheiden.

Was für Rie ein großer Trost war, war Hanas Fröhlichkeit. Die fiel auch im Kindergarten auf, und die Erzieherinnen sagten nach dem Tod ihres Vater oft zu Rie: »Hana ist immer so munter und lacht so viel.« Sie sei das fröhlichste Kind in der Gruppe; das fanden auch die anderen Eltern, und es machte Rie sehr glücklich.

Es war etwa 10 Uhr, als Yūto aus dem Bad kam. Rie saß im Wohnzimmer, Hana und die Großmutter schliefen bereits. Als Yūto in seinem Pyjama gerade an ihr vorbeigehen wollte, sprach sie ihn an: »He, ich hatte dir doch gesagt, dass ich etwas zu besprechen hätte. Ich habe auf dich gewartet.«

»Was ist denn?«

Yūto hatte offensichtlich keine Lust auf ein Gespräch, aber vielleicht, dachte Rie, war es besser, dass er sein Unbehagen neuerdings so offen zeigte. Es würde ihr mehr Angst machen, wenn er seine schwierige Lage mit sich allein aushandeln würde, bis er irgendwann nicht mehr damit klarkäme. Sie war bereit, bei seiner jugendlichen Auflehnung auch die Rollen ihres geschiedenen sowie ihres verstorbenen Mannes zu übernehmen.

Yūto setzte sich auf einen Stuhl, er schien dem Gesichtsausdruck seiner Mutter zu entnehmen, worum es ging. »Was ist denn?«

»Vor drei Tagen war der Anwalt noch mal hier, der seit vorletztem Jahr in der Sache mit deinem Vater ermittelt hat ... Endlich wissen wir über alles Bescheid. Warum Papa seinen Namen geändert hat und so weiter ...«

Yūto blickte auf die Papiere, die mit dem Schriftbild nach unten vor seiner Mutter lagen. Unbewusst griff sie immer wieder nach ihnen, rollte sie ein und dann wieder aus.

»Wer war er?«

»Ich bin mir nicht sicher, wie viel ich dir erzählen soll. Deswegen wollte ich dich selbst fragen. Willst du alles wissen – oder möchtest du das im Moment gar nicht?«

Yūto schwieg eine Weile. Dann sagte er: »Hat Papa irgendwas Schlimmes gemacht? Wofür ihn die Polizei festnehmen würde?«

Rie schüttelte den Kopf. »Nur ein bisschen. Er hat nur seinen Namen geändert ...«

»Warum?«

»Das steht hier alles. Der Anwalt hat es aufgeschrieben.«

»Okay, dann lese ich es.«

»Es könnte ... wie soll ich es sagen ... ein Schock für dich sein. Ich habe es auch noch nicht richtig verarbeitet.«

»Ryō ist gestorben, Papa ist gestorben ... Was soll mich da noch schockieren?« Yūto streckte seine Hand aus, nahm den von Kido verfassten Bericht und blätterte ihn schnell durch, um den Umfang zu überschlagen. »Ich lese das oben«, sagte er angesichts der vielen Seiten, dann ging er die Holztreppe zu seinem Zimmer hinauf. An seinen Schritten hörte Rie, wie ihm zumute war.

Yūto war im Stimmbruch, mittlerweile zeigten sich auch

die ersten Barthaare. Er hatte den elektrischen Rasierapparat seines verstorbenen Vaters hervorgeholt und rasierte sich so, wie er es bei ihm gesehen hatte. Es war derselbe Rasierapparat, dem sie die Haare für das DNA-Gutachten entnommen hatten. Rie sah, wie ihr Sohn erwachsen wurde, und ahnte, dass sie selbst bald graue Haare bekommen würde.

Sie hatte gezögert, Yūto Kidos Bericht zu zeigen, aber da er bereits von dem falschen Namen wusste, musste sie ihm die Sache erklären. Außerdem hielt sie es für besser, nichts vor ihm geheim zu halten, auch wenn das für andere Vierzehnjährige vielleicht nicht gelten mochte. Sie hatte in letzter Zeit, so gut sie konnte, versucht, ihren Sohn nicht mehr wie ein Kind zu behandeln. Zum einen machte sie sich ernsthaft Sorgen, dass er irgendeinen Mutterkomplex entwickeln könnte, da er ausschließlich mit Frauen zusammenlebte. Ihm war wohl ein ähnliches Gefühl überkommen, denn seit der Pubertät schien er unsicher, was der richtige Abstand zu seiner Mutter wäre. Es wäre leichter, ihn einfach weiter wie ein Kind zu behandeln. Denn so würde er die Rolle des Mannes im Haus übernehmen, was sicherlich auch nicht ganz einfach war.

Doch Rie wusste, dass sie ihre Sicht auf Yūto ändern musste, denn es gab Dinge bei ihm, die sie nicht verstand. Das Problem war weniger, dass sie sie nicht verstand, als dass sie sie einfach nicht kannte. Erstaunt und voller Freude hatte sie sich eingestanden, dass Yūto ein anderer Mensch war als sie. Und ihr wurde dabei klar, dass sie ihn als eigenständige Person wertschätzen musste. Natürlich sagte sie, was sie ihm sagen musste, als die ältere, nächste Bezugsperson; aber sie hatte entschieden, ihn nicht mehr zurechtzuweisen, wenn ihr etwas missfiel, sondern ihm ihre Einwände logisch darzulegen.

Dass sich Ries Einstellung zu ihrem Sohn so geändert hatte, lag vor allem an seiner Begeisterung für Literatur. Sie hatte die Erzählung »Im Asakusa-Park« von Akutagawa Ryūnosuke gelesen, von der Yūto ihr im Kofun-Park erzählt hatte, und war tief davon bewegt gewesen. Sie schien ihr wie eine Art Drehbuch für einen Kurzfilm, voller surrealer Momente, so als hätte der Autor seine Albträume niedergeschrieben. Da war zum Beispiel ein Schild, das sich in einen »Sandwich-Mann« verwandelte; oder ein runder Briefkasten, der plötzlich durchsichtig wurde, sodass man alle Briefe in ihm sah; Rie, die keine passionierte Leserin war, war ziemlich verblüfft. Was ihr jedoch die Augen öffnete, war die Geschichte selbst, in der ein zwölf- oder dreizehnjähriger Junge mit seinem Vater nach Tōkyō ins Asakusa-Viertel geht, dort seinen Vater verliert und ängstlich nach ihm sucht.

Am Ende setzt sich der Junge neben eine Steinlaterne, »bedeckt mit beiden Händen sein Gesicht und beginnt zu weinen«. In dem Moment erscheint ein Mann mit einer Maske vor dem Mund und einem irgendwie arglistigen Lächeln, den der Junge fälschlicherweise für seinen Vater hält und der sich unbemerkt in den wirklichen, verloren gegangenen Vater verwandelt.

Rie verstand den Sinn der Geschichte nicht ganz, doch bei der Stelle, an der der Junge weint, kamen auch ihr die Tränen. Sie weinte weniger aus Mitleid mit dem Jungen, sondern weil sie sich ausmalte, wie Yūto bei der Passage mitgelitten hatte. Yūto hatte in letzter Zeit nie geklagt, obwohl er mit Sicherheit einiges durchmachte und einsam war. Was sie aber nun verblüffte, war, dass er die Geschichte gelesen hatte, bevor sie ihm erzählt hatte, dass sein Vater in Wirklichkeit nicht Taniguchi Daisuke gewesen war. War das reiner Zufall gewesen? Oder hatte er vielleicht, ohne es zu wissen, etwas gespürt? Was hatte er empfunden, als er die Geschichte las?

»Eile! Eile! Jeder Augenblick kann der letzte sein!« Bei diesem unerwarteten Satz stockte Rie der Atem. Yūto hatte ihr nichts davon gesagt, dass in der Geschichte ein Junge seinen Vater verliert, er hatte nur das seltsame Gespräch mit der Tigerlilie erwähnt. Und trotzdem hatte er es offenbar seine Mutter wissen lassen wollen, dass er die Geschichte gelesen hatte.

Obwohl sie die Geschichte nicht durchschaute, konnte sie durch Yūtos Interesse und seinen indirekten Versuch, sie mit ihr zu teilen, ihren Sohn als Menschen besser verstehen. Sie erfuhr etwas über sein Innerstes. Auf wunderliche Weise war sie, obwohl sie ihren Sohn tagtäglich um sich hatte, seinem Herzen durch dieses Buch näher gekommen.

Rie hatte schon immer Menschen bewundert, die viel lasen. Doch leider konnten weder sie noch ihre früheren Männer diese Leidenschaft für sich beanspruchen. Yūto hatte insgeheim eine Richtung eingeschlagen, die ihn von seinen Eltern unterschied. Das war gewiss seinen Lebensumständen geschuldet, doch Rie sah die Schönheit darin – wie eine Blume, die plötzlich zwischen Trümmern erblüht.

Zuhause redete Yūto nicht über das, was er las, aber er schrieb seine Gedanken in einem Notizbuch nieder. Rie war natürlich neugierig, aber sie würde es nie wagen, einen Blick hineinzuwerfen. Damit, fürchtete sie, würde sie das Vertrauen zu ihrem Sohn nachhaltig schädigen. Schon bald jedoch kam sie, auch ohne einen solchen Blick zu riskieren, mit einem seiner Versuche in Berührung, in Worte zu fassen, was ihn bewegte. Im letzten Herbst war er nämlich mit einem Haiku, das er im Sommer für die Schule verfasst hatte, bei einem von einem Zeitungsverlag ausgelobten, nationalen Wettbewerb mit dem ersten Preis der Mittelschüler ausgezeichnet worden. Yūto hatte es nicht erzählt, Rie hatte erst nach einiger Zeit davon erfahren, als sie in einer Ecke seines Zimmers die große Preisplakette entdeckte.

»Wie klingt die Stimme / der Zikade in ihrer / leeren Hülle nach.«

Rie konnte die Qualität des Haiku zwar nicht beurteilen, konnte aber kaum glauben, dass Yūto es geschrieben hatte. In dem »Kommentar zur Auszeichnung«, den er ihr hinterher widerwillig zeigte, wurde unter anderem eine »etwas mühsame Gestelztheit« beanstandet, andererseits wurde seine »frühreife Begabung« gepriesen. Eine Formulierung, die Rie nicht vermutet hätte. Yūto selbst hatte in seiner Rede bei der Entgegennahme des Preises erklärt:

»Auf einem der Kirschbäume im Kofun-Park klebte die Hülle einer Zikade.

Auf den Ästen saßen lauter Zikaden und sirrten.

Ich spitzte die Ohren und versuchte herauszufinden, welche Zikade aus dieser Hülle geschlüpft war. Ich stellte mir vor, wie die abgestreifte Haut die Stimme ihres inneren Körpers hörte, mit dem sie sieben Jahre lang in der Erde gewohnt hatte.

Ich betrachtete den Riss am Rücken der Hülle, ich fand, er sah aus wie die Schalllöcher einer Violine. Die ganze Hülle sah aus wie ein klingendes Instrument, und da fielen mir diese Verse ein.«

Yūto hatte weder den Tod seines jüngeren Bruders noch den seines Vaters erwähnt. Aber Rie ahnte, dass es sich bei dem Kirschbaum um den Baum handelte, den ihr Mann zu »seinem Baum« bestimmt hatte. Sie war sich zwar nicht sicher, ob Yūto im letzten Sommer allein im Kofun-Park gewesen war und die im Haiku beschriebene Erfahrung wirklich erlebt hatte oder ob er sich das alles nur ausgedacht hatte, doch schon bei der Vorstellung, dass er unter dem Baum den Zikaden gelauscht und ganz allein die leere Hülle betrachtet hatte, musste sie weinen. Sie wusste nicht, ob er eine frühreife Begabung besaß, aber sie begriff zum ersten Mal, dass Literatur für ihren Sohn Trost bedeutete. Sie selbst wäre darauf nie gekommen, sie hätte es ihm auch nicht anraten können, es war etwas, das er selbst für sich entdeckt hatte, um die Hürden des Lebens zu überwinden.

Als Rie durch Kidos Bericht erfuhr, dass ihr Mann, der über ein Jahr lang bei keinem Namen genannt werden konnte, jetzt Hara Makoto hieß, hatte sie das Gefühl, ihn neu kennenzulernen. Das hieß jedoch nicht, dass sie ihn nun in ihren Erinnerungen mit dem Eigennamen Hara Makoto versehen konnte, von dem Tag an, als er zum ersten Mal den Laden betreten hatte, bis zu seinem Tod, und damit alles erledigt wäre. Sie wollte ihn zwar nicht mehr »Daisuke-kun« nennen, wie sie das zu Lebzeiten getan hatte, weil dies der fälschlich verwandte Name eines Anderen war – aber sie konnte ihn auch nicht gleich »Makoto-kun« nennen. Vor allem wusste sie nicht, ob er damit einverstanden sein würde, denn sie konnte ihn ja nicht mehr fragen.

Kidos Bericht zufolge war ihr Mann, von dem sie bisher geglaubt hatte, er sei ein Jahr älter gewesen, in Wirklichkeit zwei Jahre jünger als sie. Damit sah sie sich in ihrem Wunsch bestätigt, seinem Namen stets ein verniedlichendes »kun« anhängen zu wollen.

Als Kido abgereist war und sie sich am Computer Fotos ihres Manns ansah, was sie lange nicht hatte über sich bringen können, spürte sie, dass er irgendwann mit seinem richtigen

Namen gerufen werden wollte. Wollte er nicht auch als Hara Makoto, und nicht nur als Taniguchi Daisuke, für sein ganzes Ich geliebt werden?

Von einem Mann namens Kobayashi Kenkichi hatte Rie noch nie gehört. Vielleicht hatte sie damals in den Nachrichten etwas davon mitbekommen, denn der Mord, den er begangen hatte, schien öffentlich recht bekannt geworden zu sein. Sie erinnerte sich aber nicht. Die Einzelheiten waren auch so schrecklich, dass sie sich am liebsten die Augen zugehalten hätte. Sie hatte hin und her überlegt, ob sie diesen Teil in Kidos Bericht nicht vor ihrem Sohn hätte geheim halten sollen. Es beunruhigte sie, dass ein Thema wie Mord, mit dem sie noch nie zu tun gehabt hatte, auf einmal ihre Familie direkt betraf. Taniguchi Kyōichi hatte angedeutet, dass ihr Mann ein Gewaltverbrechen begangen haben könnte. Ob er sich bestätigt gefühlt hatte, als er erfuhr, dass er der Sohn eines Mörders gewesen war? Doch ihr Mann selbst hatte ja nichts Böses getan.

Rie empfand großes Mitleid mit Hara Makotos von Kido beschriebenen Lebensumständen. Und sie fragte sich, ob er ihr mit dem Unglück von Taniguchi Daisuke etwas hatte mitteilen wollen. Aber sie verstand nicht, warum er diesen Weg gewählt hatte. Wollte er vielleicht, aus welchem Grund auch immer, dass sie wusste, wie tief verletzt er innerlich war? Auch wenn die Ursache nicht der Wahrheit entsprach, war die Verletzung dennoch da, ein Schmerz ist ein Schmerz. Eine Heilung würde jedoch entsprechend erschwert.

Als Rie die Aussagen der Menschen las, die Hara Makoto zu seiner Zeit als Boxer gekannt hatten, von seiner Angst, er könne das kriminelle Gen seines Vaters geerbt haben, musste sie an Hana denken, und eine neue Sorge überkam sie. Nicht dass sie plötzlich Angst hatte, in ihrer Tochter flösse das Blut eines Mörders, von einem solchen Gedanken war sie weit entfernt. Doch irgendwann würde Hana selbst davon erfahren und, anders als Yūto, der nicht mit Hara Makoto blutsverwandt war, womöglich darunter leiden. Wäre auch Yūto sein leiblicher Sohn, sie hätte noch mehr gezögert, ihm Kidos Bericht zu geben.

Eine Frage, die Rie nicht umhinkonnte, sich zu stellen, war, ob sie ihren Mann gleichermaßen geliebt hätte, wenn sie von Anfang an die Wahrheit gewusst hätte. Brauchte es für die Liebe eine Vergangenheit? Um ehrlich zu sein, hätte sie damals, als ihre Energie gerade einmal dafür reichte, für sich und Yūto zu sorgen, ein so kummervolles Leben wie das seine vielleicht nicht annehmen können. Sie wusste es einfach nicht. Doch Tatsache war, dass sie einander, vermittelt durch seine Lügen, geliebt und ein Kind, Hana, bekommen hatten.

Was Rie an dem Bericht jedoch am heftigsten erschütterte, waren die Worte, die Kido am Ende hinzugefügt hatte:

»Meines Erachtens hat der Verstorbene, Herr Hara Makoto, in den drei Jahren und neun Monaten, die er mit Ihnen verbrachte, zum ersten Mal Glück erfahren. Er muss in dieser Zeit ungemein glücklich gewesen sein. Es war nur eine kurze Zeitspanne, aber für ihn war sie, glaube ich, sein ganzes Leben.«

Kidos Bericht war viel Arbeit gewesen, und Rie fragte sich erneut, warum er sich so viel Mühe für sie gemacht hatte. Noch dazu war er extra hergekommen, er hätte ihr den Bericht ja auch per Mail schicken oder ihr am Telefon davon erzählen können.

Doch als sie seine ermutigenden und bestärkenden Worte hörte, wurde ihr klar, er war gekommen, um ihr seine Worte persönlich zu überbringen. Warum er das gewollt hatte, wusste sie letztlich nicht, aber sie beschloss, es dabei zu belassen.

Yūto war schon seit einer Stunde in seinem Zimmer. Rie fand, es sei langsam Zeit, nach ihm zu sehen, doch da hörte sie ihn schon die Treppe herunterkommen.

»Ich hab's gelesen«, sagte er und reichte seiner Mutter schroff den Papierstapel.

»Ganz gelesen?«

»Ja.«

Yūto stand mit ausdruckloser Miene da, dann drehte er sich schweigend um und wollte wieder in sein Zimmer gehen.

»Yūto ...«

»...«

»Alles in Ordnung?«

»Eigentlich schon ... Papa hat ja niemanden umgebracht.«

»Das stimmt.«

»Papa ... tut mir leid.«

»Das ist nett von dir, Yūto.«

»Und ich weiß jetzt auch ... warum er immer so lieb zu mir war.«

»Warum denn?«

»Papa ... Er war so zu mir, wie er sich gewünscht hat, dass sein Vater zu ihm hätte sein sollen ...«

Rie sah in das arglose Gesicht ihres Sohnes und musste fast weinen. »Ja, aber das ist es nicht allein. Er hat dich sehr geliebt.«

»Tut mir leid ... Mama.«

»Wieso entschuldigst du dich? Hm?«

Yūto sah zu Boden, dann brach er in Tränen aus. Er schluchzte so, dass seine Schultern bebten. Er wischte sich mit dem Arm die Tränen aus dem Gesicht und versuchte aufzuhören, zu weinen. Rie schluchzte ebenfalls und hielt ihm ein Taschentuch hin, doch Yūto trocknete sich das Gesicht mit den Handflächen, dann sah er sie aus seinen geröteten Augen an. »Was wird denn jetzt ... mit meinem Namen? Soll ich mich Hara nennen?«

Rie lächelte ihrem Sohn zu, der so bemüht war, über etwas Sachliches zu sprechen. »Hara ist vielleicht keine so gute Idee. Wie wär's doch mit meinem Namen, Takemoto?«, sagte sie.

Yūto hustete und nickte.

»Und was ist mit Papas Grab?«

»Ich weiß noch nicht ... Wir könnten ihn zu Ryō und Opa tun.«

»Das finde ich gut, dann ist niemand allein.«

»Yūto ...«

»Was?«

»Ich muss mich auch entschuldigen. Dafür, dass ich so lange geschwiegen habe.«

Yūto schüttelte den Kopf, dann atmete er tief ein und aus, um sich zu beruhigen.

»Was ist mit Hana, wollen wir es ihr sagen?«, fragte er mit ernster Miene.

»Was denkst du?«

»Sie ist noch zu klein, sie würde es nicht verstehen.«

»Ja, das glaube ich auch ...«

»Wir müssen sie beschützen.«

Rie kamen fast wieder die Tränen, doch sie riss sich zusammen. Sie sah ihren tapferen Sohn an und nickte. Wie groß er geworden ist, dachte sie.

»Aber wenn du traurig bist, sagst du's mir, ja?«

Yūto nickte leicht.

»Du aber auch, Mama ... Gute Nacht«, sagte er.

»Gute Nacht, schlaf gut. Bis morgen.«

Rie blickte ihrem Sohn nach, der aus dem Wohnzimmer ging. Als sie sich vorstellte, wie er den Rest des Abends in seinem Zimmer sitzen würde, schnürte es ihr die Kehle zu. Im Moment aber musste sie ihn in Ruhe lassen. Sie stützte die Ellbogen auf den Esszimmertisch, ließ den Kopf hängen und schloss die Augen. Das einzige Geräusch, das sie hörte, war das Ticken der Uhr an der Wand.

Sie richtete sich wieder auf und betrachtete die Fotos von ihrem Vater und Ryō, die im Geschirrregal standen. Dann sah sie auf das Viererbild, ihr Mann und sie, mit den beiden Kindern. Jetzt ist er nicht mehr da. Und die beiden Kinder sind groß geworden.

Rie beschloss, dass die Erinnerungen und alles, was sich aus ihnen schöpfte, ihr für das ganze Leben genügten, die drei Jahre und neun Monate waren ein großes Glück.

ZITATNACHWEISE

Die Zitate auf den Seiten 254 und 255 entstammen *Anna Karenina* von Lew Tolstoj, in der Übersetzung von Gisela Drohla, Insel Verlag, 2012. Auf den Seiten 310 und 311 wurde aus Ovids *Metamorphosen* zitiert, in der Übersetzung von Johann Heinrich Voß 1990 im Insel Verlag erschienen. Auf die Erzählung »Im Asakusa-Park« von Akutagawa Ryūnosuke wurde auf den Seiten 326 und 327 in der Übersetzung von Armin Stein verwiesen, 2010 bei Iudicium veröffentlicht.